CW00407400

Fake Deal

IM BETT MIT DEM BOSS

JEAN DARK

ENEMY TO LOVERS CEO ROMANCE

Liebe Leserin, lieber Leser,

vielen Dank für dein Interesse an meinem Buch! Als kleines Dankeschön möchte ich dir gern einen meiner neuesten Romane schenken, den auf meiner Website **kostenlos** erhältst.

TOUCH ME - BERÜHRE MICH

Die Lehrerin Sandy führt ein beschauliches Leben in der Kleinstadt Havenbrook, bis Jake, ihre Sandkastenliebe aus Kindertagen, plötzlich wieder auftaucht - aus dem Lausbuben von früher ist ein superheißer Bad Boy geworden, der in Sandy wilde Leidenschaften weckt. **Doch Jake zu lieben ist ein Spiel mit dem Feuer, bei dem sich Sandy mehr als nur die Finger verbrennen könnte ...**

Um das Buch zu erhalten, folge einfach diesem Link: **www.Jean-Dark.de**

Ich freue mich auf dich!
Deine
Jean Dark

Prickelnde Dark Romance Thriller von Jean Dark:

- THE DARKNESS OF LOVE
- KISS ME, KILLER
- TOUCH ME: Berühre Mich!
- HIS DARKEST FLOWER - Vampire Romance
- FAKE DEAL: Im Bett mit dem Boss

Weitere Informationen finden Sie auf der Website der Autorin

www.Jean-Dark.de

Über das Buch

Alles nur ... Fake?

Sarah ist überglücklich, als sie einen der begehrten Praktikumsplätze bei MacGullin Green Industries bekommt. Der Boss der Firma, Tyler MacGullin, den so gut wie niemand je zu Gesicht bekommt, soll allerdings ein absolutes Arschloch sein, der Topmodels verschleißt wie andere Leute Papiertaschentücher.

Doch plötzlich findet sich Sarah in einer üblen Situation wieder: Sie kommt dem mysteriösen Boss näher als ihr lieb sein kann und geht einen folgenschweren Deal mit ihm ein.

Dieser Liebesroman enthält prickelnde Romantik, explizite Szenen, und ein garantiertes Happy End. Der Roman ist in sich abgeschlossen. »Fake Deal« ist ein emotionaler Pageturner, der Dich nicht mehr loslassen wird! Leidenschaft, Humor, Drama - und eine Prise Thriller. Dieser in sich abgeschlossene Liebesroman hat alles, was du für einen gelungenen Leseabend brauchst!

Für alle Fans von CEO, Boss, Millionär, Milliardär, Enemies to Lovers Romance.

———

Copyright © **2021 by Jean Dark.** Alle Rechte vorbehalten. Nachdruck – auch auszugsweise – nur mit schriftlicher Genehmigung von Joan Dark. Kein Teil des Werkes darf in irgendeiner Form (durch Fotografie, Mikrofilm oder andere Verfahren) ohne schriftliche Genehmigung der Autorin reproduziert oder unter Verwendung elektronischer Systeme verarbeitet, vervielfältigt oder verbreitet werden. Alle in diesem Roman beschriebenen Personen sind fiktiv. Ähnlichkeiten mit lebenden oder verstorbenen Personen oder Unternehmen sind rein zufällig und nicht beabsichtigt. Umschlaggestaltung: Ideekarree Leipzig, unter Verwendung von © crownsathees & © KaiPilger - pixabay.com
Lektorat: Anne Bräuer
Korrektorat: Schreib- und Korrekturservice Heinen

Impressum: Jean Dark, c/o Autorenservice Ideekarree, Alexander Pohl, Breitenfelder Straße 32, 04155 Leipzig, E-Mail: jean@jean-dark.de

Deutsche Originalausgabe 211204.0950

Für meine Leserinnen und Leser. Und für alle, die sich trauen,
ihre Leidenschaften zu leben. Gebt acht auf euch!

TEIL

Eins

KAPITEL 1

Tyler

*Superior-Ranch, die Hamptons, am Rande
von New York
Home Office von Tyler MacGullin*

ICH VERSPÜRTE EINE GEWISSE ENTTÄUSCHUNG, während ich den auf und ab wippenden Schopf der Brünetten zwischen meinen Beinen beobachtete. Schlimmer noch: Ich verspürte Langeweile.

Als ich zum dritten Mal innerhalb kurzer Zeit auf meine Rolex schaute – das neueste Sportchronografen-Modell, selbstverständlich in der Platin-Ausführung –, bemerkte ich, dass die Minuten regelrecht dahin*schlichen.*

Währenddessen verausgabte sich die Kleine nach Kräften an mir. Zugegeben, eigentlich machte sie dabei einen guten Job. Aber das hatten die anderen vor ihr auch schon. Es gab eben offenbar wirklich nichts Neues unter der Sonne. Während sie ihre Zunge geschickt an meinem prall aufgerichteten Schaft zum Einsatz brachte, schweiften meine Gedanken erneut ab.

Ich musste mal wieder an meinen Vater denken, und ja, mir war durchaus bewusst, wie seltsam sich das anhörte in dieser Situation, während eine perfekt proportionierte, jugendliche Schönheit mich nach Kräften oral verwöhnte.

Aber eigentlich ging es mir gar nicht so sehr um meinen Vater, sondern vielmehr um seine starrköpfige Weigerung, mir mehr Anteile am Konzern zu geben. Der wohlgemerkt ein Familienunternehmen war und sein Vermächtnis an die Nachwelt darstellen sollte. Es war längst kein Geheimnis mehr, dass er sich innerhalb der nächsten Jahre ganz aus den Geschäften des Multimilliarden-Unternehmens zurückziehen wollte, das er aufgebaut hatte und zu dem ich einen nicht ganz unbeträchtlichen Teil beitrug.

Wäre es da nicht das Naheliegendste, diese Firma auf seinen einzigen Sohn – mich – übergehen zu lassen? Zumal er besagtem Sohn – mir – eine ausgesprochen kostspielige Ausbildung an der Harvard Business School finanziert hatte? Eine Ausbildung, die besagter Sohn übrigens mit summa cum laude abgeschlossen hatte, ganz am Rande. Aber das schien meinem alten Herrn offenbar nicht zu genügen. Wie ihm nie irgendetwas wirklich zu genügen schien. Besonders dann nicht, wenn es um meine Leistungen ging. Ich hatte ehrlich gesagt keine Ahnung, was ich überhaupt noch tun konnte, um ihn von meinen Fähigkeiten zu überzeugen.

Vor ein paar Jahren hatte er mir erlaubt, die Geschäftsführung eines seiner Unternehmen zu übernehmen, das zu diesem Zeitpunkt praktisch kurz vor dem Konkurs stand und kaum eine kleine Handvoll Angestellte beschäftigte. Diese sogenannte Firma war also nicht mal ein Kuchenkrümel von dem riesigen Konzernverbund, dem er vorstand. Und dazu noch ein Kuchenkrümel, der gerade dabei war, komplett vom Tisch gefegt zu werden.

Und was habe ich daraus gemacht?

Zwei Jahre später war dieses Unternehmen eine der bedeutendsten Ökotech- Firmen auf dem nordamerikanischen Markt. Aus einer Handvoll Angestellten waren knapp 200 geworden, mit einem Jahresumsatz oberhalb der Milliardengrenze.

Doch ein leise geknurrtes »Nicht schlecht, Sohn« war alle Anerkennung, die ich dafür von meinem alten Herrn bekam. Weitere Firmenanteile am Konzern? Irgend eine Art von Einfluss außerhalb der Firma? Oder gar eine Position im Aufsichtsrat? Komplette Fehlanzeige. Ich war schließlich bloß sein Sohn.

In diesem Moment begann die brünette Schönheit zwischen meinen Beinen, sich richtig zu verausgaben, und ich spürte, dass ich das nicht mehr allzu lange aushalten würde. Seltsam, wo doch meine Gedanken noch vor einem Moment ganz woanders gewesen waren.

Mit neuem Enthusiasmus stülpte sie ihren süßen Mund über mein voll aufgerichtetes Glied, ließ ihre weichen Lippen daran hinabgleiten. Sie versuchte offenbar regelrecht, sich daran selbst aufzuspießen. Sollte sie mal. Das schien jedenfalls eine Spezialität von ihr zu sein, vielleicht auch eine besondere Vorliebe, wer weiß.

Das, was sie tat, machte sie jedenfalls ausgezeichnet. Wäre ich in anderer Stimmung gewesen, hätte ich das wohl durchaus zu schätzen gewusst und hätte ihr wohl vorgeschlagen, das Ganze umgehend in einem der zehn Schlafzimmer des Ranchhauses fortzusetzen.

Aber momentan war ich dafür einfach viel zu wütend auf meinen Vater und seine völlig unverständlichen Ansichten zum Business. Und zu seinem Sohn, von dem er offenbar glaubte, dass er ihm ständig neue Lektionen erteilen müsste, anstatt ihm nur einmal im Leben wirkliche Verantwortung zu übertragen.

Statt also einen weltweiten Konzern zu lenken, befasste ich mich momentan damit, über innovative und ökologisch verträgliche Arten der Stromerzeugung nachzugrübeln. Durchaus eine dankbare Aufgabe, denn im Grunde meines Herzens war ich auch ein Ingenieur. Ein Bastler, immer auf der Suche nach einer besseren Lösung für alle möglichen Probleme.

Das lag mir einfach im Blut.

Doch so spannend und interessant diese technischen Aufgaben auch waren, so lasteten sie mich doch keinesfalls aus, nicht einmal ansatzweise. Ich kam mir vor wie ein neuer Zug auf dem Abstellgleis. Wie jemand, der mit Mitte dreißig in die Rente geschickt wurde. Kein Wunder, dass ich mich inzwischen vermehrt anderen Sachen widmete.

Meiner Pferdezucht zum Beispiel.

Ich liebte diese hochintelligenten Tiere. Ihre kraftstrotzenden Körper, die großen, weisen Augen, in denen alte Seelen zu wohnen schienen, wenn sie mich voller Verständnis und Weisheit anblickten.

Ganz vernarrt war ich aber in meinen Araberhengst *Shadow Moon*, der ganze Stolz meiner Zucht. Wenn ich auf ihm ausritt, hatte ich das Gefühl, einen Verbündeten fürs Leben in dem Tier gefunden zu haben. Jemanden, der mich verstand und der immer bei mir war und mich niemals enttäuschen würde. Entgegen der populären Ansicht brauchte man nämlich durchaus keine Menschen, um Vertraute und Freunde zu haben, dachte ich. Tiere machten diesen Job genauso gut.

Vermutlich sogar besser.

Ein dezentes Klopfen an der Tür unterbrach mich in meinen Gedanken. Die Kleine, die immer noch von meinem Sessel kniete und sich an meinem Schaft abrackerte – selbstverständlich auf einem weichen Samtkissen, ich war kein Unmensch –, unterbrach ihr Tun nicht mal für den Bruchteil einer Sekunde.

Das nötigte mir ein leises Lächeln ab.

Die Kleine hatte auf jeden Fall Pfeffer.

Sie war echt gut, und das wusste sie auch und ließ es mich jetzt spüren, als sie meine Hand sanft zu ihrem Hinterkopf führte. Wohl in der Absicht, dass ich ihren Kopf noch ein wenig tiefer auf meine stolz errichtete Männlich-keit drücken sollte.

Und das, während ich Besuch empfing.

Bitte schön, das konnte sie haben, dachte ich und spielte mit. Angesichts der Größe meines Schwanzes hatte sie sich bei ihrem Vorhaben aber wohl ein wenig überschätzt, wie ich den keuchenden Lauten entnahm, die sich plötzlich ihrer Kehle entrangen. Daher ließ ich wieder etwas locker – aber nicht zu sehr, immerhin war sie es, die dieses Spiel begonnen hatte – und rief gleichzeitig: »Herein!«

Die Tür öffnete sich und mein Geschäftspartner Don Simmons betrat den Raum. Er kam jedoch nur zwei oder drei Schritte weit, bis er erfasste, was hier gerade vor sich ging. Er erstarrte mitten in der Bewegung und schaute mich aus großen Augen an. Don war auch nicht gerade ein Kind von Traurigkeit, wie ich sehr wohl wusste, aber ich amüsierte mich dennoch ein bisschen über die verblüffte Überraschung in seinem Blick.

Ich nahm meine Hand aus dem weichen Haarschopf der Brünetten und ihr Kopf schnappte zurück, während sie gierig nach Luft japste. Jep, sie hatte sich definitiv über-schätzt, aber man musste ihr lassen, dass sie wirklich vollen Einsatz gegeben hatte und sich einen Dreck darum scherte, wer ihr dabei zusah. Nicht schlecht.

Dann winkte ich Don heran, der nun grinsend und einen dünnen Aktenordner vor sich her tragend, näher kam, während er den schlanken und beweglichen Rücken des Mädchens zwischen meinen Beinen mit den Blicken eines echten Genießers streifte. Sie trug noch das dunkel-blaue Cocktailkleid, in dem ich sie gestern Nacht im Klub kennengelernt hatte. Ich hatte das Don schon tausendmal erklärt: Diese kleinen Abenteuer bedeuteten mir an sich nichts, aber ich war immerhin fair zu den Frauen. Ich sagte ihnen jedes Mal vorher ganz genau, wie das hier laufen würde. Klipp und klar und völlig unmissverständlich.

Wozu Zeit verschwenden und um den heißen Brei herumreden?

Und bisher hatte das keine einzige gestört.

Den Mädchen war natürlich klar, dass ich reich war, aber auch diesbezüglich nahm ich ihnen schon beim Kennenlernen jede Hoffnung darauf, dass sie es je schaffen könnten, die Frau an meiner Seite zu werden – und vor allem die Frau mit Zugriff auf mein umfangreiches Vermögen.

Das würde niemals passieren.

Ich hatte einfach gerne Sex und ich stand auf Frauen, die ebenfalls gerne Sex hatten, so einfach war das. Das war alles; nur ein bisschen Spaß, keine Verpflichtungen. Keine Nähe, keine Ansprüche hinterher, und in meinem Fall: keine Namen. Zumindest nicht meinen richtigen, sondern irgendeinen, den sie sich aussuchen konnten. Und ja, ›Daddy‹ tat es notfalls auch.

Wer mir begegnete, würde mich schwerlich für einen armen Schlucker halten, aber ich vermied es bewusst, irgend jemandem außerhalb meines engsten Kreises wissen zu lassen, wer ich wirklich war, womit ich mein Geld verdiente und dass einer der reichsten Männer Amerikas mein Vater war.

Ich war nämlich überzeugt, dass das sowohl schlecht fürs Geschäft sein würde, als auch die völlig falschen Frauen aus den völlig falschen Gründen anlocken könnte.

Bisher hatte das jedoch trotzdem keines der Mädchen davon abgehalten, sich mit mir einzulassen. Ich achtete auf meine Ernährung, besuchte regelmäßig das Fitnessstudio und man sagte mir, dass ich ein recht ansehnliches Gesicht hatte. Besonders meine blauen, nachdenklichen Augen und mein dunkler Haarschopf, den auch ein Besuch bei New Yorks bestem Friseur und ein Haarschnitt im Wert von über tausend Dollar nicht zähmen konnten.

Klar, ich genoss es, sie eine kleine Weile in meiner Nähe

zu haben, mit ihnen in einem der Sportwagen aus meiner Sammlung durch die Gegend zu brausen, auszureiten – drinnen wie draußen, versteht sich – und mit ihnen Sex zu haben, sooft wir beide darauf Lust hatten. Für mich war das eine ganz klare Win-win-Situation für alle Beteiligten. Wir genossen den Spaß, solange er anhielt, basta.

Aber außer Sex gab es bei mir nichts zu holen, das machte ich klar. Kein Geld, abgesehen von ein paar großzügigen Geschenken meinerseits – und vor allem: keine Liebe.

Und noch etwas war bei mir völlig ausgeschlossen, und darauf achtete ich sehr genau: Kinder. Da ich im Biologieunterricht aufgepasst hatte, wusste ich, was passieren konnte, wenn man oft und gern Sex hatte. Natürlich benutzte ich stets ein Kondom, aber mir war klar, dass so etwas keinen einhundertprozentigen Schutz darstellte.

Deshalb gab es den Vertrag: Eine Geheimhaltungserklärung, die jede Frau unterschreiben musste, bevor ich mich mit ihr einließ. Dazu gehörte auch eine Verfügung, dass, falls es zu einer Schwangerschaft kommen sollte, sie das Kind abtreiben ließ. Selbstverständlich ganz anonym, in einer Privatklinik, wo einer der besten Spezialisten des Landes arbeitete, und selbstverständlich auf meine Kosten.

Und auch dazu hatte bisher noch keine einzige Nein gesagt.

Das alles wusste auch Don, der sich jetzt grinsend näherte und einen fast schon neidischen Blick auf das enthusiastische Getue der brünetten Schönheit warf, die vor mir auf dem Kissen kniete. Ich konnte ihn gut verstehen. An seiner Stelle wäre ich auch auf mich auch verdammt neidisch gewesen.

Aus irgendeinem Grund war es genau dieser Blick von Don, der mich über die Kante des Abgrunds trug. Ich musste fast schon über mich selbst grinsen, als ich Don den erhobenen Zeigefinger entgegenstrecke, was bedeuten sollte: »Dauert nur noch eine Sekunde, mein Lieber. Ich bin gleich bei dir.«

Während er schweigend wartete, ließ ich mich voll gehen. Die Brünette – mir fiel auf, ich konnte mich beim besten Willen nicht an ihren Namen erinnern, aber das war jetzt auch völlig egal – schien es ebenfalls zu spüren. Ein letztes Mal verdoppelte sie ihre Anstrengung und nahm meinen Schwanz ganz in sich auf, während ihre schlanken Finger enthusiastisch mit meinen Eiern spielten.

Gott, war sie gut!

Sekunden später bäumte ich mich in meinem Sessel auf, während ihre Zunge die Unterseite meines Ständers scheinbar mit Lichtgeschwindigkeit verwöhnte. Als ich schließlich in ihr explodierte, kam es mir vor, als würde ich gleich mehrere Liter auf einmal in ihren gierig saugenden Mund pumpen.

Dies alles geschah zudem völlig geräuschlos, bis auf die schmatzenden Geräusche ihres eifrigen Saugens, die leise von den Wänden widerhallten.

Als es vorbei war, erhob sie sich wortlos und ging hinüber in das angrenzende Badezimmer, ohne Don auch nur eines Blickes zu würdigen. Er war wohl nicht ihr Typ. Die Absätze der eleganten High Heels, die ich ihr gestern während einer nächtlichen Shoppingtour in irgendeiner Edelboutique in Manhattan gekauft hatte, klapperten leise auf dem Marmor des Fußbodens. Dann verschwand sie im Badezimmer, und ich war mit Don allein.

In gespieltem Entsetzen hielt sich Don Simmons den Aktenordner vors Gesicht, während ich grinsend meinen Hosenstall schloss.

»Wie ich sehe, amüsierst du dich mal wieder prächtig, Boss«, sagte Don grinsend, dann wurde er übergangslos ernst. »Tyler, ich habe gerade die Zahlen für das Quartal reinbekommen.«

»Und?«, fragte ich, während mir immer noch ein biss-chen der Kopf schwirrte.

»Der Kursanstieg hat mal wieder jede Erwartung über-troffen. Die Aktionäre werden sehr zufrieden mit uns sein. Das verdanken wir dir.«

»Aber?«, fragte ich, weil ich deutlich spürte, dass da noch ein Aber kommen würde. Ich war mir durchaus meiner Fähigkeiten als CEO bewusst und ich wusste, dass Don mich nicht am frühen Samstag Morgen stören würde, bloß, um mir das ein weiteres Mal zu bestätigen.

»Okay, aber«, sagte Don nach kurzem Zögern. »*Aber* ich glaube, wir haben da ein Problem.«

Was, wie ich schon sehr bald feststellen sollte, so ziem-lich die Untertreibung des Jahrhunderts war.

KAPITEL 2

Sarah

MacGullin Green Industries
Vorzimmer von Michael Wexler

ES WAR meine zweite Woche in der Firma und damals glaubte ich noch, hier so etwas wie eine Zukunft vor mir zu haben. Vor nicht einmal zwei Wochen war ich auserkoren worden, ein Praktikum bei dem renommierten Ökostrom-Giganten MacGullin Green Industries zu beginnen.

Die wenigen Praktikumsplätze bei dieser Firma waren äußerst begehrt unter den Studentinnen und Studenten meines Jahrgangs. Nicht allein, weil die Firma zu einer der größten Industriekonzerne des Landes gehörte, sondern auch, weil sie praktisch ein Mekka für jeden umweltbewussten Studenten darstellte, der sich für ökologische und nachhaltige Energiegewinnung interessierte.

Ein ziemlich nerdiges Fachgebiet, das war mir schon klar. Aber immerhin hing die Zukunft unseres Planeten davon ab. Ganz zu schweigen von der Zukunft unserer eventuellen Kinder. Was mich damals natürlich noch nicht wirklich interessierte. An Kinder dachte ich noch nicht einmal im Entferntesten. Erst einmal wollte ich die Chance, die sich mir geboten hatte, nach Kräften nutzen und im Job beweisen, was ich konnte. Ich würde meinem Chef und allen hier in der Firma zeigen, was für eine kompetente und zuverlässige Mitarbeiterin ich war.

Na ja, das war zumindest der Plan.

Ich musste natürlich noch nebenher an die Uni, aber ich merkte schon, wie ich begann, mich hier richtig wohlzufühlen.

Manchmal kam ich mir sogar ein bisschen schlecht vor, oder beinahe. So ziemlich alle anderen Praktikanten hier, das hatte ich während der Gespräche auf dem Flur und in der Mittagspause mitbekommen, hatten absolute Bestnoten. Durchschnitt eins Komma null. Ich war sicher keine schlechte Studentin, aber da konnte ich nun nicht gerade mithalten. Umso mehr würde ich mich anstrengen, nahm ich mir vor, und mir richtig Mühe geben.

An meinem Aussehen, da war ich mir sicher, konnte es allerdings auch nicht gelegen haben, dass man mich für einen der begehrten Praktikumsplätze ausgewählt hatte.

Ich trug mein Haar damals schulterlang, ziemlich brav und auch ziemlich langweilig. Ich hatte einen von Natur aus sportlichen Körper und ich ging gerne laufen. Aber eher, weil das meinem Kopf befreite und ich so mal auf andere Gedanken kam. Das war wichtig, wenn man ein Studium wie meins auf die Reihe zu bekommen versuchte, denn in die Wiege wurde mir das Lernen nicht gerade gelegt. Von übertriebenem Leistungssport hielt ich aber nicht viel, ich trank auch gern mal ein Glas Wein oder aß ein Stückchen Schokolade – na, gut, manchmal war es eher die halbe Tafel. Schließlich ging ich an die Uni und lebte nicht in einem Kloster.

Auch fand ich mich eher durchschnittlich hübsch. Ich glaubte nicht, dass ich eine echte Schönheit oder so was war. Mit entsprechendem Make-up ließ sich durchaus etwas aus mir machen, klar, aber ich war ganz bestimmt nicht der Typ Mädchen, der Auffahrunfälle verursachte, wenn ich im abendlichen Berufsverkehr auf dem Fußweg unterwegs war.

Abgesehen von meinen beruflichen Ambitionen hier bei MacGullin Green Industries hatte ich allerdings noch ein großes und ziemlich ehrgeiziges Lebensziel. Ich wollte eine Non-Profit-Organisation gründen, mit dem Ziel, Spendengelder für Umweltschutz zu sammeln, besonders in wirtschaftlich benachteiligten Regionen, weil dort der Umweltschutz oft vernachlässigt wurde, damit die Leute überhaupt eine Chance zum Überleben hatten.

Das zu ändern, war meine große Vision.

Allerdings war mir auch schon selbst aufgegangen, dass eine große Vision eben auch nur der erste Schritt zum Ziel war. Außerdem brauchte man natürlich auch Geld, um eine solche Spendenorganisation auf die Beine zu stellen. Erstaunlich viel Geld, wie ich im Gespräch mit Fachleuten und bei Recherchen im Internet herausgefunden hatte.

Aber genau das, da war ich mir sicher, würde ich hier verdienen. Und dabei, ganz nebenbei, noch jede Menge über grüne Energieerzeugung lernen.

Aber ein Schritt nach dem anderen, sagte ich mir.

Wenn ich hier erst mal Fuß gefasst hatte, stand mir der Weg zu meinem Traum vielleicht ebenfalls offen. Vielleicht gelang es mir sogar, die Firma oder zumindest ein paar ihrer prominenten Vertreter für mein Vorhaben zu gewinnen.

Man würde wohl noch träumen dürfen.

Zumindest hoffte ich das damals noch.

Mit meinen beinahe zwei Wochen Berufserfahrung kam ich mir schon fast vor wie eine Alteingesessene, und im Großen und Ganzen war ich mit meinem Praktikum hier ganz zufrieden. Man schonte uns Studenten nicht, aber dafür gab man uns gleich von Anfang an vernünftige Aufgaben. Dieses Praktikum bestand aus wesentlich

mehr, als nur Kaffee zu machen und im Archiv irgendwelche angestaubten Aktenordner alphabetisch zu
ordnen.

Ich würde zunächst in der Verwaltung, sprich in der
Chefetage, anfangen und sollte dann im Verlauf meines
Praktikums auch die anderen Abteilungen kennenlernen.

Es gab aber noch etwas, das ich bei meinen Recherchen
über die Firma herausgefunden hatte, über das wir Praktikanten jedoch nicht offen sprachen. Zumindest nicht im
Gang oder in der Kantine während der Mittagspause.
Außerhalb der Firma war es allerdings Gesprächsthema
Nummer eins unter uns, und mit »uns« meine ich natürlich
hauptsächlich die Studentinnen.

Es ging nämlich das Gerücht, dass der Chef von
MacGullin Green ein echter Playboy war. Aufgrund eines
überragenden geschäftlichen Instinkts war er wohl in
kurzer Zeit sehr reich geworden und schätzte teure, exklu-
sive Kleidung, Getränke, Autos und überhaupt alle möglichen Spielzeuge. Und Frauen gehörten für ihn offenbar
ebenfalls in diese Kategorie. Nach dem, was man so hörte,
umgab er sich nur mit den exklusivsten und schönsten.
Allerdings nur, um sie nach kürzester Zeit völlig herzlos
wieder fallen zu lassen. Gerüchteweise, und es kursierten
jede Menge Gerüchte über diesen Typ, mussten seine
Gespielinnen sogar Geheimhaltungsvereinbarungen unterzeichnen, in denen ihnen unter Androhung hoher Geld-
strafen verboten wurde, jemals über ihre Beziehung mit
Tyler MacGullin zu sprechen. Die absolute Krönung der
Gerüchteküche war allerdings die Version, nach der ihnen
sogar verboten war, jemandem zu verraten, wie er aussah.
Was für ein Freak!

Er musste wohl ein echter Widerling sein und höchstwahrscheinlich so hässlich, dass ihm das selbst peinlich
war. Ich stellte mir ihn in etwa so vor wie Mister Burns aus
der Fernsehserie »Die Simpsons«. Ein verschrobener,

verschrumpelter alter Geldsack, der glaubte, sich mit seinem Geld alles kaufen zu können.

Bäh!

Mir konnte das jedoch vollkommen egal sein, ich hatte nichts mit ihm persönlich zu tun. Dafür war ich nun wirklich etliche Gehaltsstufen zu niedrig angesiedelt. MacGullin Green Industries war in dieser Hinsicht übrigens sehr großzügig, man bezahlte sogar den Praktikanten einen gewissen Obolus. Mit einem richtigen Gehalt einer Angestellten war das natürlich nicht vergleichbar, denn Mister Burns … äh, MacGullin schien die Firma nach dem Motto zu führen: Spitzenkräfte anwerben und diese in der Firma behalten, indem man sie spitzenmäßig bezahlte. Nicht das schlechteste Motto, mochte er privat auch ein noch so abscheulicher Mensch sein.

Allerdings gab es auch einen Wermutstropfen, aber bei welchem Praktikum gab es den nicht? Meiner war allerdings ein richtig großer, fieser Pickel in Menschengestalt.

Damit meinte ich meinen direkten Vorgesetzten, Michael Wexler. Der Typ war einfach ein völlig durchgeknallter Egomane, auch, wenn er am Anfang gern auf Kumpel machte und mich gleich am ersten Tag genötigt hatte, ihn mit dem Vornamen anzusprechen. Ich fand das zunächst toll, doch in Wirklichkeit hatte das bei ihm überhaupt nichts zu bedeuten, wie mir schnell klar wurde.

Eigentlich hätte mir das gleich von Anfang an auffallen sollen. Als ich nämlich bei ihm zum Bewerbungsgespräch vorstellig wurde, wurde ich Zeuge einer zutiefst zerstörenden Szene.

Ich meldete mich zehn Minuten vor der vereinbarten Zeit am Empfang vor seinem Büro. Dort saß an einem riesigen Schreibtisch voller Telefone, säuberlich gestapelte Akten und Computermonitore eine bildschöne Brünette, offenbar seine Sekretärin.

Ich stellte mich bei ihr vor und sie gab mir freundlich

lächelnd zu verstehen, doch bitte noch ein paar Minuten lang Platz zu nehmen, *Michael* hätte gleich Zeit für mich. Also setzte ich mich auf einen der Besucherstühle in der Nähe und versuchte krampfhaft, mir nicht vor Aufregung alle Fingernägel abzukauen. Das war so eine wirklich blöde Angewohnheit von mir, und ich hatte wirklich Mühe, mich zu beherrschen, aber irgendwie schaffte ich es.

Nach ein paar Minuten ertönte ein greller Piepton und die Brünette schrak zusammen, als hätte ihr jemand einen Peitschenhieb verpasst. Sie sprang von ihrem Schreibtisch auf und stakste in ihren absurd hohen High Heels zur Tür von Michaels Büro. Auf dem Weg dorthin warf sie mir ein Lächeln zu, doch dieses wirkte ziemlich aufgesetzt – geradezu nervös. Als erwartete sie da drin ein ganzes Folterkabinett.

Obwohl die Tür von Michaels Büro über dick gepolstert und entsprechend schallgedämmt war, bekam ich doch deutlich mit, dass Michael in seinem Büro förmlich explodierte. Von ihr hörte ich die ganze Zeit über kein einziges Wort, aber keine zwei Minuten später ging die Tür wieder auf und sie trat mit verheultem Gesicht hinaus auf den Flur. Ohne mich noch einmal anzusehen, rannte sie einfach davon. Völlig schockiert sah ich ihr nach, bis sie im Waschraum am Ende des Flurs verschwand. Offenbar war sie gerade von Michael gefeuert worden, denn danach sah ich sie nie wieder.

Die Tür zu Michaels Büro hatte sie bei ihrer Flucht nicht geschlossen und kurz darauf ertönte die fröhliche Stimme meines zukünftigen Chefs aus dessen Büro. »Next!«, rief er in einem Ton, als sei soeben überhaupt nichts passiert und als wäre das hier irgendeine Castingshow und ich eben der nächste Kandidat, der an der Reihe war.

Er musste es zweimal rufen, bevor ich endlich begriff, dass ich gemeint war. Hastig stand ich auf, raffte meine wenigen Unterlagen zusammen und trat mit zitternden

Knien in sein Büro. Mir war ausgesprochen mulmig zumute.

Hinter dem Schreibtisch saß ein mittelmäßig gut aussehender Mann Anfang vierzig, der mich mit einer Herzlichkeit angrinste, die ich glatt hätte für echt halten können, wäre ich nicht soeben Zeuge geworden, wie er seine Sekretärin auf das Übelste runtergemacht hatte.

Michael hätte sogar ein halbwegs attraktiver Mann sein können, wenn er darauf verzichtet hätte, seine Haare mit übermäßig viel Gel nach hinten zu klatschen, und in seinen Augen nicht etwas gelodert hätte, das mich an den Blick eines hungrigen Wolfes erinnerte. Und ja, er hätte einen gelegentlichen Besuch im Fitnessstudio durchaus vertragen können. Oder überhaupt mal einen.

Das also war Michael Wexler, und keine zehn Minuten später hatte ich den Job und er wurde mein neuer Boss. Mein erster Boss überhaupt, hieß das. Sah man einmal von der Leiterin unserer Pfadfindergruppe ab, als ich zwölf oder so war.

Man konnte also sagen, das Bewerbungsgespräch verlief erfolgreich. Was mich allerdings ein wenig irritierte, war der winzige Bluetooth-Lautsprecher in seinem Ohr und dass es manchmal den Anschein hatte, als lausche er irgendwelchen Anweisungen, die ihm durch diesen Ohrstecker gegeben wurden.

Damals dachte ich mir nichts dabei.

Was er mir bei diesem Bewerbungsgespräch allerdings verschwieg, war, dass ich – zumindest übergangsweise – auch gleich noch den Job der brünetten Sekretärin übernehmen sollte, die er soeben gefeuert hatte. Diesen drückte er mir später einfach stillschweigend aufs Auge, zusammen mit dem vagen Versprechen, dass er sich angeblich darum kümmern wolle, schnellstmöglich eine neue Fachkraft einzustellen. Knapp vierzehn Tage später war davon allerdings immer noch nichts zu sehen, und ich konnte mir

nicht vorstellen, dass es an einem Mangel an Bewerberinnen lag.

Ich hatte also alle Hände voll zu tun. Aber das machte
mir nichts aus. Ich suchte eine Chance, um mich zu beweisen, und allem Anschein nach hatte ich sie auch gleich am
ersten Tag bekommen.

Was ich allerdings auch bekommen hatte, war die
äußerst zweifelhafte Aufmerksamkeit meines neuen Chefs.
Und mir war relativ schnell klar, dass die Tatsache, dass er
keine neue Sekretärin einstellte, hauptsächlich darin
begründet lag, dass er mich möglichst oft in seiner Nähe
haben wollte. Das war allerdings ein Wunsch, der absolut
nicht auf Gegenseitigkeit beruhte.

Andererseits, was war schon zu erwarten, wenn diese
Firma – zumindest den Gerüchten nach – von einem absoluten Wüstling geführt wurde, der Mädchen Geheimhaltungsvereinbarungen über seine Identität unterschreiben
ließ? Offenbar versuchte Michael doch lediglich, dem
großen Boss in dieser Hinsicht nachzueifern.

Es gab allerdings auch etwas, das mir in meinem neuen
Job Kraft gab und mich jedes Mal zum Lächeln brachte,
wenn ich es ansah. Das klang vielleicht ein bisschen
kindisch, aber für mich war so etwas nun mal sehr wichtig.
Ich redete von Pinky, dem Glücksferkel. Pinky war ein
kleines rosafarbenes Plüsch-Schwein mit einer süßen
himmelblauen Schleife auf dem Kopf. Meine beste
Freundin Betty hatte es mir zum Einstand in der Firma
geschenkt. Es sollte Glück bringen, hatte sie gesagt, und ich
glaubte fest daran.

Allerdings musste man wissen, dass Betty eine Menge
Dinge erzählte, wenn der Tag nur lang genug dazu war. So
lag sie mir beispielsweise ständig in den Ohren mit dem
Thema, ich solle doch auch einfach mal spontan sein und
mich – ihr absolutes Lieblingsthema – öfter mal flachlegen
lassen.

Ihre Worte, nicht meine.

Ach Betty, wenn du wüsstest.

Sie nannte das übrigens: »Sich ein Stück vom Glücksku-chen abschneiden.« Das war nur einer der vielen Sprüche, mit denen sie ständig um sich warf.

Sie hatte sogar eine eigene Facebook-Seite dafür einge-richtet. Dort verbreitete sie zweimal wöchentlich ihre Lieb-lingsweisheiten zum Thema Glück und Lebensführung, so Sachen wie: »Sei verrückt, sei einzigartig!«, »Sei du selbst, denn alle anderen gibt es schon!«, »Geh lieber aus dir raus, anstatt einzugehen.«

Die meisten dieser Sprüche stammten zwar gar nicht von ihr, aber sie hatte trotzdem jede Menge Follower, die sich von diesen Phrasen motiviert fühlten. Und ich musste zugeben, auch wenn ich die meisten davon nicht besonders originell fand, so hatte sie mit einigen Dingen vielleicht mehr recht, als ich mir manchmal eingestehen wollte.

Betty und ich wollten uns nach der Arbeit treffen und vielleicht würde auch Francis mitkommen, ihr völlig verrückter und definitiv absolut einzigartiger Freund. Freund nicht im Sinne von fester Freund, natürlich, den Francis war – zumindest nach meinem oberflächlichen Verständnis – stockschwul.

Meistens jedenfalls, denn ich hatte ihn durchaus auch schon in weiblicher Begleitung gesehen, Oder zumindest machte seine Begleitung allen Anschein, weiblichen Geschlechts zu sein. Hundertprozentig sicher konnte man sich da nie sein, denn auch Francis lief gelegentlich gern in Frauenkleidung herum, schminkte sich dann kräftig – das ganze Programm eben. Damit wollte ich sagen, er experi-mentierte eben gern, was seine Identität und Sexualität betraf, wogegen ich absolut nichts einzuwenden hatte. So war er eben.

Auch Francis hatte übrigens einen Lieblingsspruch, den Betty vielleicht mal auf ihrer Facebook-Seite posten sollte und den er gern und oft zitierte. Besonders dann, wenn ein attraktiver Vertreter seines in diesem Moment gerade bevorzugten Geschlechts in der Nähe war. Dann sagte er: »Ich lass mich lieber flachlegen, als mich festzulegen!«

Auch eine Einstellung.

Francis war allerdings auch ein wirklich furchtbar lieber Kerl und eine unschlagbare Kapazität, wenn es darum ging, Klamotten oder Schmuck für mich auszusuchen. Davon verstand er jedenfalls deutlich mehr als Betty, was aber auch daran liegen könnte, dass Betty im Gegensatz zu mir nie auf Kleidung oder Accessoires angewiesen war, um die männliche Aufmerksamkeit komplett auf sich zu ziehen.

Sie war in jedem Fall der Typ, der Verkehrsstaus verursachen oder sogar den kompletten Verkehr zum Erliegen bringen könnte. Blonde Mähne, riesige blaue Augen, eine absolute Traumfigur und natürlich Endlos-Beine. Aber sie trug es mit Fassung und ich musste ihr echt zugutehalten, dass sie nie versuchte, die Show an sich zu reißen, wenn wir gemeinsam eine Bar oder einen Klub besuchten. Das musste sie auch gar nicht, es passierte von ganz allein. Kein Wunder bei ihrer Oberweite.

Das aufdringliche Piepsen, das mich in diesem Moment aus meinen Gedanken riss, verriet mir, dass Michael, mein Boss, mich sofort in seinem Büro sehen wollte.

Inzwischen war mir schon mehrfach aufgefallen, dass er mich manchmal ohne wirklichen Grund in sein Büro rief und mir dann irgendwelche Arbeiten gab, die hauptsächlich darauf hinausliefen, dass ich vor ihm herumturnen musste, um an irgendwelche strategisch gut platzierten Aktenordner heranzukommen.

Eine widerliche Masche und überaus durchschaubar.

Doch ich würde nicht klein beigeben. Vermutlich rechnete er sich aus, dass aufgrund unseres ungleichen Machtverhältnisses über kurz oder lang irgendwelche

Gefälligkeiten bei mir herausschlagen konnte. Für ihn war ich wohl nur ein unerfahrenes, junges Studentinnenpflänzchen, reif, von ihm gepflückt zu werden. Ein leichtes Opfer, eine *low hanging fruit*. Schönen Dank auch.

Aber da hatte er sich gewaltig geschnitten. Das würde sicher nicht passieren, und wenn er der letzte Mann auf dem Planeten wäre.

Ich hatte jedenfalls nicht vor, auf diese Weise in der Firma nach oben zu kommen, und ich glaubte auch nicht, dass sein Verhalten hier allgemeine Zustimmung finden würde. Bis jetzt hatte er es allerdings ganz hervorragend verstanden, sich lediglich in Andeutungen und zweideutigen Kommentaren zu ergehen, aus denen ihm kein Betriebsrat juristisch einen Strick drehen konnte, was ihm sicher sehr bewusst war.

Das alles legte ziemlich deutlich nahe, dass er so etwas nicht zum ersten Mal versuchte. Die Tatsache, dass seine letzte Sekretärin heulend aus dem Büro gestürmt war, bestätigte diesen Verdacht noch.

Mit einem innerlichen Augenrollen stand ich also auf, um in sein Büro zu marschieren. Natürlich im Laufschritt, denn Michael schätzte es überhaupt nicht, wenn man ihn warten ließ.

KAPITEL 3

Tyler

Superior-Ranch, die Hamptons, am Rande von New York
Home Office von Tyler MacGullin

NACHDEM DON GEGANGEN WAR, schlug ich die Akte zu, die er mir soeben überreicht hatte, und überdachte unsere aktuelle Lage.

Aus dem Badezimmer waren die gedämpften Geräusche einer prasselnden Dusche und leisen Gesangs zu vernehmen, offenbar gönnte sich meine »Schöne des Tages« eine ausgiebige Duschorgie auf meine Kosten.

Nun, sollte sie ruhig, immerhin war auch ich erst vor Kurzem bei ihr ordentlich auf *meine* Kosten gekommen.

Für einen Moment überlegte ich sogar, ebenfalls hinüber ins Bad zu gehen und sie bei ihrem aktuellen Vorhaben zu unterstützen. Wir könnten uns gegenseitig einseifen und ein bisschen herumalbern, es wäre sicher ein schöner Spaß. Allerdings stand mir im Moment die Laune überhaupt nicht nach einer zweiten Runde, und das hatte rein gar nichts mit ihr zu tun.

Die Brünette hatte bislang noch keine Geheimhaltungsvereinbarung unterzeichnet, und es würde sie wohl auch nicht müssen, denn sie wusste noch gar nicht, mit wem sie es zu tun hatte – wir hatten noch nicht mal richtigen Sex gehabt, was vermutlich ein Jammer war, aber ich war einfach nicht in Stimmung. Ich versuchte vergeblich, mich zu erinnern, ob sie mich irgendwann während der letzten Nacht überhaupt mal nach meinem Namen gefragt hatte. Vermutlich nicht, und so war mir das auch am liebsten.

Ich hatte sie gestern in einem gehobenen Klub der City kennengelernt. Wir waren an der Bar ins Gespräch gekommen, wo ich ihr einen Martini spendierte, und danach war alles irgendwie ziemlich schnell gegangen.

Ein paar Blicke, ein Lächeln, ein paar ziemlich heiße und gewagte Tanzschritte auf dem Dancefloor. Dann war uns beiden ziemlich schnell danach gewesen, den Klub hastig zu verlassen.

Mein Maserati hatte ihr ein atemloses kleines Keuchen entlockt, als ich ihn aus der VIP-Tiefgarage des Klubs hinaus auf die Straße gejagt hatte. Vielleicht hatte sie sogar einen oder zwei Drinks zu viel gehabt, denn sie hatte darauf bestanden, dass ich das Verdeck nach hinten fahren ließ, damit sie in halb aufgerichteter Position ihr langes Haar im Wind flattern lassen konnte. Ich hatte ihr diesen Wunsch gern erfüllt und war mir ziemlich sicher, ihre Knie dabei ein wenig zittern gesehen zu haben.

Ihre perfekt geformten Beine, die unter ihrem leicht nach oben gerutschten Rock hervorschauten, fesselten meine Aufmerksamkeit in fast schon verantwortungsloser Weise, aber irgendwie schaffte ich es doch, mich einigermaßen auf den Verkehr zu konzentrieren, der an uns vorbeischoss. Dabei jauchzte sie die ganze Zeit wie ein kleines Mädchen auf der Schaukel. Ich konnte spüren, wie geil sie der Rausch der Geschwindigkeit machte.

Ein Mädchen ganz nach meinem Geschmack also, denn auch ich hatte schnelle Sportwagen schon immer geschätzt.

Dass sie nicht wusste, wer ich war, und es auch nicht wissen wollte, hielt ich ihr ebenfalls zugute. Einerseits hatte ich keine Lust, Frauen anzuziehen, die letztlich nur hinter meinem Geld her waren, andererseits glaubte ich auch nicht, dass ein Mädchen wie dieses besonders beeindruckt wäre, wenn ich ihr von meiner Leidenschaft für das Entwickeln technischer Geräte und nachhaltigen Umweltschutz erzählte.

Das alles klang nicht besonders sexy, und das war mir durchaus bewusst.

Sollte sie ruhig denken, sie hätte sich für eine Nacht so etwas wie einen Geheimagenten geschnappt, der nicht über seinen Job reden durfte. Immerhin hatte ich ihr das nicht aktiv eingeredet, aber ich würde auch nichts tun, um es ihr jetzt auszureden. Ich mochte einfach eine gewisse Anonymität.

Vielleicht dachte sie auch nur, ich sei irgendein Aktien-Trader, der mehr Geld gescheffelt hatte, als gut für ihn war. Mir war es einerlei.

Ich mochte es einfach, allein und unerkannt durch die teuersten und angesagtesten Klubs der Stadt zu streifen. Die Türsteher dieser Klubs kannten alle mein Gesicht, aber auch sie wussten nicht, zu welcher Firma es gehörte oder womit ich mein Geld verdiente, und das war genau, wie ich es haben wollte. Ich glaubte sogar, dass es das Mysterium um meine Person bei den Frauen noch verstärkte.

Selbst in meiner eigenen Firma kannten nur ausgesprochen wenige das Gesicht ihres Chefs. Ich kannte aber jedes einzelne Gesicht der Menschen, die für mich arbeiteten. Das mochten manche für exzentrisch halten, aber schließlich war es meine Firma, in der ich tun und lassen konnte, was immer mir beliebte. Schließlich trug ich auch die volle Verantwortung.

Ich hatte dafür sogar eine eigene Methode entwickelt, mit meinen Untergebenen zu kommunizieren.

Beispielsweise wurden alle Bewerbungsgespräche von mehreren versteckten Kameras aufgezeichnet, die ich persönlich überwachte. Auf diese Weise war ich zum Beispiel praktisch auch live bei den Einstellungsgesprächen für die neuen Praktikantinnen dabei, welche vorletzte Woche stattgefunden hatten.

Natürlich entschied ich in letzter Konsequenz, wer bei uns eingestellt wurde, aber dabei verließ ich mich auch auf die Kompetenz unserer Personalabteilung, mit welcher ich durch einen Knopf im Ohr kommunizierte.

Eine ziemlich praktische Methode, wie ich fand.

Da sich bei uns fast ausschließlich Studentinnen und Studenten mit absoluten Bestnoten bewarben, fiel die Auswahl manchmal gar nicht so leicht. Aber mir ging es dabei nicht nur um die Noten. Inzwischen war ich ziemlich gut darin, aus meinen stillen Betrachtungen der Kandidatinnen und Kandidaten die richtigen Schlüsse zu ziehen, um zu sehen, wer für unsere Firma geeignet war und wer nicht.

Zum Beispiel dieses etwas schüchtern wirkende Mädchen mit den unauffälligen, mausbraunen Haaren und der Brille, hinter der sie intelligente Augen zu verstecken schien. Michael wollte sie am liebsten gleich wieder zurück in die Uni schicken, das merkte ich sofort. Aber vom ersten Augenblick an fiel mir auf, dass sie etwas Besonderes an sich hatte. Etwas, das man bei den meisten Bewerberinnen und Bewerbern vergeblich suchte und das ich nicht einmal genau benennen könnte. Es war eher ein Gefühl, so etwas wie Instinkt. Ich spürte einfach, wenn es da war. Und schließlich hatte mein Instinkt diese Firma zu dem gemacht, was sie heute war.

Natürlich bekam ich auch alle Bewerbungsunterlagen in Kopie auf den Tisch und bei ihr hatte ich mir sogar die Mühe gemacht, diese herauszusuchen und aufzuschlagen. Sie hieß Sarah und irgendetwas an ihr faszinierte mich, keine Ahnung, was. Vielleicht diese Augen hinter ihrer Brille, vielleicht auch irgendetwas anderes.

Selbstverständlich war sie eine gute Studentin, wenn auch nicht gerade eine ausgezeichnete, sogar ein wenig schlechter als der Durchschnitt, aber immerhin noch im Rahmen unserer Bewerbungsbedingungen. Aber aus ihrer Körpersprache und ihren intelligenten Äußerungen schloss ich sofort, dass sie belastbar und zuverlässig war. Diese Frau schien Pläne zu haben und eine klare Zukunftsvision, und das war etwas, das man bei jungen Menschen heute leider eher selten antraf.

Doch da war noch etwas, das ich mir aus der Ferne jedoch nicht so leicht erklären konnte. Etwas, das vielleicht mit dem Lächeln zu tun hatte, das sich auf ihrem Gesicht für einen Augenblick abgezeichnet hatte, als sie begriff, dass sie die Stelle kriegen würde.

Ich sollte bei Gelegenheit versuchen, mit ihr direkt zu sprechen, nahm ich mir vor. Auch dabei war es äußerst hilfreich, dass kaum jemand in der Firma wusste, wer ich war. Ich hätte mich sogar als Hausmeister verkleiden können und die meisten Mitarbeiter hätten keine Notiz von mir genommen.

Irgendwie ein witziger Gedanke.

Aber nun wurde es Zeit, mich abschließend um die Brünette zu kümmern, damit ich mich endlich dem Tagesgeschäft widmen konnte. Ich stellte mir vor, dass sie die verwöhnte Tochter irgendeines reichen Daddys war und das im Hauptberuf, während unserer eher knappen Gespräche hatte sie nicht einmal flüchtig ihren Job erwähnt oder auch nur von beruflichen Ambitionen gesprochen, weshalb ich davon ausging, dass sie beides nicht besaß. Der Eintritt zu dem Klub, wo ich sie aufgegabelt hatte, kostete 100 Dollar – falls man überhaupt so weit kam.

Bei mir sah der Vormittag allerdings deutlich stressiger

aus und deshalb war es jetzt höchste Zeit, dass ich sie loswurde.

Ich würde also James bitten, ihr die üblichen Präsente zukommen zu lassen, natürlich anonym und ohne Absenderadresse. Ebenso sollte er ihr auf die gewohnte Art verklickern, dass es nicht erwünscht war, dass sie jemals wieder hier auftauchte und dass sie am besten vergessen sollte, dass diese Ranch und ihr einziger Bewohner überhaupt existierten.

Sie würde es verstehen, das war mir klar, es klaglos akzeptieren wie alle anderen und höchstwahrscheinlich später vor ihren Freundinnen mit der Nacht angeben, die sie mit dem mysteriösen Unbekannten verbracht hatte. Das machten die meisten Mädchen, mit denen ich schlief, und es hatte natürlich zur Folge, dass ich niemals Probleme hatte, neue, aufregende Frauen in den Klubs kennenzulernen.

Doch nun hatte ich wirklich erst mal andere Probleme.

Das, was Don in den Unterlagen gefunden hatte, könnte sich als Problem von wahrhaft gigantischen Ausmaßen herausstellen. Das nachzuprüfen und Dons Verdacht nachzugehen, würde mich definitiv noch bis in das kommende Wochenende hinein beschäftigen, was bedeutete, dass ich meiner bezaubernden brünetten Gespielin leider schon jetzt den Laufpass geben musste. Das hieß, sobald sie aus der Dusche kam.

Eine Wiederholung unseres kleinen Stelldicheins würde es jedenfalls nicht geben. Was das betraf, hatte ich meine festen Prinzipien. Und ich hatte nicht vor, diese jemals zu brechen, selbst wenn die süßen Schmolllippen und der Mund der Kleinen noch so talentiert sein mochten.

Das, was Don herausgefunden hatte, könnte sich als wirklich ernst herausstellen und würde meine gesamte Aufmerksamkeit fordern. Außerdem fand am kommenden

Freitag noch dieses dämliche Sommerfest für die Neuankömmlinge statt.

Eigentlich hätte ich gar nicht hingehen müssen, aber
auch das gehörte nun mal zu meinen festen Traditionen.
Die wenigen Leute, die mein Gesicht in der Firma kannten,
hätten mich sonst sicher vermisst, was wiederum zu Fragen
hätte führen können, welchen ich im Moment lieber aus
dem Weg gehen wollte. Insbesondere in Anbetracht dessen,
was Don soeben herausgefunden hatte.

Offenbar hatten wir einen Punkt erreicht, an dem ich
mich fragen musste, wem in der Firma ich überhaupt noch
vertrauen konnte.

KAPITEL 4

Sarah

MacGullin Green Industries
Vorzimmer von Michael Wexler

AUCH WENN DER Weg von meinem Schreibtisch auf dem Flur zu Michaels Büro ziemlich kurz war, so war ich doch ziemlich außer Atem, als ich dort ankam.

Michael war regelrecht pedantisch, was die Kleiderordnung im Büro betraf. Angeblich wollte er damit das professionelle Image der Firma repräsentieren.

In der Realität sah das dann allerdings so aus, dass er die männlichen Praktikanten und Untergebenen kaum eines zweiten Blickes würdigte, da genügte es vollauf, wenn sie in einem halbwegs passenden und sauberen Anzug im Büro erschienen.

Bei den weiblichen Angestellten seiner Abteilung schaute er gern ein zweites oder auch drittes Mal hin und bei uns Praktikantinnen ganz besonders. Die offizielle Vorschrift besagte, dass wir in Kostüm und geschäftsmäßigem Schuhwerk zu erscheinen hatten.

Wobei sich Michael in der Auslegung dieser Vorschrift einige Freiheiten herausnahm oder vielmehr: Sie zu seinen

Gunsten auslegte. So kursierte beispielsweise das Gerücht, dass er schon mal einer Praktikantin aus einem streng katholischen Elternhaus mit Rauswurf gedroht hatte, bloß, weil die sich weigerte, einen Rock anzuziehen, unter dem ihre Knie zu sehen waren.

Auch wenn ich fand, dass ich einigermaßen hübsche Beine hatte und mich durchaus nicht scheute, diese zu zeigen, so fand ich es doch eine Ungeheuerlichkeit von Michael, falls das Gerücht tatsächlich stimmte. Aber steckte denn nicht in jedem Gerücht zumindest auch ein Körnchen Wahrheit?

Was die »geschäftsmäßigen« Röcke oder Businesskostüme betraf, so durften diese nach Michaels Ansicht gern auch mal etwas kürzer sein als nur bis übers Knie, ihn hätte es vermutlich nicht einmal gestört, wenn wir mit nichts als einem breiten Gürtel bekleidet zur Arbeit erschienen wären. Außerdem legt er großen Wert auf hochhackige Schuhe, vorzugsweise aus schwarzem Lack und mit Riemchen. So spezifisch, wie er das formulierte, konnte ich mir allerdings kaum vorstellen, dass es so auch in den offiziellen Regularien der Firma stand. Man hätte allerdings glatt glauben können, dass mein neuer Boss einen Schuhfetisch hatte. Und wer weiß, vielleicht stimmte das sogar?

Als ich in sein Büro trat, nachdem ich kurz angeklopft hatte, blickte Michael von seinem Schreibtisch auf. Sein Gesichtsausdruck sollte mir wohl vermitteln, dass es seiner Ansicht nach viel zu lange gedauert hatte, bis ich in seinem Büro aufgetaucht war, nachdem das Signal auf meinem Tisch ertönt war.

In seinen Augen las ich jedoch noch etwas ganz anderes. Darin war jetzt eindeutig wieder der hungrige Wolf erwacht, der mich jetzt genüsslich von oben bis unten mit Blicken musterte, wie das ein Gast in einem Feinschmeckerrestaurant mit einem saftigen Steak tun mochte, bevor er es verschlang. Na klasse.

Ich kam mir vor wie ein Ausstellungsstück. Vermutlich war es aber auch genau das, was Michael sowieso die ganze Zeit in mir sah.

»Es wird bald Zeit für die vierteljährlichen Evaluationsbögen, Sarah«, eröffnete er unser Gespräch ohne ein »Hi!«, oder irgendeine andere Art von Begrüßung, obwohl wir uns an diesem Tag noch nicht begegnet waren. »Das heißt, ich werde eine Menge Zeit darauf verschwenden müssen, die Leistung der neuen Praktikanten einzuschätzen. Das ist natürlich wichtig, damit wir uns später für die richtigen entscheiden, wenn es darum geht, welche von euch wir vielleicht übernehmen. Da bin ich lieber jetzt schon streng, als mich später mit faulen Angestellten herumzuplagen. Das verstehst du doch, oder?«

Ich nickte. Allerdings wusste ich in dem Moment nicht recht, worauf er mit seiner Ansprache hinauswollte. Bislang war ich immer pünktlich gewesen und hatte alle Aufgaben so gut erfüllt, wie ich eben konnte, und sogar zur allgemeinen Zufriedenheit. Sogar die, welche Michael sich nur ausgedacht hatte, um mir auf den Hintern starren zu können.

»Also, wie schätzt du bislang deine Arbeit hier ein, Sarah?«

Für einen Moment war ich versucht, einfach mit den Schultern zu zucken, aber dann überlegte ich mir schnell, dass das vielleicht die falschen Signale aussenden könnte. Stattdessen lächelte ich Michael also ganz unschuldig an und sagte: »Mir gefällt meine Arbeit hier sehr gut und ich versuche nach Kräften, alle Aufgaben zu bewältigen, Michael. Ich weiß, ich muss noch viel lernen, aber deswegen bin ich schließlich hier, nicht?«

Michael runzelte die Stirn, mit dieser Antwort hatte er wohl nicht gerechnet.

Dann nickte er langsam.

Er wirkte irgendwie enttäuscht. Vielleicht hatte er

gehofft, dass ich mich vor ihm auf die Knie werfen und ihn anflehen würde, mich im Evaluationsbogen günstiger zu bewerten. Vielleicht gegen eine kleine Gefälligkeit meinerseits?

Das konnte er allerdings mal schön vergessen.

Ich war bereit, vieles zu tun, um einen Arbeitsplatz in dieser Traumfirma zu ergattern, aber vor einem Widerling wie Michael auf die Knie zu gehen, gehörte definitiv nicht dazu.

Das Lächeln auf meinem Gesicht fühlte sich allmählich an wie eingefroren, deshalb fragte ich: »Wäre das dann erst mal alles oder haben Sie noch weitere Aufgaben für mich, Michael?«

Er verlangte von uns, dass wir ihn so ansprachen. Mit dem Vornamen, was wohl eine kollegiale Vertrautheit erzeugen sollte, ihn dann aber trotzdem siezen. Völlig schwachsinnig, wie ich fand.

»Sind Sie vertraut mit dem Projekt unten in Arizona?«, fragte er mich mit einer hochgezogenen Augenbraue. Das sollte wohl irgendwie lässig wirken, für mich sah es allerdings einfach nur dämlich aus.

»Die Windkraftanlagen?«, fragte ich.

Meine Hausaufgaben hatte ich jedenfalls gemacht, diesbezüglich wollte ich ihm gar nicht erst einen Ansatzpunkt für Kritik liefern.

Das fiel auch ihm auf, und er nickte anerkennend, wenn auch eine Winzigkeit von Enttäuschung darin mitzuschwingen schien. Er hätte mich wohl lieber dabei ertappt, keine Ahnung von dem Sachverhalt zu haben.

Eins zu null für mich, Michael, dachte ich.

»Genau«, sagte er. Dann deutete er zum Fenster, einer riesigen Panorama-Glasfront, welche eine komplette Seitenwand seines Büros einnahm. »Ich muss mir schnellstmöglich einen Überblick über das gesamte Projekt verschaffen. Bitte ordne mir die Projektakten quartalsweise und dann mach mir eine grobe Aufstellung der bisherigen Projektausgaben, ja?«

Ich folgte seinem ausgestreckten Zeigefinger und sah, dass er die betreffenden Akten in einem Schrank am Fenster abgelegt hatte.

Selbstverständlich in der untersten Schublade.

Genau dort, wo auch sein ekliger Chauvinismus hingehörte, meiner bescheidenen Meinung nach.

»Okay«, sagte ich.

Dann machte ich mich daran, die Aktenordner der Reihe nach aus dem Regal zu ziehen.

Michael sah mir schweigend dabei zu.

Als ich einen ersten Arm voll aufgesammelt hatte und ihn nach draußen tragen wollte, sagte er: »Nein, Sarah. Machen Sie das doch bitte gleich hier. Ich arbeite mich parallel dazu am Computer in die Sachlage ein und werde Sie immer mal zu Einzelheiten abfragen müssen. Da wäre es doch völlig umständlich, wenn Sie jedes Mal von Ihrem Schreibtisch aufstehen und herkommen müssten.«

Na klar. So also sollte der Hase laufen.

Ich warf ihm einen Blick zu. Mittlerweile war zu dem wölfischen Glitzern in seinen Augen noch ein echtes Haifischgrinsen dazugekommen. Ich hielt ihm die Akten entgegen und machte einen fragenden Gesichtsausdruck. Schließlich konnte ich die Ordner ja schlecht in der Luft jonglieren, während ich nach den Daten darin suchte.

Er deutete auf das Fensterbrett. Natürlich. Ein Tisch oder gar ein Stuhl wären auch zu viel verlangt gewesen. Und natürlich war das Fensterbrett in einer Höhe, die es erforderlich macht, dass ich ihm auch dabei praktisch wieder meinen Hintern die ganze Zeit entgegenstreckte, um die Akten durchsehen zu können.

Mir war vollkommen klar, dass dies der wahre Grund für die ganze Aktion war. Ich fragte mich, ob Michael morgens manchmal extra eine Stunde früher ins Büro kam, um sich diese Art von Spielchen auszudenken.

Hatte er denn nichts Besseres zu tun?

Er machte allerdings auch gleich auf eilig und dringend. »Na los!«, rief er. »Wir haben nicht den ganzen Tag dafür und ich muss bis heute Abend das Audit vorbereiten. Auf geht's, Sarah!«

Nach dieser kleinen Motivationsansprache senkte er den Blick und tat so, als würde er sich jetzt mit dem Laptop auf seinem Schreibtisch befassen, doch ich wusste genau, dass er mich die ganze Zeit mit seinen gierigen Blicken mustern würde. Also nahm ich die große Topfpflanze, die auf einem Wägelchen neben dem Fenster stand und schob sie so vor das Fensterbrett, sodass ich dahinter wenigstens ein bisschen vor seinen schleimigen Blicken verborgen war. Dieses Spiel konnte man nämlich auch zu zweit spielen!

Ich fürchtete fast, den Bogen damit überspannt zu haben, aber Michael schwieg und sah mich nur böse an.

Ich war nun mal kein Flittchen, und das mussten Typen wie dieser Widerling Michael Wexler einfach mal begreifen, sonst lernten sie es nie. Das konnte Betty wohl kaum meinen, wenn sie sagte, ich solle mich mal etwas trauen. Das wäre keine Mutprobe, sondern eher das willkürliche Überschreiten einer Ekelgrenze.

Nein, danke!

Ich legte die Akten also nebeneinander auf dem Fensterbrett aus und als ich ihm das nächste Mal einen Blick zuwarf, sah ich in Michaels Augen so etwas wie schwer unterdrückte Wut. Dann nickte er mir kaum merklich zu, die eiskalten Augen zu schmalen Schlitzen verengt und machte sich wieder über seine eigentliche Arbeit her.

Irgendetwas sagte mir, dass diese Sache noch ein Nachspiel haben würde, und kein besonders erfreuliches. Was, wie ich schon sehr bald feststellen sollte, allerdings eine gewaltige Untertreibung war.

KAPITEL 5

Tyler

DAS PROBLEM, von dem Don gesprochen hatte – so viel war mir inzwischen klar, betraf hauptsächlich die Windkraftanlagen, die wir an der Grenze zu Arizona errichtet hatten.

Es war eine völlig neue Generation von Windrädern, die auf einer einfachen, aber sehr wirkungsvollen Optimierung der Steuerung basierten, welche wiederum auf einem ausgeklügelten Algorithmus beruhte, den ich als eine Art Hobbyprojekt während meines Studiums entwickelt hatte. Ich hatte die Herstellung der Räder von der Idee über die Forschung bis zum fertigen Produkt persönlich überwacht, man könnte fast sagen, sie waren so etwas wie meine Babys.

Und sie waren eins der Projekte, die mir persönlich am Herzen lagen, denn meine Optimierungen sorgten dafür, dass diese Windkrafträder mit einer wesentlich höheren Stromausbeute betrieben werden konnten als herkömmliche. Und das wiederum bedeutete, dass man weniger Windräder errichten musste, um dieselbe Menge Strom zu generieren. Weniger Kosten, weniger Belastung für die Umwelt, und genau darum ging es mir.

Die Sache mit den Windrädern war mir nicht zuletzt auch deshalb so wichtig, weil sie ein Beispielprojekt darstellte, welches landesweit Auftraggeber dazu inspirieren sollte, unsere günstigen und effizienteren Methoden zur Energieerzeugung einzusetzen. Dies wäre natürlich ein Milliardengeschäft für meine Firma gewesen, aber viel wichtiger war mir, dass wir damit die Landschaft der umweltbewussten Energieerzeugung völlig umkrempeln konnten.

Endlich würden wir Nägel mit Köpfen machen, was den Erhalt unserer Mutter Erde betraf.

Dinge, die im Moment noch als ineffizient abgelehnt wurden, würden plötzlich in den Fokus wichtiger Investoren gelangen, sobald wir erst ihre Wirtschaftlichkeit nachgewiesen hatten. Leider war es eben so, dass man manchen Menschen selbst solche naheliegenden Dinge wie Umweltschutz nur über den finanziellen Vorteil schmackhaft machen konnte, den ihnen die Sache einbrachte. Und das war das Schöne an meinen neuen Windrädern: Sie waren in jeglicher Hinsicht attraktiv, selbst für die Geldhaie, denen die Umwelt völlig egal war, die sie aber einsetzen konnten, um damit Kosten zu sparen.

Eine elegante Lösung also für alle Beteiligten.

Das hatte ich zumindest gedacht, bis Don mir die aktuellen Zahlen unter die Nase gehalten hatte.

Die Testbögen hätten völlig andere Werte zeigen sollen als die, welche ich nun in der Hand hielt. Ich kapierte einfach nicht, wieso das so war. Unsere neuartigen Windräder waren auf einem abgelegenen Landstrich an der Grenze zu Arizona errichtet worden. Das Gelände gehörte meiner Firma und war weitläufig abgesperrt. Ich hatte diesen Landstrich mit Bedacht ausgewählt, weil er einen repräsentativen Durchschnittswert für die Klimabedingungen der gesamten Umgebung aufwies. Wenn die Räder dort funktionierten, sollten sie es auch überall sonst tun.

Bloß taten sie das offenbar nicht.

Die Abweichungen von meinen im Labor errechneten Ergebnissen waren derart groß, dass ich mir das einfach nicht erklären konnte. Ich hatte mich nun schon seit mehreren Stunden mit den Plänen und den Testergebnissen beschäftigt und konnte einfach keinen Fehler in meinen Berechnungen finden. Die Konstruktion der Windräder war perfekt, oder doch beinahe.

Das bedeutete, dass ich mich eingehender mit der Sache würde beschäftigen müssen. Und dies wiederum bedeutete, dass ich ein längeres Gespräch mit Michael würde führen müssen, denn ihm unterstand das gesamte Projekt. Auch das war etwas, worauf ich eher weniger Lust hatte.

Michael hatte ich während der Studienzeit kennengelernt und er war schon damals von uns beiden derjenige, der mehr von Buchhaltung verstand. Zahlen und Exceltabellen waren seine Welt.

Zumindest war das damals so.

Ich glaubte, inzwischen hatte ich ganz gut aufgeholt und der Geschäftserfolg meiner Firma sprach einigermaßen für sich. Ich hatte ihn kurz nach der Gründung eingestellt, weil er mir bei einem gemeinsamen Dinner zu verstehen gab, dass er in der Immobilienfirma, wo er nach dem Studium angefangen hatte, nicht besonders glücklich war. Außerdem konnte ich ihm Aussichten auf deutlich bessere finanzielle Konditionen bieten. Ich war froh, ihn an meiner Seite zu wissen, und bereits zwei Monate später konnte ich mein Versprechen ihm gegenüber wahr machen. Danach verdiente er gut das Fünffache von dem, was ihm sein Job in der Immobilienbranche eingebracht hätte.

Anfangs war das auch eine wirklich gute Entscheidung.

Michael hatte mit mir zusammen Dinge auf den Weg gebracht, welche die Firma erst zu dem gemacht hatten, das sie heute war.

Allerdings hatte sich Michael in dieser Zeit persönlich verändert.

Als Studenten waren wir beide wahrlich keine Kostverächter, was die Mädels betraf. Da wir uns ein Zimmer geteilt hatten, kam es bisweilen sogar vor, dass wir beide in weiblicher Begleitung praktisch im selben Raum die Nacht verbrachten. Einmal sogar mit Zwillingsschwestern und es war so eine Art Running Gag zwischen uns, dass wir uns später oft gefragt hatten, ob die beiden nicht mitten in der Nacht die Partner getauscht haben könnten, ohne dass wir es mitbekamen.

Wir waren uns bis heute nicht sicher.

Doch leider hatte Michael es irgendwie nie geschafft, den unbeschwerten Leichtsinn dieser Studententage hinter sich zu lassen.

Immer wieder kamen mir Beschwerden von insbesondere jungen Praktikanten zu Ohren, die haarscharf an sexueller Belästigung vorbeischrammten. Und das war etwas, das ich in meiner Firma keinesfalls duldete.

Es war das eine, wenn ich in irgendwelchen Bars Mädels kennenlernte, sie über die Tatsachen, die sie zu erwarten hatten, ins Bild setzte und wir uns dann ein oder zwei Nächte lang ein bisschen austobten. Etwas völlig anderes war es hingegen, das Hierarchiegefälle in einer Firma auszunutzen, um sich sexuelle Gefälligkeiten von Untergebenen zu erschleichen – ein absolutes No-Go.

Das Perfide daran war bloß, dass Michael das so geschickt machte, dass man ihm bisher kein wirkliches Fehlverhalten nachweisen konnte. Aber mir waren gewisse Dinge über ihn zu Ohren gekommen, und denen würde ich ebenfalls nachgehen. Hinzu kam, dass er unlängst seine

Sekretärin gefeuert hatte, mal wieder – die dritte in diesem Jahr.

Ich griff also mit etwas Widerwillen zu meinem Handy, um Michael eine entsprechende Nachricht zu schicken.

Doch dann überlegte ich es mir doch anders. Da ich am Wochenende ohnehin zumindest kurz beim Sommerfest für die Praktikanten würde aufkreuzen müssen, konnte ich ihn mir auch gleich da zur Brust nehmen. Michael gehörte schließlich zu den wenigen in der Firma, die mein Gesicht kannten.

KAPITEL 6

Sarah

Sunshine Bar, Manhattan, New York

»TUT MIR LEID, tut mir leid!«, rief ich quer durch den Raum, während ich auf den Tisch zusteuerte, wo schon Betty und Francis saßen und offenbar auch ohne mich bereits jede Menge Spaß hatten. Die Sunshine-Bar war äußerst beliebt unter Manhattans After-Hour-Veteranen und auch einer unserer Lieblingstreffpunkte.

Ich war fast eine Stunde zu spät. Schönen Dank auch, Michael.

Die Stimmung in der Bar war offenbar gerade richtig auf dem Siedepunkt angelangt. Wie üblich um diese Uhrzeit wetteiferten die beiden DJs mit angesagten Tunes um die Aufmerksamkeit der Gäste. Auch heute Abend war die Musik echt spitze, ich kam gleich in Tanz- und Feierlaune.

Betty und Francis winkten mir fröhlich zu und ich ging zu ihnen an den Tisch. Dort ließ ich mich erschöpft auf einen der Stühle fallen, den die beiden mir netterweise freigehalten hatten, und streifte meine High Heels von den Füßen.

Tat das gut.

Ich erklärte ihnen, dass mein Chef Michael mich zu einer nicht geplanten Überstunde verdonnert hatte, damit ich seine dämlichen Windkraft-Akten für ihn vorbereitete, während er mich die ganze Zeit mit seinen gierigen Blicken verschlingen konnte, während er so tat, als würde er selbst auch einer sinnvollen Arbeit nachgehen. Dass ich dieses primitive Manöver sofort durchschaut hatte, schien ihn dabei nicht im Geringsten zu stören.

Michael war echt gut darin, einem den Tag auch noch bis in den Feierabend hinein zu verderben. Ich hatte praktisch den gesamten Arbeitstag in seinem Büro verbracht, er hatte sogar das Mittagessen für uns beide ins Büro kommen lassen, das ich auf dem Fensterbrett sitzend in mich hineinschlang, was schlimm genug war. Vermutlich hatte er gehofft, ich würde es auf seinem Schoß sitzend verzehren, aber da hatte er sich gewaltig geschnitten.

Er hatte nicht einen anzüglichen Kommentar gemacht oder sonst irgendetwas, das eine Beschwerde gegen ihn rechtfertigen würde. Er gab mir aber trotzdem das Gefühl, für ihn so etwas wie ein persönliches Sexobjekt zu sein.

Einfach nur ekelhaft.

Den letzten Teil erzählte ich meinen Freunden allerdings nicht, ich wollte ihnen nicht die Stimmung verderben und sollte sich in der Firma herumsprechen, dass ich solche Sachen über meinen Chef verbreitete, ohne sie beweisen zu können, würde ich mächtig Ärger bekommen.

Doch nun wollte ich endlich abschalten, es war Feierabend angesagt!

»Ach, du Arme«, bedauerte mich Betty, nachdem ich ein bisschen über mein Arbeitspensum gejammert hatte. Dann nahm sie mich in den Arm. Es tat gut, eine Freundin wie sie zu haben. Das konnte Francis natürlich nicht auf sich sitzen lassen. Er stand auf und ging zu uns herüber, um uns beide zu umarmen, und schon bildeten wir eine Art gefühlsduseligen Schmuseball. Die anderen Gäste mussten uns für völlig bescheuert gehalten haben, aber das war mir in diesem Moment echt egal. Selbst die aufdringlichen Blicke von Michael konnte ich jetzt mal vergessen und mich ganz auf den Feierabend konzentrieren. Ich hatte wirklich die besten Freunde der Welt.

»Also, Süße, wie geht es dir sonst?«, fragte Francis, als wir uns wieder einigermaßen aus unserer Gruppenknuddelei gelöst hatten.

»Das Übliche – viel Arbeit«, sagte ich und musste dabei schon wieder an Michael denken. Verdammt. »Die Firma ist toll und ich lerne wirklich jede Menge interessanter Sachen. Ich muss nur erst mal ein bisschen da ankommen, weißt du, Francis?«

Betty nickte verständnisvoll, aber Francis blickte mich mit aufgerissenen Augen an und klimperte mit den künstlichen Wimpern, die er heute trug. »Francis?«, fragte er entrüstet. Dann fuchtelte er mit seiner Hand durch die Luft, als hätte ich ihn gerade mittelschwer beleidigt. »Ich weiß nicht, wo du hier einen Francis siehst. Mein Name ist Faye.«

Aha.

Auch das war so typisch Francis. Seine aktuellen Rufnamen wechselt er ungefähr so häufig wie seine Ansichten zu seinem Geschlecht und seiner sexuellen Orientierung. Oder seine Geschlechtspartner. Ein echter Paradiesvogel eben.

»Faye?«, fragte ich ein bisschen amüsiert, mit hochgezogenen Augenbrauen. »Ernsthaft?«

Darüber mussten wir alle drei wieder kräftig lachen, und dann kam endlich mein erster Drink, für die anderen war es schon Runde zwei. Heute war Cocktail-Hour, und sie hatten mir bereits einen leckeren *Paloma*-Cocktail mitbestellt, wie lieb von ihnen!

Nachdem wir eine Weile schweigend an unseren Drinks

genuckelt hatten, begann Betty wieder mit ihrem Lieblingsthema. »Und, meine Schöne«, sagte sie. »Wie steht's an der
anderen Front?«

»Andere Front?«, fragte ich verwirrt.

»An der Flachlege-Front, meint sie wohl«, erläuterte
Francis … ich meine, Faye, augenzwinkernd – was ein
wirklich faszinierender Anblick war. Ich verstand nicht, wie
er es hinbekam, dass die gefühlt fingerlangen Wimpern an
seinen Augenlidern kleben blieben, ohne sich ständig inein-
ander zu verhaken wie ein Klettverschluss. Mich erinnerten
seine Augen ein klein wenig an die Fangblätter einer
fleischfressenden Venusfliegenfalle.

»Ach, das Übliche«, sagte ich leichthin. »Ich vögele mich
bedenkenlos durch die New Yorker Männerwelt, wie eh
und je.«

»Och, du hast es gut!«, rief Faye und verdrehte genieße-
risch die Augen. »Aber lass mir auch noch ein paar Schnu-
ckelige übrig, okay?«

Ich versprach es, was für einen neuen Lachflash sorgte.
Pierre, unser bevorzugter Barmixer, musste die Cocktails
heute wohl besonders stark gemixt haben.

Nach einer Weile kriegten wir uns wieder ein.

»Also, Leute. Ich hab mit Peter Schluss gemacht«,
verkündete Betty, ohne dass jemand sie danach gefragt
hatte. Peter, erinnerte ich mich dunkel, war so ein Cowboy,
der irgendwo aus dem mittleren Westen stammte. Ein
echter Traumtyp, zumindest optisch, mit einem Körper wie
Magic Mike und Augen so blau und weit wie der Himmel
über der Savanne.

Allerdings hatte ich kaum ein Wort verstanden, wenn er
mal den Mund aufgemacht hatte, weil er so einen breiten
Südstaaten-Akzent hatte. Betty schien das nie gestört zu
haben. Ich vermutete, dass die beiden die meiste Zeit mit
anderen Dingen als Reden zugebracht hatten.

Dass sie mit ihm Schluss gemacht hatte, überraschte

allerdings niemanden. So war Betty eben, und trotzdem kriegte sie es jedes Mal hin, dass die Kerle ihr nicht böse waren. Ich war mir ziemlich sicher, sie könnte jede ihrer zahlreichen verflossenen Liebschaften anrufen und der Kerl stünde fünf Minuten später auf der Matte.

Das war auch etwas, worum ich sie ein bisschen beneidete. Ich hatte bisher ganze zwei Beziehungen gehabt und bei der ersten war ich mir noch nicht mal sicher, ob diese überhaupt diese Bezeichnung verdiente.

Auf jeden Fall würde ich vor Scham im Boden versinken, wenn ich einen von den beiden Typen je wiedersehen würde.

Mein erstes Mal war alles andere als romantisch gewesen, ich wollte es einfach nur hinter mir haben. Auf einer Strandparty der Erstsemester lernte ich diesen Typen kennen. Ein Student, er sah passabel aus, aber seinen Namen hatte ich nie erfahren. Allerdings war ich genau aus diesem Grund überhaupt erst auf die Party gegangen. Ich wusste, es würden jede Menge Kerle da sein und es war mir einfach peinlich, immer noch Jungfrau zu sein. Also beschloss ich ganz gezielt, das zu ändern, und suchte mir einen, der diesen Umstand beheben sollte.

Irgendeinen.

Ja, ich wusste, keine besonders clevere Entscheidung, aber immerhin bestand ich darauf, dass er ein Kondom benutzte, und letztlich war die Sache dann auch ziemlich schnell und ohne große Schmerzen vorbei. Nachdem wir ein bisschen herumgeknutscht hatten, verschwanden wir hinter den Dünen (vorsorglich, wie ich war, hatte ich eine Decke mitgebracht) – und ein paar Minuten später hatte ich es hinter mir. Danach sah ich ihn nie wieder.

Ein paar Monate später lernte ich Sam kennen, ebenfalls einen Studenten, der echt nett war, zumindest am Anfang. Wir gingen ein paar Mal aus und irgendwann hatten wir dann auch Sex miteinander. Doch wenn ich ehrlich sein sollte, war es vermutlich genau das, was mich davon abgehalten hatte, daraus eine längerfristige Beziehung zu machen.

Sam war irgendwie merkwürdig. Heute erinnerte ich mich hauptsächlich daran, dass er mir beim Sex immer ins Ohr gehechelt hatte wie ein Hund, warum auch immer. Er glaubte wohl, das würde mich anmachen. Nach gefühlt drei Stößen war er dann aber auch schon fertig, während ich noch nicht mal richtig in Stimmung gekommen war, und danach führte er sich auf, als habe er gerade in einer stundenlangen Orgie einen ganzen Harem von Frauen geschwängert. Ach ja, der gute alte Sam.

Und das war sie dann auch schon, die Gesamtheit meiner bisherigen sexuellen Erfahrungen. Beeindruckend, nicht?

Aber im Moment hatte ich sowieso keine Zeit für solche Sachen. Das Studium und mein Job nahmen mich voll in Anspruch. Nicht, dass ich nicht hin und wieder einmal Lust gehabt hätte, ein bisschen auszubrechen. Aber ich konnte mir einfach nicht vorstellen, ständig irgendwelche lockeren Affären zu haben, wie Francis und Betty. In dieser Hinsicht war ich echt altmodisch. Ich glaubte eben an die echte Liebe, auch wenn das vielleicht in der heutigen Zeit völlig naiv war, und die meisten Leute dachten, dieses Gefühl gab's nur noch am Ende von irgendwelchen Hollywood-Filmen.

Aus diesem Grund nahm ich auch die Pille nicht mehr. Die verursachte mir nämlich manchmal Hitzewallungen aufgrund der Hormonumstellungen und da ich sowieso nicht glaubte, dass ich in absehbarer Zeit Sex haben würde, konnte ich mir das Geld auch sparen. Schließlich war das Studium schon teuer genug, und ich war ohnehin immer knapp bei Kasse.

Sollte ich dann doch irgendwann, in weiter Zukunft, jemanden kennenlernen, konnte ich jederzeit wieder damit anfangen, sie zu nehmen. Ich stand ohnehin auf dem Standpunkt, dass man frühestens nach dem dritten Date Sex haben sollte, abgesehen von meiner überstürzten Entjungferung damals. Auch, wenn Betty meinte, dass sich wegen dieser Einstellung irgendwann noch mal als alte Jungfer sterben würde. Lieber eine alte Jungfer als ein Flittchen, oder?

Eine knappe halbe Stunde später waren wir bereits eine Runde *Palomas* weiter. Pierre mixte den erfrischenden Tequila-Cocktail mit Grapefruit-Limonade heute aber auch wieder ganz besonders lecker. Das hatte allerdings auch zur Folge, dass ich mal wieder in den Mittelpunkt unserer Konversation geriet und Betty, in der gelegentlich mütterliche Instinkte für mich zu erwachen schienen, mich wieder volle Breitseite aufs Korn nahm.

Ich gab mir alle Mühe, es mit Fassung zu tragen.

So verstieg sie sich irgendwann in die Idee, dass ich jetzt, da ich ein neues Praktikum angefangen hatte, auch dringend weitere Veränderungen bräuchte und Faye – the Artist formerly known as Francis – stimmte ihr da natürlich zu.

»Du hast einen neuen Job bei einer tollen Firma, Süße!«, rief Betty, die inzwischen ganz schön laut redete und dabei ein bisschen verwaschen klang. »Das ist eine einschneidende Veränderung und ein toller, neuer Abschnitt in deinem Leben. Das solltest du auch der Welt zeigen.«

»Und was genau meinst du damit?«, fragte ich vorsichtig. Wenn Betty sich erst mal in eine Idee verrannte, sollte man lieber auf der Hut sein, das hatte ich inzwischen gelernt.

»Natürlich deine Haare, Liebes!«, rief sie, als wäre das vollkommen offensichtlich. Ein paar der anderen Gäste schauten mit einem nachsichtigen Lächeln zu mir herüber, es waren sogar ein paar attraktive junge Männer dabei.

Schade, dass wir uns gerade bis auf die Knochen blamiert hatten.

»Genau!«, sagte Faye und nickte eifrig. War klar, dass er Betty da zustimmte. Seine Frisuren unterlagen nämlich auch einem rapiden Wandel, und ich hatte nicht den Hauch einer Ahnung, was eigentlich seine natürliche Haarfarbe war. Vermutlich neonpink.

Bloß war ich nicht so, das versuchte ich den beiden die ganze Zeit klarzumachen. Aber wie oder wer war ich denn eigentlich überhaupt?

Berechtigte Frage.

Vielleicht doch nur eine langweilige, alte Jungfer?

Betty schien das jedenfalls zu glauben. »Francis, ich meine Faye«, sagte sie mit einem schiefen Grinsen, »Also, Faye hat da einen Freund, der …«

»*Ex*-Freund!«, verbessert Faye sofort entrüstet.

»Na schön, Ex-Freund«, fuhr Betty unbekümmert fort. »Der ist der beste Friseur von ganz New York, ich schwöre es dir!«

Faye nickte zustimmend, und etwas Bedauerndes schlich sich auf seine Gesichtszüge. Vermutlich hatten die beiden viel Spaß gehabt. Während der Woche oder so, in der sie sich miteinander ausgetobt hatten.

»Zu dem solltest du gehen und dir die Haare machen lassen«, schlug Betty vor. »Das wird spitze!«

»Stimmt, der ist wirklich gut«, sagte Faye und verdrehte auf fast bemitleidenswerte Weise die Augen. »Und nicht nur im Haareschneiden«, fügte er dann versonnen hinzu.

»Glaubt ihr wirklich, dass das jetzt mein dringendstes Problem ist?«, fragte ich sie, und beide nickten synchron, als hätten sie das einstudiert.

»Unbedingt, Süße!«

Vielleicht war es nur der Alkohol, aber aus irgendeinem Grund erschien auch mir das plötzlich einleuchtend. Immerhin begann für mich jetzt wirklich ein neuer Lebensabschnitt und es konnte nicht schaden, wenn ich mich optisch ein bisschen aufpolierte, immerhin standen wir bereits unter den wachsamen Augen der Prüfer und ich wollte unbedingt in dieser Firma angestellt werden.

Das einzige Problem dabei war, dass ich befürchtete, dass das diesen geilen Bock Michael dann noch schärfer auf mich machen würde, als es ohnehin schon der Fall war. Aber ich musste wohl auch endlich lernen, damit umzugehen, und bald würde ich sowieso einer anderen Abteilung zugeordnet, wo mir Michael nicht mehr so häufig über den Weg laufen würde. Ich hatte jedenfalls nicht vor, meine weitere Karriere komplett von dem Ekelpaket, das nun mal mein derzeitiger Vorgesetzter war, abhängig zu machen. Sollte er doch bis dahin ruhig ein bisschen blaue Eier bekommen, das geschähe ihm vollkommen recht!

Also ließ ich mir von Faye die Nummer seines Ex-Freunds namens Giles geben. Ich vereinbarte gleich in der Bar noch telefonisch einen Termin mit ihm, bevor ich es mir anders überlegen konnte. Giles klang supernett und versprach mir, mir einen besonderen Preis zu machen, weil ich eine Freundin von Francis war. Cool.

»Er heißt jetzt Faye«, erklärte ich Giles.

»Natürlich«, erwiderte er lachend. »Dann gib *Faye* also bitte einen dicken Kuss von mir, ja? Also, ich habe hier noch einen Termin am Donnerstag am späten Nachmittag frei. Das ist leider der einzige Termin, den ich in der nächsten Zeit freimachen kann. Würde dir das passen?«

Es passte.

Am Donnerstag würde ich also eine neue und aller Voraussicht nach vollkommen verrückte Frisur haben. Ich hatte Lust auf ein wenig Veränderung, allerdings hatte ich keine Ahnung, dass diese Frisur mein ganzes Leben komplett umkrempeln würde.

KAPITEL 7

Wie man einen Paloma mixt

REZEPT

DER PALOMA-LONGDRINK ERINNERTE GESCHMACKLICH etwas an eine Margarita, aber er war viel unkomplizierter zu mischen und schmeckte auch deutlich erfrischender.

Diese Zutaten brauchst du für einen leckeren Paloma, dem Lieblingsdrink von Sarah Milton:

- 6 cl Tequila Blanco
- 2 cl frischen Limettensaft
- eine Prise Salz, am besten Meersalz
- Grapefruitlimonade in ausreichender Menge
- Optional: eine Limettenscheibe

Die Zubereitungszeit beträgt etwa 5 Minuten.
Zubereitung – Schritt 1:

- Fülle ein vorgekühltes Longdrinkglas mit Eiswürfeln
- Gib Tequila und einen Schuss frischen Limettensaft dazu
- Bestreue das Ganze mit einer Prise Meersalz

Zubereitung – Schritt 2:

- Fülle das Glas mit Grapefruitlimonade auf
- **Tipp:** Eine Limettenscheibe dazugeben – lecker!

Wohl bekomm's!

TEIL ZWEI

Vier Tage später

KAPITEL 8

Tyler

MacGullin Green Industries
Büro von Tyler MacGullin

4 Tage Später

ICH SCHAUTE auf meine Uhr und stellte fest, dass ich mich wirklich langsam mal auf dem Sommerfest blicken lassen sollte. Als ich einen Blick auf die Monitore an meiner Wand warf, sah ich, dass die Party auf dem rückwärtigen Freigelände offenbar schon in vollem Gange war. Nicht wirklich das, was ich persönlich als eine richtige Party bezeichnen würde, aber immerhin handelte es sich hier um eine Firmenveranstaltung und kein Jetset-Event, wie ich es üblicherweise bevorzugte.

Mit den Akten zu unserer Windkraftanlage, die ich bis jetzt gesichtet hatte, war ich nicht wirklich weitergekommen, also würde ich die Gelegenheit auch gleich nutzen, um Michael für ein paar Minuten beiseitezunehmen. Vielleicht hatte der eine Idee, wo der Fehler in meinen Berechnungen liegen könnte, denn so allmählich war ich am Ende mit meinem Latein – und das geschah nur äußerst selten.

Ich hatte die Hoffnung, dass Michael meine Zweifel und Befürchtungen innerhalb von ein paar Minuten zerstreuen würde. Manchmal sah man eben einfach den Wald vor lauter Bäumen nicht, und so ungern ich das zugab, auch ich war schließlich nicht völlig unfehlbar.

Allerdings war das wohl eine reichlich naive Hoffnung. Mittlerweile war mir klar, dass die Zukunft der ganzen Firma an diesem Projekt hängen könnte, und ich war keinesfalls gewillt, zuzulassen, dass wir diese Sache in den Sand setzten. Falls das passierte, würde ich mir jegliche Mitarbeit am Konzern meines Vaters aus dem Kopf schlagen können, und das für immer.

Ein letztes Mal ließ ich meinen Blick über die Monitore schweifen, da fiel mir eine junge Frau mit roter Kurzhaarfrisur ins Auge, die mir vage bekannt vorkam. Sie war hübsch und die freche Frisur, die vielleicht auch ein kleines bisschen gewagt war, stand ihr wirklich gut. Ich zoomte näher heran, was dank der hochauflösenden Kameras kein Problem war. Im Nacken hatte sie ihr Haar ausrasiert, sodass man ihren langen, schlanken Hals gut sehen konnte.

Ich schaltete auf eine andere Kamera um.

Jetzt sah ich auch ihr Gesicht, und ich erkannte sie. Es war die Praktikantin, die erst vorletzte Woche hier angefangen hatte. Die kurzen roten Fransen betonten ihre großen Augen und wenn sie lächelte, zeichnete sich ein süßes Grübchen auf ihrer linken Wange ab, was mich aus irgendeinem Grund faszinierte. Ein bisschen vergaß ich die Zeit, während ich ihr zuschaute, wie ich zu meiner eigenen Verwunderung feststellte.

Diese Frisur hatte sie noch nicht getragen, als ich sie das letzte Mal gesehen hatte. Übrigens auch durch einen der Monitore, während ihres Bewerbungsgesprächs bei Michael, der kurz zuvor seine Sekretärin gefeuert hatte – die es allerdings auch nur eine Woche bei ihm aushielt. Was das betraf, machte sich die Neue jetzt schon deutlich besser, was man ihr in Anbetracht der Tatsache, dass Michael ein äußerst schwieriger Chef sein konnte, wohl hoch anrechnen sollte.

Ich zoomte noch näher heran, während sie – ganz in ein Gespräch mit irgendeinem Mitarbeiter – davon natürlich nichts mitbekam. Ich kam mir vor wie ein Voyeur und fand das sogar irgendwie sexy.

Sie hatte dunkle – vermutlich nussbraune – leicht schräg stehende Augen, die sie hinter einer auffälligen Nerd-Brille versteckte. Dazu hohe Wangenknochen, die ihr beinahe etwas Aristokratisches verliehen. Ihre Nase war eine Winzigkeit zu klein, aber ich fand sie süß. Und da war etwas in der Art, wie sie sich beim Sprechen bewegte.

Sie war so *lebendig* und dabei irgendwie unschuldig, gleichzeitig strahlte sie etwas aus, das mich reizte, fast schon herausforderte. Und dann dieses unbekümmerte, echte Lächeln. So etwas sah man nicht oft, wenn man sich in meinen Kreisen bewegte. Perfekt zurechtoperierte Lippen und Nasen und künstliche Grübchen? Jede Menge. Aber ein echtes Lächeln? Fehlanzeige.

Irgendetwas an ihrem Äußeren gab mir Rätsel auf.

Und ich stand nun mal auf Rätsel.

Ich zoomte wieder etwas raus.

Sie trug eine elegante weiße Bluse mit einer raffinierten Schleife vorn auf der Brust. Nicht wirklich exquisit oder teuer, das hätte mich bei einer Praktikantin auch eher überrascht, aber durchaus stilvoll. Ihr Outfit wirkte unschuldig, fast schon ein wenig züchtig wie ihre gesamte Erscheinung – und vielleicht gerade deshalb verlockend.

Per Sprachbefehl zoomte ich den Bildausschnitt heran und ließ meinen Blick über die perfekte Rundung ihres Hinterns gleiten. Stramm und nicht zu klein, genau wie ich es mochte. Sie trug einen hellgrauen Stiftrock, der ihr bis knapp zu den Knien reichte. Auch ihre Beine konnten sich sehen lassen.

Ich merkte, wie sich bei mir etwas zu regen begann, und musste grinsen. Ich kam mir vor wie ein Spanner – und schämte mich kein bisschen dafür, schließlich war das hier meine Firma, in der ich tun und lassen konnte, was ich wollte.

Ich ließ die Kamera noch ein Stück weiter herauszoomen. Sie stand in einer Ecke der Grünfläche und hielt sich an einem vermutlich alkoholfreien Getränk fest, während unsere Chefbuchhalterin Andrea Poulsen ohne Unterlass auf die Kleine einredete. Sie konnte einem fast leidtun.

Ich musste grinsen, weil selbst mir das bei Andrea so ging. Sie war eine hervorragende Buchhalterin, aber sie hatte die Eigenschaft, alles und jeden in Grund und Boden zu reden mit ihrer Leidenschaft für Buchführung und Zahlen. Wenn man von ihr eine Auskunft haben wollte, das wusste jeder in der Firma, sollte man Zeit mitbringen. Viel Zeit.

Ich sprach einen weiteren Befehl in den Raum und wies den Computer an, Michael für mich ausfindig zu machen. Sein Posten als meine Nummer zwei verlangte es natürlich, dass auch er auf dem Sommerfest präsent war. Allerdings konnten weder das Gesichtserkennungssystem des Computers noch ich ihn irgendwo entdecken. Vielleicht würde ich Andrea nach ihm fragen müssen – auch sie gehörte zu dem kleinen Kreis von Personen, die wussten, wie ich aussehe. Allerdings würde ich das dann auf eine Weise tun müssen, die verhinderte, dass gleich die gesamte Belegschaft mitbekam, wer ich war.

Mit einem weiteren Sprachbefehl ließ ich die Monitore erlöschen und trat in den Aufzug. Dieser endete direkt in meinem Büro – sofern man über die entsprechende Keycard verfügte, und würde mich jetzt nach unten auf den Innenhof bringen, wo die Firmenfeier tobte.

Ich stellte fest, dass sich ein sanftes Lächeln auf meine Lippen geschlichen hatte. Trotz der miesen Laune, die ich wegen dieser Sache mit den Windkrafträdern im Moment schob, hatte es der Anblick dieser neuen Praktikantin irgendwie geschafft, meine Laune deutlich zu verbessern. Vielleicht würde mich das sogar über Andreas zu erwartenden Redeschwall hinwegtrösten.

KAPITEL 9

Sarah

MacGullin Green Industries
Begrünter Innenhof

ICH SOLLTE mich wohl allmählich ein bisschen von der Bar fernhalten, dachte ich, als ich bemerkte, dass ich dabei war, einen klitzekleinen Schwips zu bekommen. Allerdings war ein Gang zur Bar die einzige Chance, wie ich unserer »Miss Zahlen«, Andrea Poulsen aus der Buchhaltung, wenigstens für ein paar Minuten entgehen konnte.

Einerseits war ich zwar froh, dass sie sich mit mir unterhielt, denn irgendwie fand ich heute Nachmittag nicht so recht Anschluss zu den anderen Praktikanten und Kollegen in der Firma. Andererseits lag das vielleicht auch daran, dass Andrea mich gleich von Anfang an komplett in Beschlag genommen hatte und niemand Lust hatte, diesen Platz mit mir zu tauschen.

An der Bar entschied ich mich vernünftigerweise für ein Ginger Ale und ein weiteres Glas Rotwein für Miss Poulsen. Was ich für keine besonders gute Idee hielt, denn bekanntlich löste Alkohol die Zunge und ich wollte mir gar nicht ausmalen, wohin das bei Andrea Poulsen führen würde. Diese Frau war praktisch schon mit gelöster Zunge geboren worden.

Allerdings hatte das Gespräch mit ihr durchaus auch seine positiven Seiten. Ich lernte einiges über die Buchhaltung und bekam nebenbei auch noch ein paar ziemlich interessante Gerüchte mit. Da ich sowieso demnächst in meinem Durchlauf-Praktikum auch bei Andrea landen würde, war ich damit schon mal gut vorbereitet.

Als ich mit den beiden Drinks in der Hand zu Andrea zurückkehrte, musste ich mir ein Grinsen verdrücken. Jemand hatte mich auf meinem Posten abgelöst und ich war ihm nicht böse deshalb. Miss Poulsen war in ein Gespräch mit einem Mann vertieft, der mir den Rücken zuwandte. Selbst von hinten konnte man gut erkennen, dass es ein ziemlich breiter Rücken war und er einen maßgeschneiderten Anzug trug, der nicht billig gewesen war. Gerade eben hatte Miss Poulsen mich noch an eine Domina erinnert, mit ihren streng zu einem Dutt zurückgebundenen Haar und ihrem knielangen schwarzen Stiftrock aus Leder, nun wirkte sie fast wie eine gelehrige Schülerin, während sie zuhörte, was der Mann zu sagen hatte. Doch das Erstaunlichste war, dass sie nun zur Abwechslung einmal den Mund hielt.

Wer zur Hölle war dieser Kerl?

Sollte ich mich überhaupt zu den beiden stellen? Vielleicht war das irgendjemand aus der Geschäftsführung, der in diesem Moment etwas furchtbar Wichtiges mit Andrea klären musste, und da wollte ich doch sicher nicht stören. Andererseits hatte ich nun mal diese dämlichen Drinks in der Hand und wollte auch nicht wie bestellt und nicht abgeholt im Raum herumstehen, bis Andrea endlich wieder Zeit für mich hatte.

Also ging ich ganz selbstbewusst auf die beiden zu und

hielt Andrea mit fragendem Gesichtsausdruck ihr Glas Wein hin. Sie lächelte mich dankbar an und nahm es mir ab.

In diesem Moment bekam ich Gelegenheit, den Mann im Anzug von vorn anzuschauen.

Wow.

Er war heiß.

Ich konnte es gar nicht anders sagen, aber das war tatsächlich das, was mir sofort durch den Kopf schoss, noch bevor ich irgendetwas anderes denken konnte. Zu diesem Zeitpunkt hatte ich natürlich noch keine Ahnung, wer mir da gegenüberstand. Er machte auch keine Anstalten, sich vorzustellen.

Er mochte Mitte bis Ende dreißig sein und hatte Augen von einem Blau, das irgendwie ständig zwischen stürmischer See und einem wolkenlosen Sommerhimmel hin und her schwankte. Ich hätte vermutlich Stunden damit zubringen können, in diese Augen zu schauen, ohne sich dabei im Geringsten zu langweilen.

Er war gepflegt und schien sehr viel Wert auf sein Äußeres zu legen. Seine Frisur erweckte nur den Anschein von ungezähmt, aber man sah dem Haarschnitt an, dass er wohl mindestens im dreistelligen Dollarbereich liegen musste. Sein marineblauer Anzug und die elegante Seidenkrawatte unterstrichen das noch. Alles an ihm saß perfekt – wer immer er war, er war ein echter Hingucker.

Das schien sogar Andrea, die ansonsten nur Augen für ihre Zahlen hatte, nicht zu entgehen. Ich bemerkte, dass ihre Wangen sich ein wenig gerötet hatten, was an dem Wein liegen mochte, den sie an diesem Abend schon getrunken hatte – oder auch nicht. Außerdem senkte sie hin und wieder beinahe schüchtern den Blick und sah für ein paar Sekunden zu Boden, ein deutliches Anzeichen dafür, dass die optische Wirkung des Typs ihr gegenüber auch bei ihr anschlug.

Offenbar hatten die beiden gerade ihre geschäftlichen

Gespräche beendet, als ich zu ihnen stieß. Der Typ musterte mich mit einem Blick und schenkte mir ein Lächeln, das mein Herz einen kleinen Sprung machen ließ, obwohl ich ihm gerade erst zum ersten Mal begegnete. Dann wandte er sich an Andrea und fragte sie: »Das ist Michaels neue Praktikantin, richtig?«

Andrea nickte. Ich dachte: Hallo, ich stehe direkt neben euch!

Seine Stimme war tief und etwas rau. Wie man sich die Stimme vorstellte von jemandem, der gelegentlich einen exzellenten Whisky trank und eine gute Zigarre zu schätzen wusste. Männlich, markant und absolut selbstbewusst. Der Typ führte sich auf, als gehörte ihm die Firma.

Daher hielt ich es für angeraten, mich vorzustellen. »Hi!«, sagte ich. »Ich bin Sarah. Sarah Milton.«

Ein sanftes Lächeln umspielte die Mundwinkel des Typen, der im Gegenzug immer noch keine Anstalten machte, sich mir vorzustellen. Stattdessen wandte er sich erneut an Andrea und fragte sie: »Dürfte ich mir unsere Miss Milton wohl mal kurz ausleihen, Andrea?«

Ausleihen? Was dachte sich der Typ? Ich war schließlich kein Gegenstand oder irgendeine Aktenablage.

Doch das Ganze wurde schnell noch viel seltsamer, als Andrea jetzt richtig rot wurde und leise zu stottern begann: »Ja … Klar … Äh, natürlich, Sir.«

Sir? Echt mal, wer war dieser Typ und wieso unterbrach er so rotzfrech unser Gespräch? Hielt er sich für eine Art Christian Grey? Vermutlich war er der Leiter irgendeiner obskuren Abteilung, die mir bisher noch nicht mal vorgestellt worden war, und irgendwie fand ich ihn ziemlich überheblich, fast schon arrogant. Vermutlich war es aber besser, ihm dennoch nicht gleich Kontra zu geben. Zumindest so lange nicht, bis ich nicht wusste, wer er war und welche Position in der Firma er innehatte.

Trotzdem konnte ich das nicht einfach so mit mir machen lassen.

»Was haben Sie denn vor mit mir?«, platzte ich heraus und bereute es eine Sekunde später wieder. Das klang nun wirklich ganz schön zweideutig. Offenbar war auch ihm das nicht entgangen, denn er stieß ein amüsiertes Lachen aus und musterte mich mit hochgezogenen Augenbrauen.

Er ließ den Moment eine Weile wirken und nach einer Pause sagt er: »Nun, Miss Milton, ich bin … also, ich würde Ihnen gern ein wenig die Firma zeigen, wenn das okay für Sie ist. Ich denke, ich kenne mich ganz gut hier aus und Sie könnten davon profitieren.« Dabei zwinkerte er Andrea verschwörerisch zu.

Was lief hier ab?

Ich warf einen skeptischen und etwas hilflosen Seitenblick zu Andrea, die mir nur zunickte und dann hastig wieder den Kopf senkte. Sie hatte nun deutlich erkennbare rote Flecken auf den Wangen. Also fügte ich mich und folgte dem heißen Kerl im Maßanzug, obwohl ich noch immer nicht den leisesten Schimmer hatte, wer er war.

KAPITEL 10

Tyler

MacGullin Green Industries
Firmengebäude

ALS WIR DAS Gebäude betraten und die Geräusche des Sommerfestes hinter uns ließen, legte ich meine Hand kurz auf den Rücken von Miss Milton. Es war eine elektrisierende Berührung, wenn sie auch nur einen Augenblick andauerte. Ich spürte ihre beweglichen Muskeln unter dem dünnen Stoff ihrer Bluse und war augenblicklich ein bisschen erregt.

Gern hätte ich meine Hand da gelassen, sie tiefer gleiten lassen … aber das ging natürlich nicht. Andererseits ließ allein die Tatsache, dass sie hier Praktikantin war, einen kleinen Schauer der Erregung über meinen Rücken wandern.

Dieses unschuldig wirkende Mädchen war aus der Nähe sogar noch bezaubernder als durch die Linse meiner extrem hochauflösenden Kamera. Ihre Stimme und die Art, wie sie sich bewegte, lösten in mir das Verlangen aus, sie augenblicklich zu besitzen, ohne Rücksicht auf Verluste.

Während ich sie durch die Gänge führte, begann ich mich zu fragen, ob ihre Fähigkeiten an die der Brünetten heranreichten. Das mochte zwar nicht gerade eine professionelle Einstellung fürs Büro sein, aber immerhin hatte ich schon seit mehreren Tagen kein Sex mehr gehabt und allmählich einen schweren Fall von blauen Eiern. Wenn ich so darüber nachdachte, sogar seit dem Tag, als Don mir auf der Ranch mitten in den Blowjob der Brünetten geplatzt war.

Kein Wunder, dass Sarah Milton in mir das Verlangen auslöste, sie augenblicklich gegen die nächste Wand zu pressen, ihr den Rock hochzuschieben und ihren süßen Mund mit meiner Zunge zu erobern und dann … nur mit Mühe gelang es mir, mich zu beherrschen und mich wieder auf das Hier und Jetzt zu konzentrieren. Sie machte mich wahnsinnig, und noch wahnsinniger machte mich die Tatsache, dass sie das überhaupt nicht mitzubekommen schien.

Oder war sie nur eine besonders geschickte Schauspielerin?

Um ein Haar hätte ich mich vorhin sogar verplappert und ihr meinen Namen verraten, als sie sich zu Andrea und mir gestellt hatte. Ich fragte mich, wie es wohl sein würde, sie bis zur Ekstase zu lecken, während sie ein übervolles Glas Rotwein in einer Hand balancieren musste und keinen Tropfen davon verschütten durfte und …

Was war nur mit mir los?

Ich hatte sie vor ein paar Minuten zum ersten Mal bewusst wahrgenommen und schon malte ich mir in Gedanken irgendwelche versauten Spielchen mit ihr aus. Das war doch nicht normal, und sicher nicht nur auf die Tatsache zurückzuführen, dass mein Schwanz sich dringend nach Beschäftigung sehnte.

Nein, ich würde sie jetzt erst mal in aller gebührenden Professionalität durch die Firma führen. Ich würde dabei selbstverständlich keinerlei Versuche unternehmen, mich ihr auf irgendeine Weise zu nähern, immerhin war sie eine Angestellte meiner Firma! Was ich im Moment allerdings zutiefst bedauerte.

Ich führte sie in Bereiche, die für die Praktikanten normalerweise unzugänglich waren und für die ich eine Keycard besaß, wie zum Beispiel die ehemalige Lagerhalle, die auf meinen Wunsch zu einer Art firmeninternem Museum umgestaltet worden war. Dort sammelten wir Exemplare von all unseren technischen Entwicklungen, zusammen mit den ständig aktualisierten Daten ihrer Einsatzgebiete, der erzeugten Energie und des daraus für unsere Firma entstandenen Umsatzes. Alle Daten wurden aus unseren internen Computersystemen hier eingespeist und auf großen Monitoren dargestellt. Für umweltbewusste Ingenieure und Technikfreaks, wie ich einer war, war das hier ein Schlaraffenland.

Ich hatte keine Ahnung, was ich mir eigentlich davon versprach, sie hier herzuführen. Vermutlich war sie so wie die meisten anderen Praktikanten hauptsächlich auf eine bestens bezahlte Anstellung in einer der führenden Energiefirmen des Landes aus. Dieser ganze Technikkram und Umweltschutz würde sie sowieso nicht interessieren.

Doch da irrte ich mich gewaltig.

Wie sich herausstellte, hatte sie ein sehr gutes technisches Verständnis und zeigte echtes Interesse an den Erfindungen und Entwicklungen, die größtenteils von mir stammten. Die Solarstrom-Anlage zum Beispiel, die ich auf das Doppelte der bisher möglichen Kapazität optimiert hatte, und auch die neuen Windräder fand sie sehr interessant. Was zur Folge hatte, dass auch ich sie gleich noch ein bisschen interessanter fand.

Verdammt.

»Ich bin ein bisschen beeindruckt, muss ich sagen, Sarah. Ich darf Sie doch Sarah nennen, oder?«, fragte ich.

Sie sah mich mit erstaunten Augen an. Dann legte sie den Kopf schief und grinste mich an. »Ich weiß nicht, ob Sie das dürfen. Das kommt wohl darauf an, wer Sie überhaupt sind.« Diese Antwort war fast schon ein bisschen frech. Was mir allerdings imponierte. Und außerdem gehörte dieses Gör dringend übers Knie gelegt! »Leiten Sie diese Sammlung hier oder wieso haben Sie mir das gezeigt? Sind Sie eine Art Museumswächter?«

Die Kleine war einfach köstlich! Erneut war ich versucht, meine Deckung aufzugeben, doch ich wollte sie noch ein bisschen länger zappeln lassen. Es machte mir nämlich großen Spaß, ihr beim Zappeln zuzusehen. Kein Wunder mit diesen hübschen Beinen und dem vollen, runden Po in ihrem knapp sitzenden Rock.

»Kommen Sie«, sagte ich, anstatt ihr zu antworten. »Es gibt noch mehr zu sehen!«

Allerdings wurde mein Plan gründlich durchkreuzt, als wir wieder auf den Gang hinaus traten, von wo ich sie zu unserer Serverabteilung führen wollte, und zwar von Michael, der uns in diesem Moment auf dem Gang entgegenkam.

Sein Blick verdüsterte sich, als er zwischen mir und Sarah hin und her sprang. Bei ihr hatte das die Wirkung, dass sie den Kopf senkte, und ich konnte mir schon vorstellen, dass sie glaubte, dass sie jetzt einen Anschiss von ihrem Boss bekommen würde, weil sie sich in Bereichen der Firma aufhielt, die für Praktikanten Sperrgebiet waren. Aber das würde ich schon zu verhindern wissen.

Ich wandte mich an Michael: »Michael, gut, dass ich dich treffe. Ich habe ein paar Fragen zu einem Projekt.«

»Okay«, sagte Michael abwartend. Eine Antwort, die ich fast schon ein bisschen zu knapp fand, wenn man bedachte, wer hier der Boss war und wer der Angestellte. Ich ließ es aber durchgehen.

»Ich will jetzt nicht näher darauf eingehen, worum es

geht«, sagte ich, »aber ich habe ein paar Berechnungen zu den Windrädern unten in Arizona durchgeführt und irgendetwas scheint mir da nicht zu stimmen.«

Michael zuckte nur mit den Schultern. »Das sind nun mal die Werte, welche die Computer ausgespuckt haben.«

Man konnte fast den Eindruck haben, das Ganze ging ihm komplett am Arsch vorbei. An dieser Einstellung würde sich dringend etwas ändern müssen. Aber nicht jetzt.

Ich sagte: »Lass mich dann nachher einfach wissen, wann wir drüber reden wollen, ja? Es sollte allerdings noch vor Montag sein.«

»Am Wochenende?«, maulte er wie ein Grundschüler, der von seinem Lehrer gerade eine zusätzliche Hausarbeit aufgebrummt bekommen hatte. Herrgott, er war hier Abteilungsleiter, da waren gelegentliche Wochenendeinsätze mit dem Gehalt mehr als reichlich abgegolten! »Muss das echt sein?«

»Ich fürchte, ja«, sagte ich, aber in einem Ton, der ihn hoffentlich daran erinnerte, dass ich ihn nur pro forma um einen Termin gebeten hatte und das Ganze in Wirklichkeit keine Bitte war. Nicht angesichts der Lage, in die uns diese Sache bringen konnte. So viel musste selbst ihm klar sein, obwohl er sich nie für die technischen Hintergründe der Firma interessiert hatte.

»Also Samstag dann, 16:00 Uhr?«, vergewisserte ich mich.

»Okay, Boss«, sagte er und nun verzog sich sein Gesicht wieder zu einem Grinsen, aber ich konnte deutlich sehen, dass es nur aufgesetzt war. »Äh … Mister MacGullin, Sir, meine ich.«

Er nickte Miss Milton flüchtig zu und dann ging er ohne ein weiteres Wort davon. Ich konnte es nicht glauben. Abgesehen davon, dass er mich gerade in Anwesenheit einer Praktikantin beim Namen genannt und damit meine

Identität verraten hatte, würde ich ihn mir nun wirklich mal zur Brust nehmen müssen. Es ging wohl überhaupt nicht an, dass er so mit mir redete, noch dazu in Anwesenheit von Angestellten.

Als ich mich zu Miss Milton umwandte, war dieser die Überraschung deutlich ins Gesicht geschrieben. Ihre Wangen waren knallrot, sie hatte die hübschen Augen hinter der Brille weit aufgerissen und ihre bezaubernden Lippen formten den Buchstaben O. Sie stotterte und bekam kein einziges Wort heraus. Dieser Anblick machte das, was Michael hier soeben abgezogen hatte, fast schon wieder wett.

»Alles in Ordnung bei Ihnen, Miss Milton?«, fragte ich. »Haben Sie auf der Party was Schlechtes gegessen? Und wenn ja, verklagen Sie bitte nicht die Firma, okay?«

Das war natürlich nur als Scherz gemeint, die Speisen auf dem Sommerfest hatte ich höchstpersönlich ausgesucht und sie waren von einem der Top-Caterer der Stadt geliefert worden. Für unsere Mitarbeiter gab es nur das Beste, das traf auch auf die Praktikanten zu.

»Sie …«, begann sie stotternd, brach ab und versuchte es noch mal. »Sie sind Mister McGullin?«

Ich nickte.

»Sie sind der Firmenchef?«

Ich nickte erneut. Dann lächelte ich.

»Dann … Dann waren das da drin alles *Ihre* Erfindungen?«

»Die meisten, ja«, sagte ich. »Aber Sie müssen sich deshalb mit Kritik nicht zurückhalten. Ich kann es ab, glauben Sie mir.«

Da verzog sich ihr Mund zu einem Grinsen, in dem wieder dieser sexy Anflug von Aufmüpfigkeit mitspielte. Sie hatte wirklich die süßesten kleinen Schmolllippen, die man sich vorstellen konnte. »Und ziehen Sie diese Masche auf jedem Sommerfest durch, um naive kleine Studentinnen zu beeindrucken?«

Damit kam sie der Wahrheit wohl gefährlich nahe, aber was sollte ich machen? Also grinste ich zurück und zuckte wortlos mit den Schultern.

Dann zeigte ich ihr den Rest der Firma.

KAPITEL 11

Sarah

MacGullin Green Industries
Firmengebäude,
Büro von Tyler MacGullin

ICH KONNTE NICHT GLAUBEN, was hier passierte.
Wurde ich tatsächlich gerade von Tyler MacGullin höchstpersönlich durch seine Firma geführt? Einmal abgesehen
von der Tatsache, dass er *kein bisschen* an Mister Burns von
den Simpsons erinnerte – ganz im Gegenteil, er war äußerst
attraktiv –, wieso wurde ausgerechnet mir diese seltsame
Ehre zuteil?

Oder machte er das im Laufe des Nachmittags etwa mit
allen Praktikanten? Dann müsste unser Rundgang allerdings in wenigen Sekunden zu Ende sein und er schleu-
nigst mit den nächsten Praktikanten beginnen.

Das konnte ich mir nur sehr schwer vorstellen.

Mindestens genauso sehr wie von dem Mann war ich
allerdings von seinen Erfindungen beeindruckt. Denn die
waren der eigentliche Grund, warum ich um jeden Preis

versucht hatte, hier ein Praktikum zu ergattern. Und nun stand ich dem Erfinder all dieser bahnbrechenden Neuerungen in der ökologischen Energiegewinnung höchstpersönlich gegenüber!

Ich konnte mein Glück nicht fassen.

Was natürlich unmittelbar zur Folge hatte, dass mir keine einzige schlagfertige Erwiderung einfiel, ich nur noch stammeln konnte und am liebsten im Boden versunken wäre.

Offenbar war mir meine Verwirrung deutlich anzusehen. Tyler schenkte mir ein Grinsen, wobei er eine Augenbraue hochzog und sagte: »Haben Sie etwa schon genug, Miss Milton?«

Ich schüttelte den Kopf, wobei die Fransen meiner neuen Kurzhaarfrisur flogen, starrte meine Fußspitzen an und sagte: »Sarah. Sie können gern Sarah zu mir sagen. Jetzt, wo ich weiß, wer Sie sind.«

Er lachte. »Freut mich. Und ich bin Tyler.«

Wir schüttelten uns die Hände und alles wurde noch viel unwirklicher. Hatte mir da gerade der CEO von MacGullin das Du angeboten?

»Okay«, sagte er. »Dann würde ich dir gern den wirklich interessanten Teil der Firma zeigen, okay?«

»Ich fand den Raum mit Ihren … also deinen Erfindungen eigentlich schon reichlich interessant«, sagte ich.

Er sagte gar nichts, sondern schritt mir nur lächelnd voran zum nächsten Lift. Dort holte er eine persönliche Keycard aus der Tasche – es war eine goldene, natürlich – und hielt sie an den berührungslosen Sensor neben dem Lift.

Die Türen öffneten sich und wir fuhren bis ganz nach oben. Nur ich und dieser Traumtyp, eingesperrt in eine Stahlkiste, die so schnell nach oben schoss, dass ich ein flaues Gefühl im Magen bekam. Das hätte allerdings auch an der Anwesenheit dieses Kerls liegen können. Wieso blieb der Lift nie stecken, wenn man es mal hätte gebrauchen können?

Im obersten Stockwerk war ich noch nie gewesen. Kein Wunder, immerhin war ich lediglich die Praktikantin hier. Soweit ich wusste, begannen die Chefetagen ungefähr fünf Stockwerke unter dem Dach. Der gesamte Bereich war für uns tabu und zum obersten Stockwerk hatten nur einige wenige auserwählte Abteilungsleiter überhaupt je Zutritt. Diejenigen nämlich, welche wussten, wie der Firmenchef aussah.

Und nun gehörte ich offenbar zu einem erlesenen Kreis sehr weniger Menschen, die wussten, wie Tyler MacGullin aussah.

Allerdings hatte ich der kurzen Kommunikation zwischen Tyler und Michael auch entnommen, dass Tyler nicht gerade begeistert über den Umstand war, dass Michael der Name seines Chefs herausgerutscht war. Und irgendwas in Michaels verschlagenem Wieselgesicht sagte mir, dass ihm das vielleicht nicht aus Versehen passiert war.

Gab es etwa Spannungen zwischen den beiden? Und was würde das für die Firma bedeuten?

Ich beschloss, dass mich all diese Dinge nichts angingen, und der Alkohol in meinem Blut trug ohnehin dazu bei, dass ich mich jetzt nur noch auf die Gegenwart von Tyler MacGullin konzentrieren konnte.

Was mir nicht allzu schwerfiel, denn er hatte eine beeindruckende Präsenz. Breite Schultern, die unter einem perfekt auf seinen männlichen Körperbau abgestimmten maßgeschneiderten Anzug steckten. Dazu das leicht wuschelige Haar, diese unglaublichen Augen und das markante Kinn. Der Typ war einer der führenden Köpfe seines Fachgebiets und sah dabei noch aus wie ein Model, wie machte er das bloß?

Ich spürte aber auch, dass noch etwas anderes von ihm ausging, und auf irgendeine seltsame, unbewusste Weise zog mich das an. Tyler war ein Mann, dem es leichtfiel, mit Verantwortung umzugehen. Dominanz und geschäftlicher Erfolg waren so etwas wie eine zweite Natur für ihn, das spürte man sofort in seiner Gegenwart. Die Macht war ihm sozusagen in die Wiege gelegt worden.

Als wir oben ankamen und die Türen geräuschlos auseinanderglitten, sagte er: »Machen wir doch unsere eigene Party, Sarah. Was hältst du davon? Willkommen in meinem Büro.«

Dann ließ er mir den Vortritt aus dem Lift.

Ich stolperte direkt in den Raum. Das, was er da so lapidar als sein Büro bezeichnete, war ein Raum von wahrhaft gigantischen Ausmaßen. Es war das luxuriöseste Zimmer, das ich je gesehen hatte. Die komplette Außenwand bestand aus Glas, in welches hochsensible Solarzellen eingebaut waren, sodass die Scheibe einerseits lichtdurchlässig war und sich andererseits daraus Sonnenenergie gewinnen ließ, als Solarzellen dienten lichtempfindliche Algen, sodass das Ganze komplett umweltfreundlich war.

Natürlich war auch das eins der Patente von Tyler, wie ich bereits seit dem Studium wusste. Trotz aller Professionalität wirkte das Büro dennoch gemütlich. Auf dem Fensterbrett standen exotische Grünpflanzen, die offenbar liebevoll gepflegt wurden. Ein flaches Regal an der Seite war mit Fotos und Erinnerungen vollgestellt. Ich musste lächeln, als ich darauf einen Basketball mit einer persönlichen Signatur des Basketballstars Michael Jordan entdeckte. Natürlich, die beiden kannten sich persönlich, waren vermutlich beste Freunde und zogen ständig durch die Klubs. Was wunderte mich das überhaupt noch?

An der gegenüberliegenden Wand befand sich ein riesiges Regal, das zu meiner Überraschung vollgestellt war mit Schallplatten. Ich hätte nicht gedacht, dass Tyler ein Typ war, der auf solche veraltete Technologie stand. Als er meinen Blick bemerkte, sagte er: »Manche der alten Sachen sind bis heute unerreicht. Nichts ist vergleichbar mit dem Klang einer echten Schallplatte.«

Davon hatte ich leider keine Ahnung, denn mein Verständnis von Musik beschränkte sich auf die Frage, ob sie einigermaßen tanzbar war und man die Hüften dazu schwingend Spaß haben konnte. Was das betraf, war ich nicht besonders anspruchsvoll und mein iPhone genügte mir vollauf. Aber ich vertraute ihm in dieser Hinsicht. »Klar«, neckte ich ihn grinsend. »Von alten Sachen verstehst du sicher was.«

Er starrte mich für volle fünf Sekunden auf eine Weise an, dass ich glaubte, er würde mich gleich höchstpersönlich feuern, und schon bereute, diese Bemerkung gemacht zu haben, dann brach er in schallendes Gelächter aus.

»Freches Gör!«, knurrte er und drohte mir spielerisch mit dem Zeigefinger. Dann schlenderte er zum Regal hinüber, zog eine der Platten aus der Hülle und legte sie auf den Plattenspieler auf, der auf einem Beistelltisch aus dunkel gebeiztem Nussholz stand. Erst jetzt fielen mir die riesigen Lautsprecher in den Zimmerecken auf, auch sie bestanden komplett aus einem dunklen Edelholz und hatten an der Vorderseite komplizierte Membranen. Vermutlich war das alles wichtig, um den optimalen Sound herauszukitzeln. Ich vermutete außerdem, dass eine von diesen Holzkisten mehr kostete als die Jahresmiete meines kleinen Appartements.

Zu meinem großen Erstaunen erklangen die sanften Klänge einer beschwingten Salsa-Nummer aus den Boxen. Damit hätte ich nicht gerechnet. Vielleicht eher mit Klassik oder anspruchsvollem Jazz. Doch dies war Musik, zu der sich durchaus ein bisschen mit dem Hintern wackeln ließ, und meine Hüften fingen ganz automatisch an, sich hin und her zu wiegen.

Das entging ihm nicht.

Hatte er vorhin tatsächlich gesagt, wir sollten unsere

eigene Party machen? Was genau hatte er denn vor und was hatte ich mir eigentlich dabei gedacht, ihm zu folgen? Hier hoch, in sein Büro im obersten Stockwerk, wo wir ganz alleine waren?

Plötzlich fielen mir wieder all die Dinge ein, die ich über ihn gehört hatte. Dass er ein Wüstling sein sollte und die Damen, die er üblicherweise nach einer Nacht wieder ablegte, irgendwelche Geheimhaltungsvereinbarung unterzeichnen ließ und wer weiß, was sonst noch.

War ich etwa die Nächste auf einer Liste oder war ich einfach zufällig in das Visier seines Begehrens geraten? Verdammt, ich war immerhin Praktikantin hier! Andererseits war er wohl kaum mit mir hier hochgegangen, um mich ausführlich über meine ersten Eindrücke im Job auszufragen, oder?

Plötzlich stand er dicht vor mir, in jeder Hand einen Drink. Ich nahm den Duft seines erlesenen Aftershaves wahr und den männlichen Geruch, der darunterlag. In seiner Hand erkannte ich ein Kristallglas mit einer bernsteinfarbenen Flüssigkeit darin, offenbar ein teurer Scotch. In der anderen Hand hielt er mir lächelnd einen Paloma hin. Konnte der Kerl etwa Gedanken lesen?

Ich nippte an dem erfrischenden Getränk. Es schmeckte köstlich, sogar noch besser als die Palomas, die uns Pierre in der Sunshine-Bar gemixt hatte. Und es machte mich noch ein bisschen mehr beschwipst, als ich es ohnehin schon war. Uh, oh, keine gute Idee. Oder war genau das seine Absicht gewesen?

Auch während ich trank, konnte ich nicht aufhören, meine Hüften leicht hin und her zu bewegen. Ein interessiertes Lächeln schlich sich auf Tyler MacGullins Lippen, während er mir schweigend dabei zusah und gelegentlich an seinem Drink nippte. Ich kam mir vorgeführt vor, aber ich beschloss, eine Show draus zu machen. Warum auch nicht? Offenbar gefiel ihm ja, was er sah und was konnte es schon schaden, ein bisschen mit dem CEO einer milliarden-schweren Firma herumzualbern, der den Gerüchten zufolge schon die halbe Stadt flachgelegt hatte?

Es musste wohl der Alkohol gewesen sein. Meine Bewe-gungen wurden etwas ausschweifender und ich drehte mich sanft um meine eigene Achse. Als ich die Bewegung vollendet hatte, verpasste ich einen Schritt und stolperte in seine Richtung. Er fing mich geschickt mit einer Hand auf und ich landete in seinem starken Arm. Ich konnte spüren, wie sich sein Bizeps unter dem Stoff seines Maßanzugs spannte, während er mich für einen Augenblick hielt und dann wieder losließ.

Ich spürte, wie mir die Hitze ins Gesicht schoss, und ging unwillkürlich zwei Schritte zurück. Doch er lächelte mich weiter an, als sei überhaupt nichts geschehen.

Er stellte seinen Drink, an dem er nur ein paar Mal genippt hatte, auf den Beistelltisch neben dem Platten-spieler ab. Dann streckte er mir seine Hand entgegen. Zuerst begriff ich nicht, was er von mir wollte, doch dann nahm ich seine Hand und wir begannen zu tanzen. Ich sog den Duft tief ein, der von ihm ausging. Gott, roch dieser Kerl gut.

Ich musste wie in Trance gewesen sein, was trieb ich hier? Ich war keine zwei Wochen in der Firma und jetzt tanzte ich Salsa mit dem Chef in seinem Büro? Und das war nicht alles, was passierte.

Mit beginnendem Entsetzen stellte ich fest, dass ich feucht geworden war.

Während wir tanzten, legte er mir sanft seine Hand auf den Rücken. Nicht auf diese schmierige Weise, und er ließ sie auch nicht hinunter zu meinem Hintern wandern, sondern einfach männlich und dominant, er führte mich und das fühlte sich so natürlich an, als hätten wir es jahre-lang geprobt. Vom Tanzen verstand er eine Menge, unsere

Körper waren sofort in Einklang, und ohne dass ich wusste wieso, ließ ich mich einfach fallen.

Normalerweise tanzte ich eher für mich selbst, wenn ich in einem Klub war. Nur selten fand ich einen männlichen Tanzpartner, der mehr hinbekam als ein paar spastische Zuckbewegungen auf der Tanzfläche, und dabei war ich nicht mal besonders anspruchsvoll.

Aber Tyler MacGullin wusste genau, was er tat.

In sanften Bewegungen tanzten wir auf dem teuren Teppich durch sein Büro im Gleichklang unserer Körper. Was stellte der Mann bloß mit mir an?

Irgendwann war das Stück zu Ende und wir hörten auf zu tanzen. Dennoch blieben wir eng umschlungen stehen, jetzt in der Nähe des Fensters. Es musste wohl tatsächlich der Alkohol gewesen sein, anders konnte ich es mir nicht erklären.

Ich hob den Kopf und sah in seine Augen.

Er warf mir einen Blick so voller Tiefe und Leidenschaft zu, dass mein Innerstes erbebte. In diesen Augen spielte ein ganzes Spektrum von Gefühlen. Im Licht der von draußen hereinscheinenden Sonne schienen sie ständig die Farbe zu wechseln, wie wertvolle Edelsteine. Etwas in diesem Blick zog mich hypnotisch an, wie eine Maus, die in die hypnotisierenden Augen einer tödlichen Giftschlange blickte, unfähig, den Blick abzuwenden und sich dabei in jedem Herzschlag voll der drohenden Gefahr bewusst.

Ich war vollkommen gefangen, wurde zu einem willigen Opfer und wollte einfach nur in diesen Augen versinken. Ich konnte heute nicht mehr sagen, wie es geschah, aber plötzlich drängten sich meine Lippen an seine.

Er ließ es geschehen.

Ich hatte bisher nur einen einzigen One-Night-Stand gehabt, damals mit diesem Typen auf der Studentenparty am Strand. Da hatte ich es mir sozusagen auf Krampf vorgenommen, wollte diese Sache mit der Jungfräulichkeit endlich hinter mich bringen. Es war nichts Schönes dran gewesen, und schon gar nichts Würdevolles und Lust hatte ich so gut wie keine dabei empfunden.

Das hier war etwas völlig anderes.

Dieser Mann machte mir unmissverständlich klar, was er von mir wollte – und aufgrund seines Rufes wusste ich auch sehr genau, was er nicht von mir wollte. Keine Beziehung, keine Bindung, keine Verbindlichkeiten – sondern Sex.

Gleich hier und jetzt.

Seit ich meine Jungfräulichkeit an einen anonymen Studenten am Strand verloren hatte, hatte ich mir fest vorgenommen, so etwas niemals wieder durchzuziehen. Schließlich war ich kein Flittchen, keine Frau für eine Nacht. Und schon gar nicht mit jemandem, dessen Ruf als Aufreißer ihm vorauseilte.

Und schon gar nicht mit meinem Boss!

Doch was dieser Kerl in mir anrichtete, war nicht mit Worten zu beschreiben. Ein Aufruhr der Gefühle, die alle miteinander in Widerspruch standen. Ich wusste nicht mehr, wo mir der Kopf stand, war völlig orientierungslos.

Das war der Moment, an dem ich beschloss, endlich das zu machen, womit mir Betty schon seit Monaten in den Ohren lag. Mich einfach mal fallen zu lassen. Einfach in diesem Moment zu leben, und pfeif was auf die Konsequenzen.

Also öffnete ich den Mund und wir küssten uns, diesmal richtig, und wieder war es wie beim Tanzen – so, als hätten wir das bereits geübt. Ich hasste mich für diese Erkenntnis und später würde ich mich sogar noch mehr dafür hassen, aber in diesem Moment war es einfach perfekt.

Seine Lippen pressten sich auf meine, seine sanften Küsse wurden rasch fordernder. Ich öffnete den Mund weiter und seine Zunge glitt spielerisch über meine Lippen, dann meine Zähne, und im nächsten Moment nahm er meinen Mund in Besitz.

In diesem Augenblick wollte ich nichts anderes als das hier. Ich beschloss, endlich mein Stück vom Glückskuchen abzuschneiden. Und ich würde es ganz allein aufessen.

Plötzlich hielt er inne, seine Hände umfassten sanft meine Schultern und er hielt mich auf Abstand. Ich konnte ihm ansehen, wie schwer ihm das fiel. In seinen Augen war ein Feuer erwacht und dieses Feuer würde mich verzehren.

Mit Haut und Haaren.

»Das hier ist einmalig«, sagte er mit kehliger und jetzt leicht rauer Stimme.

»Sagst du das allen Mädchen?«, hauchte ich.

»Das meinte ich nicht«, sagte er, »auch wenn es stimmt. Ich meine, was hier in diesem Büro geschieht, ist absolut unverbindlich und wird nur dieses eine Mal passieren. Und danach vergessen wir beide, dass es je passiert ist. Okay für dich?«

Puh, das war mal eine klare Ansage. Aber in diesem Moment hätte ich vermutlich zu allem Ja und Amen gesagt. Allerdings brachte ich kein einziges Wort heraus, sondern ich nickte nur atemlos.

Ich wollte diesen Mann, und zwar jetzt sofort.

Mit Haut und Haaren.

KAPITEL 12

Tyler

MacGullin Green Industries
Firmengebäude, Büro von Tyler MacGullin

ICH MUSSTE DIESE FRAU HABEN, und zwar jetzt sofort.

Ich hatte ihr gerade in hastigen Worten erklärt, wie es laufen würde. Keine Verpflichtungen, nur einfach unverbindlicher Sex, den wir beide vergessen würden, sobald er stattgefunden hatte. Schließlich wollte ich der Praktikantin nicht die weitere Karriere in meiner Firma versauen, geschweige denn, mich fest an jemanden binden. Völlig ausgeschlossen, das kam gar nicht infrage.

Alles, was ich wollte, war, mit dieser frechen Göre Sex zu haben, denn sie machte mich unglaublich an. Und ich war mir ziemlich sicher, dass es ihr mit mir genauso ging. Welcher Frau ging es nicht so? Natürlich hatte sie sofort allem zugestimmt. Ich hatte den Eindruck, in diesem Moment hätte sie vermutlich auch einen Knebelvertrag unterschrieben, der sie für die nächsten zwanzig Jahre zum

Mindestlohn an die Firma band, aber schließlich war ich kein Unmensch.

Nur zwei erwachsene Menschen also, die miteinander Spaß haben wollten. Dagegen war schließlich nichts einzuwenden.

Wir küssten uns erneut.

Es war reizvoll, ihre sanften Lippen zu erobern, die sie mir leicht geöffnet entgegenstreckte. Sie küsste ziemlich gut, aber ich konnte auch spüren, dass sie damit noch nicht besonders viel Erfahrung hatte, was mich nur noch mehr anmachte. Die Art, wie sie küsste, katapultierte mich sofort zurück in meine Schulzeit. An die ersten Küsse, die ich mit einem Mädchen getauscht hatte. Die aufregende Erfahrung, etwas Neues und vielleicht Verbotenes zu tun.

Ich war hart wie ein Fels.

Dann eroberte ich ihren Mund, und ich tat es nicht gerade sanft. Mit einer Hand packte ich sie im Genick und begann, mich in die weichen Fransen ihrer Pixie-Frisur zu wühlen. Ihr weiches Haar kitzelte auf meinem Handrücken, und als ich meine Hand fest um ein Büschel ihres Haars schloss und ihren Kopf sanft in den Nacken zog, drang ein kleines Stöhnen zwischen ihren Lippen hervor.

Sie stellte sich auf die Zehenspitzen und drängte sich an mich, und das waren alle Antworten, die ich brauchte.

Während wir uns weiter tief und innig küssten, packte ich ihren Hintern mit meiner freien Hand und hob sie einfach hoch. Dabei schob ich ihren Stiftrock nach oben, sie schlang die Beine um meine Hüften und klammerte sich an mich wie ein kleines Äffchen. Ich hätte sie vermutlich problemlos auf meinem aufgerichteten Schwanz absetzen und durchs Zimmer tragen können, so erregt war ich in diesem Moment.

Ich sog den Duft ihres leicht süßlichen Parfums ein, während ich meine Lippen jetzt in ihren Nacken wühlte und sie hinter dem Ohr zu küssen begann, was ihr weiteres lustvolles Stöhnen entlockte. Sie schlang ihre Arme um meinen Hals und suchte nun ihrerseits mit den Lippen nach meinem Ohr. Ich hörte sie leise murmeln: »Oh mein Gott, was passiert hier?«

Da hatte sie allerdings recht. Was passierte hier gerade?

Ich schob eine Hand zwischen ihre Beine, was sie geschehen ließ, dann begann ich, ihre süße Pussy zu massieren. Selbst durch den Slip hindurch konnte ich spüren, wie feucht sie war! Ich wollte in sie eindringen, jetzt sofort – wenigstens mit meinen Fingern, und ich spürte, dass auch sie genau das wollte, doch ich hielt mich noch zurück.

Sagte man nicht, dass Vorfreude die schönste Freude war?

Stattdessen hob ich sie mühelos von den Füßen und trug sie hinüber zu der großen Chippendale-Ledercouch, die ein Vermögen gekostet hatte, aber nichts hätte mir im Moment gleichgültiger sein können. Auf dem Weg dahin streifte sie ihre High Heels ab, sie fielen auf den weichen Teppich.

Als wir die Couch erreicht hatten, ließ ich sie einfach in die weichen Lederpolster fallen.

»Hey!« Mit einem kleinen Aufschrei landete sie auf dem Lederbezug und warf mir einen Blick aus entzückend weit aufgerissenen Augen zu. Wie sie da so vor mir auf dem schweineteuren Sofa lag, wollte ich augenblicklich über sie herfallen, doch sie setzte in aller Ruhe ihre Brille ab und hielt sie mir auffordernd hin.

Grinsend nahm ich sie entgegen und legte sie irgendwo ab. Die Kleine machte mich verrückt, und ohne die Brille waren ihre Augen noch schöner, sie wirkte fast ein bisschen hilflos, was sie aber ganz und gar nicht war.

Ungeduldig riss ich mir das Jackett vom Oberkörper und entledigte mich auch meines Oberhemds. Ihrem Blick war deutlich zu entnehmen, dass ihr gefiel, was sie sah.

Warum auch nicht, immerhin verwendete ich jede Woche einige Zeit darauf, gut in Form zu sein. Ich kniete mich neben sie vor die Couch.

Ich war viel zu ungeduldig, sie auszuziehen. Ich wollte sie besitzen, das war alles, was jetzt zählte, wen kümmerte es, wenn ich ihr dabei ihre gesamte Garderobe in Fetzen riss? Ich packte sie an den Oberschenkeln und drehte sie schwungvoll zu mir herum, sodass ich jetzt zwischen ihren Beinen kniete.

Ihr Stiftrock war so weit nach oben gerutscht, dass ihre glatten, langen Oberschenkel komplett frei lagen und ich freie Sicht auf ihren schwarzen Spitzenslip hatte, dessen köstliche Feuchtigkeit ich vorhin gespürt hatte. Doch das genügte mir jetzt nicht mehr.

Ich schob eine Hand unter ihren Po, sie schien überhaupt nichts zu wiegen, und zog sie weiter auf den Rand der Couch zu, näher zu mir. Ihr sexy Slip war für mich jetzt nur noch ein ärgerliches Hindernis auf dem Weg zu meinem Ziel, das sich nun schnellstmöglich erreichen wollte. Ungeduldig packte ich das kleine Stück Stoff mit meiner Faust und riss es ihr mit einem kräftigen Ruck vom Leib.

»Hey!«, rief sie, aber da war es schon passiert.

Ihr hübscher, kleiner Slip bestand nur noch aus Fetzen. Egal, ich würde ihr später einen neuen kaufen. Die ganze Kollektion, wenn es sein musste. Ich ließ die Spitzenreste zu Boden fallen und stürzte mich mit einem gierigen Grunzen auf das Ziel zwischen ihren Schenkeln.

Ihre Pussy war köstlich, ein Wasserquell in der Wüste, und ich war ein Wanderer kurz vor dem Verdursten. Ich ließ meine Zunge ein paar Mal über die köstliche Spalte gleiten, wieder stöhnte sie auf. Das würde einen Fleck auf dem Leder der Chippendale-Couch hinterlassen, aber auch das war mir in diesem Moment vollkommen egal. Ich küsste und liebkoste ihre Pussy, schob die weichen

Lippen auseinander und vergrub schließlich meine Zunge darin.

Dann begann ich sie zu lecken, während meine Oberlippe ihre Klitoris sanft massierte. Schon nach ein paar Sekunden spürte ich, wie sich ihr Körper versteifte, dann rollte ein Zittern durch ihren Unterleib, sie stöhnte laut auf und drückte mir ihr Becken entgegen. Ich vergrub mein Gesicht noch tiefer zwischen ihren Beinen und leckte sie, was das Zeug hielt.

Sekunden später schrie sie auf und kam zitternd zum Höhepunkt.

Wow, das ging schnell, dachte ich grinsend.

Doch ich hatte ganz sicher nicht vor, die Sache damit zu beenden. Nein, ich hatte noch nicht mal angefangen.

Noch nicht einmal annähernd.

KAPITEL 13

Sarah

MacGullin Green Industries
Firmengebäude, Büro von Tyler MacGullin

ZITTERND BRACH ich auf der Couch zusammen und schnappte japsend nach Luft. Was war da gerade passiert? Ich war von einer Welle der Lust überrollt worden, die scheinbar aus dem Nichts gekommen war, kaum, dass er begonnen hatte, mich *da unten* nach Strich und Faden zu verwöhnen.

Zu sagen, dass Tyler eine ausgesprochen talentierte Zunge hatte, wäre eine maßlose Untertreibung gewesen. Vermutlich hatte er jede Menge Übung darin, aber daran dachte ich in dem Moment nicht, und selbst wenn ich daran gedacht hätte, hätte es mich nicht interessiert. Ich konnte an kaum irgendetwas anderes denken als an diesen durchtrainierten Kerl, der mich keine 5 Minuten, nachdem wir sein Büro betreten hatten, zu einem spontanen Orgasmus gebracht hatte.

Nur daran konnte ich denken und daran, dass ich mehr wollte.

Viel mehr, und zwar jetzt.

Sofort.

Tyler, der die ganze Zeit vor der Couch gekniet hatte, erhob sich und stand jetzt über mir. Mit nacktem Oberkörper und einem zufriedenen Lächeln auf dem Gesicht blickte er auf mich herab.

Ich keuchte, noch immer völlig außer Atem, und brachte kein Wort zustande.

Seine Lippen verzogen sich zu einem Grinsen und er fragte:»Bereit für mehr?«

Verdammt noch mal – ja!

Ich brachte nur ein schwaches Nicken zustande, aber das genügt ihm vollauf. Er hatte meinen Slip zerstört und ich hatte keine Ahnung, wie ich anschließend wieder zur Party auf den Hof zurückkehren sollte. Mit zerknittertem Rock, zerstörter Frisur und ohne Slip?

Aber auch das war jetzt egal.

Tyler hatte einen hammermäßigen Oberkörper. Muskulös und definiert, aber nicht künstlich aufgepumpt, wie es bei vielen Fitnessstudio-Fanatikern der Fall war. Er war außerdem gleichmäßig mit einer leichten Bräune bedeckt, was ich ausgesprochen attraktiv fand. Mein Blick wanderte nach unten, wo sich jetzt eine deutlich sichtbare Beule in seinem Schritt abzeichnete, deren Ausmaße mir den Atem stocken ließen. Wenn er dort nicht zufällig gerade eine italienische Salami oder so was versteckt hatte, musste er *verdammt* groß sein.

Er schien meine Gedanken zu erraten, denn mit ein paar routinierten Bewegungen öffnete er seinen Gürtel, dann die Hose und ließ sie lässig nach unten gleiten. Er trug Boxertrunks, unter denen sich jetzt seine Männlichkeit noch deutlicher abzeichnete.

O mein Gott – es war keine Salami.

Er war riesig.

Als er seine Trunks nach unten zog, sprang mir sein prall erregter Schwanz entgegen, als sei er von einem Eigenleben erfüllt. Ich hatte noch nie so einen großen Penis gesehen. Diese Reaktion war mir offenbar deutlich anzusehen, denn sein Grinsen wurde noch etwas breiter, als er sich erneut zu mir herabbeugte, mich sanft auf die Wange und dann in den Nacken küsste und in mein Ohr flüsterte: »Du bist eine entzückende, kleine Frucht. Ein richtiges Früchtchen. Und jetzt wird es Zeit, dass ich dich pflücke.«

Wir mussten beide ein bisschen lachen über diesen klischeehaften Spruch und ich sagte kichernd: »Oh ja, pflück mich!«

Das klang vielleicht wie ein dummer Scherz, aber ich meinte es trotzdem in vollem Ernst. Seine Lippen suchten erneut nach meinen und wir küssten uns leidenschaftlich. Dann fragte er mich noch einmal sanft: »Bist du bereit?«

Ich nickte, und dann fiel er über mich her.

Seine kräftigen Hände schoben sich unter die Knopfleiste meine Bluse, und dann riss er sie einfach auf. Kleine Plastikknöpfe flogen durch das ganze Büro, während er mich mit seinen gierigen Blicken verschlang. Er schob eine Hand unter meinen Rücken, hob mich mühelos hoch und öffnete dann mit einer geschickten Bewegung seiner anderen Hand meinen BH-Verschluss. Ich hatte eher kleine, dafür aber feste und straffe Brüste. Nicht gerade das Material für einen Brustfetischisten, aber ich mochte sie. Tyler mochte sie offenbar auch, denn er murmelte: »O mein Gott, Sarah. Du bist wunderschön.«

Dann begann er, meine Brüste zu küssen. Seine Lippen umspielten sanft meine Brustwarzen und Vorhöfe, dann nahm er eine meiner steif aufgerichteten Nippel zwischen seine Zähne und begann ganz sanft, darauf zu beißen. Köstlicher Schmerz durchzuckte mich wie ein Schauer und ich warf den Kopf in den Nacken. Spürte, wie meine Pussy förmlich überlief. Alles da unten war jetzt in Aufruhr, und ich konnte schon die Welle des nächsten Höhepunkts heranrollen fühlen. Doch ich kämpfte sie nieder, ich wollte das jetzt noch nicht.

Ich wollte das, was er mit mir vorhatte, erst in vollen Zügen genießen.

Und das tat ich auch.

KAPITEL 14

Tyler

MacGullin Green Industries
Firmengebäude
Büro von Tyler MacGullin

ICH LIEBTE IHREN STRAFFEN, geschmeidigen Körper. Ich konnte nicht mehr länger warten. Mein armer Schwanz tat mir weh, so aufgerichtet und prall, wie er schon die ganze Zeit war.

Es wurde Zeit, dass er mitspielen durfte.

Ich hob sie von der Couch hoch und sie schlang wieder ihre Arme um meinen Hals, während sie sich an mich presste. So trug ich sie hinüber zum Schreibtisch. Ich fegte ein paar Papiere, die dort lagen, von der Tischplatte und setzte sie darauf ab.

Ungeduldig riss ich ein Schubfach auf, in dem ich immer ein paar Packungen Kondome aufbewahrte. Ich holte die Schachtel aus der Schublade und riss sie auf. Bunte Vierecke segelten durch die Luft und verteilten sich überall auf der Schreibtischplatte und auf ihrem Körper. Egal. Mit den Zähnen riss ich eine Packung auf und fummelt mir ungeduldig einen Gummi über meinen steif aufgerichteten Schwanz, was schon fast zu viel des Guten war.

Ich war wohl wirklich ausgehungert.

Ich beugte mich wieder über sie, wir küssten uns leidenschaftlich und dann setzte ich die Spitze meines Schafts an ihrer Pussy an. Ich versuchte, mich zu beherrschen, soweit es ging, als ich in sie eindrang. Es war köstlich, wie sie sich unter mir wand und dabei leidenschaftlich aufstöhnte, und mit meiner Beherrschung war es bald vorbei.

Auch wenn ich mich nie über mangelnden Zuspruch attraktiver Frauen hatte beschweren können, diese hier war etwas ganz Besonderes, das spürte ich sofort. So heiß hatte ich schon lange keine Frau mehr begehrt. Ihre unschuldige Art und ihre völlig unbefangene Experimentierfreude turnten mich maßlos an. Ich liebte es, wie sie beinah hilflos unter mir erzitterte und beinahe überfordert war von meiner Lust, die ich jetzt genüsslich in ihre feuchte Spalte gleiten ließ. Es schien, als würde sie dabei alles um sich herum vergessen. Und genau das wollte ich in diesem Moment auch, ich wollte sie um den Verstand ficken, uns beide, mich für ein paar Minuten ausklinken aus dieser Welt mit ihren alltäglichen Problemen.

Doch da war mehr. Ich wollte ihr nah sein, während wir vögelten, und das war ein Gefühl, das ich vorher noch nie verspürt hatte. Das hielt mich fast davon ab, weiterzumachen, doch dann schob ich den Gedanken beiseite. Emotionen hatten in diesem Büro nichts verloren, ich war hier, um mit einer schönen Frau zu vögeln.

Nicht, um mich zu verlieben – das würde nie passieren. Nicht hier, mit ihr und auch mit keiner anderen.

Also fickte ich sie einfach, als ob es kein Morgen gäbe. Ich grunzte tief und stöhnte, während ihre spitzen Schreie das Büro erfüllten. Zum Glück hatte ich den ganzen Raum schalldicht machen lassen, als ich hier eingezogen war. Das stellte sich jetzt als weise Voraussicht heraus.

Dann legte ich richtig los.

KAPITEL 15

Eine Gestalt

MacGullin Green Industries
Solarpark

DIE GESTALT ZOG sich tiefer in den Schatten hinter dem Solarpanel zurück. Selbst im Schatten war es hier draußen verdammt heiß, im Gegensatz zu dem voll klimatisierten Gebäude, aus dem sie soeben gekommen war.

Die Gestalt schaute geduldig hoch zu dem Panorama-fenster im obersten Stockwerk des Bürogebäudes. Vielleicht würde man von hier unten überhaupt nichts erkennen können, dachte sie. Vielleicht aber würde sie Glück haben und *alles* sehen. Oder zumindest *genug*.

Aus ihrem Versteck heraus beobachtete die Gestalt das Bürofenster weiter, holte dann eine kleine, digitale Fotoka-mera mit einem Spezialobjektiv heraus und richtete es auf das Bürofenster aus. Nur für den Fall, dachte die Gestalt.

Als oben hinter der Fensterscheibe Bewegung zu erkennen war, schlich sich ein Grinsen auf ihr Gesicht. Sie machte die Kamera bereit.

KAPITEL 16

Sarah

MacGullin Green Industries
Firmengebäude, Büro von Tyler MacGullin

ICH KONNTE NICHT GLAUBEN, wie schnell ich wieder kurz vor dem Höhepunkt stand. Als er in mich eingedrungen war, hatte es sich für einen Moment angefühlt, als würde ich entzweigerissen. Meine Güte, hatte der Typ einen gigantischen Prügel! Erst drang er ganz sanft in mich ein, doch kurz darauf begann er, mich mit harten Stößen zu rammen wie ein Rammbock die hochgezogene Zugbrücke einer mittelalterlichen Burg.

Ich genoss jede Sekunde, jeden einzelnen Stoß.

Und dann spürte ich, dass er auch gleich so weit war.

Auch ich hatte mich nur mit Mühe beherrschen können, und jetzt hielt ich es nicht mehr aus. Ich ließ mich einfach fallen und schon wurde mein Körper von einem neuen Höhepunkt durchflutet, der sich von meinem Lustzentrum blitzartig in jeden entfernten Winkel meines Körpers ausbreitete. Ich begann, Sterne zu sehen, und meine Fußsohlen krampften sich zusammen. Ich schlang meine

Beine um ihn und presste sie gegen seinen knackigen Hintern, als ich heftig kam.

Völlig kraftlos sackte ich auf der Tischplatte zusammen und schnappte nach Luft.

Doch diese Bestie in Männergestalt hatte offenbar immer noch nicht genug. Im Gegensatz zu mir schien er über ein erstaunliches Maß an Körperbeherrschung zu verfügen und hatte sich doch noch im letzten Moment zurückgehalten. Dieser Arsch, er hatte mich ausgetrickst. Und jetzt lag ich schon mit zwei Punkten Vorsprung vor ihm, auch wenn ich viel zu fertig war, um ihm deshalb ernsthaft böse sein zu können.

Aber so würde ich das nicht enden lassen!

Ich wollte diesen Kerl zum Höhepunkt bringen, um jeden Preis. Ihm das zurückzahlen, was er gerade mit mir gemacht hatte.

Grinsend sah er zu mir hinab und sagte: »Ich will dich dort drüben, meine Schönheit«, dann nickte er in Richtung des riesigen Panoramafensters. »Halte dich fest, Süße!«

Das hätte ich gern getan, allerdings fehlte mir dazu jede Kraft. Das schien auch ihm schnell klar zu werden, also packte er mich einfach mit beiden Händen und trug mich hinüber zum Fenster, als würde ich rein gar nichts wiegen. Irgendwie gewöhnte ich mich langsam daran, von ihm herumgetragen zu werden wie ein Kleinkind. Und es war nicht das schlechteste Gefühl.

Er setzte mich langsam ab, auf die Füße. Ich wäre beinahe zusammengebrochen, denn mir zitterten immer noch die Knie von meinem letzten Höhepunkt, und so konnte ich kaum stehen.

»Hoppla!«, sagte er kichernd, dann packte er mich fest bei den Hüften, sodass ich nicht hinfallen konnte. Er drehte mich um, sodass ich die Vorderseite meines nackten Oberkörpers gegen das kühle Glas presste und er hinter mir stand. Ich sah hinab in die Tiefe. Viele Meter unter uns erstreckte sich das Testgelände für die Solaranlagen, welche die Firma mit Strom versorgten – der sogenannte Solarpark. Ein riesiges Feld, auf dem nichts zu sehen war außer den endlosen Reihen der Solarpanels. Es sah ein bisschen aus wie in einem futuristischen Film, sie schienen sich bis zum Horizont hinzuziehen.

»Was denn, hier am Fenster?«, fragte ich. »Und wenn uns nun jemand zusieht?«

Er lachte auf. »Da draußen sind nur die Solarpanels, Sarah, die ziehen sich in diese Richtung bis zum Horizont. Das gehört alles Firmengelände, da treibt sich niemand Unbefugtes herum. Die Techniker haben längst Feierabend und alle anderen Mitarbeiter sind auf dem Sommerfest, wie du weißt.«

»Aber …«

»Ssssch …«, machte er und legte mir seinen Zeigefinger auf die Lippen. »Genieß einfach die Aussicht. Und alles andere.«

Und das tat ich.

Ich hatte den Eindruck über allem zu schweben, über die ganze Welt zu fliegen wie ein Vogel. Dabei stand ich splitterfasernackt an der riesigen Glasscheibe des Chefbüros von MacGullin Green Industries. Vollkommen irreal.

Der Kerl war völlig verrückt, aber das war ich in diesem Moment wohl auch.

Tyler trat einen kleinen Schritt zurück, ich drückte den Rücken durch und er drang von hinten erneut in meine arme Pussy ein, die schon langsam wund war. Ich hatte gedacht, dass jede Kraft aus meinem Körper gewichen war, doch das Gefühl seines prächtigen Schwanzes in mir erfüllte mich mit neuer Energie. Ein letztes Mal streckte ich mich ihm entgegen, während er tief in mich eindrang und mich erneut hart und tief zu ficken begann.

Für den Bruchteil einer Sekunde glaubte ich, draußen zwischen den Solarpanels etwas aufblitzen zu sehen, doch dann war es vorbei mit jeder Konzentration. Ich spürte, wie er sich hinter mir aufbäumte und sich endlich zuckend entlud, während er meinen Körper so kräftig an den seinen presste, dass er mich von den Füßen riss.

Er musste das Kondom, dass er sich früher übergestreift hatte, jetzt wirklich bis zum Limit ausreizen, es fühlte sich an, als würde er das Zeug literweise in mich spritzen. Immer neue zuckende Ladungen ergossen sich in mich.

O. Mein. Gott.

Nach einer gefühlten Ewigkeit zog er sich aus mir zurück und ließ mich sanft zu Boden gleiten, wo ich mich zusammenrollte. Völlig kraftlos schnappte ich nach Luft und konnte nichts anderes, als zitternd am Boden liegen und zu ihm hoch sehen.

»Das war Wahnsinn«, murmelte ich. Und ich meinte jedes Wort davon.

Er sagte nichts, doch als ich den Blick hob, bemerkte ich den Schrecken in seinen Augen.

KAPITEL 17

Tyler

*MacGullin Green Industries
Firmengebäude, Büro von Tyler MacGullin*

SHIT!

Gerade eben glaubte ich noch, im Himmel gelandet zu sein, dann stürzte ich geradewegs ab in die Hölle. Ich starrte auf den langsam erschlaffenden Penis in meiner Hand und auf die Reste des geplatzten Kondoms darum.

Das verdammte Ding war gerissen!

Nicht einfach nur gerissen, ich hatte es regelrecht zerfetzt. Kein Wunder, so animalisch, wie ich Sarah gerammelt hatte. Aber diese verdammten Dinger sollten doch dazu ausgelegt sein, diese Art von Belastung auszuhalten! Das war der absolute Worst Case, so etwas war mir vorher noch nie passiert, und es hätte auch nie passieren dürfen!

Verdammt!

»Du nimmst doch die Pille?«, rutschte es aus mir heraus, bevor ich es mir besser überlegen konnte. Verdammt, das war jetzt wirklich unnötig direkt. Insbesondere nach dem, was wir beide gerade eben erlebt hatten. Wäre das mit dem verdammten Gummi nicht passiert, wäre es das absolute Highlight in einer ansonsten eher beschissenen Woche gewesen. Doch nun das!

Sie war noch völlig außer Atem, verständlicherweise.

»Was?«, fragte sie benommen.

»Entschuldige«, sagte ich. »Es ist nur … Der verdammte Gummi ist gerissen, tut mir leid.«

»Ich hab … Eine Spirale«, sagte sie. »Die ist ziemlich zuverlässig. Du musst dir keine Sorgen machen.«

Ich nickte und zog das Ding mit einer unwirschen Bewegung von meinem Schwanz ab, dann warf ich es in einen nahe stehenden Mülleimer, ging ins Badezimmer hinüber und holte Handtücher und einen Bademantel aus Seide. Ich breitete den Bademantel über ihren nackten, schwitzenden Körper und legte mich dann daneben.

Gemeinsam sahen wir hinaus auf die Wüste und die Solaranlagen, die sich bis zum Horizont erstreckten, wo die Sonne allmählich begann, unterzugehen.

KAPITEL 18
Eine Gestalt

MacGullin Green Industries
Solarpark

ZUFRIEDEN GRINSEND SENKTE die Gestalt die Kamera mit dem Spezialobjektiv. Dann verbarg sie sich wieder in den Schatten hinter der Solaranlage. Dicke Schweißtropfen glänzten auf der Stirn der Gestalt. Sie aktivierte das Display der Kamera und scrollte durch die Fotos, die sie soeben in rascher Folge geschossen hatte, wie ein Paparazzo, der einem Promi nachstellt, und das war in gewisser Weise genau das, was sie hier tat.

Das Objektiv war von hervorragender Qualität, doch weil die Gestalt nicht über ein Stativ verfügte, waren manche der Aufnahmen ein wenig verwackelt.

Aber es genügte vollauf, um in ganzer Deutlichkeit erkennen zu können, welche beiden Menschen dort zugange waren und was sie miteinander trieben. Es war sogar aus dieser Entfernung noch sehr eindeutige – und ziemlich heiße – Fotos.

Diese Aufnahmen würden auf jeden Fall genügen, dachte die Gestalt. Besser noch: Sie übertrafen die Erwartungen der Gestalt bei Weitem. Sie hatte jetzt alles, was sie brauchte, um ihren Plan ins Rollen zu bringen. Auftrag ausgeführt, dachte sie. Mister MacGullin würde zufrieden sein.

Ausgesprochen zufrieden sogar.

TEIL

Drei

KAPITEL 19

Sarah

Sunshine Bar, Manhattan, New York

AN DIESEM SAMSTAG fand Bettys große Verabschiedungsparty statt. Wir waren natürlich wieder in unserem Lieblingsklub, der Sunshine Bar, wo Betty ein kleines Abteil gleich in der Nähe der Tanzfläche gebucht hatte. Natürlich war Francis auch mit von der Partie – an diesem Tag in Begleitung zweier ziemlich attraktiver junger Herren, und uns allen war klar, wie das enden würde. Aber auch Trina und Hershey, zwei Kommilitoninnen von Betty, waren da. Zwei bildschöne Mädels, obwohl sie unterschiedlicher nicht hätten sein können.

Hershey mit ihren glatten, blonden Haaren, die ihr bis auf den Ansatz ihres durchtrainierten Hinterns fielen, und Trina mit der fast schon burschenhaften, dunklen Kurzhaarfrisur, und alle waren bester Laune, was auch den Kerlen an den Nachbartischen nicht entging, die öfter Blicke in unsere Richtung warfen.

Je später der Abend, desto eindeutig interessierter wurden die Blicke, doch wir waren viel zu sehr mit uns beschäftigt, als dass mehr als ein paar gewagte Tänze auf dem Dancefloor draus geworden wären.

Es war eine tolle Party und ich war ziemlich traurig, dass ich Betty jetzt für eine Weile nicht sehen würde. Francis versuchte nach Kräften, mich aufzumuntern, aber selbst darauf konnte ich mich nicht so richtig konzentrieren. Das, was am Freitagabend nach dem Sommerfest passiert war, steckte mir immer noch viel zu sehr in den Knochen. Es kam mir vor, als stolperte ich durch ein Traum und würde vergeblich versuchen, aufzuwachen. Alles kam mir total unwirklich vor, und eigentlich war es das auch. Ich hatte mit dem Boss meiner Firma geschlafen, und das als Praktikantin! Ausgerechnet auch noch in seinem Büro, was für ein Klischee!

Und dann war ihm auch noch das Kondom gerissen.

Und als ob das noch nicht genug Probleme mit sich brachte, hatte ich ihn auch noch belogen. Ich konnte nicht mal so recht sagen, wieso eigentlich, es war einfach so in diesem Moment passiert. Ich hatte nämlich keine Spirale, vielmehr hatte ich schon Wochen vorher beschlossen, die Pille abzusetzen, weil ich mich voll auf mein Studium und mein Praktikum konzentrieren wollte. Eine Beziehung – ganz zu schweigen von einem spontanen One-Night-Stand – war so ziemlich das Letzte, was ich dabei gebrauchen konnte.

Ich kannte den Ruf von Tyler MacGullin, der sich als überhaupt nicht alt und hässlich herausgestellt hatte – dafür aber als genauso lüstern, wie man sich zuraunte. Mir war klar, dass er mich nicht schwängern wollte, warum sonst hätte er wohl ein Kondom benutzt? Er wollte Sex, ein schnelles Abenteuer, das war mir klar, und in diesem Moment war das auch völlig okay für mich gewesen. Vielleicht wollte ich uns auch nur nicht die Stimmung verderben.

Und dann hatte dieser Mist passieren müssen!

Am folgenden Morgen hatte ich intensiv in mich hinein-
gelauscht, in der Hoffnung, dass mir das verraten würde,
ob ich tatsächlich schwanger geworden war. Aber natürlich
war das Unsinn – ich hatte kein neues Leben in mir
gespürt. Wie auch, am Tag danach? Dann hatte ich an
meinem Zyklus herumgerechnet und danach war ich mir
einigermaßen sicher gewesen, nicht schwanger zu sein.

Die Wahrscheinlichkeit war wirklich sehr gering.

Aber eben nicht gleich null …

Aber es gab etwas, das mich noch mehr beschäftigte.

Ich gehörte jetzt zu einem kleinen Kreis von Auserwähl-
ten, die wussten, wie Tyler MacGullin aussah, und damit
schleppte ich eines der best gehüteten Geheimnisse der
New Yorker High Society mit mir herum. Jedes Klatschblatt
hätte mir vermutlich ein kleines Vermögen für diese Information bezahlt. Nicht, dass ich ernsthaft daran dachte, sein
Geheimnis zu verraten, aber hey, das Geld hätte ich wirklich gebrauchen können.

Ich hatte Tyler MacGullin gevögelt, okay. Das allein war
schon eine Geschichte, die ich mir nicht selbst geglaubt
hätte, wenn ich meinem früheren Selbst begegnet und ihm
das erzählt hätte. Aber noch seltsamer war, dass das etwas
mit mir gemacht hatte.

Tyler MacGullin war kein Monster, hatte sich mir nicht
aufgedrängt, kein Mister Burns, sondern ein wahnsinnig
attraktiver Kerl, der genau wusste, was er wollte, und wie
er es bekam.

Der Sex mit ihm war einfach der Hammer gewesen.

Ich hatte noch nie etwas ansatzweise Ähnliches erlebt
wie in den Stunden in seinem Büro in schwindelerregender
Höhe an der Spitze des MacGullin-Buildings. Wir hatten
uns völlig verausgabt, bis wir völlig fertig vor dem Fenster
lagen.

Und jetzt?

Ich wollte mehr davon. Nicht mein Gehirn – o nein, das

war sich durchaus bewusst, dass das nicht passieren würde, nie hätte passieren dürfen. Aber jeder andere Teil meines Körpers schrie förmlich nach einer weiteren Behandlung durch Mister Tyler MacGullin.

Was allerdings nicht passieren würde, wie Tyler mir anschließend auf sehr liebenswürdige Weise, aber trotzdem unmissverständlich klargemacht hatte.

Ich schüttelte meinen Kopf, versuchte, die widerstreitenden Gedanken loszuwerden, und beschloss, jetzt nicht länger darüber nachzudenken. Dieser Abend sollte allein meiner besten Freundin Betty gehören, die für mehrere Monate nach Afrika gehen würde. Dort wollte sie im Rahmen eines groß angelegten Forschungsprojektes mehrere Tierarten untersuchen und auflisten, welche demnächst vom Aussterben bedroht würden, wenn sich an der lokalen Umweltpolitik nicht sofort etwas änderte.

Sie tat dies für die Uni und hatte einen Professor von dem Projekt überzeugen können, der ebenfalls mit ihr fahren würde. Außerdem waren noch zwei studentische Mitarbeiter dabei. Gemeinsam wollten sie so Aufmerksamkeit für die Anliegen dieser bedrohten Tiere schaffen, deren Lebensraum von skrupellosen Firmen bedroht wurde, welche den Wald abholzten, nach Öl bohrten und anschließend nichts als eine leblose Wüste zurücklassen würden, wenn niemand etwas dagegen unternahm.

Für mich war Betty eine echte Heldin. Von ihr stammte übrigens auch die Idee, dass ich mich später selbst für eine Non-Profit-Organisation starkmachen wollte. Damit würde ich in ihre Fußstapfen treten, wenn mein Spezialgebiet auch eher nachhaltige und ökologisch verträgliche Energiewirtschaft als Tierschutz war, aber beides ging doch gut Hand in Hand – und hatte dasselbe Ziel: eine Zukunft auf einem lebenswerten Planeten.

Ein Teil von mir wäre sofort mit ihr nach Afrika gefahren. In mir tobte ein ganzer Orkan widerstreitender

Gefühle. Einerseits wollte ich am liebsten alles hinter mir lassen. Ich fühlte, dass ich Abstand brauchte, auch von Tyler und dem, was in seinem Büro zwischen uns passiert war. Andererseits wäre ich am liebsten sofort wieder mit ihm ins Bett gesprungen. Oder auf seine Chippendale-Couch oder auf die Fensterbank oder …

Allein wenn ich daran dachte, bekam ich zitternde Knie. Wie er mich gegen die Scheibe gedrückt und dabei sanft, zugleich aber fordernd genommen hatte.

Nein, stoppte ich den Gedanken, Sarah, konzentriere dich jetzt auf das Wichtige.

Nämlich darauf, Party zu machen und Betty gebührend zu verabschieden.

Und das tat ich dann auch. Ich hatte Betty und Francis gegenüber schon gewisse Andeutungen gemacht, wenn ich ihnen natürlich auch nicht verraten hatte, mit *wem* ich einen One-Night-Stand gehabt hatte und gegen wie viele Firmen-regeln ich damit vermutlich verstoßen hatte. Die beiden hatten meine Entscheidung bejubelt, mich einmal gehen zu lassen. Und warum auch nicht? Ich war lange genug brav gewesen.

Nun war es auch mal Zeit, die Sau rauszulassen.

Also stürmte ich auf die Tanzfläche, schnappte mir Betty und Francis und wir alberten zu dritt herum, während die Cocktails im Strömen flossen. Hershey und Trina steppten schon nach Kräften ab und tanzten mit einer ganzen Reihe wechselnder Kerle, was wir uns natürlich auch nicht nehmen ließen. Wieder mal war es Francis, der mit knappem Vorsprung die meiste Aufmerksamkeit auf sich zog, besonders als er sich gleichzeitig an seine beiden männlichen Begleiter schmiegte, in deren Schritt sich davon gewaltige Beulen abzuzeichnen begannen. Doch auch wir Mädels bekamen mehr als genug Aufmerksamkeit, und ich bedankte mich bei einem durchtrainierten Banker für einen besonders heißen Tanz mit einem leidenschaftlichen Kuss unter dem Gejohle der Umstehenden. Doch wir sahen uns danach nicht wieder und es war klar, dass das nur ein kleiner Spaß zur Erheiterung des Publikums gewesen war.

Dennoch war die Haut zwischen meinen Schenkeln nicht nur vom Schweiß feucht, der beim Tanzen entstanden war. Es hätte nicht viel gefehlt und ich hätte den Kerl auf die nächste Toilette gezerrt – doch auch dabei hätte ich die ganze Zeit nur an Tyler MacGullin gedacht, das war mir klar. Und das wollte ich keinem von uns antun.

Die Party endete erst in den frühen Morgenstunden, als die Sonne aufging, und wir waren alle mehr als nur ein bisschen betrunken. Nur so konnte ich mir den emotionalen Ausbruch erklären, als ich Betty ein letztes Mal für lange Zeit in die Arme schloss.

»Ich werde dich so sehr vermissen«, sagte ich und drückte sie ganz fest an mich. »Ohne dich werde ich ganz allein und verlassen sein hier in dieser großen Stadt!«

Sie erwiderte meine Umarmung und für einen langen Moment standen wir einfach nur so da. Damals wusste ich noch nicht, wie allein und verlassen ich tatsächlich bald sein würde.

TEIL

Vier

KAPITEL 20

Sarah

MacGullin Green Industries

AM MONTAGMORGEN WAR ich wieder einigermaßen
Herrin meiner Gefühle. Zumindest versuchte ich nach Kräften, mir das einzureden. Die Party war heftig gewesen und
die emotionale Verabschiedung von Betty hatte mich inner-
lich beinahe entzweigerissen. Francis hatte an diesem
Abend noch geheult wie ein Schlosshund, bevor er mit
seinen beiden männlichen Supermodels abgezogen war,
und auch ich hatte mir ein paar Tränen nicht ganz verdrücken können.

An den Rest erinnerte ich mich nur noch
verschwommen wie durch einen dichten Nebelschleier.

Erst gegen Sonntagmittag war ich endlich wieder einigermaßen ansprechbar gewesen und hatte ein letztes Mal
mit Betty telefoniert, welche zu diesem Zeitpunkt bereits
zusammen mit ihrem Professor am Flughafen gesessen
hatte. Wir hatten uns zum x-ten Mal geschworen, uns so
häufig wie möglich beieinander zu melden und uns über
WhatsApp und Skype auf dem Laufenden zu halten, so oft
das möglich war. Allerdings würde das schwierig werden,

da sich Betty während ihrer Arbeit in Afrika für längere Zeit in Gegenden befinden würde, in denen es kein Internet gab und ein Satellitentelefon die einzige Verbindung zur Außenwelt darstellen würde.

»Wenn alle Stricke reißen, schreibe ich dir halt kleine Liebesbriefchen und häng sie einem Zugvogel ans Bein«, versprach sie mir noch und wieder schossen mir die Tränen in die Augen.

»Versprecht mir, auf dich aufzupassen«, sagte ich mit tränenerstickter Stimme.

Sie versprach es.

Dann hatten wir aufgelegt.

Den Rest des Sonntags hatte ich mehr oder weniger mit Nichtstun verbracht, weil ich schnell festgestellt hatte, dass ich mich sowieso auf nichts konzentrieren konnte. Statt für die Uni zu lernen, was ich hätte tun sollen, hatte ich mir ein paar alte Sex-and-the-City-Folgen angeschaut, weil ich die früher mit Betty regelrecht eingeatmet hatte, und mir einen XXL-Becher Eiscreme gegönnt, Heidelbeere und Schoko, meine Lieblingssorte. Das hatte allerdings wenig geholfen, mich von Bettys Weggang und meinen eigenen Problemen abzulenken. Immer, wenn ich eine der Szene sah, die wir früher gemeinsam zigmal zurück geskippt und wieder und wieder angeschaut hatten, kamen mir die Tränen.

Allerdings ahnte ich an diesem Nachmittag noch nicht mal ansatzweise, in welchen Problemen ich tatsächlich bereits steckte.

Das bekam ich erst mit, als ich am Montagmorgen zur Arbeit kam und gleich zur Begrüßung und noch vor dem ersten Kaffee in Michaels Büro zitiert wurde.

Dann nahm das Übel seinen Lauf.

Michael Wexler hockte hinter seinem Schreibtisch, und aus irgendeinem Grund fiel mir genau in diesem Moment auf, dass sich das Haar auf der Oberseite seines Kopfes schon ziemlich zu lichten begann. Er wirkte jetzt wie das wandelnde Klischee des schmierigen, unsympathischen Chefs. Aus heimtückisch blitzenden Schweinsäuglein lächelte er mich breit an wie die Grinsekatze aus Alice im Wunderland, während er sich in seinem quietschenden Bürostuhl zurücklehnte.

»Guten Morgen, Michael«, sagte ich etwas schüchtern.

Michael erwiderte meinen Gruß nicht, er grinste mich einfach weiter an. Nach einer Weile, die er mich mit einem Ausdruck unverhohlener Schadenfreude gemustert hatte, hatte er offenbar genug davon. Er öffnete den Mund und sagte: »Weißt du, Sarah, ich hatte fast mit so etwas gerechnet. Allerdings nicht unbedingt von dir, muss ich sagen.«

Mir wurde eiskalt. »Womit gerechnet?«, hauchte ich kraftlos. Mir war, als würden meine Beine gleich unter mir nachgeben und ich einfach auf den Teppich in Michaels Büro plumpsen wie ein Sack Kartoffeln.

»So unkollegial, wie du dich mir und den anderen Kollegen gegenüber in letzter Zeit verhalten hast, ist das allerdings kaum verwunderlich«, sagte Michael, ohne auf meine Frage einzugehen. Ich hatte noch immer nicht die Spur einer Ahnung, worauf er hinauswollte.

»Hast du dich gut amüsiert auf dem Sommerfest, Sarah?«, fragte er und sein Grinsen wurde noch breiter. Richtig anzüglich und ekelhaft. Das schmierige Lächeln eines bösartigen Menschen, der wusste, dass er gewonnen hatte und sein Gegenüber jetzt demütigen konnte. Und plötzlich wurde mir alles klar – auch wenn ich mir noch nicht eingestehen wollte, worauf das Ganze hier hinauszulaufen begann. Aber es gab nur diese eine Möglichkeit.

Michael wusste Bescheid.

»Die Anweisung kam heute Morgen gerade frisch rein. Ganz von oben. Ich denke, inzwischen weißt du ja, was *von ganz oben* bedeutet.« Er kicherte glucksend vor Vergnügen, doch seine Augen blieben hart und kalt auf mich gerichtet.

»Welche … welche Anweisung?«, stammelte ich. Alles

um mich herum begann sich zu drehen, ich taumelte einen Schritt zur Seite und musste mich am Türrahmen abstützen, um nicht hinzufallen.

»Das fragst du noch?«, rief Michael voller Hohn. »Aber macht nichts, Kleine. Mir kannst du ruhig weiter die Unschuldige vorspielen, wenn dir das Spaß macht, aber ich denke, dir ist dennoch klar, dass deine Zeit als Praktikantin bei MacGullin Green Industries hiermit beendet ist.«

Ich taumelte zurück.

Das konnte nicht sein Ernst sein!

Vor allem konnte es nicht der Ernst der Firma sein und der Ernst von Tyler MacGullin. Die Praktikantin in seinem Büro zu verführen und sie dann am nächsten Arbeitstag ohne eine offizielle Begründung rauszuschmeißen!

In was für eine Art von Firma war ich hier bloß geraten?

Das, was die trieben, konnte doch unmöglich legal sein. Andererseits war mir selbst in diesem Moment dunkel bewusst, dass mein Arbeitsverhältnis mit MacGullin Green Industries sich noch in der Probezeit befand und man mich deshalb ohne Angabe irgendwelcher Gründe von jetzt auf gleich entlassen konnte, einfach so.

Welche Beweise hatte ich denn überhaupt vorzuweisen?

Wer würde mir schon glauben, wenn ich behauptete, vom Chef der Firma in seinem Büro verführt worden zu sein? Und hatte ich denn etwas dagegen unternommen? Hatte ich auch nur einmal *Nein* gesagt? Die einzige Person, die hätte bezeugen können, dass Tyler MacGullin und ich uns überhaupt kannten, saß mir gerade gegenüber und empfand eine diebische Schadenfreude über meine Situation. Michael würde ich ganz sicher nicht auf meine Seite ziehen können.

Es half nichts, mir etwas vorzumachen. Ich war am Arsch.

Aber es wurde noch schlimmer.

»Andererseits haben mir gewisse Gerüchte, die mir

kürzlich zu Ohren gekommen sind, gezeigt, dass in dir vielleicht doch eine kooperative Kollegin stecken könnte«,
sagte Michael und zeigte nun mehr Zähne, als im Gebiss
eines Menschen normalerweise Platz haben sollten. Er erinnerte jetzt an ein Monster aus einem Horrorfilm, zumindest
für meine verschleierte Wahrnehmung, immerhin war ich
kurz vor der Ohnmacht.

»Was …?«, stammelte ich. »Wie meinen Sie das?«

»Ich will ganz offen zu dir sein, Sarah. Bis jetzt weiß
niemand außer mir und … du weißt schon wer, was beim
Sommerfest passiert ist. Ich könnte in der Personalabteilung ein Wort für dich einlegen und wir könnten so tun, als
wäre nichts passiert. Vielleicht könntest du dann dein
Arbeitsverhältnis sogar fortführen. Garantieren kann ich
natürlich nichts, aber ich verspreche dir, ich würde wirklich
alles versuchen, damit du deinen Job hier behalten kannst.
Sofern du mich davon überzeugen kannst, dass dieser dir
wirklich am Herzen liegt.«

Für mein benebeltes Gehirn hörte sich das einen
Moment lang sogar wie ein Hoffnungsschimmer an. Aber
worauf wollte Michael hinaus?

»Allerdings müsste ich dazu erst einmal überzeugt
davon sein, dass du wirklich an einer Fortführung unseres
kollegialen Verhältnisses interessiert bist«, sagte Michael
leise. »Dass du *ernsthaft* daran interessiert bist.«

Ich brachte kein Wort raus, konnte ihn nur anstarren.
Das *konnte* nicht sein Ernst sein. Oder doch?

»Ganz konkret heißt das, Sarah, dass du dich jetzt
umdrehst, diese Tür von innen verriegelst und mir dann
ganz persönlich zeigst, wie kollegial du sein kannst und
wie ernst es dir mit deinen Ambitionen für diese Firma ist.
Und zwar am besten dadurch, dass du vor mir auf die Knie
gehst und den Mund ganz weit aufmachst. Kapierst du es
jetzt?«

Nun lächelte er nicht mehr. Seine kalten, gierigen Augen

musterten mich abschätzend. Wie ein Metzger ein Stück Fleisch betrachtete, während er darüber nachdachte, wie viele Steaks er daraus machen konnte.

Ich starrte ihn entsetzt an.

Es *war* sein Ernst, so unglaublich das auch schien.

Michael hatte es ganz unverblümt ausgesprochen und hätte ich irgendein Gerät gehabt, das dieses Gespräch aufgezeichnet hätte, stünde er jetzt mit einem Fuß im Gefängnis oder müsste sich doch zumindest wegen sexueller Belästigung verantworten. In diesem Moment wurde mir klar, mit was für einem Menschen ich es hier zu tun hatte. Seine anzüglichen Blicke und die Forderungen, irgendwelche Akten aus den unteren Regalen zu holen, damit er meinen Hintern betrachten konnte, waren eine Sache. Nicht gerade die feine Art und haarscharf an sexueller Belästigung vorbei, zumindest aber subtil genug, damit man ihm daraus juristisch keinen Strick drehen konnte. Was er mir allerdings jetzt vorschlug, war Nötigung. Praktisch beinahe schon eine Vergewaltigung – mit einem erpressten Einverständnis meinerseits.

Da hakte irgendetwas in mir aus. Plötzlich war meine Schwäche, die mich gerade eben noch fest im Griff gehabt hatte, wie weggeblasen. Später konnte ich mich nur noch bruchstückhaft an das erinnern, was dann geschah, aber im Wesentlichen passierte das Folgende.

Ich richtete mich auf, ging die paar Schritte bis zu seinem Schreibtisch, während er – offenbar in froher Erwartung des nun Kommenden – aufstand und genüsslich seine Gürtelschlaufe und dann seinen Hosenstall öffnete. Er musste meinen Gesichtsausdruck wohl falsch gedeutet haben, denn er dachte, nun würde das folgen, das er sich in seiner Fantasie offenbar schon tausend Mal ausgemalt hatte, seit er mich zum ersten Mal gesehen hatte.

Dabei war ihm nicht mal aufgefallen, dass ich die Tür nicht, wie von ihm angewiesen, von innen verriegelt hatte.

Als ich seinen Schreibtisch erreichte, ließ er seine Anzughose mit einem anzüglichen Grinsen nach unten gleiten und in einer anderen Situation hätte ich beinahe aufgelacht. Er trug doch tatsächlich rote Boxershorts mit weißen Herzchen darauf! Hatte die ihm seine Mama ausgesucht?

Doch in diesem Moment war mir absolut nicht zum Lachen.

Ich stand jetzt noch eine Schrittlänge von ihm entfernt. Er grunzte mit belegter Stimme: »Na los, Mädchen. Auf die Knie. Ich hab nicht den ganzen Tag Zeit. Aber mach dir keine Sorgen, es wird sowieso nicht lange …«

Klatsch!

Es kam mir vor, als wäre ich nur ein äußerlicher Beobachter, als ich eine Hand auf sein Gesicht zufliegen sah. Die Hand traf ihn an der Wange und sein Kopf flog zur Seite, sein spärliches Haar hinterher. Erst da kapierte ich, dass es meine Hand gewesen war und ich gerade meinem direkten Vorgesetzten eine schallende Ohrfeige verpasst hatte.

Völlig zu Recht, natürlich, aber damit war mein Schicksal dann wirklich endgültig besiegelt.

Michael drehte in Zeitlupentempo seinen Kopf zurück und starrte mich dann aus weit aufgerissenen Augen an, bestimmt zehn Sekunden lang. Ich konnte zusehen, wie auf seiner Wange, wo ich ihn getroffen hatte, ein roter Fleck aufblühte, welcher die Umrisse meiner Hand hatte. Ich hatte ihm auf jeden Fall ordentlich eine verpasst. Und ich hätte problemlos noch ein paar Mal so weitermachen können, aber das war gar nicht nötig.

Nachdem er mich ein paar Sekunden völlig verdattert angeguckt hatte, presste er zwischen seinen schmalen Lippen hervor: »Das wirst du bereuen, du Schlampe!«

Aber ich war noch viel zu sehr auf Adrenalin, um mich jetzt davon aufhalten zu lassen. Ich sagte einfach gar nichts und wartete, was als Nächstes passieren würde.

Was kam, war ein Gewitter – nein, ein Weltuntergang.

»Pack deinen Krempel ein!«, brüllte er mir ins Gesicht. Speichelfäden spritzten von seinen Lippen. »Du hast genau sechzig Sekunden, um das Gebäude zu verlassen, du Nutte! Dann rufe ich den Sicherheitsdienst und lass dich rauswerfen. Ab sofort hast du auf dem gesamten Gelände Hausverbot, ist das klar?«

Seine Worte kamen kaum noch bei mir an, denn ich hatte mich bereits umgedreht und war auf dem Weg zur Tür hinaus. Ich öffnete sie, trat auf den Flur und stakste zu meinem Schreibtisch, wo ich kraftlos auf meinem Drehstuhl zusammenbrach. Dann suchte ich nach Pinky, dem kleinen rosa Plüschschwein mit der blauen Schleife, das mir Betty zum Start meines kurzen Auftritts hier mitgegeben hatte. Auch wenn es mir nicht gerade Glück gebracht hatte, so wollte ich es doch nicht einfach so zurücklassen. Das war das Einzige, das ich von hier mitnehmen wollte, der restliche Schreibkram gehörte ohnehin der Firma.

Als ich Pinky endlich in der mittleren Schreibtischschublade fand, senkte sich ein Schatten über mich.

»Miss Milton?«, herrschte mich eine Stimme an.

KAPITEL 21

Tyler

MacGullin Green Industries
Firmengebäude
Büro von Tyler MacGullin

ICH SPÜRTE GLEICH, dass an diesem Montagmorgen etwas anders war als sonst. Ich hatte mir das restliche Wochenende hauptsächlich damit um die Ohren geschlagen, über die möglichen Fehler in den Windkraftprojekten nachzudenken und die diesbezüglichen Akten zu wälzen. Irgendetwas passte hier hinten und vorne nicht, aber ich war der Sache immer noch nicht auf den Grund gekommen.

Vermutlich lag das auch daran, dass ich mich nur sehr schwer auf die vor mir liegenden, zweifellos wichtigen Aufgaben konzentrieren konnte. Stattdessen schweiften meine Gedanken immer wieder zu Sarah Milton. Zu dem, was wir beide in meinem Büro erlebt hatten.

Ich hatte schon mit vielen Frauen geschlafen, jeder Menge sogar, allerdings noch mit keiner davon in meinem Büro. Das war dumm gewesen, zumal ich Sarah vorher nicht gebrieft und zum Schweigen verpflichtet hatte. Natürlich musste ihr klar gewesen sein, worauf sie sich da einließ, und den Rest hatte ich ihr anschließend erklärt, und sie hatte gesagt, das ginge für sie in Ordnung.

Schön für sie, aber traf das auch auf mich zu?

Für einen Moment überlegte ich sogar, ob der Ort unserer leidenschaftlichen Begegnung der Grund dafür war, dass sie mir einfach nicht aus dem Kopf gehen wollte. Klar, es war heiß gewesen, sie auf dem Tisch zu ficken, auf dem ich sonst millionenschwere Projektverträge unterschrieb, und ihren herrlich biegsamen Körper gegen die Fensterscheibe zu pressen, während ich sie … aber doch war dies nicht wirklich das Besondere daran gewesen.

Nur eine weitere Geliebte für einen Abend, redete ich mir ein. Genau wie bei allen anderen vor ihr. Bloß spürte ich, dass das nicht stimmte.

Die entscheidende Frage war wohl, wie lange es mir noch gelingen würde, mir das einzureden – und wieso ich mich eigentlich selbst belog. Zumindest auf die zweite Frage hatte ich eine Antwort. Ich wollte nichts Festes, keine Beziehung und schon gar keine Kinder – niemals.

Und ich hatte einen verdammt guten Grund dafür.

Und doch war Sarah irgendwie anders als all die anderen vor ihr. Sie hatte etwas in mir ausgelöst und ich hatte keine Ahnung, was das war. Ich wollte sie wiedersehen, nicht nur wegen des Sexes. Der war natürlich fantastisch gewesen. Ihr junger, geschmeidiger Körper und ihre Natürlichkeit. Ja, das musste es sein. Diese Natürlichkeit hatte ich viel zu lange vermisst. Die Frauen, mit denen ich sonst schlief, waren allesamt bildschön und ihre nackten Körper waren die pure Versuchung. Aber sie waren auch irgendwie künstlich, aufgestylt, schon beinahe *zu* perfekt. Jede ihrer Bewegungen wirkte ein bisschen einstudiert und öfter hatte ich das Gefühl, dass sie gewisse Dinge nur taten, weil sie glaubten, mir damit etwas beweisen zu müssen. Sie waren einfach nicht in der Lage, sich komplett fallen zu lassen und allein dem Sex hinzugeben.

Sarah war da völlig anders.

Sie hatte ein natürliches Interesse an Sex, eine regelrechte Neugierde darauf, was Menschen in dieser Hinsicht miteinander anstellen konnten – und sie war allem gegenüber aufgeschlossen. Sie war genauso hungrig auf das, was ich ihr geben konnte, wie ich es auf jeden Quadratzentimeter ihres Körpers gewesen war.

Und, auch wenn es mir schwerfiel, das zuzugeben – es verdammt noch mal immer noch war.

In diesem Moment, da in meinem Büro, beinahe über den Wolken, war es ihr vollkommen egal gewesen, ob ich der Boss eines milliardenschweren Unternehmens war oder einfach nur irgendein Typ, den sie in irgendeinem Klub aufgegabelt hatte.

Aber auch das war noch nicht die ganze Wahrheit.

Sarah hatte mir außerdem das Gefühl gegeben, dass sie mich wirklich mochte. Nicht nur den Sex mit mir und nicht den Luxus, mit dem ich mich umgab, nein – mich. Darüber war ich wirklich ins Grübeln gekommen. Keine der anderen Frauen hatte es bisher auch nur ansatzweise geschafft, mir dieses Gefühl zu vermitteln.

Dabei hatten sie alle sich redlich Mühe gegeben.

Aber sie hatten sich eben vor allem Mühe gegeben, mir zu gefallen, mir jeden vermeintlichen Wunsch von den Lippen abzulesen. Auch wenn sie nicht gewusst hatten, wer ich war und welcher Firma ich vorstand, so war ihnen doch zumindest klar gewesen, dass ich Geld besitzen musste, und das nicht zu knapp. Das war es, was sie anzog. Bei Sarah hatte ich jedoch das Gefühl, dass sie mich auch noch gemocht hätte, wenn ich über Nacht völlig mittellos gewesen wäre. Ich wusste so gut wie nichts über sie, aber in der kurzen Zeit hatte sie mehr Persönlichkeit gezeigt als jede meiner vorherigen Liebschaften.

Ich *musste* dieses Mädchen wiedersehen.

Gerade, als ich beschloss, in der Personalabteilung anzurufen, um mir ihre Daten geben zu lassen oder sie vielleicht sogar spontan an ihrem Arbeitsplatz zu besuchen, auch wenn das äußerst riskant für mich wäre, klingelte mein Telefon.

Ich wusste sofort, dass etwas nicht stimmte.

Ich schnappte mir mein Handy vom Tisch und schaute aufs Display. Als ich die Nummer sah, vergaß ich für den Moment sogar jeden Gedanken an Sarah.

Das konnte nur Ärger bedeuten.

KAPITEL 22

Sarah

MacGullin Green Industries

ALS ICH GERADE PINKY DAS Schwein aus der Schublade meines Schreibtischs befreit hatte, tauchten zwei uniformierte Typen vom Sicherheitsdienst auf und bauten sich neben meinem Schreibtisch auf. Bettys kleinen Glücksbringer stopfte ich hastig in meine Hosentasche. Ich ertrug den vorwurfsvollen Blick des fröhlich grinsenden Glücksschweins einfach nicht länger. Glück hatte es mir in dieser Firma jedenfalls keines gebracht.

Aber ich würde mich rächen. Ich würde mit dieser Geschichte an die Öffentlichkeit gehen. Vielleicht anonym auf irgendeiner Forumsseite oder in einem Blog. Vielleicht würde sich sogar jemand von der Presse finden, der sich für diese Geschichte interessierte. Immerhin war MacGullin Green Industries eine große Firma, die einiges Unternehmen mit ihren Angestellten umging, würde das beträchtlich am Image der sauberen Ökostrom-Firma kratzen, da war ich mir sicher.

Einer der Männer in Uniform stellte mir einen Karton auf den Schreibtisch, in den ich meine Habseligkeiten packen sollte. Mit tränenerstickter Stimme brachte ich ein leises »Danke, aber ich habe alles« heraus.

Der Mann nickte nur und der andere legte ein Stück Papier auf meinen Tisch. Schweigend griff ich nach dem Schriftstück und überflog es, während ich es in zitternden Händen hielt.

Es war offenbar ein Standardformular.

Man wies mich darauf hin, dass ich fristlos gekündigt sei, und zwar im Rahmen meiner Probezeit als Praktikantin, ohne Angabe von Gründen. Interessant, dachte ich abwesend, offenbar gab es solche Vorkommnisse hier öfter. Wie sonst hätten sie nach so kurzer Zeit dieses Dokument hervorzaubern sollen? Der Inhalt des Papiers erinnerte mich nochmals eindrücklich daran, dass ich bei Antritt meines Praktikums eine umfassende Schweigeklausel unterzeichnet hatte. Diese betraf alles, was auf dem Firmengelände geschehen war, was ich dort gesehen und erfahren oder getan hatte. Mit Entsetzen wurde mir klar, dass dies natürlich auch alles betraf, was während oder nach dem Sommerfest passiert war.

Wie zum Beispiel die Dinge, die in Tyler MacGullins Büro geschehen waren.

Da sickerte es allmählich zu mir durch, wie perfide Tyler vorgegangen war. Dieser Dreckskerl hatte mich in sein Büro gezerrt, um dort mit mir Sex zu haben. Dabei musste er sich wirklich köstlich auf meine Kosten amüsiert haben, denn ihm war klar, dass er mich am nächsten Tag rausschmeißen lassen würde und ich eine Klausel unterzeichnet hatte, die mir unter Androhung von hoher Geldstrafe verbot, irgendetwas von dem zu erzählen, was in der Firma vorgegangen war. Inklusive natürlich des Ficks in seinem Büro.

Das hatte er wirklich schlau eingefädelt.

Immerhin hatte er auch ausreichend Erfahrung in solchen Sachen gesammelt.

Das legte den Schluss nahe, dass Tyler so etwas serienmäßig betrieb. Erst stellte er Praktikantinnen ein, die ihm gefielen, dann verführte er sie in seinem Büro und anschließend warf er sie raus und unterband mit dieser Schweigeerklärung, dass jemals jemand von den Vorfällen erfuhr.

Clever.

Und unglaublich hinterhältig.

Damit konnte ich natürlich jegliche Rachepläne vergessen, damit an die Presse zu gehen. Die Rechtsabteilung der Firma hätte mich in Grund und Boden geklagt und ich wäre bis auf mein Lebensende verschuldet gewesen, wenn nicht Schlimmeres.

Da der Sex mit Tyler mit meinem vollen Einverständnis geschehen war, hatte er streng genommen keine illegale Handlung begangen und da ich eine Praktikantin und zudem noch in der Probezeit war, gab keinerlei Angriffspunkt für mich, ihn oder die Firma irgendeiner Weise dranzukriegen. Schon gar nicht, da ich mir nicht mal einen Anwalt leisten konnte – geschweige denn einen, der es ernsthaft mit der Rechtsabteilung dieser mit allen Wassern gewaschenen Firma hätte aufnehmen können.

»Bitte unterschreiben Sie, Miss«, brummte einer der Security-Leute.

Mit Tränen verschleierten Augen blickte ich zu ihm hoch und fragte, wobei ich nicht wusste, wo ich in diesem Moment den Mut hernahm: »Und wenn ich das nicht tue?«

Er sagte gar nichts, schaute mir nur intensiv in die Augen und wiederholte dann mit fester Stimme: »Unterschreiben Sie jetzt bitte!«

Die auf dem Flur vorbeieilenden Mitarbeiter versuchten, sich nichts anmerken zu lassen, aber ich spürte ihre neugierigen Blicke wie glühende Zigarettenkippen auf meiner Haut. Zweifellos würde ich heute das Gespräch des Tages in der Cafeteria sein.

Also senkte ich den Kopf und unterschrieb. Ich hatte ohnehin keine Wahl mehr.

Während ich von den Security-Männern zum Ausgang bugsiert wurde wie ein Krimineller, stiegen mir die Tränen wieder in die Augen. Mit großer Anstrengung schaffte ich es, sie gerade so lange zurückzuhalten, bis ich draußen auf der Straße stand.

Ich erinnerte mich nur noch in Bruchstücken an das, was dann geschah.

Irgendwie musste ich es wohl geschafft haben, mir ein Taxi zu rufen und dem Fahrer die Adresse meiner kleinen Studentenwohnung mitzuteilen. Einer Wohnung, für deren Miete bisher der Großteil meines Lohns draufgegangen war und die ich mir ab sofort schon nicht mehr leisten konnte. Spätestens im nächsten Monat würde mich mein Vermieter zum ersten Mal vergeblich nach der Miete fragen, und so, wie ich ihn kannte, würde er dieses Spiel nicht allzu lange mitmachen. Die Wohnung war zwar eine Bruchbude, aber für die örtlichen Verhältnisse recht günstig – er würde jederzeit leicht einen Nachmieter finden.

Und ich würde dann auf der Straße stehen. Ohne Hilfe, ohne Freunde, denn sogar Betty hatte mich jetzt verlassen.

Mir war absolut elend zumute, ich kämpfte mit einem Heulkrampf, nahm mir aber ganz fest vor, es wenigstens irgendwie bis nach Hause zu schaffen, bevor mich meine Gefühle überwältigen konnten.

Man musste mir meine Emotionen trotzdem deutlich angesehen haben, denn der Taxifahrer wandte sich mit regelrecht bestürztem Gesichtsausdruck zu mir um, als wir an einer Ampel standen. Er war ein etwas untersetzter Mann, der offenbar aus Indien stammte und mich jetzt traurig anlächelte. »Schlechten Tag gehabt, Miss?«, fragte er mitfühlend. Doch ich spürte, dass dies mehr war als die oberflächliche Frage eines Taxifahrers an seinen Fahrgast. Er hatte ehrliches Interesse.

Ich nickte, brachte aber keinen Ton heraus.

Er sagte: »Nach Regen kommt wieder Sonnenschein, das müssen Sie sich immer vor Augen halten, Miss. Jeder von uns hat Anspruch auf ein bisschen Glück. Auch wenn es manchmal nicht so aussieht, jeder hat das verdient. Es ist Karma.«

Ich konnte ihn nur anstarren.

Der hatte gut reden!

Im Moment fühlte ich mich überhaupt nicht, als hätte ich Anspruch auf irgendwas, und was das Karma betraf, so hatte es mir gerade wieder gezeigt, dass es eine Bitch sein konnte – und was für eine! Ich kam mir eher vor, als wäre ich unter alle kosmischen Räder geraten, die es gab. Ich fühlte mich missbraucht und ausgenutzt und von allen verlassen.

Und auch das sah mir der Fahrer offenbar deutlich an.

Mit einem sanften Lächeln schaltete er das Taxameter aus und sagte: »Diese Fahrt geht auf mich. Einverstanden, Miss?«

Ich würgte ein leises »Danke« heraus und senkte wieder den Kopf, in der Hoffnung, er würde meine Tränen nicht sehen. Er konnte es nicht wissen, aber seine Bemerkung über das Glück hatte mich wieder an Betty erinnert und wie sie mir ständig vorhielt, ich solle mir ein Stück vom Glückskuchen abschneiden.

Nun, das hatte ich getan.

Ich war spontan gewesen. Ich hatte Sex gehabt – einen One-Night-Stand mit meinem Chef, einfach so, und nicht über die Konsequenzen nachgedacht.

Und das hatte ich nun davon.

KAPITEL 23

Tyler

MacGullin-Anwesen
Westflügel – Bibliothek

DA STAND ich nun in der riesigen Bibliothek des mächtigen und einflussreichen Roger MacGullin. An drei von vier Wänden ragten Bücherregale an die knapp vier Meter hohe Decke, vollgestopft mit edlen Lederfolianten, die seit mindestens hundert Jahren kein Mensch mehr angesehen hatte, schon gar nicht ihr Besitzer. Der besaß sie hauptsächlich deshalb, weil jeder einzelne davon in Sammlerkreisen eine nahezu unbezahlbare Kostbarkeit war.

Das Eichenparkett auf dem Boden bestand aus ausgesuchten Einzelplanken, die man zu farblichen Mustern angeordnet hatte. Vor einem der Bücherregale stand ein wuchtiger Nussbaumschreibtisch. Als ich näher herantrat, wurde das Geräusch meiner Schritte fast vollständig von dem hochflorigen Perserteppich verschluckt, dem man sein Alter nicht ansah. Seinen Wert aber schon, selbst in dem Schummerlicht, das in dem Raum – eher eine kleine Halle – herrschte.

Mächtig und einflussreich war der Besitzer all dieser

Pracht nicht zuletzt deshalb, weil nur wenige Leute wussten, wer er war und welche Fäden er hinter den Kulissen
von Industrie und Wirtschaft sah. Genauso wollte er es
haben, so war er immer schon gewesen. Ein Typ, der im
Hintergrund agierte und dabei Milliarden aufbaute, von
denen die meisten Leute auf diesem Planeten überhaupt
nichts ahnten.

Und nein, mir entging nicht die Ironie, dass mein
Wunsch nach Privatsphäre gewisse Ähnlichkeit mit seinem
hatte – wenn auch aus einer gänzlich anderen Motivation
heraus.

Instagram und Facebook verachtete er, jegliche soziale
Events waren ihm ein Gräuel. Er traf sich lieber mit seiner
Bande von zigarrenrauchenden Whiskytrinkern in irgend-
welchen Hinterzimmern, um irgendwelche Milliardenge-
schäfte zu besprechen, von deren Existenz nur sehr wenige
Menschen auf diesem Planeten überhaupt etwas ahnten.

Darf ich vorstellen: mein Vater.

Der riesige Schreibtisch, hinter dem er wie üblich
thronte, war penibel leer geräumt bis auf einen kleinen
Stapel Papiere, auf den er wohlweislich einen unbeschrif-
teten Aktenordner gelegt hatte, damit niemand sehen
konnte, welchen Geschäften er gerade nachging. Nicht
mal ich, sein eigener Sohn. Was ziemlich treffend
beschrieb, welches Verhältnis wir seit Jahren miteinander
pflegten.

In der Bibliothek meines Vaters herrschte wie immer ein
dämmeriges Schummerlicht – als würde er jegliche Hellig-
keit scheuen wie ein Vampir oder ein anderes nächtliches
Albtraumwesen. Die Vorhänge waren bis auf einen
schmalen Spalt zugezogen, vermutlich, damit mein Vater
feststellen konnte, ob draußen gerade Tag oder Nacht war.
Für ihn spielte das allerdings ohnehin keine Rolle. Er arbeitete jeden Tag mindestens sechzehn Stunden lang und
schlief nur unter Protest. »Die Konkurrenz, mein Sohn«,

hatte er mir mal eine seiner tiefen Lebensweisheiten anvertraut, »schläft auch nicht.«

Dad hatte mich heute Morgen telefonisch zu sich zitiert und mir praktisch befohlen, alles andere stehen und liegen zu lassen. Ich konnte die Gelegenheiten an einer Hand abzählen, bei denen er das in der Vergangenheit getan hatte. Und nie war es eine freundliche Einladung gewesen, seit ich diesem Haus im Alter von achtzehn Jahren den Rücken gekehrt hatte. Immer war es ein *Herzitieren* und der Grund dafür irgendein »Tyler, wir müssen reden, und zwar dringend«.

Natürlich war es dabei immer nur ums Geschäft gegangen. Seit dem Tod meiner Mutter kannte mein Vater sowieso keine anderen Themen mehr. Er war schon immer ein tüchtiger und cleverer Geschäftsmann gewesen, aber nachdem meine Mutter gestorben war, wurde er zu einer übersteigerten Version von Dagobert Duck – oder Mister Burns. Bloß dürfte er inzwischen reicher sein als die beiden zusammen.

Auch diesmal schien die Kacke gehörig am Dampfen zu sein, was sich dem angespannten Gesichtsausdruck entnehmen ließ und den tiefen Falten, die sich auf seiner Stirn gebildet hatten.

Neben dem großen Bildschirm seines Apple-Computers der neuesten Generation auf seinem Schreibtisch stand eine von diesen altertümlichen Bronzelampen mit grünem Schirm. Auch die war natürlich irgendein schweineteures Original und stammte vermutlich aus dem britischen Königspalast oder so.

Mein Vater umgab sich nur mit den besten Dingen, die für Geld zu haben waren, und spielte anschließend den Bescheidenen, zum Beispiel dadurch, dass er den Raum in ein mickriges Halbdunkel versetzte. Genauso gut hätte er in irgendeinem Kellerloch mit einem löchrigen Ikea-Fransenteppich auf dem Fußboden wohnen können, man hätte den Unterschied sowieso kaum bemerkt.

Aber so war er nun mal, mein alter Herr.

Jetzt sah er von seinem Schreibtisch auf und winkte mich zu sich heran. Keine Begrüßung. Und schon gar keine Umarmung, Gott bewahre! Nicht mal ein Händedruck. Auch das war typisch für ihn.

»Dad«, sagte ich, auch nicht gerade die herzlichste Begrüßung, ich weiß. Aber warum sollte ich eigentlich immer den ersten Schritt machen?

An seinem Gesicht konnte ich deutlich ablesen, was mir jetzt gleich blühen würde, nämlich ein Anschiss von biblischen Ausmaßen, so viel war klar. Aber das war mir auch schon klar gewesen, nachdem ich unser kurzes Telefongespräch heute Morgen beendet hatte.

»Hast du eigentlich völlig den Verstand verloren, sag mal?«, begrüßte er mich und kam damit wie üblich gleich auf den Punkt. »Reicht es dir denn nicht aus, dich durch die halbe Stadt zu vögeln und jedes Wochenende ein anderes Flittchen mit auf deine Ranch zu schleppen, Menschenskind?«

Ich schaute ihn mit gerunzelter Stirn an. Ich war mir sicher, dass er auf irgendwas hinauswollte, aber ich hatte keine Ahnung, was genau. Also ließ ich ihn erst mal weiterreden. Immerhin war ich mir sicher, dass keine meiner bisherigen Liebschaften wusste, wer ich war, und meine Affären dadurch nicht der Firma oder dem Ansehen meines Vaters schaden konnten. Schließlich war ich kein Idiot.

»Wieso musst du das dann auch noch in der Firma machen? In deinem verdammten Büro, hm?« Bei den letzten Worten war er ziemlich laut geworden, nun schien er richtig in Rage zu geraten, und das musste man bei einem durch und durch beherrschten Mann wie ihm erst mal schaffen. Normalerweise war er immer die Ruhe in Person, selbst wenn es um milliardenschwere geschäftliche

Entscheidungen ging. Dann ganz besonders. Absolut eiskalt.

»Wer behauptet das denn?«, fragte ich kühl. Was das betraf, hatte ich inzwischen eine Menge von meinem Vater gelernt. *Um keinen Preis Gefühle zeigen, besser noch: Erst gar keine haben.* Auch wenn mir diese Lektionen nach dem Tod meiner Mutter alles andere als leichtgefallen waren.

»Es spielt keine Rolle, *wer* das behauptet, Tyler! Entscheidend ist, dass es mir zu Ohren gekommen ist und dass man es *beweisen* kann.«

»Beweisen?«, fragte ich verdutzt. Das war mir neu. Wer sollte denn Beweise haben für das, was zwischen mir und Sarah in meinem Büro vorgefallen war?

»Ich habe die Kleine übrigens feuern lassen und sie ist per vertraglicher Schweigeklausel gebunden«, erklärte mein Vater. »Sie wird also nichts verraten, somit habe ich immerhin ein bisschen Schadensbegrenzung betreiben können. Du solltest mir verdammt dankbar sein, mein Sohn.«

»Du hast *was* getan?«, fragte ich und spürte, wie die Wut in mir erneut aufloderte wie Flammen aus einer Glut, in die jemand Benzin gekippt hatte.

»Wie gesagt, das war lediglich der Versuch einer Schadensbegrenzung«, fuhr er völlig unbeirrt fort. »Und auch, wenn ich das Fiasko diesmal noch abwenden konnte – so kann das nicht weitergehen, Tyler. Diese kindischen Flausen müssen aufhören, ein für alle Mal.«

»Kindische Flausen?«, fragte ich entrüstet. »Und wie nennst du das, wenn du dich in meine Firmengeschäfte einmischst und einfach irgendwelche Mitarbeiter feuern lässt ...«

»Eine Praktikantin!«, korrigierte mein Vater. Gott, wie ich den Kerl hasste.

»Außerdem kann es wohl nicht angehen,« fuhr ich fort, während ich mich allmählich in Rage redete, »dass du dem armen Mädel die Karriere versaut, bloß weil dir mal wieder in den Kopf gekommen ist, was für ein unfähiger Trottel dein eigener Sohn doch ist!« Vorbei war es mit meiner Selbstbeherrschung. Nicht so sehr, weil er Sarah hatte feuern lassen, wobei das natürlich ungerecht war. Hauptsächlich aber deshalb, weil es mein Job gewesen wäre, das zu tun, und ich es nie getan hätte. Schließlich bestand nicht der geringste Anlass dafür und außerdem war ich es gewesen, der sie angesprochen hatte und nicht umgekehrt. Warum sollte sie jetzt für meinen Fehler büßen?

»Hast du überhaupt eine Ahnung, wie sehr es mich ankotzt, dass du irgendwelchen Typen, die nicht mal zu deiner Familie gehören, die Verantwortung für die wirklich wichtigen Firmenzweige überträgst? Firmenzweige, gegen die meine Ökostrom-Firma geradezu lächerlich wirkt? Hast du eine Ahnung, wie sich das anfühlt, für mich als deinen Sohn, mit einem verdammten Harvard-Abschluss in der Tasche!«

Darauf sagte Dad erst einmal gar nichts. Als er dann doch antwortete, war seine Stimme wieder völlig kühl und emotionslos. »Findest du nicht, dass du allmählich ein biss-chen zu alt bist für diese pubertären Flausen, für diese anti-autoritären Protestaktionen? So was ist doch eher was für Sechzehnjährige, Tyler.«

»Na dann passt das doch!«, rief ich aus. »Du behandelst mich sowieso ständig wie einen frühpubertären Teenager! Und im Übrigen geht es dich überhaupt nichts an, was ich in meinem Privatleben treibe und mit wem. Schließlich bin ich nicht bescheuert! Ich achte darauf, dass die dir ach so wichtige Anonymität dabei stets gewahrt ist. Und dass es – Gott bewahre! – bloß nicht auf das MacGullin-Imperium zurückfällt.«

»Eben«, sagte mein Vater, »und genau diese kindische Art und Weise, wie du jetzt reagierst, ist der Grund, aus dem ich dir nicht mehr Verantwortung übertrage. Das, was man mir gestern Abend zugeschickt hat, ist nämlich alles andere als anonym. Oder wie würdest *du* das hier bezeichnen?«

Mit diesen Worten öffnete er eine der unzähligen Schubladen an seinem Schreibtisch, holte etwas heraus und warf es so schwungvoll auf die Schreibtischplatte, dass es auffächerte wie einen Stapel Spielkarten bei einem Party-Zaubertrick.

Es waren Fotos.

Fotos von mir in meinem Büro. Aber ich war darauf nicht allein zu sehen. Jemand musste diese Fotos geschossen haben, während Sarah und ich Sex gehabt hatten. Und zwar genau in dem Moment, als wir direkt an der Scheibe standen, beide splitternackt und in einer *sehr* eindeutigen Position. Und beide hervorragend zu erkennen.

Wer immer diese Fotos geschossen hatte, musste das aus einiger Entfernung getan und dafür ein Teleobjektiv benutzt haben. Dem Winkel nach zu schließen, musste der Fotograf sich dabei irgendwo unten bei den Solaranlagen aufgehalten haben, also auf dem streng bewachten Firmengelände. Es musste eine gute Kamera gewesen sein, die Bilder waren gestochen scharf.

Es bestand kein Zweifel an dem, was darauf zu sehen war, und dass sie eine Fälschung sein sollten – auch wenn das theoretisch möglich wäre –, hätte einem vermutlich kein Mensch geglaubt.

»Hätte ich diese Schmuddelbilder nicht sofort aus dem Verkehr gezogen«, sagte mein Vater mit ruhiger Stimme, »wären sie morgen früh an die Presse gegangen, das ließ man mich wissen. Hast du überhaupt eine Vorstellung davon, welchen Schaden die Reputation der Firma dadurch hätte erleiden können? Was dann bei den Aktionären und im Aufsichtsrat losgewesen wäre? Was dies für die Aktienkurse von MacGullin bedeutet hätte? Und ich rede dabei nicht bloß von deinem kleinen Hobbyprojekt.«

»Hobbyprojekt?«, knurrte ich. Ich leitete eine Ökostrom-Firma mit einer Milliarde Dollar Umsatz und mein Vater hatte den Nerv, das als ein Hobbyprojekt zu bezeichnen.

»Ja, Hobbyprojekt, Tyler. Denn offensichtlich bist du nicht in der Lage, eine richtige Firma zu leiten, das zeigt mir das hier nur allzu deutlich.«

»Und mir zeigt das nur allzu deutlich, mit was für Gestalten du deine Geschäfte machst, Dad, wenn diese auf derart schmutzige Tricks zurückgreifen«, erwiderte ich.

»Ach, verstehst du plötzlich auch etwas von meinen Geschäften?« Nun bröckelte auch langsam die ruhige Fassade meines Vaters. Ich kannte ihn lange genug, um zu wissen, wann es in seinem Inneren brodelte. Jetzt war der Vulkan kurz vor dem Ausbruch, das spürte ich deutlich.

Aber es war mir völlig egal.

»Selbst bei meinem sogenannten Hobbyprojekt setzt du mir dann einen Aufpasser vor die Nase«, fuhr ich unbeirrt fort. »Nichts gegen Don, er ist ein hervorragender Geschäftsführer. Aber auch er ist doch nur eine weitere von deinen Marionetten. Du bist doch erst glücklich, wenn du im Hintergrund die Fäden ziehen kannst, Dad! Du bekommst es einfach nicht hin, mir mal ein bisschen Freiheit zu lassen. Und wenn ich dann aus eigener Kraft was auf die Beine stelle, bist du rechtzeitig zur Stelle, um dich wieder einzumischen – aus Angst, dein Sohn könnte das, was er da aufgebaut hat, gleich wieder in den Sand setzen. Und zack, setzt du mir wieder einen deiner Aufpasser vor die Nase!«

»Offenbar brauchst du auch einen Aufpasser!«, sagte er. »Don ist zuverlässig und vor allem macht er genau das, was man ihm sagt. Und das ist etwas, zu dem du offenbar noch lange nicht bereit bist, das zeigt doch dieses neueste Abenteuer mit dem Flittchen in deinem Büro nur allzu deutlich. Und selbst jetzt bist du noch nicht mal in der Lage zu erfassen, was uns das hätte kosten können.«

»Dieses Mädchen bedeutet mir überhaupt nichts!«, rief ich. »Es war doch nur ein schneller Fick, verdammt!«

»Ja, eben!«, entgegnete mein Vater. »Genau da liegt das Problem. Du vögelst dich durch die halbe Stadt, und bloß weil du hin und wieder mal einen einigermaßen vernünftigen geschäftlichen Einfall hast, hältst du dich für den König der Welt. Dabei ist Don derjenige, der die ganze Büroarbeit erledigt – und er hält sich dabei an die verdammten Regeln –, und solange das so ist, werde ich ihn dir immer vorziehen!«

Mir fehlten die Worte. Ich war noch nie derart verletzt und bloßgestellt worden – noch dazu von meinem eigenen Vater.

»Okay«, sagte ich, nachdem es mir gelungen war, mich wieder einigermaßen zu beruhigen. »Danke für diese klare Ansage, Dad. Dann weiß ich jetzt wenigstens, woran ich bin, und auf wessen Seite du stehst. Offenbar nicht auf meiner.«

Damit drehte ich mich um, um sein Büro zu verlassen.

Als ich die Tür erreicht hatte, rief er mich zurück: »Moment noch, Tyler.«

Ich blieb stehen und drehte mich um.

»Dein kleiner Spaß hat mich soeben zwanzigtausend Dollar gekostet«, erklärte er mir. »Ich habe natürlich sofort bezahlt, und damit erachte ich diese Sache als erledigt. Für immer, ist das klar?«

»Du hast dich erpressen lassen?« Ich wusste nicht, ob ich das lustig oder erschreckend finden sollte. Vermutlich beides.

Allerdings war ich mir nun ziemlich sicher, dass einer von Vaters Geschäftspartnern dahintersteckte. Diese Haie ließen keine Gelegenheit aus, sich gegenseitig zu schaden, um anschließend die Trümmer der Geschäfte des jeweils anderen zu Billigpreisen aufzukaufen. Diesen Typen war kein Trick zu schäbig. Für die war alles nur ein Spiel um Macht und Geld. Diese miese Aktion, sich auf mein Firmengelände zu schleichen und heimlich mein Büro mit einem Teleobjektiv zu fotografieren, passte genau ins Muster solcher sogenannten Geschäftsleute.

»Ich zahle dir das Geld natürlich zurück«, sagte ich kalt. »Heute noch. Keine Sorge.«

Er schüttelte den Kopf. »Darum geht es nicht.«

»Okay«, sagte ich. »Und worum geht es dann, deiner Meinung nach?«

»Es geht darum, dass nun endgültig Schluss sein muss mit deinem Lotterleben, Tyler. Es wird höchste Zeit für dich, endlich erwachsen zu werden.«

»Was soll das nun wieder heißen?«, fragte ich.

Also erklärte er mir, was es heißen sollte.

Bis dahin hatte ich ihn nur gehasst. Aber als er fertig war mit seinem kleinen Vortrag, hätte ich ihn tatsächlich umbringen können, gleich jetzt und hier. Sarah war ein verdammt guter Fick gewesen, vielleicht der beste meines bisherigen Lebens und ja, dieses Mädchen hatte irgendetwas in mir ausgelöst, das noch lange in mir nachgeklungen hatte.

Aber war sie auch den Riesenschlamassel wert, in den mich dieser eine Fick gebracht hatte? War sie es wert, das nun plötzlich *alles* auf dem Spiel stand? Mein Vater erklärte mir gerade, dass er mir praktisch mein gesamtes Erbe wegnehmen würde und die Firma, für die ich mein ganzes bisheriges Geschäftsleben lang gearbeitet hatte – wenn er auch nur den kleinsten Anlass dazu sah.

Nichts auf der Welt konnte *das* wert sein!

KAPITEL 24
Sarah

Lower East Side, Manhattan
Sarah Miltons Appartement

»OKAY«, sagte ich und versuchte mit aller Gewalt, meiner Stimme einen optimistischen Klang zu geben. »Trotzdem vielen Dank, dass Sie sich mit mir …«

Doch aus dem Telefon kam nur noch ein Tuten. Die Sekretärin der Personalabteilung von *Fortune Electrics* hatte bereits aufgelegt. Ich hatte den halben Tag damit verbracht, bei verschiedenen Firmen der Branche anzurufen, jetzt war es schon nach zwei Uhr. Angefangen hatte ich mit den wenigen Ökostrom-Energieerzeugern in der Gegend. Durch mein Studium kannte ich mich ganz gut aus, wusste aber auch, dass keine von denen *MacGullin Green Industries* auch nur annähernd das Wasser reichen konnte. Trotzdem, ich brauchte einen neuen Job, und zwar dringend, sonst würde ich schon sehr bald aus meinem kleinen Appartement fliegen.

Als bei keiner der Firmen irgendwer aus der Personalabteilung für mich zu sprechen gewesen war, hatte ich einfach mit den weniger bekannten weitergemacht und mich auf diese Weise die Liste immer weiter nach unten gearbeitet, und jetzt hatte ich das Ende dieser Liste erreicht. Ich war bei keinem einzigen Versuch zu irgendwem Wichtigen vorgedrungen. Überall hatte mich irgendeine Rezeptionistin oder Sekretärin abgefangen und mir dann mitgeteilt, dass leider niemand zu sprechen sei oder im Moment keinerlei offene Stellen zu besetzen seien.

Ich wusste jedoch genau, dass das nicht stimmen konnte.

Ich hatte selbst bei einigen dieser Firmen angerufen, bevor die Zusage von MacGullin gekommen war, und da waren noch jede Menge Plätze frei gewesen. Ich wusste außerdem, dass einige meiner Kommilitonen es nicht besonders eilig gehabt hatten, sich auf ein Praktikum zu bewerben, und das auf das nächste Semester verschoben hatten.

Diesen weniger ehrgeizigen Studenten war es egal, wo sie letztlich ihr Praktikum absolvierten und ob sie dafür bezahlt wurden oder nicht. Die taten das lediglich, um an die notwendige Bescheinigung fürs Studium zu kommen. Doch selbst die miesesten Praktikumsplätze waren nun plötzlich alle angeblich vergeben. Ich konnte mir einfach nicht vorstellen, dass das mit rechten Dingen zuging.

Was sollte ich also als Nächstes machen?

Bei Supermärkten und Fast-Food-Ketten anrufen? Einen Minijob in einer Tankstelle anfangen, um irgendwie über die Runden zu kommen? Aber wie sollte es dann mit meinem Studium weitergehen? Ich musste dieses Praktikum absolvieren und im nächsten Semester hatte ich so viele Kurse zu belegen, dass ich unmöglich die Zeit dafür haben würde!

Kraftlos sackte ich zusammen wie ein Luftballon, in den man ein Loch gestochen hatte. Wenn ich kein abgeschlossenes Praktikum vorweisen konnte, würde ich nicht weiter studieren können. Somit wäre nicht nur mein Traum von einer Non-Profit-Organisation über Nacht geplatzt und die Aussicht auf einen Job, der mich wirklich interessierte – nein, ich würde außerdem auch noch auf einem riesigen Schuldenberg sitzen, den ich nie würde zurückzahlen können. Wie viele Studenten hatte ich einen Kredit aufgenommen, um die Studiengebühren bezahlen zu können. Allein, um diesen zurückzuzahlen, würde ich mehrere Jahrzehnte lang Hamburger auf dem Grill wenden müssen – ohne Aussicht auf einen besseren Job.

Und dann?

Ständig in irgendwelchen kleinen Jobs arbeiten, um ein wenig Geld zusammenzukratzen, um über die Runden zu kommen? Ich hatte kein Problem damit, hart zu arbeiten, aber diese Aussicht erschien mir absolut trostlos. Und was würden meine Eltern sagen, wenn ich mein Studium nicht zu Ende brachte? Würde ich je wieder in ihre enttäuschten Augen sehen können?

Ich kam mir vor, als hätte ich alle Leute, die mir etwas bedeuteten, im Stich gelassen. Meinen Prof, der mich überschwänglich beglückwünscht hatte, dass ich ein Praktikum bei MacGullin Green Industries ergattert hatte. Meine Eltern, die mich trotz ihrer eigenen knappen finanziellen Situation unterstützt hatten, wo sie nur konnten. Meine Mitstudenten, die ebenfalls scharf auf ein Praktikum bei MacGullin gewesen waren und ihn sicher nicht so leichtfertig wie ich aufs Spiel gesetzt hätten, indem sie sich »ein Stück vom Glückskuchen gönnten« – und das ausgerechnet mit dem Boss der Firma, der offenbar ein absolut hinterhältiges Ekel war.

Ich kam mir vor, als hätte ich Betty verraten und all die Träume, die wir uns gemeinsam ausgemalt hatten. Herrgott, als ich Pinky, das kleine Glücksschwein aus Plüsch betrachtete, kam es mir vor, als hätte ich es auch verraten.

Und dank der Erklärung, die ich, ohne nachzudenken,

unterschrieben hatte, gab es nichts, das ich dagegen tun konnte – überhaupt nichts!

Es musste es einsehen, ich war komplett am Ende.

Also rollte ich mich auf der Couch zusammen und nahm mir fest vor, diese nicht wieder zu verlassen. Sollte mein Vermieter mich doch zusammen mit den Möbeln auf die Straße stellen, mir war es egal.

Mir war *alles* egal.

TEIL FÜNF
Der Deal

KAPITEL 25

Edgar Johnson

Firmensitz von Fortune Electrics
Büro von Edgar Johnson

»DIE STUDENTIN HAT GESTERN TATSÄCHLICH HIER ANGERUFEN«, sprach Edgar Johnson in den Telefonhörer. »Sarah Milton. Ich habe sie wie besprochen abwimmeln lassen, Mister MacGullin. Eigentlich schade, ihr Notendurchschnitt ist doch zumindest passabel und sie scheint mir eine intelligente junge Frau zu sein.«

Am anderen Ende der Leitung blieb es still.

»Ich habe auch all meine Geschäftspartner in Kenntnis gesetzt, da wird sie also auch keinen Job bekommen. Ich hoffe, das ist so in Ihrem Interesse, Mister MacGullin?«

Wieder sagte die Stimme zunächst nichts, doch nach einer Weile drang ein knappes »Danke, Mister Johnson« aus dem Hörer. Dann wurde aufgelegt.

Edgar Johnson, leitender Geschäftsführer von *Fortune Electrics* starrte noch lange auf das Telefon in seiner Hand. Er wusste, dass MacGullin ein Business-Genie war und ein knallhart verhandelnder Geschäftspartner sein konnte. Manche behaupteten sogar, er sei *skrupellos*.

Aber diese Art von Aktion war sogar für den Ruf dieses knallharten Geschäftsmannes ein bisschen viel. Allerdings hatte Johnson keine Wahl. Der Gefallen, den er MacGullin schuldete, überstieg den Wert dieses kleinen persönlichen Gefallens bei Weitem, auch wenn eine persönliche Vendetta gegen eine unbescholtene Studentin – aus welchem Grund auch immer – in Johnsons Augen eine völlige Übertreibung darstellte. Was konnte das arme Mädchen schon angestellt haben, um solch eine Behandlung zu verdienen? Doch er wusste ebenfalls, dass es besser war, einen Menschen wie MacGullin nicht nach den Gründen seines Handelns zu befragen.

Also hat er einfach getan, was MacGullin von ihm erwartete.

KAPITEL 26

Sarah

Lower East Side, Manhattan
Sarah Miltons Appartement

ICH HATTE HERUMTELEFONIERT, und dabei war ich immer wütender geworden.

Immerhin war mein Handyvertrag noch bis zum Ende des Monats bezahlt, und nachdem es mir nicht gelungen war, irgendwo in der Branche ein Praktikum zu bekommen, und alle Hoffnung darauf gestorben war, hatte ein neues Gefühl von mir Besitz ergriffen.

Wut.

Ich würde das nicht auf mir sitzen lassen. Ich würde Tyler MacGullin persönlich zur Rede stellen. Ich wusste nicht, was in den Kerl gefahren war, doch inzwischen war ich mir sicher, dass es kein Zufall war, dass plötzlich niemand mehr mit mir arbeiten oder auch nur reden wollte.

Mir war völlig klar, dass dahinter nur ein einziger Mensch stecken konnte: Tyler MacGullin. Nur er konnte einen derart weitreichenden Einfluss auf die Branche geltend machen. Vielleicht bereitete es ihm sadistisches Vergnügen, mich auch noch privat zu ruinieren, nachdem er mich bereits in seinem Büro nach Strich und Faden gefickt hatte. Ich verstand zwar nicht, wieso und was ihm das bringen sollte, doch vielleicht war er einfach nur ein durchgeknallter Psycho mit einem übertriebenen Machtkomplex.

War es den anderen Frauen vor mir ähnlich ergangen? Hatte er sie deshalb Schweigevereinbarungen unterzeichnen lassen? Wie viele hatte er schon auf diese Weise ausgenutzt?

Dass ich ohnehin nichts mehr zu verlieren hatte, war vielleicht mein entscheidender Vorteil gegenüber all seinen früheren Liebschaften. Die hatten vermutlich einen Ruf oder zumindest reiche Eltern oder so was, die etwas zu verlieren hatten. Von mir aus sollten mich seine Anwälte ruhig verklagen, bei mir gab es nun ohnehin nichts mehr zu holen. Ich war einfach völlig verzweifelt und konnte keinen klaren Gedanken mehr fassen.

Also hatte ich erneut zum Telefon gegriffen. Nicht länger, um bei irgendwelchen Firmen anzurufen, denn mir war inzwischen vollkommen klar, dass das überhaupt nichts bringen würde.

Stattdessen hatte ich bei Francis angerufen und ihm in groben Zügen geschildert, was passiert war. Betty hatte ich leider nicht erreichen können, da sie gleich nach ihrer Ankunft in der Forschungsstation gemeinsam mit ihrem Prof in den Dschungel gegangen war. Deshalb musste Francis herhalten, der die Neuigkeiten völlig bestürzt aufnahm. Das half mir ein wenig, denn jetzt hatte ich wenigstens jemanden gefunden, bei dem ich mich ausheulen konnte.

Das tat wirklich gut, doch unterm Strich war es etwas anderes, mit dem mir Francis noch weit mehr half. Durch seine ausgezeichneten Kontakte und der gut betuchten Kundschaft in seinem Friseursalon hatte er es geschafft, herauszufinden, wo Tyler MacGullin wohnte. Zwar kannte er sein Gesicht nicht, aber Francis vermutete insgeheim, ihn schon ein paar Mal unter falschem Namen frisiert zu haben. Was das Aussehen von Tyler MacGullin betraf, hätte ich ihm inzwischen Auskunft geben können, auch wenn mich das in erhebliche Schwierigkeiten gebracht hätte – bloß, was hätte das jetzt noch irgendwem gebracht?

Francis sagte mir, dass der mächtige CEO der allgemeinen Gerüchteküche zufolge auf einer gigantischen Ranch in den Hamptons lebte. Wobei Ranch offenbar noch eine Untertreibung war. Das Gelände sollte von einer Mauer mit Stacheldraht umgeben sein und von einer halben Armee Sicherheitsleute bestens bewacht sein.

Ich dankte Francis und legte auf.

Bewacht oder nicht, Mauer und Stacheldraht und ein ganzes Heer von Security-Männern konnten mich nicht aufhalten. Ich war so wütend, ich bildete mir ein, notfalls auch einfach durch den Beton hindurchgehen zu können wie der unglaubliche Hulk. Meine Wut war jedenfalls groß genug dafür.

Und Tyler MacGullin würde diese Wut zu spüren bekommen.

KAPITEL 27

Tyler

Superior-Ranch, die Hamptons, am Rande
von New York
Home Office von Tyler MacGullin

ICH RÜHRTE Alkohol nur selten an und gehörte auch nicht zu den Typen, die sich allein zu Hause betranken. Wenn ich schon mal etwas trank, dann höchstens auf einer Party einen Cocktail oder wenn ich mir im Büro am Abend eine kleine Auszeit gönnte. Für Letzteres bevorzugte ich exzellenten Scotch, der gern mal ein paar 1000 Dollar pro Flasche kosten durfte.

Alles in Maßen, das war mein Motto. Zumindest bei solchen Sachen. Was zum Beispiel Sex betraf, da hielt ich nicht allzu viel von Enthaltsamkeit. Aber genau das war im Moment mein Problem, wie es schien. Oder zumindest, wenn es nach meinem alten Herrn ging.

Das Gespräch mit ihm wollte mir einfach nicht aus dem Kopf gehen. Was bildete der sich eigentlich ein? So sehr ich Don auch mochte und ihn für seine Geschäftstätigkeit respektierte, so war er doch im Endeffekt nichts anderes als ein von meinem Vater eingesetzter Handlanger, dessen

Hauptaufgabe darin bestand, mich zu beobachten und meinem Vater alles zu berichten. Was bildete der sich eigentlich ein? Dass ich einen Babysitter brauchte?

Aber auch dieses Problem hatte im Moment keine Priorität. Wenn ich das widerliche Schwein finden würde, das die Fotos von Sarah und mir oben im Büro gemacht hatte, dann würde ich den Typen windelweich prügeln. Allein, die Eier zu besitzen, zu einem Mann wie meinem Vater zu gehen und ihn um zwanzigtausend Dollar zu erpressen, zeugte beinahe schon von Größenwahn. Noch schlimmer war allerdings, dass mein Vater offenbar vorhatte, ihn damit durchkommen zu lassen.

Ich kapierte einfach nicht, wieso mein Vater das mit sich machen ließ. In jeder anderen Sache hätte er den Erpresser sofort von einem seiner Spezialisten für Derartiges ausfindig machen lassen und sich persönlich um ihn gekümmert. Und das wäre für den Erpresser eine äußerst unangenehme Erfahrung geworden.

Natürlich bedienten sich weder mein Vater noch ich irgendwelcher Mafia-Methoden, aber genauso wenig konnten wir uns auf der Nase herumtanzen lassen. Es mochte durchaus wahr sein, dass die Aktien der Firma meines Vaters durch solche Fotos in Mitleidenschaft gezogen wurden, aber letztlich glaubte ich nicht daran, dass sich die Aktionäre von solchen Lappalien lange beeindrucken ließen. Denen ging es nach wie vor um Zahlen, ums Geschäft – ums Geld. Und die Geschäfte in meiner Firma liefen hervorragend, nicht zuletzt dank meiner Erfindungen und meines Einsatzes für nachhaltige Umwelttechnologien.

Und jetzt stand all das, was ich mir über die Jahre aufgebaut hatte, plötzlich auf dem Spiel. Über Nacht, weil ich mit einem Mädchen ein bisschen Spaß gehabt hatte.

Shit!

Ich brauchte dringend etwas, um meine Wut daran

auszulassen. Früher am Tag war ich schon unten in meinem privaten Gym gewesen und hatte den Boxsack bearbeitet, bis der irgendwann aufgegeben hatte und einfach geplatzt war. Was mich erneut an das geplatzte Kondom und damit an den tollen Sex mit Sarah erinnert hatte und erneute Wut in mir aufsteigen ließ. Frustriert hatte ich dem Ding noch einen letzten Tritt verpasst, der ihn endgültig von der Kette gerissen und quer durch den Raum hatte segeln lassen.

Meine Wut war davon kein bisschen verraucht.

Es gab allerdings durchaus eine Sache, die mir jetzt Abhilfe verschaffen konnte. Für einen Moment überlegte ich sogar, gegen meine Prinzipien zu verstoßen und die Brünette nochmals anzurufen.

Ein Wutfick würde mich wenigstens für ein paar Minuten ablenken und wie ich sie einschätzte, würde auch sie dabei auf ihre Kosten kommen. Ich würde natürlich niemals einer Frau etwas antun, das dieser nicht gefiel, aber beim Sex war ich nun einmal leidenschaftlich, dominant und beherrschend.

Mir ging es darum, meine Partnerin nach allen Regeln der Kunst zu besitzen, und das war es auch, das diese am Sex mit mir schätzten. Die Brünette hatte sogar ganz explizit von mir verlangt, dass ich ein paar *spezielle* Dinge mit ihr tat, auf die ich von allein gar nicht gekommen wäre. Ja, sie wäre genau die Richtige für die Art von aggressivem Sex, den ich jetzt brauchte, um den Kopf frei zu bekommen. Von dem Gespräch mit meinem Vater und diesen beschissenen Vorschlag, den er mir gemacht hatte. Ach, von wegen Vorschlag. Reine Erpressung war das gewesen. Und ich konnte es einfach nicht hinnehmen, klein beizugeben. Das lag nicht in meinem Wesen, hatte es noch nie getan.

Doch als ich gerade nach dem Telefon griff, um gegen meine Prinzipien zu verstoßen und die Brünette anzurufen, ließ mich irgendetwas innehalten. Klar, der Blowjob, den sie mir vor Don verpasst hatte, und alles andere waren toll gewesen, und ich hatte immerhin noch nachzuholen, sie nach allen Regeln der Kunst um den Verstand zu ficken, wie ich es mit den meisten ihrer Vorgängerinnen getan hatte.

Aber das, was ich mit Sarah erlebt hatte, stand auf einem völlig anderen Level. Da war es nicht mehr um Machtverhältnisse gegangen, sondern einfach nur um richtig guten Sex. Wir hatten jede Menge Spaß dabei gehabt – aneinander und an dem, was wir getan hatten.

Vielleicht war es sogar noch mehr gewesen als nur Spaß? Nein, diesen Gedanken verbot ich mir. So etwas gab es nicht in meiner Welt. Weil nicht sein konnte, was nicht sein durfte. Und jetzt ging mir die Kleine einfach nicht aus dem Kopf.

Aber natürlich konnte ich Sarah nicht wiedersehen! Nicht nach dem Vortrag, den mir mein alter Herr soeben gehalten hatte. Ich würde alles verlieren, wenn ich das auch nur versuchte, und er hatte mir deutlich zu verstehen gegeben, dass es ihm ernst mit dieser Sache war.

Also würde ich einfach hier sitzen bleiben, mich betrinken und weiter wütend sein. Gnade Gott dem Menschen, dem ich als Nächstes begegnen würde!

Wie aufs Stichwort klingelte mein Handy.

Es war einer der Wachmänner vom Haupttor, der mir sagte, ich hätte Besuch. *Unangekündigten* Besuch. Da hatte jemand wohl wirklich Eier – oder war schlicht saudumm. Sicher wieder irgendein Oberschlauer, der auf irgendeinem krummen Weg herausgefunden hatte, dass der Geschäftsführer einer der bedeutendsten Ökostrom-Firmen hier angeblich wohnen sollte. Vielleicht ein Reporter oder ein anderer Schmierfink, der sich nun toll vorkam, weil er an diese Information gekommen war.

Normalerweise bestand meine Reaktion in solchen Fällen immer darin, den Security-Männern am Tor dem Befehl zu geben, der Person klarzumachen, dass es für sie das Beste sei, ihren Hintern schnellstmöglich von meinem Privatgelände zu bewegen. Falls das nicht half, gewährten sie dem Eindringling in der Regel einen guten, langen Blick auf unsere Kampfhunde, die auf einen Pfiff des Wachmanns hin zum Tor sprinteten und dort kampfbereit zu knurren begannen.

Es war ein ziemlich furchteinflößendes Spektakel.

An sich waren die Hunde furchtbar lieb, und wenn niemand in der Nähe war, ließen sie sie nach Herzenslust auf dem Gelände herumtollen, aber das konnte kein Fremder wissen. Sie waren scharf auf alle abgerichtet, die auf dem Gelände nichts zu suchen hatten. Egal ob diese versuchten, nachts über den Zaun zu steigen oder sich auf irgendeine andere Art und Weise Eintritt zum Gelände zu verschaffen.

Dann wurden die verschmusten Rottweiler plötzlich zu Kampfmaschinen und stürzten sich mit lautem Gebell auf den Eindringling. Und im Gegensatz zu anderen Hunderassen bissen sie gleich nach dem Bellen auch zu.

Bisher hatte das für alle ungebetenen Besucher genügt.

Da ich im Moment allerdings gerade selbst vor Wut kochte wie ein Kampfhund mit Tollwut, beschloss ich, mir den kleinen Spaß zu gönnen. Ich sagte: »Okay, dann lass den Besuch mal durch.«

Um diese Nervensäge würde ich mich höchstpersönlich kümmern – immerhin war mein Boxsack kaputt!

KAPITEL 28

Sarah

*Superior-Ranch, die Hamptons, am Rande
von New York
Haupttor*

IN DEM MOMENT, als ich dem Taxifahrer einen
Zwanzig-Dollar-Schein in die Hand drückte, wurde mir
klar, dass ich soeben mein letztes Bargeld losgeworden war.
Auf meinem Konto mochten sich zwar noch ein paar Dollar
befinden und ich würde auch meine Kreditkarte noch ein
Weilchen überstrapazieren können, bevor die Bank sie mir
sperren würde und ich endgültig vollkommen mittellos
sein würde.

Aber irgendwie kam es mir trotzdem wie ein göttliches
Zeichen vor, zumal es nicht mal für ein halbwegs anstän-
diges Trinkgeld reichte – geschweige denn, den Weg zurück
nach Manhattan.

Wortlos nahm der Taxifahrer den zusammengeknüllten
Schein entgegen, stopfte ihn in seine Brusttasche und setzte
den Wagen zurück, kaum dass ich rausgesprungen war.
Am Feldrand wendete er und raste davon, während er

mich in einer Wolke aus Staub und Auspuffgasen stehen ließ.

Einen Moment später stand ich zwei bewaffneten Wachposten gegenüber, welche direkt unter einem Querbalken aus Holz Posten bezogen hatten. Darauf stand das Wort SUPERIOR in großen, in das Holz gebrannten Buchstaben. Vermutlich der Name der Ranch und genau wie alles andere deutlicher Ausdruck des Größenwahns ihres Besitzers.

Auf beiden Seiten des Tors erstreckte sich eine übermannshohe Mauer, soweit ich sehen konnte, und deren oberes Ende war tatsächlich mit Stacheldraht versehen, wie einer von Francis' Kontakten behauptet hatte. In dem kleinen Häuschen am Tor, aus dem die beiden Wachposten erschienen waren, saß mindestens noch ein weiterer, der mich durch die verspiegelten Gläser seiner Sonnenbrille hindurch unverhohlen musterte. Vermutlich überlegte der Mann gerade, ob er die Artillerie rufen sollte oder sie doch zu dritt mit mir fertig werden würden.

Hinter dem Tor hörte ich ein ganzes Rudel Hunde bellen.

Wäre ich nicht so wütend gewesen, hätte ich mich in diesem Moment ganz einfach umgedreht und wäre davongerannt, dem in der Staubwolke verschwindenden Taxi hinterher.

Und dann?

Ich hätte es nicht mal für eine Heimfahrt bezahlen können.

Also blieb mir nichts übrig, als mich an meiner Wut festzuklammern und meinen ursprünglichen Plan weiter durchzuziehen, den scharfen Hunden, Wachposten und dem Stacheldraht zum Trotz. Die beiden Männer am Tor schauten mich weiter an, ohne ein Wort zu sagen, dann begann einer von ihnen plötzlich leise in die Manschette seiner Uniformjacke zu sprechen. Falls er nicht verrückt war, musste das wohl bedeuten, dass dort ein kleines Mikrofon angebracht war und er gerade mit irgendwem redete.

Dann wandte sich der Mann an mich. »In Ordnung, Miss«, sagte er. »Warten Sie bitte kurz hier, ein Wagen ist unterwegs.«

»Okay«, sagte ich, während meine Wut inzwischen einer zunehmenden Verunsicherung wich. Ich hatte mich auf ein einigermaßen heftiges Wortgefecht mit diesen Pseudomilitärs eingerichtet, in der völlig unbegründeten Hoffnung, dieses dann mit Tyler MacGullin fortsetzen zu können. Und jetzt schickte man einen Wagen, einfach so?

Nicht gut. Meine Wut war an dieser Situation vermutlich meine größte Stärke, und wenn ich auf diese verzichten musste, sähen die Dinge wirklich übel für mich aus.

Ein paar Sekunden später hörte ich, wie ein Auto heranraste und hinter dem Tor zum Stehen kam. Der Wachposten in dem Häuschen betätigte einen Knopf und die mächtigen Flügel des Tors öffneten sich.

Dort stand eine schwarze Stretchlimousine.

»Moment bitte, Miss!«, sagte der Wachposten mit dem Mikrofon im Ärmel und stieß einen Pfiff aus. Einen Augenblick später sah ich die Hundemeute, die ich vorher durch das Tor gehört hatte, davonschießen. Aus dem lang gestreckten Auto mit den nachtschwarzen Scheiben stieg ein Chauffeur, ging um den Wagen herum und öffnete eine der hinteren Türen.

Dann trat ich zögernd durch das Tor.

Ich kam mir vor, als betrete ich ein Gefängnis für Schwerstkriminelle. Allerdings eines, in dem Neuankömmlinge mit Luxuskarossen zum Haupthaus kutschiert wurden, bevor sie ihre Haft antraten. Ich setzte mich in den hinteren Teil des Wagens, dessen geräumiger Fond wirkte, als böte er doppelt so viel Platz wie das winzige Wohnzimmer in meinem Appartement. Das gesamte Innere war mit Holz ausgekleidet, die Sitzbezüge waren aus teurem Echtleder und es gab sogar eine kleine Bar in der Mitte. Ich traute mich natürlich nicht, diese zu öffnen oder sonst irgendetwas von der teuren Innenausstattung des Autos auch nur zu berühren.

Ich glaubte immer noch halbwegs, dass ich da gerade mitten in eine Todesfalle getreten war oder zumindest in irgendeinen weiteren von Tylers grausamen Scherzen. Vielleicht würde mich der Fahrer auf halber Strecke zum Haus wieder aus dem Wagen werfen, und jetzt, wo das Tor wieder geschlossen war, würden sie die Hunde dann doch noch loslassen.

Dann konnte ich die letzten Minuten meines Lebens wenigstens genießen, dachte ich und sah durch die Fenster der dahingleitenden Limousine. Die Landschaft, die draußen vorbeizog, war beeindruckend. Der staubige Feldweg, der am Tor begann, wich bald einem Wäldchen, durch das wir hindurchfuhren, und danach hatte ich den freien Blick auf gigantische Flächen von Weideland auf beiden Seiten der gewundenen Straße, die sich kilometerlang dahinzuziehen schienen. In der Ferne konnte ich sogar das Glitzern eines kleinen Sees erkennen. War das alles Teil des Geländes der Ranch? Dann musste sie wahrhaft riesig sein. Ich konnte mir kaum vorstellen, dass MacGullin das gesamte Gelände mit einem stacheldrahtbewehrten Zaun hatte versehen lassen, aber falls doch, musste dieser ungefähr so lang sein wie die große Chinesische Mauer.

Dann sah ich etwas, das mein Herz für einen Augenblick aussetzen ließ.

Pferde – eine ganz kleine Herde, die offenbar frei über das Weideland laufen konnte. Jetzt, da wir vorbeifuhren, hoben ein paar von ihnen die Köpfe und blickten in unsere Richtung. Eines davon, ein wunderschöner nachtschwarzer Rappe, war offenbar besonders neugierig. Er galoppierte los und kam auf uns zu, bis er die Absperrung am Wegesrand erreichte. Während er scheinbar mühelos mit dem langsam fahrenden Wagen Schritt hielt, blickte er mich aus tiefen schwarzen Augen an. Ich war ganz hingerissen vom Anblick seines geschmeidigen Körpers und der langen Muskeln, die sich unter seiner schwarzen, samtigen Haut bewegten.

Ich hatte den Eindruck, dass der Rappe mich direkt anblickte, doch das konnte nicht stimmen, denn die Scheiben im hinteren Teil des Wagens waren komplett verdunkelt. Trotzdem spürte ich sofort so etwas wie eine Verbindung zwischen mir und dem wunderschönen Tier.

Der Rappe begleitete uns bis zum Ende der Weide, dann scherte er aus und trabte gemütlich zu der kleinen Herde zurück.

Da hatte ich ihn schon längst ins Herz geschlossen.

Kurz darauf tauchte ein riesiges, weiß gestrichenes Holzgebäude vor uns auf, bei dem es sich offenbar um das Herrenhaus des Anwesens handelte. Das Ganze war im Stil einer mexikanischen Nobel-Hazienda errichtet, wie man sie aus Westernfilmen kannte. Das Gebäude war gigantisch und musste über mindestens zwanzig Zimmer verfügen, wenn nicht mehr. Eine breite Freitreppe führte zum Haupteingang empor, aus den weit offenen Fenstern im Erdgeschoss wehten weiße Vorhänge im Wind. Im Vorbeifahren konnte ich sehen, dass sich hinter dem Haus eine große Terrasse erstreckte, welche auf einen großzügigen Pool hinausblickte, der von saftig grünen Wiesen umgeben war, und weiter hinten, wenn mich der Anblick nicht täuschte, in ein Heckenlabyrinth überging.

Vielmehr als die schiere Gigantomanie des Anwesens, mit der ich einigermaßen gerechnet hatte, verblüffte mich jedoch, wie gemütlich und stilvoll alles eingerichtet war. So viel Verspieltheit hätte ich einem knallharten CEO eigentlich nicht zugetraut, aber vermutlich war auch das bloße

Fassade und das Werk irgendeines fähigen, hoch bezahlten Architekten.

Die schwarze Stretchlimousine hielt vor der breiten Freitreppe zum Haus und der Chauffeur stieg aus, um mir erneut die Tür aufzuhalten. Als ich ausstieg, öffnete sich die Tür im Haupthaus und ein in Livree gekleideter Butler kam mir gemessenen Schrittes entgegen. Alles an ihm wirkte zeremoniell und von vollendeter Form und Höflichkeit, allerdings so steif, als hätte er das Ganze jahrzehntelang einstudiert. Gleichzeitig machte sein Erscheinen deutlich, dass ich hier keinen Schritt ohne Beobachtung gehen würde.

Mir war das egal, ich war ohnehin nicht hier, um den Anblick des gigantischen Anwesens zu genießen. Ich war hier, weil ich ein Hühnchen mit dessen Besitzer zu rupfen hatte. Ein gewaltiges Hühnchen.

KAPITEL 29

Tyler

*Superior-Ranch, die Hamptons, am Rande
von New York
Empfangshalle*

IN MEINER MOMENTANEN Stimmung war es eigentlich kein Wunder, dass ich vergessen hatte, die Wachleute am Tor zu fragen, wer überhaupt mein Besucher war. Der Wachhabende hatte mir nur mitgeteilt, dass es sich um eine Frau handelte, und irgendwie war ich wohl automatisch davon ausgegangen, dass die Brünette gegen unsere Abmachung verstoßen hatte und wieder hier aufgekreuzt war. Vielleicht hätte ich es ihr dieses Mal sogar durchgehen lassen, nach einer ausreichenden »Bestrafung« für ihr Vergehen, an dem wir beide jede Menge Spaß gehabt hätten.

Andererseits war ich jetzt sogar noch wütender auf mich selbst, weil ich schon wieder dabei war, unvorsichtig zu werden. Aber welche Rolle spielte das jetzt eigentlich noch, nachdem mein Vater die Quittung für meine Unvorsichtigkeit bereits auf dem Tisch liegen hatte und sie gerade mit Geld aus seiner eigenen Tasche bezahlt hatte?

Zu meiner großen Überraschung war es allerdings nicht die Brünette.

Sondern Sarah. Und mein dämliches Herz machte – trotz allem – einen kleinen Sprung, als ich sie sah.

»Du?«, fragte ich – zugegeben nicht besonders eloquent.

Sie stand einfach nur da, nachdem James, mein Butler, sie hereingeführt und sich mit einem dezenten Nicken wieder entfernt hatte. Die Tür schloss sich geräuschlos hinter ihm.

»Du?«, fragte ich noch einmal.

Ich wusste nicht, wo mir der Kopf stand. Ich wollte ihr die Leviten lesen. Wollte die Wut, die ich eigentlich auf mich selbst verspürte, an ihr auslassen. Aber vor allem wollte ich sie in meine Arme schließen und sie zu Boden knutschen, trotz allem, was passiert war.

Was zur Hölle war mit mir los?

Stattdessen tat ich gar nichts und stand einfach da. Wartete darauf, dass sie mir verriet, was sie hergeführt und was sie mir zu sagen hatte. Wie sich herausstellte, hatte sie mir eine ganze Menge zu sagen. Und nichts davon war auch nur ansatzweise erfreulich.

»Ist dir eigentlich bewusst, was für ein Riesenarschloch du bist?«, begann sie ihre Rede. Nicht der Einstieg, den ich erwartet hatte, aber auf jeden Fall sehr wirksam, um meine Aufmerksamkeit zu erlangen.

Meine Wut verflog augenblicklich, als ich den Zorn in ihrem Gesicht sah. Mit einem Anflug von Belustigung fragte ich mich, ob man ihr vielleicht auch gerade die eigene Firma weggenommen hatte und ihr Vater ihr damit drohte, sie von einem milliardenschweren Erbe auszuschließen.

»Ist dir eigentlich klar«, fragte sie leise, »dass ich jetzt arbeitslos bin, völlig mittellos dastehe und nicht mal weiß, wie ich meine Miete bezahlen, geschweige denn, mein Studium weiter finanzieren soll?«

»Nein«, sagte ich. »Das ist mir nicht bewusst, Sarah.« Das war die reine Wahrheit. Mein Vater hatte mir zwar gesagt, dass er sie aus offensichtlichen Gründen hatte feuern lassen und dass sie eine Geheimhaltungserklärung unterschreiben musste, aber damit war die Sache doch vom Tisch gewesen – zumindest hatte ich das geglaubt. Mit einer Beurteilung aus unserer Firma würde sie ohne Probleme woanders eine gute Stelle bekommen, zumal als Praktikantin mit ihrem Durchschnitt. Nach ihr würde sich jede Firma die Finger lecken.

»Du hast mich rausgeschmissen«, sagte sie. Ich hörte, was sie sagte, und es ging mir auch nahe, aber ich konnte dabei den Blick einfach nicht von ihr abwenden. Sie trug ein leichtes Sommerkleid, und ich konnte nur daran denken, wie es wohl sein würde, ihr dieses Ding vom Leib zu fetzen. »Ich musste eine Schweigevereinbarung unterschreiben und Michael hat …«

Sie senkte den Kopf und plötzlich glaubte ich, Tränen in ihren Augen schimmern zu sehen. Das alarmierte mich sofort und ich schaffte es sogar, meinen Blick für einen Moment von dem köstlichen Körper abzuwenden, der sich unter diesem Sommerkleid befand.

»Was hat Michael getan?«, fragte ich alarmiert. Ich mochte meinen Ruf haben, aber seiner war mir inzwischen auch bewusst.

»Was er getan hat?«, fragte sie leise, dann hob sie den Kopf. Tränen rannen über ihre Wangen. »Was er getan hat?«, rief sie so laut, dass ich beinahe zusammengezuckt wäre.

»Er hat gesagt, er würde seinen Einfluss bei der Personalabteilung geltend machen. Er könne natürlich nichts garantieren, aber wenn ich nur hübsch brav die Beine für ihn breitmache, würde er mal sehen, was er tun kann. *Das* hat Michael getan. Dein Abteilungsleiter, in deiner Firma!«

Nun stockte mir wirklich der Atem. Mir waren die

Gerüchte über Michael bekannt und diese Seite an ihm hatte mir noch nie gefallen, aber das, was Sarah da gerade erzählte, überschritt nun wirklich jede Grenze. Ich ging auf sie zu und sagte: »Bitte beruhige dich, Sarah. Sammle dich und erzähle mir alles noch einmal von Anfang an. Ich schwöre dir, ich habe nichts davon gewusst.«

Also tat sie das. Sie erzählte mir, dass Michael sie von Anfang an mit Blicken verschlungen und sie bei mehreren Gelegenheiten gebeten hatte, ihm irgendwelche Akten aus den unteren Schubladen der Schränke in seinem Büro zu holen, um sie besser anglotzen zu können. Und dann sein Vorschlag, nachdem er ihr voller Schadenfreude eröffnet hatte, dass sie fristlos gekündigt war. Das schlug dem Fass den Boden aus! Das war nicht länger der Studienkumpel, den ich kannte. Das war firmenschädigendes Verhalten!

»Okay«, sagte ich. »Ich verspreche dir, dass ich mir Michael persönlich zur Brust nehmen werde, Sarah.« Ich meinte das in vollem Ernst. »Dieses Verhalten werde ich an meiner Firma keinesfalls dulden.«

Aber sie schüttelte nur den Kopf und ihre kurzen roten Haare flogen nur so. Auch dieser Anblick turnte mich wieder an, ich wollte es sein, der diese Haare zum Fliegen brachte, darin herumwühlte und … Mit einiger Mühe kämpfte ich meine Erregung herunter. Im Moment musste ich mich um andere Dinge kümmern. Ich konnte das Michael nicht durchgehen lassen.

»Ist doch völlig egal«, sagte sie. »Spar dir ruhig die Mühe, Tyler. Ich bin gefeuert und ich bekomme nirgends sonst einen Job. Und sag jetzt bitte nicht, dass du auch davon nichts weißt. Das glaube ich dir nämlich nicht, weißt du?«

»Es ist aber so!«, rief ich, nun selbst etwas lauter. Daran war allerdings nicht sie schuld, sondern meine aufkeimende Wut über Michael und sein absolut nicht zu tolerierendes Verhalten.

»Hattest du das eigentlich alles schon geplant, als du mich in dein Büro gelockt hast?«, fragte sie. »War das für dich ein Teil des Spiels, zu wissen, dass du anschließend mein Leben kaputtmachen würdest? Hat dich das *angemacht*?«

»Ich habe niemanden irgendwohin gelockt«, sagte ich. »Ich habe dir ein klares Angebot gemacht und du hast es angenommen.«

»Aber du hast mit keiner Silbe erwähnt, dass es mich meinen Job kosten würde und ich anschließend völlig mittellos dastünde. Bist du eigentlich erst kürzlich auf diese Idee gekommen oder einfach schon von Geburt an ein sadistischer Psychopath?«

»Es ist nicht, wie du denkst«, sagte ich. Ich würde mir von diesem kleinen Mädchen nicht diese Art von Vorwürfen an den Kopf knallen lassen. Wie kam sie bloß auf diesen ganzen Unsinn? Plötzlich wurde ich ganz kalt. Was Michael getan hatte, war eine Sache, um die ich mich kümmern würde, und zwar gründlich. Aber mir von einer Studentin vorwerfen zu lassen, ich sei ein Psychopath? Das ging dann doch zu weit.

»Du kanntest die Bürovorschriften«, sagte ich kühl. »Und du hast dich dennoch zum Sex hinreißen lassen. Jegliche Arten von Beziehungen und sexuellen Kontakten in der Firma sind laut dieser Vorschriften eindeutig untersagt, das war dir bekannt.«

Sie schaute mich an, als hätte ich ihr eine Ohrfeige verpasst. Vermutlich zu Recht. Verdammt.

»Aber…«, sagte sie, doch ich hob die Hand, um sie zum Schweigen zu bringen. Es tat mir in der Seele weh, aber ich sah keinen anderen Weg, das hier zu Ende zu bringen, ohne alles, für das ich jahrelang gerackert hatte, zu verlieren. Ich musste sie aus meinem Leben haben – sofort! Selbst, wenn das hieß, dass sie mich anschließend hasste.

»Jetzt musst du die Konsequenzen dafür tragen«, fuhr

ich fort. »Für mich als Boss gelten diese Vorschriften natürlich nicht, und das hätte dir durchaus klar sein müssen.«

Ich spürte, wie meine Gefühle Amok liefen. Die Wut auf Michael, das Verlangen nach ihr und ihrer frechen Art, die mich verrückt nach ihr machte. Die Tatsache, dass ich an diesem Tag schon fünf oder mehr Drinks gekippt hatte, machte es auch nicht besser.

Aber was konnte ich schon tun?

Ich musste mir einfach einreden, dass ich fertig war mit ihr. Dass sie mir nichts bedeutete. Denn Tyler MacGullin band sich nicht an einen Menschen, niemals.

Keine Gefühle, unter keinen Umständen!

Das war eins meiner beiden eisernen Prinzipien, und ich würde es niemals verletzen.

Nicht einmal für sie.

Mir war klar, dass ich sie verletzt hatte, und ich rechnete damit, dass sie auf der Stelle kehrtmachen und aus dem Haus rennen würde. Wir würden uns nie wiedersehen. Sehr bedauerlich, aber leider nicht zu ändern. Mit der Reaktion, die sie dann brachte, hatte ich allerdings nicht gerechnet. Sie schaute mich nur aus weit aufgerissenen Augen an und fragte dann leise: »Willst du mich eigentlich verarschen, sag mal?«

KAPITEL 30

Sarah

Superior-Ranch, die Hamptons, am Rande
von New York

ICH STAND DA und konnte ihn einfach nur fassungslos anstarren.

Hatte er das etwa gerade tatsächlich zu mir gesagt? Dass die Vorschriften für ihn als Boss nicht gelten würden und mir hätte klar sein müssen, dass ich aus der Firma fliegen würde, wenn ich mich auf Sex mit ihm einließ? Hatte er denn keinen einzigen Funken Ehrgefühl in sich? War es denn nicht vielmehr so, dass er als Chef der Firma die Verantwortung für die Praktikanten innehatte? Und jetzt versuchte er, diese Verantwortung ganz lapidar auf mich abzuwälzen?

Ohne es zu merken, war ich zwei Schritte auf ihn zugegangen.

Er stand einfach nur da, sah mich an und nun war auch das Lächeln von seinem Gesicht verschwunden.

»Ich hatte jedenfalls nicht gerade den Eindruck, dass du dich besonders geziert hättest«, sagte er, und irgendwie brachte das das Fass zum Überlaufen.

Ohne dass ich wusste, wie mir geschah, flog meine Hand nach vorn, um ihm eine zu knallen. Glückwunsch, Sarah, dachte ich noch. Schon der zweite Vorgesetzte innerhalb weniger Tage, dem du eine runterhaust – deine berufliche Zukunft wäre damit wohl gesichert!

Doch dazu kam es gar nicht.

Tyler fing meine Hand mühelos in der Luft und hielt mich am Handgelenk fest. Das schien ihm überhaupt keine Kraftanstrengung zu verursachen.

Er schaute mir lang und tief in die Augen, dann sagte er: »Verdammt, vielleicht hast du recht. Ich habe mich wie ein Arsch verhalten, das hätte ich nicht machen sollen. Entschuldige bitte.«

»Was?«, ächzte ich, aber ich konnte nur in diese Augen starren.

Die ganze Zeit ließ er mein Handgelenk nicht los und versenkte seine Augen förmlich in meine. Ich war ihm völlig hilflos ausgeliefert. Ich wollte ihm nicht verzeihen, *durfte* nicht verzeihen.

Und doch konnte ich nicht anders.

»Okay«, sagte ich. »Und du weißt *wirklich* nichts davon, dass mich alle anderen Firmen auf dem Markt jetzt boykottieren?«

Er schüttelte den Kopf und hielt mein Handgelenk weiter fest. »Ich schwöre es, Sarah«, sagte er.

Plötzlich wollte ich ihn nicht mehr schlagen. Plötzlich hatte ich den Eindruck, dass wir in dieser Sache im selben Boot saßen. Auch wenn ich mir nur sehr schwer vorstellen konnte, wie das hatte passieren können.

»Auch mein Leben läuft seit unserer Begegnung ganz schön aus den Fugen, weißt du?«, sagte er mit einem angedeuteten Lächeln und ließ meine Hand los, die ich nach unten sinken ließ.

»Wie meinst du das?«

Jetzt hatte sich ein Anflug von Traurigkeit und vielleicht

sogar so etwas wie Verzweiflung in sein Gesicht geschlichen. Es ließ ihn nachdenklich wirken, gar nicht mehr wie den oberflächlichen Lebemann, von dem ich schon so viel gehört hatte und von dem ich gerade eine weitere Kostprobe bekommen hatte. Oder zumindest hatte ich das geglaubt.

»Ich habe ganz schön Probleme bekommen, weil ich mit dir geschlafen habe, Sarah. Was allerdings nicht heißt, dass ich auch nur eine Sekunde davon bereue.«

Der Anflug eines Lächelns huschte über sein Gesicht und ich konnte nicht anders, als es zu erwidern. Es war beinahe süß, ihn so zu sehen. Und eine völlig neue Erfahrung.

»Und welche Probleme sollen das sein, Mister MacGullin?«

KAPITEL 31

Tyler

*Superior-Ranch, die Hamptons, am Rande
von New York*

»DA IST zum einen das Problem, dass du mir nicht aus
dem Kopf gehst«, sagte ich leise.

Für einen langen Moment standen wir beide einfach nur
so da und ich sah auf sie herab. Sie war so wunderschön, so
unschuldig, so verletzlich. Und doch wusste ich, dass in ihr
eine unersättliche sexuelle Lust loderte. Die nichts mehr
wollte, als wieder die Oberhand zu gewinnen. Eine Lust,
die sich nun auch in mir regte. Es war wie Magie, in ihrer
Nähe konnte ich einfach an nichts anderes denken als an
ihren Körper und wie er sich unter mir gewunden hatte.
Wie es sich angefühlt hatte, sie ganz nah bei mir zu spüren.
Sie zu *besitzen*.

Verdammt, sogar mein Schwanz begann sich schon
wieder aufzurichten, und ich konnte nur hoffen, dass sie
das nicht mitbekam. Welchen Eindruck würde sie von mir
bekommen? Dass ich mich daran aufgeilte, wie verzweifelt
ihre Situation war?

»Du gehst mir auch nicht aus dem Kopf«, sagte sie leise.

Für eine Weile sagte sie gar nichts, dann fügte sie hinzu: »Aber das ändert nichts daran, dass du mir mein Leben versaut hast. Und wie ich sehe, hast du nicht die geringsten Absichten, daran etwas zu ändern. Ich bin hierhergekommen, um dir ins Gewissen zu reden oder wenigstens zu erfahren, womit ich all diesen Hass verdient habe. Aber offenbar hast du keine Antworten für mich.«

Das war der Moment, an dem sie sich hätte umdrehen und gehen sollen. Der Moment, an dem der Anblick ihres schmalen, gelenkigen Rückens das letzte wäre, was ich je von ihr sehen würde.

Ich würde den Wachleuten am Tor Bescheid geben, sie nie wieder aufs Gelände zu lassen, und das wäre es dann. Was ging mich denn das Schicksal irgendeiner kleinen Studentin an? Was ging mich an, wer sich in den Kopf gesetzt hatte, ihr jede Chance auf einen vernünftigen Job oder ein weiteres Studium zu verbauen?

Sie war nur ein Fick gewesen, nichts weiter.

Doch sie drehte sich nicht um, und ich konnte sie nicht gehen lassen.

Und plötzlich konnte ich nicht anders.

Ich beugte mich zu ihr herab, unsere Lippen fanden sich und eine Sekunde später fielen wir übereinander her. Ohne dass wir etwas dagegen tun konnten.

KAPITEL 32

Sarah

*Superior-Ranch, die Hamptons, am Rande
von New York*

WÄHREND ICH MEINE Klamotten vom Boden aufsammelte, versuchte ich, mir darüber klar zu werden, was hier gerade passiert war. Ich war hergekommen, um diesem aufgeblasenen Arschloch gehörig die Meinung zu geigen, und stattdessen hatten wir nichts weiter zustande bekommen, als erneut zu vögeln.

Wie zur Hölle war das passiert?

Es war zum Verrücktwerden. Ich hasste mich dafür, aber es war so verdammt gut gewesen. Noch besser als beim ersten Mal. Es war, als wäre da ein Druck in mir gewesen, der sich jahrelang aufgestaut hatte und den nur Tyler MacGullin lösen konnte.

Der Sex mit ihm war wie ein Ventil, und ich war ein Dampfkessel kurz vor dem Explodieren. Das absolut Verrückte war aber, dass es ihm scheinbar genauso ging. Ihm, dem großen Aufreißer, dem die schönsten und heißesten Frauen der Stadt bettelnd zu Füßen lagen, und das vermutlich nicht nur im übertragenen Sinne. Er war ein fantastischer Liebhaber. Sicher trug seine reiche Erfahrung eine Menge dazu bei, vielleicht war es auch angeborenes Talent.

Im Grunde war das aber völlig egal, denn das hätte einfach nicht passieren dürfen.

Er schien sich hingegen weniger Gedanken darüber zu machen.

»Danke«, sagte er und dann tauchte das vertraute spitzbübische Grinsen wieder auf seinem Gesicht auf. »Das hatten wir echt nötig, wie?«

Ich sagte gar nichts. Das Dumme war, dass er recht hatte und es offenbar auch wusste.

»Kannst du zum Essen bleiben?«, fragte er.

Ohne dass ich so recht wusste, warum ich das tat, nickte ich. Vielleicht deshalb, weil ich sonst nicht gewusst hatte, wo ich etwas zu essen hätte herbekommen sollen. Ich hätte mir noch nicht mal die Rückfahrt mit einem Taxi nach Hause leisten können. Und mit Tyler gemeinsam zu essen, klang nicht schlecht. Auf jeden Fall besser, als ihn um Taxigeld anbetteln zu müssen. Das würde ich auch anschließend noch tun können.

Was machte es da schon, dass ich mir allmählich wie eine Hure vorkam …

Nein, das stimmte nicht. Wir waren zwei erwachsene Menschen und wir hatten beide dasselbe gewollt. Beide Male. Und er hatte recht, jetzt würde ich die Konsequenzen tragen müssen. Bloß machte mir das inzwischen überhaupt nichts mehr aus. Mein Fall war ein sehr kurzer gewesen, und ich hatte den Boden bereits erreicht. Ich war ganz unten angekommen.

Er suchte seine Hose und fand sie schließlich, dann kramte er das Handy aus der Hosentasche und rief jemanden an, bei dem er mit leiser Stimme das Abendessen bestellte.

»In zehn Minuten stehen ein paar ausgewählte Köstlichkeiten auf der Veranda zur Verfügung, Madame«, sagte er lächelnd. Man hätte ihn fast mögen können, wenn man ihn so sah. »Wäre das genehm?«

Ich beschloss, mitzuspielen. Warum auch nicht? »Sehr genehm, der Herr«, sagte ich. Ich wusste nicht, ob ich lachen oder heulen sollte. Die edle Dame, die nicht mal wusste, wie sie die Miete für den nächsten Monat bezahlen sollte. Aber das war schließlich nicht sein Problem, nicht wahr?

»Wir sollten vorher duschen, findest du nicht?«, fragte er und musterte mich schon wieder mit so einem Blick von erwachendem Verlangen. Ich hatte eine ziemlich genaue Vorstellung davon, was ihm jetzt schon wieder durch den Kopf ging, uns beide und die Dusche betreffend.

Das Blöde daran war nur, dass mir genau dasselbe durch den Kopf ging. Allein die Vorstellung, unter warmem Wasser zu stehen, das auf unsere Körper herab- prasselte, während wir eng beieinanderstanden, seinen Körper einzuseifen und zu sehen, wie sein bestes Stück sich wieder aufzurichten begann und sich mir entgegenreckte … Gott, was stellte dieser Mann bloß mit mir an?

Also sagte ich: »Klar, okay.«

KAPITEL 33

Tyler

Superior-Ranch, die Hamptons, am Rande von New York
Unteres Master-Badezimmer

»WOW!«, sagte ich, nachdem ich ihr eine kleine Ewigkeit dabei zugesehen hatte, wie sie unter der Dusche stand. Es war ein köstlicher Anblick, wie ihr kleiner geschmeidiger Körper, vom Wasser feucht glänzend, sich hin und her wandte. Das feuchte Haar fiel ihr in die Stirn – sie sah aus wie eine freche Rotzgöre, noch ganz erhitzt von den verbotenen Spielen, denen sie sich gerade hingegeben hatte.

Was mich augenblicklich wieder hart werden ließ.

Ich hatte die Duschkabine und das gesamte Badezimmer aus gutem Grund großzügig auslegen lassen. Notfalls hätte hier vermutlich eine ganze Schulklasse duschen können, doch für mich hatte es einen anderen Grund, diese Räume so geräumig zu gestalten.

Ich liebte Sex unter der Dusche.

Wenn das warme Wasser auf die Haut prasselte, wie unter einem warmen Sommerregen, während sich feuchte Körper stöhnend aneinanderpressten. Ich sah ihr dabei zu, wie sie sich unter der Dusche streckte und rekelte, ihr Gesicht genussvoll entrückt, die Augen geschlossen. Ich bekam einfach nicht genug von ihrem Anblick, während sie beinahe schüchtern nach der Seife griff und begann, ihren wundervollen Körper einzuseifen.

»Nein«, brummte ich mit belegter Stimme und nahm ihr die Seife aus der Hand. »Lass mich das machen.«

Dann begann ich damit, genüsslich jeden Quadratzentimeter ihrer Haut mit Küssen zu bedecken und diese anschließend wieder fortzuwaschen. Ich benutzte ausschließlich hochwertige, in Seidenpapier gewickelte Bio-Seife, denn ich hielt nichts von Gels oder Shampoos und Duschgels in überflüssigen Plastikverpackungen, welche unsere Ozeane vergifteten.

Dann stellte ich mich selbst unter die Dusche und ließ das Wasser auf mich herunterprasseln. Sie war ein wenig zurückgetreten, um mir Platz zu machen. Dann griff ich nach ihrer Hand und zog sie an mich. Sie stieß einen kleinen, überraschten Schrei aus, aber ich wusste, dass sie mir nicht böse war.

Jedenfalls nicht deswegen.

Ich griff nach einem exklusiven Shampoo, das ich für solche Zwecke immer in Griffweite hatte, und massierte es kräftig in ihr Haar, was ihr ein wohliges Seufzen entlockte. Dann öffnete sie die Augen und sah mich direkt an. Als sie mit feuchtglänzendem Gesicht zu mir heraufsah, lächelte sie für einen Moment – und das ließ bei mir wieder alle Sicherungen durchbrennen.

Ich packte sie an den Hüften und zog sie zu mir heran. Sie prallte gegen meinen Schwanz, der schon wieder auf Vollmast stand, als hätte ich seit einer Woche nichts zum Ficken gehabt, dabei hatten wir es erst vor ein paar Minuten getrieben. Wahnsinn.

»Du Arschloch!«, rief sie leise und stieß ein vergnügtes, kleines Lachen aus. Okay, sie spielte also wieder das freche

Rotzgör. Sollte sie das ruhig tun, es machte mich nämlich ohne Ende an, wenn sie das tat. Ich massierte ihre Pobacken, knetete das feste, geschmeidige Fleisch mit kräftigen Fingern.

»Du hast ein kleines, freches Mundwerk, Mädchen«, knurrte ich in ihr Ohr. »Das müssen wir dir unbedingt austreiben!«

Sie stieß ein lustvolles Keuchen aus. Dann drückte ich sie gegen die vorgeheizten Fliesen der Wand. Mein Schwanz fand sofort die richtige Position. Als sie spürte, dass etwas Einlass in ihre köstliche Pforte begehrte, starrte sie mich aus weit aufgerissenen Augen an. »Das ist nicht dein Ernst, oder? Schon wieder? *Was* bist du?«

»Ich bin der, der dir jetzt Manieren beibringt, du freches kleines Ding!«, brummte ich mit vor Erregung belegter Stimme. »Oder hast du etwa schon genug?«

Ich fühlte mich einem neuen Gefecht mit ihr durchaus gewachsen, und mein praller Schwanz schien das ebenso zu sehen. Zur Hölle, von mir aus hätten wir den ganzen Abend und die folgende Nacht mit nichts als Vögeln verbringen können. Ich bekam einfach nicht genug von ihrer Art, ihrem Körper – von ihr! Ich war völlig machtlos. Aber natürlich würde ich sie das nie wissen lassen.

Es war eine völlig absurde Situation. Ihr Leben war bereits ruiniert und meins auf dem besten Weg dahin, den Bach runterzugehen. Trotzdem fiel uns nichts Besseres ein, als genau das zu wiederholen, was der Grund für die ganze Misere gewesen war. Wir konnten die Finger einfach nicht voneinander lassen und pfiffen auf die Konsequenzen.

Und es fühlte sich großartig an.

»Wolltest du mir nicht die Leviten lesen, großer Meister?«, neckte sie mich und das brachte mich vollends zum Ausrasten. Ich musste sie haben, mit Haut und Haaren – jetzt sofort.

Ich kniete mich vor sie hin, hob ihre Pobacken in die

Höhe und setzte sie auf meinen Schultern ab, dann begann ich, sie intensiv mit meiner Zunge zu verwöhnen, während mir das warme Wasser und ihre Feuchtigkeit über das Gesicht und das Kinn lief.

Dabei wechselte ich ständig das Tempo und die Intensität meiner besonderen Behandlung. Bald liebkoste ich ihren Kitzler mit weichen Lippen, dann stieß ich wieder meine Zunge tief in sie hinein, fickte sie regelrecht mit meinem Mund, bis sie stöhnte und leise, spitze Schreie von sich gab.

Dann nahm ich ihren Kitzler zwischen meine Zähne und biss ganz leicht zu.

Sie explodierte förmlich über mir.

Ihre Finger krallten sich in meine nassen Haare – so sehr, dass es schmerzte, aber das war mir völlig egal. Ihr Körper versteifte sich und sie stöhnte: »Oh, verdammt! Nicht schon wieder – wie machst du das bloß?«

Ehrlich? Keine Ahnung. Vielmehr war es so, dass sie etwas mit mir machte. Ich reagierte nur, schien ihre Wünsche zu ahnen, weil ich genau dasselbe wollte.

Als ich spürte, dass sie nur noch Sekundenbruchteile von ihrem nächsten Höhepunkt entfernt war, hörte ich urplötzlich auf, sie zu lecken.

»Mistkerl!«, rief sie. »Aaahh!«

Ich hätte sie sofort kommen lassen können, doch ich wollte mehr. Viel mehr. Ich erhob mich aus meiner knienden Position, packte ihren Hintern und schob sie an der gefliesten Wand nach oben, dann ließ ich sie wieder nach unten gleiten und schob meinen prall aufgerichteten Schwanz ansatzlos in sie hinein.

Er glitt in sie wie ein bestens geölter Kolben in den Zylinder eines Hochleistungsmotors. Während wir uns leidenschaftlich zu küssen begannen, spielten meine Finger hingebungsvoll mit ihren Brüsten.

Ich wollte immer mehr, wurde immer wilder – und ihr ging es genauso.

»Arschloch!«, rief sie immer wieder, während sie sich wie ein Äffchen an mich klammerte und ihre Fingernägel tiefe rote Kratzspuren auf meinen Schultern und meinem Rücken hinterließen. »Du beschissener Mistkerl!«

Je mehr sie mich beschimpfte, umso mehr machte es mich an.

Ich streichelte sie sanft, im nächsten Moment drängte ich meine Lippen auf ihre, nahm mit meiner Zunge, die sie eben noch geleckt hatte, ihren Mund im Sturm. Ich schob meinen Schwanz bis zum Anschlag in sie hinein, kostete jede Sekunde aus, dann zog ich ihn aufreizend langsam aus ihr heraus, immer und immer wieder, während ich jeden Quadratzentimeter ihres gelenkigen, süßen Körpers mit meinen Fingern, meiner Zunge und meinen Zähnen bearbeitete.

Ich wollte dieses süße, freche Gör um den Verstand bringen, und den Geräuschen nach zu urteilen, die sie machte, gelang mir das auch. Ich ließ ihre aufgerichteten Brustwarzen zwischen meinen Fingern leiten und kniff ein paar Mal kräftig hinein. Das entlockte ihr ein paar spitze, kleine Schreie und noch ein paar ziemlich freizügige Beschimpfungen, doch die waren weit von jeglichem Protest entfernt.

»Ich habe dir gesagt«, stöhnte ich, denn auch ich war jetzt fast so weit, »dass du freche Rotzgöre eine Lektion brauchst und die bekommst du jetzt!«

»Dann mach doch!«, schrie sie. »Mach doch, du Arschloch, und fick mich!«

Ein paar kräftige Stöße später spürte ich, wie ihr gesamter Körper von einem mächtigen Beben erfasst wurde, das seinen Ursprung zwischen ihren Schenkeln hatte, und da hielt auch ich es nicht länger aus.

»Jetzt kriegst du, was du verdienst!«, versprach ich,

während sie von einer erneuten Welle der Lust nach der anderen überrollt wurde.

Sie schrie mit dem Prasseln des Wassers um die Wette, während ich noch einmal ganz tief in sie eindrang und mich dann zurückzog. Dann stimmte ich in ihr Lustgebrüll ein und fickte uns beide um den Verstand.

KAPITEL 34

Sarah

Superior-Ranch, die Hamptons, am Rande
von New York
Hintere Terrasse

DAS ESSEN, das Tylers Butler mit dem etwas klischeehaften Namen James für uns auf der Terrasse servierte, war einfach göttlich. Tyler und ich aßen Carpaccio und Tatar vom Thunfisch mit Thymian-Vinaigrette, anschließend gab es Barbarie-Entenbrustgeschnetzeltes mit Pappardelle. Ich hatte noch nie etwas auch nur annähernd so Leckeres gegessen, es schmeckte absolut traumhaft.

Ich war selbst ein wenig überrascht von dem Appetit, den ich hatte. Ich aß wie ein ausgehungerter Baumfäller, was Tyler prächtig zu amüsieren schien. Andererseits hatten wir uns auch gerade nach Kräften verausgabt, kein Wunder also. Tyler schien es großen Spaß zu machen, mir beim Essen zuzuschauen. Nach einer Weile begann er, mir immer wieder kleine Bissen mit irgendeiner Köstlichkeit in den Mund zu schieben.

»Hey, du Perversling!«, rief ich lachend. »Willst du mich etwa mästen?«

»Nein«, sagte er mit ernstem Gesichtsausdruck. »Aber so, wie du isst, muss ich dich wohl füttern. Du bist eben ein freches Gör – ich dachte, das hätte ich dir vorhin unter der Dusche klargemacht?«

»Dann will ich aber auch!«, lachte ich, schnappte mir ein Stück Entenbrust von seinem Teller und schob es ihm in den Mund. Er schnappte es mir aus den Fingern wie ein Raubtier zur Fütterungszeit, danach begann er, die Soße von meinen Fingern zu lecken. Wäre ich nicht gerade so derart kaputtgefickt worden, hätte mich der Anblick vermutlich gleich in den nächsten Taumel der Erregung gestürzt. Ich hätte nie geahnt, wie heiß es sein konnte, sich gegenseitig beim Essen zuzuschauen …

Allerdings konnte ich zu meiner Ehrenrettung sagen, dass auch er ziemlich fertig wirkte, auf eine angenehme Art ermattet – und entspannt, also das ganze Gegenteil von dem Zustand, in dem er gewesen war, als ich in sein Haus gestürmt war. Ich hatte also auch ihm so einiges abverlangt, aber mir kam der Gedanke, dass es genau das gewesen war, das er gebraucht hatte. Das, was wir beide gebraucht hatten, denn auch ich hatte wirklich genügend Sorgen.

So seltsam es schien, auch diese Sorgen waren jetzt plötzlich nicht mehr ganz so riesig und erdrückend, wie sie das vor ein paar Stunden noch getan hatten. Ich hatte den Eindruck, dass wir gut füreinander waren – und offenbar waren wir sexuell überaus kompatibel. Es machte mir Spaß, ihm das freche Rotzgör vorzuspielen, ihn zu necken und ihm beim Sex ein paar sehr spezielle Spitznamen zu verpassen – und er genoss das offenbar genauso.

Doch ich verbot mir den Gedanken an irgendeine gemeinsame Zukunft. Die würde es nicht geben, das wussten wir beide. Wir hatten tollen Sex miteinander gehabt, unglaublich tollen Sex sogar, aber dies hier war ein

Abschiedsessen, was bedeutete, dass das, was wir unter der Dusche erlebt hatten, ein Abschiedsfick gewesen war.

Aus und vorbei und auf Nimmerwiedersehen, Baby.

Das war uns beiden klar.

»Du hast vorhin gesagt, du hast noch ein zweites Problem«, erinnerte ich ihn, um mich selbst von meinen Gedanken abzulenken, die gerade in eine ziemlich trübsinnige Richtung zu driften begannen.

Das erste Problem – dass ich ihm nicht aus dem Kopf ging – hatten wir gerade in aller Ausführlichkeit erörtert und nun war ich gespannt, welche Sorgen er außerdem noch zu haben glaubte, seit wir uns nach dem Sommerfest miteinander eingelassen hatten.

Ich konnte mir beim besten Willen nicht vorstellen, dass er mit meinen Problemen mithalten konnte.

»Du zuerst«, sagte er. »Du hast gesagt, dass dich keine Firma mehr als Praktikantin einstellen will, nachdem du bei uns rausgeflogen bist. An dem Rausschmiss kann ich momentan leider nichts ändern, auch wenn es mir natürlich sehr leidtut, wie das gelaufen ist. Es war nicht deine Schuld, aber an den Vorschriften kann ich nun mal nichts ändern. Es tut mir ehrlich leid, dass ich dich da hineingezogen habe, und wenn ich finanziell irgendetwas für dich tun kann …«

»Nein, danke«, unterbrach ich ihn. Natürlich hätte er etwas für mich tun können, aber wie hätte ich mir dann nicht wie eine Nutte dabei vorkommen sollen? So reizvoll diese Möglichkeit auch erscheinen mochte, sie würde mich das letzte bisschen Würde kosten, das mir noch geblieben war.

Dann doch lieber ein Job als Burgerwenderin auf Lebenszeit.

»Okay«, sagte er – offenbar war ihm klar, wie sein Angebot für mich klingen musste, weshalb er nicht weiter darauf herumritt. Ich war ihm dankbar dafür. »Vergessen wir das mal für den Moment. Aber diese Sache interessiert mich. Und ich kann dir versprechen, dass ich das nicht auf mir sitzen lassen werde, wenn es sich tatsächlich als wahr herausstellt.«

»Es ist wahr, Tyler«, sagte ich. »Leider. Ich habe bei allen möglichen Energieversorgern angerufen, zum Schluss sogar bei denen, die nicht mal Ökostrom produzieren. Ich habe sogar die ganz kleinen Firmen abgeklappert. Alle, die irgendwie für ein Praktikum im Rahmen meines Studiums infrage kommen – auch wenn mein Prof den Kopf schütteln würde, wenn ich ihm einen Praktikumsbericht von einer solchen Firma vorlegen würde. Doch noch nicht mal die wollten mich – sie hatten angeblich keine Stellen frei. Meine Güte, ich hätte sogar umsonst dort gearbeitet, und nicht mal das wollten sie. Es war überall das Gleiche, ich bin noch nicht mal bis zur Personalabteilung oder zum Chef durchgedrungen, überall hat man mich schon vorher abgewimmelt. Irgendwann hatte ich den Eindruck, man wartete da schon auf meinen Anruf, um endlich Nein sagen zu können. Hältst du das vielleicht für einen Zufall?«

»Ganz sicher nicht, nein«, sagte Tyler nachdenklich, aber mehr schien er dazu im Moment auch nicht ausführen zu wollen.

Also fuhr ich fort. »Ich weiß ehrlich gesagt nicht, wie ich künftig meine Rechnungen bezahlen soll. Selbst die Miete dürfte spätestens ab dem übernächsten Monat zum Problem werden. Abgesehen davon, dass ich natürlich auch gern weiter studieren würde und das jede Menge Geld kostet, das mir gerade durch die Finger rinnt wie Sand. Zudem habe ich bereits einen Kredit aufgenommen, den ich eigentlich auch noch abbezahlen müsste. Ich weiß, für dich sind das alles nur Peanuts, aber …«

»Nein«, sagte er bestimmt. »Das sind keine Peanuts, und ich meine nicht das Geld. Jemand steckt dahinter, und ich werde rausbekommen, wer und wieso – verlass dich darauf. Aber ...«, er verstummte.

»Was aber?«

»Ich weiß nicht. Eigentlich will ich dir diesen Vorschlag gar nicht unterbreiten. Vielleicht wirst du mich hassen dafür.«

»Tyler«, sagte ich ernst. »Ich habe gerade nicht allzu viele Optionen, das hast du mitbekommen, oder?«

Er nickte ernst.

»Also, was für ein Vorschlag ist das?«

»Möglicherweise ist das die Lösung für deine Probleme oder zumindest ein paar davon. Aber es ist etwas heikel. Allerdings würde diese Idee auch ein paar von meinen Problemen lösen, was bedeutet, wir könnten uns vielleicht gegenseitig helfen. Falls du verzweifelt genug dafür bist, heißt das.«

»Verzweifelt genug? Willst du mich veräppeln, Tyler? Ich sitze völlig auf dem Trockenen und habe keine Ahnung, wie es weitergehen soll. Nicht nächstes Jahr, nicht nächsten Monat, sondern morgen. Ist dir das verzweifelt genug?«

Er nickte lächelnd. »Okay. Und da du mir damit helfen würdest, beinhaltet die Lösung, die ich vorzuschlagen habe, natürlich auch eine gewisse finanzielle Kompensation. Und ich rede von einer Größenordnung, die dich eine ganze Weile länger von finanziellen Nöten befreien dürfte als nur bis nächstes oder übernächstes Jahr.«

Da schoss mir ein Gedanke durch den Kopf.

Ich saß hier am Tisch mit einem der gewieftesten Geschäftsleute des Planeten. Was wir hier machten, war eine Art Verhandlung, darum ging es die ganze Zeit. Und Tyler MacGullin glaubte offenbar, hier irgendein naives Dummchen vor sich zu haben!

Nach allem, was wir gerade miteinander getrieben und füreinander gefühlt hatten (zumindest hatte ich das bis gerade eben noch geglaubt), kam er mir jetzt damit.

Glaubte er wirklich, er könnte mich auf diese einfache Tour zu seiner privaten Nutte machen, solange er Spaß daran hatte – und mich finanziell durchfüttern, solange das so war?

Plötzlich ergab alles einen schrecklichen Sinn.

Er hatte mich offenbar absichtlich in diese Zwangslage gebracht, die er nun zu seinem persönlichen Vergnügen ausnutzen wollte. Und ich blöde Kuh war auch noch darauf reingefallen!

KAPITEL 35

Tyler

*Superior-Ranch, die Hamptons, am Rande
von New York
Hintere Terrasse*

»DU GLAUBST ECHT, du kommst mit allem durch, oder?«, fragte Sarah.

Nun sah ich ehrliche Entrüstung in ihrem Gesicht, das mich vor ein paar Minuten noch selig durchgefickt angeschaut hatte. Glücklich, beinahe so etwas wie verliebt. Und jetzt war nur noch Wut darin zu lesen. Was hatte ich nun schon wieder angestellt?

»Wie oft hast du das eigentlich schon durchgezogen hm?«, fragte sie. »Du verführst irgendein Mädchen, dann sorgst du dafür, dass sie praktisch mittellos auf der Straße steht, und ab dann bezahlst du sie ganz einfach für sexuelle Gefälligkeiten.«

»Wie bitte?«

»Sag schon, machst du das bei allen oder nur bei denen, die dir besonders gut gefallen?«

»Ich habe keine Ahnung, wovon du sprichst, Sarah.« Das hatte ich tatsächlich nicht, aber allmählich begann sich ein Bild von ihren Gedanken zu formen. Ein sehr hässliches Bild.

»Sehe ich für dich vielleicht aus wie eine Nutte?«, fragte sie leise. »Bedeute ich dir wirklich *überhaupt* nichts?«

Ich war völlig schockiert. Dachte sie das wirklich von mir? Wenn nicht und sie das nur spielte, dann tat sie es verdammt gut. Ich spürte, dass ich mit meiner Andeutung eines Vorschlags irgendeine Grenze bei ihr überschritten hatte, ohne mir dessen bewusst zu sein.

Ganz ruhig sagte ich: »Sarah, ich weiß, was ich für einen Ruf habe. Und ich weiß, dass dieser Ruf zumindest zu einem gewissen Teil berechtigt ist. Aber weder bringe ich Menschen absichtlich in finanzielle Zwangslagen, noch nutze ich sie anschließend aus. Im Übrigen habe ich in meinem Leben noch kein einziges Mal für Sex bezahlt und habe das auch nicht vor. Wenn ich einer Frau Geschenke mache, dann ist das völlig unabhängig davon, ob sie anschließend mit mir schläft oder nicht. Ich weiß nicht, wie du auf diesen Gedanken kommst, aber vielleicht ist es das Beste, wenn ich dir zunächst erkläre, was ich mit meinem Vorschlag eigentlich meine. Denkst du nicht?«

»Okay«, sagte sie matt und legte die Gabel, um die sich ihre Faust geschlossen hatte, auf den Teller zurück. »Aber ich glaube nicht, dass das meine Meinung von dir ändern wird.«

»Dann gestatte mir bitte, mit allen Missverständnissen, die vielleicht zwischen uns sind, aufzuräumen. Folgendes ist passiert. Mein werter Herr Vater hat mich zu sich zitiert. Wie du vielleicht weißt, gehört ihm die gesamte Firmengruppe, dem auch die MacGullin Green Industries angehört.«

Sie nickte. Offenbar hatte sie ihre Hausaufgaben als Praktikantin gemacht. Ein Jammer, dass sie gefeuert worden war.

»Jemand hat meinem Vater Fotos geschickt«, sagte ich.

»Fotos von uns, in meinem Büro, während wir … du weißt schon.«

»Was?«, rief sie aus. Nur für den Fall, dass ich den Verdacht gehegt haben sollte, dass sie etwas dieser Geschichte zu tun gehabt haben könnte, verflüchtigte sich dieser Verdacht in diesem Moment. Sie spielte jedenfalls kein falsches Spiel. Blieb die Frage, wer sonst dann in diese schmutzige Sache verwickelt war – und mit welchem Ziel …

»Und dann hat dieser Jemand von meinem Vater zwanzigtausend Dollar dafür verlangt, dass diese Fotos nicht in der Presse auftauchen. Mein Vater hat natürlich sofort bezahlt, denn ihm geht nichts über seinen Ruf und das, was er für das Ansehen der Firma hält. Und leider gehöre nun mal auch ich dazu. Was übrigens der Grund ist, aus dem so wenige Menschen mein Gesicht kennen. Ich hatte nie vorgehabt, mich aus dem gesellschaftlichen Leben auszuklinken, wie meinem Vater das vorschwebt, bloß weil ich gleichzeitig eine große Firma leite. Andere machen das schließlich auch nicht, die haben aber auch nicht meinen Vater zum Konzernchef, wenn du verstehst?«

Sarah nickte. Ich konnte ihr deutlich ansehen, dass das für sie überraschende Neuigkeiten waren. Und genauso haarsträubende, wie sie das für mich gewesen waren.

»Wie gesagt, du musst dir keine Sorgen machen«, fuhr ich fort. »Mein Vater hat die Summe sofort bezahlt, ihm blieb nichts anderes übrig, denn auf den Fotos sind wir beide gut zu erkennen. Du machst darauf übrigens eine ausgezeichnete Figur, wenn ich das sagen darf«, versuchte ich mit einem schiefen Grinsen, die angespannte Situation zwischen uns ein wenig aufzulockern.

Es misslang. Mein kleines Kompliment prallte komplett an ihr ab, aber damit war vermutlich zu rechnen gewesen. Andererseits hatte es mich verdammt scharfgemacht, als ich in der Bibliothek meines Vaters einen Blick auf die Abzüge geworfen hatte. Bloß hatte meine Wut auf den verdammten Paparazzo schnell die Oberhand gewonnen.

»Aber damit, dass der Erpresser bezahlt ist, ist das Problem nicht aus der Welt, stimmt's?«, fragte sie. »Und ich glaube, dass zwanzigtausend Dollar für einen Mann wie deinen Vater etwas deutlich anderes bedeuten als zum Beispiel, sagen wir mal, für mich. Eben Peanuts.«

»Richtig«, sagte ich. »Er hat es im Übrigen ohnehin aus den Privatausschüttungen meiner Firma bezahlt, natürlich völlig zu Recht, immerhin war ich auch Schuld an der ganzen Misere. Und ich muss ihm, so schwer mir das auch fällt, recht geben: Das hätte einfach nicht passieren dürfen. Auch wenn ich trotzdem finde, dass er übertreibt. Ich persönlich hätte keinen Cent bezahlt und stattdessen ein paar von meinen Jungs losgeschickt, um diesen Freizeit-Paparazzo ausfindig zu machen. Aber dafür war es natürlich schon zu spät, mein Vater hatte das Geld bereits auf ein Schweizer Nummernkonto überwiesen und wir werden es nie wiedersehen. Aber darum geht es auch gar nicht. Jetzt nicht mehr.«

»Und worum geht es dann?«, fragte Sarah.

»Mein Vater«, erklärte ich, »will sich schon seit ein paar Jahren endgültig aus dem Geschäft zurückziehen. Die natürliche Erbfolge würde vorsehen, dass ich als einziger Sohn irgendwann die Firmengruppe übernehme. Und wie ich finde, habe ich ihm in der Vergangenheit auch durchaus bewiesen, dass ich dazu in der Lage bin, den Konzern in die Zukunft zu führen. Du hast dich sicher ausführlich mit der Firmengeschichte von MacGullin Green Industries auseinandergesetzt und solltest daher wissen, dass ich diese Firma praktisch aus dem Nichts im Alleingang aus dem Boden gestampft habe.«

Sie nickte, und ich sagte das ohne jede Angeberei. Es waren einfach Fakten, und die kannten wir beide. Diese

Fakten kannte sogar mein Vater, bloß schien es ihm nichts auszumachen, diese komplett zu ignorieren.

»Dir geht es also um die Firmennachfolge?«, sagte Sarah. »Und die ist durch diese Erpresserfotos gefährdet.«

Ich nickte. »Aber nicht nur. Es geht mir vor allem darum, meinem Vater zu beweisen, dass ich seine Geschäfte fortführen kann. Mehr als das, ich habe sogar jede Menge Ideen, wie wir weiter expandieren könnten und dabei alles in ökologisch nachhaltige Geschäftsmodelle überführen. Mir geht es nicht nur um die Zukunft der Firma, Sarah, sondern des gesamten Planeten!«, rief ich und schlug mit der Faust auf den Tisch. »Bloß will mein alter Herr das einfach nicht einsehen!«

»Er hat dir dein Spielzeug weggenommen, was?«, sagte Sarah, die von meinem Wutausbruch wenig beeindruckt zu sein schien und mich nun mit einem süffisanten Lächeln musterte. Verdammt, kapierte dieses Mädchen schnell! Ja, ganz recht, auch deshalb war ich wütend auf meinen Vater.

Aber es ging noch weiter.

»Also hat mir mein sauberer Alter einen Vorschlag gemacht. Wenn ich ihm beweise, dass ich mein Leben um hundertachtzig Grad drehen kann, wird er noch mal über die Firmennachfolge nachdenken.«

»Und was genau soll das bedeuten?«

»Nun, mein Vater hat mir in unserem letzten Gespräch eröffnet, dass er meinem sogenannten Lotterleben allmählich überdrüssig ist. Ich soll ihm beweisen, dass es für mich mehr im Leben gibt, als schönen Frauen hinterherzujagen.«

»Finde ich gar keine so schlechte Idee, wenn ich ehrlich sein soll«, sagte Sarah und der Anflug eines Lächelns huschte über ihr Gesicht. Für ein Mädchen, das mindestens so tief in der Klemme steckte wie ich, bewies sie erstaunliche Gelassenheit. Ich konnte sie nur dafür bewundern.

»Er hat sich mit seinen Anwälten und dem Aufsichtsrat des Konzerns zusammengesetzt und die ganze Sache ist nun beschlossen«, erklärte ich. »Er hat es so gedreht, dass ich, wenn ich nicht innerhalb des nächsten Jahres seine absurden Bedingungen erfülle, komplett aus dem Konzernverbund ausgeschlossen werde. Nicht nur werde ich seine Nachfolge niemals antreten dürfen, ich verliere auch noch meine eigene Firma, MacGullin Green Industries.«

»Was?«, fragte sie ehrlich erstaunt.

Ich nickte. Ich konnte selbst nicht begreifen, wieso ich hier so offen mit ihr über diese eigentlich streng vertraulichen Dinge reden konnte. Diese Sache war mir im äußersten Maße peinlich und eigentlich hätte ich eine Lösung bevorzugt, die irgendwo im Stillen stattfand und von der niemand je erfuhr. Doch aus irgendeinem Grund konnte ich mich ihr öffnen. Sie hatte einfach diesen Effekt auf mich.

»Mich persönlich würde das eigentlich nicht stören, weißt du?«, sagte ich. »Ich glaube, ich bin immer noch ein ganz fähiger Ingenieur und könnte jederzeit problemlos bei irgendeiner anderen Firma anfangen. Wenn ich dann ein bisschen Kapital erwirtschaftet hätte, könnte ich wieder meine eigene Firma gründen und einfach von vorn anfangen. Nicht die schlechtesten Aussichten, immerhin habe ich von den Besten gelernt und außerdem einen Abschluss an der Harvard Business cool. Summa cum laude, übrigens.«

»Wir sind aber heute wieder selten bescheiden«, sagte Sarah und brachte mich damit erneut zum Lächeln.

»Was mich dabei aber wirklich wurmt, ist, dass ich genau weiß, was passieren wird, sobald mein Vater die Firma einem der anderen Haifische aus dem Aufsichtsrat überschreibt. Diesen Typen geht es immer nur ums Geld, um jeden Preis. Die Umwelt ist denen scheißegal. Die würden ihre Ansichten durchsetzen und dafür sorgen, dass wir uns aus dem nachhaltigen Ökosektor immer weiter zurückziehen. Das würde die Gewinne kurzfristig zwar enorm steigern, aber …«

»Es würde auch den Planeten noch ein bisschen schneller kaputt machen, als wir das bisher schon tun«, vollendete Sarah meinen Satz.

»Genau. Und ich glaube, du hast eine ungefähre Vorstellung davon, wie groß die Firmengruppe ist, die mein Vater im Moment leitet. Es gehören über einhundert große, weltweit agierende Firmen dazu, aus allen möglichen Sektoren. Erst durch mich haben wir überhaupt den Weg in Richtung ökologisch vertretbarer Produkte eingeschlagen. Es hat mich viel Überzeugung gekostet, aber schließlich hat das auch mein Vater eingesehen. Wenn allerdings weder er noch ich in der Firma tätig sind, werden andere kommen und das Steuer ganz schnell herumreißen. Zurück in die Richtung von maximalen Gewinnen und scheißegal, wer letztlich dafür bezahlen muss.«

»Das macht dich wirklich wütend«, bemerkte Sarah und mir fiel auf, dass in ihrer Stimme so etwas wie ehrliche Bewunderung mitschwang. Sie war jetzt nicht mehr wütend oder spielte das freche Gör. Das hier war sie, ganz echt und unverfälscht. Und mir gefiel, was ich sah. Sehr sogar.

»Ja, das macht es«, sagte ich und griff mir eine Melonenscheibe. »Verdammt wütend sogar.«

»Okay«, sagte sie schließlich. »Jetzt weiß ich, worum es geht. Eine Menge offenbar. Und was hat das jetzt mit dem Vorschlag zu tun, den du mir machen wolltest?«

KAPITEL 36

Sarah

Superior-Ranch, die Hamptons, am Rande von New York
Hintere Terrasse

ICH HÄTTE ES NIE GEDACHT, aber plötzlich lernte ich eine Seite an Tyler kennen, die mir völlig neu war. Ich hatte natürlich gewusst, dass er einen technischen Hintergrund hatte und ein hervorragender Businessmann und Ingenieur war. Aber zudem war er offenbar noch etwas anderes, und das nahm mich tatsächlich ein bisschen für ihn ein.

Tyler MacGullin war im Herzen ein Umwelt-Nerd!

All die Gedanken, die er soeben zum Thema Nachhaltigkeit und Umweltschutz ausgesprochen hatte, machten mir deutlich klar, dass das Thema für ihn mehr war als ein bloßer PR-Gag, um ein paar zusätzliche Kunden zu gewinnen.

Ihm war die Tragweite von Entscheidungen bewusst, welche tagtäglich von Firmen getroffen werden, die im Energiesektor tätig sind. Und was das riesige MacGullin-Konsortium betraf, mit dem ich mich tatsächlich bereits intensiv auseinandergesetzt hatte, so war mir durchaus bewusst, dass der alte MacGullin seine Finger in allen möglichen Industriezweigen hatte. Seine Entscheidung über die Konzernnachfolge würde nicht nur unmittelbare Auswirkungen auf seine Firmen haben, sondern konnte auch ein Vorbild für andere Firmen der Branche sein.

Im Guten wie im Schlechten.

Ich konnte das in diesem Moment natürlich nicht zugeben, aber es gab tatsächlich etwas, das mich mit Tyler verband, abgesehen von dem atemberaubenden Sex, den wir miteinander gehabt hatten: unsere uneingeschränkte Liebe für den Erhalt des Planeten. Während ich, als mittellose Studentin, über den Aufbau einer Non-Profit-Organisation träumte, setzte Tyler dieses Ziel schon seit Jahren in die Tat um, offenbar zumindest anfangs sogar gegen den Willen seines Vaters.

Und nun sollte das alles vergebens gewesen sein?

Von Tyler MacGullin konnte man halten, was man wollte. Das änderte aber nichts an der Tatsache, dass sein Herz für die Umwelt schlug, genauso wie meines. Und das bedeutete, dass es verdammt noch mal wichtig war, dass seine Firma überleben würde und er an ihrer Spitze blieb.

Wenn ein Mann wie Tyler MacGullin die Führung über einen Konzern wie den seines Vaters übernehmen würde, würde dies wirklich etwas bewegen auf der Welt, und zwar zum Positiven hin. Im Gegensatz zu all den anderen Kandidaten, denen es nur ums Geld ging.

So viel war mir klar.

Was mir jedoch nicht klar war, war, was ich in diesem ganzen Schlamassel verloren hatte, das da zwischen Tyler und seinem Vater abging.

Als Tyler mir schließlich erklärte, was das alles mit mir zu tun hatte, kippte ich förmlich aus den Latschen.

KAPITEL 37

Sarah

*Superior-Ranch, die Hamptons, am Rande
von New York
Hintere Terrasse*

»GANZ EINFACH GESAGT, Sarah, möchte ich, dass du
meine Frau wirst«, sagte er und grinste mich schief an.
Dieses schiefe Lächeln war sexy wie immer, allerdings kata-
pultierten mich seine Worte in eine Art irreale
Zwischenwelt.

»Was?«, schnappte ich. Hatte ich mich verhört oder
hatte mir Tyler MacGullin gerade einen Antrag gemacht?

»Ja, Sarah. Der einzige Ausweg für mich aus dieser
Misere wäre der, dass wir heiraten. Und es müsste schon
demnächst passieren. Aber lass mich dir erklären, worum
es geht, okay?«

Ich nickte. Mehr brachte ich nicht zustande.

»Mein Vater hat mir in unserem letzten Gespräch sehr
deutlich klargemacht, was er von meinem bisherigen
Lebenswandel hält. Nun findet er, ich hätte mir die Hörner
genug abgestoßen. Er meint, ich solle endlich mal ein bisschen *Commitment* zeigen, und zwar nicht nur im Business.

Er will, dass ich Verantwortung übernehme, auch im privaten Bereich.«

Ich runzelte die Stirn. So viel kapiert ich zumindest. »Aber du hast eine bedeutende Öko-Energiefirma praktisch aus dem Nichts aufgebaut. Zeigt das denn nicht genug Verantwortung?«

»Nicht für meinen alten Herrn«, antwortete Tyler seufzend. »Ihm gehe es dabei um Familie, sagte er. Ich soll zeigen, dass ich auch privat Verantwortung übernehmen kann. Sprich: Ich soll aufhören, ein Hallodri zu sein, und mich endlich für eine Frau entscheiden.«

Vielleicht nicht die schlechteste Idee, dachte ich im Stillen, aber ich schwieg weiter.

»Dass ausgerechnet mein Vater den Joker, die Trumpfkarte mit der Familie ausspielt, ist übrigens ein echt mieser Witz«, sagte Tyler leise. Dann fuhr er mit normaler Stimme fort: »Wie auch immer, ich soll also eine Familie gründen und zeigen, dass ich ein verantwortungsvoller Familienmensch bin, und natürlich soll ich weiterhin meine Firma leiten. Das heißt, die Zahlen müssen stimmen, worin ich kein Problem sehe. Mein Problem ist eher, dass mein Vater jetzt auch über mein Privatleben bestimmen möchte. Und alles nur wegen dieser verdammten Fotos!« Tyler trat schwungvoll gegen einen der Lederhocker, die auf der Terrasse herumstanden. Das Ding flog über den Rand und landete irgendwo im Gras.

»Darf er das denn überhaupt?«, fragte ich. »Sich so in dein Privatleben einmischen?«

»Hier geht es doch gar nicht ums Dürfen, Sarah«, sagte er und stieß ein verächtliches Schnauben aus. »Hier geht es einzig und allein darum, dass mein Alter mal wieder seinen Kopf durchsetzt, wie er das schon immer getan hat. Und dummerweise hat er im Gegensatz zu mir auch gleich die besten Anwälte um sich geschart. Ist so was wie ein Hobby von ihm. Und die sagen, er kann das durchaus tun. Schließlich ist meine Firma ein Teil seines Konzerns und wenn es um die Leitung des Konzerns geht, kann er jede noch so absurde Bedingung durchdrücken. Ich hatte dir schon gesagt, dass ich liebend gern auf die Firma verzichten und mein eigenes Ding machen würde, aber mir ist klar, dass die Firmengruppe dann in absolut unverantwortliche Hände fallen würde. Wenn nicht heute, dann morgen. Irgendwer ist immer bereit, seine Seele für ein paar Millionen Dollar mehr zu verkaufen.«

Dem konnte ich ihm nur zustimmen. Auch ich las hin und wieder die Zeitung, und die war voller Beweise für diese These.

»Also soll ich eine Frau finden«, fuhr Tyler fort. »Und ich soll sie heiraten. Wenn die Ehe nach einem Jahr noch besteht, sieht mein Vater es als erwiesen an, dass ich auch private Verantwortung übernehmen kann, sagt er. Geht die Ehe während dieses Jahres in die Brüche, bin ich raus. Für immer.«

»Und wenn nicht, erbst du den Konzern?«

Tyler lachte auf. »Nicht ganz so einfach. Aber dann wird mein Vater es zumindest in Erwägung ziehen, mir die Nachfolge zu übertragen, aber nur dann, wenn er kein *foul play* vermutet. Du siehst also, er hat mir in diesem Spiel ein ziemlich mieses Blatt in die Hand gedrückt. Aber ich wäre nicht Tyler MacGullin, wenn ich nicht auch mit einem miesen Blatt spielen würde. Und ich spiele, um zu gewinnen.«

Sein Blick wurde hart und schweifte in die Ferne über das riesige Weideland, wo in diesem Moment die Sonne am Horizont versank, bis hin zur Pferdekoppel, wo ich jetzt meinen Freund, den schwarzen Hengst, auftauchen sah. Er graste friedlich, hob den Kopf und sah zu uns herüber, als hätte er gespürt, dass wir ihn ansahen. Ich hatte mich auf den ersten Blick in das sensible Tier verliebt.

Wenn es mit Männern nur auch so einfach wäre.

»Aber es geht natürlich noch weiter«, sagte Tyler. »Nicht nur soll ich heiraten, sondern ihm nach Möglichkeit auch einen Enkel schenken, aber das kann er vergessen. Ich habe meinerseits Anwälte konsultiert und die sagen, dass diese Klausel definitiv von der allgemeinen Vereinbarung ausgeschlossen werden kann. Das bedeutet, dass er das nie und nimmer vor irgendeinem Gericht durchdrücken könnte.«

»Das verstehe ich nicht, Tyler. Wieso? Wenn er doch sonst komplett über die Bedingungen der Übergabe bestimmen kann.«

»Irgendwas von wegen menschlichem Leben und dem Recht auf Selbstbestimmung, mein Anwalt hat es mir erklärt. Aber Anwalt-Sprech ermüdet mich, und ich hab nur mitgenommen, dass es zumindest aus dieser Klausel einen Ausweg gibt. Wenn es den nicht gäbe, wäre der ganze Deal nämlich schon von meiner Seite geplatzt. Aber das ist das Schöne an der Biologie, sie ist eben nicht planbar.«

»Was willst du damit sagen?«

»Dass er sich einen Enkel wünschen kann, bis er grün im Gesicht ist. Schließlich kann er die Frau, für die ich mich entscheide, nicht dazu zwingen, schwanger zu werden, stimmt's? Genauso wenig kann er mich zwingen, irgendeine Frau zu schwängern, die mir nichts bedeutet, das wäre selbst ihm zu krass. Und das ist genau mein Ausweg aus diesem ganzen Schlamassel, verstehst du?«

»Eine Frau, die dir nichts bedeutet?«, fragte ich mit hochgezogener Augenbraue, denn ich hatte irgendwie das Gefühl, dass sich das Gespräch gerade um mich zu drehen begann, und nicht gerade auf eine schmeichelhaften Weise.

»Exakt!«, sagte Tyler. »Er kann zwar nicht auf Kinder bestehen, aber durchaus eine Ehe zur Bedingung machen, mit der ich meine moralische Integrität beweisen muss, sagen meine Anwälte. Und damit diese Ehe auch vor

Gericht Bestand hat, muss sie natürlich auch vollzogen werden.«

»Voll...zogen?«, fragte ich stockend.

»Sex, Sarah! Wir reden hier von Sex, klar?« Er grinste wieder schief. Ich hätte nicht gedacht, dass ihm dieses Thema jemals unangenehm wäre, aber offenbar war das gerade der Fall. »Jedenfalls kann aber niemand etwas dafür, wenn es dann eben trotz Sex nicht mit dem Kinderkriegen klappt, verstehst du?«

»Du meinst Verhütung«, sagte ich.

»Siehst du, Sarah? Deshalb mag ich dich so. Du bist nicht nur wunderschön, sondern auch sehr klug.« Es hatte vermutlich ironisch klingen sollen, vielleicht sogar abfällig. Aber irgendwie kam es trotzdem wie ein Kompliment bei mir an und deshalb beschloss ich, das Spiel noch eine Weile mitzuspielen.

»Sie sind auch nicht gerade von schlechten Eltern, Mister MacGullin«, gab ich das Kompliment zurück.

»Erlaube mir, da anderer Meinung zu sein«, sagte Tyler und seine Miene verdunkelte sich erneut. »Zumindest, was meinen Vater betrifft. Aber genau darum geht es mir, denn Kinder werde ich niemals zeugen. Niemals, Sarah!«

Jetzt hatte sich noch etwas anderes in seine düstere Miene geschlichen. Etwas, das ich an ihm noch nie bemerkt hatte – ein Ausdruck tiefster Trauer. Er wirkte in diesem Moment geradezu verletzlich.

Es fehlte nicht viel und ich hätte ihn in den Arm genommen.

KAPITEL 38

Tyler

*Superior-Ranch, die Hamptons, am Rande
von New York
Hintere Terrasse*

ICH WÜRDE Sarah niemals sagen können, was der wirkliche Grund war, aus dem ich keine Kinder wollte. Der Grund, aus dem ich niemals Kinder haben würde.

Es hatte vor allem damit zu tun, dass ich keinem Kind jemals antun wollte, was ich hatte durchmachen müssen. Und dieser neueste Gehirnfurz meines alten Herrn bestätigte mich nur noch in meiner Entscheidung. Kinder sollten liebende Eltern haben, und das würde ich genauso wenig sein, wie mein Vater es gewesen war.

Also erklärte ich Sarah den Rest des Deals.

»Mein Vater hat mir genau einen Monat lang Zeit gegeben, mich für eine Frau zu entscheiden.«

Sarah starrte mich fassungslos an. Das konnte ich gut nachvollziehen und irgendetwas an ihrem verblüfften Gesichtsausdruck brachte mich zum Lächeln. Das konnte sie wirklich gut, mich zum Lächeln bringen. Egal, wie beschissen die Situation auch gerade war.

»Er hat sich sogar noch ein bisschen deutlicher ausgedrückt«, sagte ich. »Er sagte, es würde mir sicher leichtfal-
len, mir einfach eine Frau aus meinem Harem auszusuchen.
Der entscheidende Unterschied ist nämlich der, dass ich
meine sogenannten Eroberungen nicht aufhebe oder sie gar
einsperre. Ich sage ihnen klipp und klar, dass es nur für
eine Nacht ist. Sie wissen und akzeptieren das und vor
allem wissen sie alle, worauf sie sich einlassen. Was sie
allerdings nicht wissen, ist, mit wem.«

»Abgesehen von mir«, sagte sie leise.

»Richtig. Ich muss also innerhalb des nächsten Monats
heiraten und diese Ehe muss mindestens ein Jahr halten. In
der Zwischenzeit behalte ich mein Vermögen vorerst. Ich
kann also denselben Lebensstandard weiterführen wie
bisher und ich habe Zugriff auf alle meine Firmenkonten.
Wenn ich allerdings versage, ist alles Geld sofort weg. Und
selbstverständlich hat mein Vater auch eine ganze Horde
von Finanzexperten angeheuert, die nichts anderes tun
werden, als zu überwachen, ob ich nicht heimlich Geld auf
irgendein Konto transferiere oder sonst wie versuche, den
Deal zu umgehen. Ich glaube, jetzt hast du ein ungefähres
Bild von der Ungeheuerlichkeit, die mein Vater sich da
ausgedacht hat.«

»Das ist doch Wahnsinn!«, sagte sie entrüstet. »Wie kann
er das nur seinem eigenen Sohn antun?«

»Er ist enttäuscht von mir, das ist alles«, sagte ich. »Du
musst verstehen, dass sich das Leben meines Vaters
ausschließlich ums Geschäft dreht. Und da ist ein tadelloser
Ruf nun einmal von enormer Wichtigkeit. Deshalb hat er
auch sofort das Geld an den Erpresser bezahlt. Er ist davon
überzeugt, dass man sich keinen einzigen Ausrutscher
leisten darf und moralisch vollkommen integer sein muss.
Immer und zu einhundert Prozent.«

Sie nickte. »Und wieso machst du ausgerechnet mir
dieses Angebot?«

»Der wesentliche Punkt«, begann ich, » ist der, dass mein Vater an die Ehe *glauben* muss. Sie kann also nicht bloß auf dem Papier bestehen, und ich fürchte, dass eine meiner anderen Eroberungen einfach nicht professionell genug mit der Sache umgehen würde. Die würden sich glatt einbilden, sie wären wirklich mit mir verheiratet. Und was hielte sie davon ab, vielleicht ganz zufällig doch ein Kind zu bekommen? Oder sich beim kleinsten Ehestreit in den Kopf zu setzen, mir eins auszuwischen? Alles, was sie dazu tun müssten, wäre, mit einem anderen Mann ins Bett zu hüpfen oder sich zu weigern, mit mir zu schlafen. Wenn mein Vater das erfährt, wäre die Ehe nicht mehr glaubwürdig und ich wäre sofort enterbt.«

»Aber wie sollte dein Vater so etwas denn überhaupt mitbekommen?«, fragte sie.

»Verständliche Frage«, gab ich zu. »Aber offenbar kennst du meinen Vater nicht. Dem wäre es glatt zuzutrauen, dass er einen Privatdetektiv anheuert, um die Ernsthaftigkeit der Ehe zu überprüfen. Vermutlich wird das ohnehin seine erste Amtshandlung sein, sobald ich ihm meine künftige Ehefrau vorstelle.«

»Aber er sagte doch selbst, dass du dir einfach eine Frau aus deinem – deine Worte, nicht meine – aus deinem Harem aussuchen sollst.«

»Genau, und auch das war schon ein Teil des Tests. Ihn interessiert nicht, was ich dabei empfinde. Alles, worum es ihm geht, ist, dass ich zeige, dass ich auch in einer arrangierten Ehe Verantwortung zeige und zu meiner Ehefrau stehe. Dabei weiß er ganz genau, wie sehr ich meine Freiheit liebe. Mehr als alles andere, und deshalb setzt er mir jetzt die Pistole auf die Brust. Er hat sich nie für die Freiheit anderer Menschen interessiert, nur für seine eigene. Unterm Strich hat er sich das nur ausgedacht, weil es ihn stört, dass ich oft und gern mit verschiedenen Frauen schlafe. Ich kann jetzt nicht erklären, warum das schon seit

Ewigkeiten so ein riesiger Streitpunkt zwischen uns ist, aber ich kann in einer anderen Hinsicht ganz offen zu dir sein, Sarah.«

»Und die wäre?«, fragte sie. Ihre Miene war ernst geworden, beinahe schon geschäftsmäßig. Richtig furchteinflößend. Daher versuchte ich, die Stimmung mit einem Lächeln etwas aufzuheitern, was aber nicht so richtig gelang.

»Der Sex mit dir ist einfach der Wahnsinn«, sagte ich geradeheraus und amüsierte mich ein bisschen darüber, wie ihr die Röte ins Gesicht schoss, trotz allem, was wir ein paar Stunden vorher miteinander angestellt hatten. »Was denn, vögelst du etwa nicht gern mit mir?«, legte ich noch einen drauf. Sie senkte den Kopf und jetzt tat es mir schon fast wieder leid, so direkt vorgegangen zu sein.

»Was ich damit zu sagen versuche, Sarah, ist, dass du die einzige Frau bist, bei der ich mir überhaupt vorstellen könnte, auf Sex mit anderen verzichten zu können.«

»Für ein Jahr, meinst du?«, fragte sie spöttisch und funkelte mich aus Eisaugen an.

»Genau«, sagte ich. »Für mindestens ein Jahr. Ich weiß schon, ich bin echt ein Arschloch. Das denkst du doch gerade, nicht?« Ein Blick in ihr Gesicht genügte, mir zu zeigen, dass ich mit meiner Vermutung komplett richtig lag. »Aber glaub mir, mein Vater stellt mich in dieser Hinsicht noch weit in den Schatten. Und bevor du jetzt aufspringst, mir dein Glas Wein ins Gesicht schüttest und entrüstet davonstürmst, solltest du dir vielleicht wenigstens anhören, was ich dir sonst noch vorzuschlagen habe.«

Schließlich war mein Vater nicht der Einzige in unserer Familie, der wusste, wie man einen Deal aushandelte.

KAPITEL 39

Ein Mann

Ein luxuriöses Appartement, irgendwo in New York City

GENÜSSLICH SCROLLTE der Mann ein weiteres Mal durch die Fotos, die er wenige Tage zuvor geschossen hatte. Versteckt hinter einem der Solarpanels hatte er auf dem Boden gehockt, von niemandem gesehen. Keiner hatte bemerkt, wie er sich von dem Sommerfest davongeschlichen hatte, wie er hinausgehuscht war auf das weite Feld in der Wüste. Wie er hinter dem erstbesten Solarpanel in Deckung gegangen war und dort gewartet hatte, bis die Action begonnen hatte.

Er hatte nicht lange warten müssen.

In dieser Hinsicht war Tyler so verdammt berechenbar. Wenn der Kerl erst mal eine Frau ins Visier genommen hatte, endete es unweigerlich damit, dass er sie in den nächstbesten Raum schleppte, um sie zu vögeln.

Absolut berechenbar.

Bloß hatte er diesmal einen Fehler gemacht. Er hatte sie auf dem Firmengelände gevögelt, besser noch, in seinem Büro. Der Mann war sehr froh, seine Kamera mit dem exzellenten Zoomobjektiv in Reichweite gehabt zu haben. Er hatte sie immer im Auto dabei, für Fälle wie diesen.

Und so hatte er im Handumdrehen zwanzigtausend Dollar verdient, und das Schöne daran: Er würde dieses Spielchen vermutlich noch öfter treiben können. Das musste er auch, denn die zwanzigtausend waren kaum mehr als ein Tropfen auf dem heißen Stein der Spielschulden, die der Mann bei den falschen Leuten in Las Vegas hatte.

Leute, die einem schon mal die Beine brachen, statt eine Mahnung zu schicken, wenn man mit den Raten allzu sehr ins Hintertreffen kam.

Der Mann schätzte nun mal ein luxuriöses Leben und dazu gehörte seiner Meinung nach auch, es hin und wieder in Vegas krachen zu lassen. Auch wenn er kein besonders gewiefter Spieler war und es mit den Einsätzen beim Pokern manchmal etwas übertrieb, so hatte er erst begriffen, in welche finanzielle Lage er sich geritten hatte, als der Mann, dem er das Geld schuldete, ihm die Summe seiner Schulden – samt Zinsen – vorgerechnet hatte.

Der Mann hatte sogar von seinen Schweizer Nummernkonten gewusst, und zwar von allen. Das war ziemlich beeindruckend oder beängstigend, doch dann hatte der Mann ihm einen Ausweg aus der Misere geboten. Einen monatlichen Bonus, natürlich steuerfrei, der lediglich auf einem Konto auf den Cayman Islands auftauchen würde, auf das man nur mittels komplizierter Sicherheitsvorkehrungen zugreifen konnte. Dieses Konto war eine ganze Spur sicherer und im Gegensatz zu den Schweizer Nummernkonten tatsächlich vollkommen anonym, wenn auch nicht ganz legal. Nicht, dass das seinen Auftraggeber gekümmert hätte.

Im Nachhinein konnte er dem Auftraggeber eigentlich nur dankbar sein. Er hatte ihn vor dem finanziellen Ruin bewahrt und ihm gleichzeitig eine Möglichkeit gegeben, aus dieser Situation mit so viel Geld rauszukommen, dass nicht mal er es schaffen würde, es gleich wieder in Vegas zu verjubeln. Wenn diese Sache vorbei war, würde er ausgesorgt haben, und zwar für alle Zeit.

Und das mit den Fotos war erst der Anfang.

Er war sich sicher, alle Vorkehrungen getroffen zu haben, damit niemand den Absender der Fotos zu ihm zurückverfolgen konnte.

Er kicherte bei dem Gedanken daran.

Sogar seine Spuren im Sand bei den Solarpanels hatte er verwischt wie ein Profi. Niemals würde jemand auch nur ahnen, wer diese Fotos geschossen hatte.

Er scrollte immer schneller durch die Bilder, dann hielt er plötzlich inne. Auf diesem Bild war der nackte Körper der jungen Frau besonders gut zu erkennen. Wut stieg in ihm auf und Gier und so etwas wie Eifersucht, alles gleichzeitig – während er seine Gürtelschnalle öffnete und an seinem Hosenstall zu nesteln begann. Mit ungeduldigen Bewegungen riss er seinen Hosenschlitz auf, holte seinen halb aufgerichteten Schwanz heraus und begann, ihn zu reiben.

Während er das tat und auf einen schnellen, wenig erfüllenden Höhepunkt zusteuerte, war er ganz von einem Gedanken besessen: Diese kleine Schlampe würde er sich auch noch holen.

Sie würde die Kirsche auf dem Eisbecher seiner Rache sein.

KAPITEL 40

Tyler

*Superior-Ranch, die Hamptons, am Rande
von New York
Hintere Terrasse*

»ALSO, Sarah. Willst mich nun heiraten oder nicht?«, sagte ich und grinste. »Ich meine, schlimmstenfalls wären wir dann eben beide arm. Aber dann hätten wir wenigstens noch uns.«

Es kam sarkastischer heraus, als ich es beabsichtigt hatte. Ich hatte sie damit nicht verletzen wollen. Schließlich war es nicht ihre Schuld, dass ich in diese beschissene Situation mit meinem Alten geraten war. Ich sah daran, dass sie hastig den Kopf senkte, dass ich ihr damit doch zu nahe getreten war.

»Entschuldige«, sagte ich leise. »So hatte ich es nicht gemeint, ich wollte mich nicht über dich lustig machen.«

Sie hob den Kopf und nickte. »Schon gut. Der Unterschied zwischen uns ist eben nur, dass du vermutlich nie wirklich arm sein wirst. Im Gegensatz zu mir.«

»Ich habe gesagt, es tut mir leid.«

»Du sagtest was von einem Deal?«, sagte sie und wechselte damit das Thema, doch nun wirkte sie merklich kühler. Offenbar hatte ich eine Grenze überschritten. Mal wieder. Echt gut gemacht, Tyler.

»Meine Idee war, dass wir einen eigenen Vertrag machen. Wir heiraten und spielen allen glaubwürdig das Ehepaar vor, für genau dreizehn Monate. Sobald ich den Konzern überschrieben bekommen habe, wird unsere Ehe annulliert, ohne gegenseitige Ansprüche.«

»Das ist ein ziemlich guter Deal«, sagte sie. »Zumindest für dich, nicht wahr?«

Ich hob beschwichtigend die Hände. »Ich bin noch nicht fertig. Solange du meine Ehefrau spielst, hast du natürlich vollen Zugriff auf unser gemeinsames Konto. Du müsstest dir um nichts Sorgen machen, zumindest nicht, was Geld betrifft. Du würdest natürlich hier auf der Ranch wohnen. Immerhin müssen wir eine funktionierende Ehe vorspielen.«

»Mit Sex und allem Drum und Dran, richtig?«

Ich nickte. Ich war gerade dabei, dünnes Eis zu betreten. Das war mir durchaus klar. Bloß hatte ich keinen anderen Weg, den ich hätte gehen können. Also fuhr ich fort: »Wir machen alles, was ein frischverliebtes Ehepaar eben tut. Flitterwochen, Sex, gemeinsame Möbel aussuchen, das volle Programm.«

Mir bedeutete das alles nichts und ich war zufrieden mit den Möbeln, die ich hier hatte. Kurz, nachdem ich das Ranchhaus hatte errichten lassen, hatte ich einem Innenarchitekten zwei Millionen Dollar in die Hand gedrückt, damit der sich austoben konnte. Das Ergebnis war eine perfekt gestylte Wohnung, die weitgehend frei war von emotionalen Anhängseln oder persönlichen Einrichtungsgegenständen. Genauso, wie ich es hatte haben wollen. Und nun würde ich zum finalen Schlag ansetzen.

Ich kam mir mies dabei vor, aber welche Wahl hatte ich denn schon? Mir war klar, zu welcher Rolle sie das abstempelte. Sex gegen Geld, darauf lief es letztlich hinaus, zumindest aus ihrer Sicht. Aber ich wusste auch, dass sie hochfliegende Träume hatte, genau wie ich. Ich wusste von ihrem Engagement für die Umwelt und dass ihr klar sein musste, was man bei solchen Projekten mit den entsprechenden Finanzen erreichen konnte – oder eben nicht, wenn einem das nötige Kleingeld fehlte. Und, manipulatives Arschloch, das ich nun mal war, spielte ich diesen Trumpf komplett aus und ließ die eigentliche Bombe platzen.

»Wenn unsere Ehe annulliert ist, erhältst du nochmals eine Million Dollar«, sagte ich. »Wir können das natürlich nicht vertraglich vereinbaren, denn sonst würde mein Vater davon Wind bekommen. Aber ich gebe dir mein Wort, und ich glaube, du weißt, dass man sich auf mein Wort verlassen kann.«

Ihr Blick sprach Bände.

KAPITEL 41
Sarah

*Superior-Ranch, die Hamptons, am Rande
von New York
Hintere Terrasse*

»ALSO BIN ich für dich doch nur eine Hure«, sagte ich.
»Bloß, dass du es der Welt als eine Ehe verkaufen willst.
Schönen Dank, Tyler.«

»Nein, Sarah. Ich halte dich für die einzige Frau, der ich
so einen Vorschlag überhaupt machen würde. Ich halte dich
für eine Frau, die ein bisschen weiter denkt, als nur das
Offensichtliche zu sehen. Ich will ganz ehrlich sein. Im
Moment stecke ich in der Klemme und du bist mein
einziger Ausweg. Dafür halte ich dich, Sarah, für meine
einzige Chance. Das Geld soll dich lediglich für den
Aufwand entschädigen und die Lebenszeit, die du dem
Projekt widmen müsstest. Sieh es als einen ganz normalen
Job, und außerdem ist es als kleine Entschuldigung
gedacht. Dafür, dass du wegen mir deinen Praktikumsplatz
in der Firma verloren hast. Das tut mir leid, wirklich.«

Mir schwirrte der Kopf. Meine Gedanken wirbelten
wild durcheinander, und Tylers Stimme schien wie aus

weiter Ferne zu kommen. Das alles war doch total verrückt! Es konnte gar nicht funktionieren – und dann?

Konnte ich die Sache wirklich so sehen, wie er es mir vorschlug? Als nichts als einen Job? Immerhin verkaufte ich hier meinen Körper! Aber das taten schließlich auch Millionen Prostituierte und Porno-Darstellerinnen jeden Tag. Allerdings an wildfremde Kerle und nicht an den Mann, den sie geheiratet hatten!

Die Situation war hochgradig verwirrend.

Noch verwirrender war jedoch, dass Tyler mit seinem Vorschlag irgendetwas in mir ausgelöst hatte. Irgendetwas tief in mir fühlte sich auf beinahe schon unnatürliche Weise zu ihm hingezogen.

Zu diesem Mann, der so unglaublich stark war und der mir gerade seine Schwäche gestanden hatte. Er zwang mich zu nichts, er zeigte mir lediglich Möglichkeiten auf. Dabei ging es mir überhaupt nicht um das Geld, zumindest nicht für mich. Ich war mir sicher, dass ich schon irgendwann wieder auf die Beine kommen würde. Allerdings würde eine Million Dollar meinen Traum vom Non-Profit-Start-up sofort in eine erreichbare Nähe rücken. Damit könnte ich etwas schaffen, das die Welt wirklich nachhaltig zum Besseren verändern würde, ohne mich jahrelang mit knaus-rigen Finanzgebern und Spendenaufrufen herumschlagen zu müssen.

Also sagte ich: »Nehmen wir mal an, ich sage Ja. Was dann?«

»Eine letzte Sache noch«, sagte Tyler. »Auch wenn wir das natürlich nicht schriftlich festhalten können, so muss von Anfang an vollkommen klar zwischen uns sein, dass diese Ehe nur dem Schein dient. Das soll uns nicht davon abhalten, Spaß miteinander zu haben und das Beste aus der gemeinsamen Zeit zu machen, aber es ist ein Fake – nicht mehr. Wenn du damit nicht einverstanden bist, platzt der ganze Deal, gleich hier und jetzt.«

»Das ist mir klar«, sagte ich.

»Gut, denn es bedeutet: keine Gefühle und keine Kinder«, sagte er mit ernstem Gesichtsausdruck. »Niemals. Das ist die alleinige Basis unseres Deals. Ich darf natürlich während dieses Jahres nicht fremdgehen, und du auch nicht. Wir müssen davon ausgehen, dass mein Vater das mitbekommen würde, also sollten wir besser komplett darauf verzichten. Seine Tentakel sind überall. Die Fotos von uns in meinem Büro sprechen da eine deutliche Sprache.«

»Wir werden uns also treu sein«, sagte ich und musste nun doch ein bisschen grinsen. »Fast wie ein richtiges Ehepaar.«

»Es ist mir absolut ernst damit, Sarah. Ich sage es deshalb noch einmal. Keine Gefühle zwischen uns und niemals Kinder. Ich werde verhüten und ich erwarte auch, dass du deinen Beitrag dazu leistest. Die Pille können wir allerdings nicht benutzen, da ich fürchte, dass mein Vater auch davon erfahren würde. Aber du hast gesagt, dass du eine Spirale benutzt. Das sollte genügen.«

»Ist das nicht ein bisschen paranoid?«, fragte ich. Ich schauderte bei dem Gedanken daran. Was hielt seinen Vater eigentlich davon ab, seinen Sohn auch mit versteckten Kameras und Mikrofonen und was weiß ich nicht allem zu bespitzeln? Urplötzlich wurde mir bewusst, in welche vertrackte Situation ich mich manövriert hatte, als ich ihm damals in seinem Büro gesagt hatte, ich würde eine Spirale benutzen, als sein Kondom gerissen war.

Wenn er nun die Wahrheit herausfand?

Sollten wir unsere Ehe – ob nun Fake oder nicht – etwa mit einer Lüge beginnen?

Tyler schien meine Gedanken geraten zu haben – oder zumindest einen Teil davon. »Ich weiß, es klingt vollkommen neurotisch, aber genau das ist leider die Situation.

Wir müssen einfach davon ausgehen, dass er alles mitbekommt.«

»Also auch das, was wir im Schlafzimmer treiben?«

»Ich glaube nicht, dass er so weit gehen würde. Aber wir sollten auch diese Möglichkeit nicht gänzlich ausschließen. Wir dürfen kein einziges Wort über den Deal verlieren, nachdem er abgeschlossen ist. Sobald wir geheiratet haben, sind wir ein Ehepaar, ohne Wenn und Aber. Wir müssen außerdem vortäuschen, dass wir uns nach Kräften bemühen, Kinder zu bekommen. Also ja, wir werden jede Menge Sex haben.«

Irgendetwas an dem Gedanken, mit Tyler *jede Menge* Sex zu haben, erregte mich plötzlich. Ich versuchte mit aller Kraft, das Gefühl zu verbannen. Immerhin befanden wir uns hier bei einer Geschäftsverhandlung. Mit einer ruckartigen Bewegung stand ich auf und sagte: »Vielleicht hast du wirklich verdient, was dein Vater dir da antut. Du hast wirklich meine allergrößten Sympathien, Tyler, aber es gibt etwas, von dem ich glaube, dass du es auch noch lernen musst. Nicht alles auf dieser Welt kann man mit Geld kaufen.«

Damit drehte ich mich zum Haus um.

»Ich rufe dir ein Taxi«, sagte er, und ich hörte, dass er ebenfalls aufstand. Ich drehte mich nicht einmal um, um ihn noch einmal zum Abschied anzusehen. Zwischen uns war alles gesagt.

Dann ging ich durch das Haus zurück zum Haupteingang, wo kurz darauf die Limousine vorfuhr, die mich zurück zum äußeren Haupttor bringen würde. Ohne ein weiteres Wort stieg ich ein. Ich war mir sicher, dass ich Tyler MacGullin nie wiedersehen würde.

Und das war mir nur recht.

KAPITEL 42

Tyler

Superior-Ranch, die Hamptons, am Rande von New York

VERDAMMT, dachte ich, vielleicht war es doch keine so gute Idee gewesen, sie so direkt zu konfrontieren. Aber was hätte ich denn sonst tun können? Ich war verzweifelt und ja, ich hatte auch schon ein bisschen was getrunken, bevor sie völlig überraschend bei mir aufgetaucht war. Eine verdammt schlechte Idee, aber immerhin hatte ich nicht wissen können, dass mir das vielleicht wichtigste Geschäftsmeeting meines Lebens bevorstand, als Sarah plötzlich unangekündigt vor dem Tor meiner Ranch gestanden hatte.

Herrgott, ich war so verzweifelt, ich hätte jede geheiratet. Bloß wusste ich genau, dass das nicht funktionieren würde, immerhin hatte ich Sarah gerade selbst die Gründe groß und breit dargelegt, warum es nur mit ihr funktionieren konnte.

Und sie hatte Nein gesagt!

Selbst, wenn wir uns erst seit ein paar Tagen kannten, war es mir aus irgendeinem Grund möglich, Vertrauen zu ihr aufzubauen, was mit keiner der anderen Frauen je passiert wäre. Ich wusste, wie sich das anhörte. Ein Geschäftsmann sollte seine Entscheidungen rational treffen, allein aus dem Kopf heraus und nicht aus dem Herzen. Und schon gar nicht aus dem Schwanz.

Doch sie hatte irgendetwas, das keine andere vor ihr je in mir ausgelöst hatte. Auf der einen Seite verwirrte mich das enorm – ich wusste einfach nie, wo mir der Kopf stand, wenn es um sie ging. Sie provozierte mich, forderte mich heraus und aus irgendeinem Grund mochte ich das. Sehr sogar.

Außerdem war der Sex mit ihr so verdammt gut. Allein, wenn ich daran dachte, hätte ich sie auf der Stelle wieder vögeln können. Ich bemerkte, dass mein Schwanz schon wieder hart wurde, allein beim Gedanken daran, was wir wenige Stunden zuvor getan hatten, und an unser gemeinsames Duschen. Wie sie geschmeckt hatte, so unschuldig und natürlich. Wie sie ihre Lust herausgeschrien hatte, so völlig hemmungslos und unbefangen.

Ich wollte das wieder, und dann gleich noch mal. Ich brauchte es, ich brauchte *sie*.

Vor allen Dingen aber brauchte ich sie jetzt erst mal als Verbündete an meiner Seite, wenn ich eine Chance auf das Firmenimperium meines Vaters haben wollte. Ich konnte jetzt nicht zulassen, dass Gefühle für Sarah von mir Besitz ergriffen.

Das mit ihr musste rein geschäftlich bleiben, denn sonst würde ich schon bald kein Geschäft mehr haben. Ich wollte es mir nicht eingestehen, aber in gewisser Weise war ich von ihr abhängig.

Ich hasste es, von irgendwem abhängig zu sein.

Dieses Machtverhältnis musste ich also auf der Stelle umkehren, und ich wusste, das würde mir auch irgendwie gelingen, auch wenn ich noch keine Ahnung hatte, wie ich das anstellen sollte. Ich brauchte lediglich etwas Zeit zum

Nachdenken, sagte ich mir. Doch im Moment war ich nicht mal mehr zum Nachdenken fähig, denn jedes Mal, wenn Sarah mir in den Sinn kam, was unweigerlich passierte, wenn ich an den Deal dachte, wurde ich einfach nur *horny*.

Außerdem war sie gerade ziemlich wütend davongerauscht, weil sie den Eindruck bekommen hatte, ich wolle sie zu so etwas wie meiner privaten Nutte machen. Wie immer sie auf diesen absurden Gedanken gekommen sein mochte, sie glaubte offenbar außerdem, dass ich selbst hinter der Misere steckte, in die wir beide geraten waren. Vollkommener Blödsinn – aber trotzdem war es eine ausweglose Situation.

Also tat ich das einzig Vernünftige.

Ich ging ins Wohnzimmer und setzte mich an die Bar, wo ich mir den teuersten Scotch schnappte, den ich finden konnte. Damit setzte ich mich auf die Couch, schaltete den Fernseher ein und gab mir irgendeine hirnlose Spielshow, ohne richtig hinzusehen, während ich einen *Old Fashioned* nach dem anderen in mich hineinkippte. Ein künstlich gut aussehender Moderator führte derweil irgendwelche Möchtegern-Talente einer selbst absolut talentfreien Jury von Vollidioten vor. Ausgezeichnete Fernsehunterhaltung, richtig anspruchsvoll.

Also genau richtig für das, was ich vorhatte.

Heute Abend würde ich mich gehen lassen. Vielleicht war es das letzte Mal für lange Zeit, dass ich einen Scotch dieser Preisklasse zu trinken bekommen würde.

Etwa eine halbe Stunde später begann mein Plan allmählich aufzugehen. Ich sank auf meiner Couch zusammen und schüttete noch mehr in mich hinein, bis ich irgendwann nicht mehr in der Lage war, dem Verlauf dieser dämlichen Spielshow zu folgen. Dann endlich übermannte mich ein unruhiger, von üblen Träumen geplagter Schlaf.

Wie man einen Scotch »Old Fashioned« mixt (Rezept)

Diese Zutaten brauchst du für einen Old Fashioned, dem Lieblingsdrink von Tyler MacGullin:

6 cl Scotch Whisky

1 Zuckerwürfel oder 0,5 cl Zuckersirup

5 ml Cocktail Bitter (3 Spritzer)

1 Zitronenscheibe

1 Orangenscheibe (optional)

1 Kirsche (optional)

Zubereitung:

Fülle ein Rührglas mit Eis.

Scotch Whisky, Zuckersirup (oder Zuckerwürfel) in das Glas gießen und etwa eine Minute verrühren.

Einen Tumbler mit frischem Eis füllen und die Flüssigkeit darin abseihen.

Zitronen- und Orangenscheiben dazugeben, Kirsche ins Glas geben.

Wohl bekomm's!

KAPITEL 43

Sarah

Lower East Side, Manhattan
Sarah Miltons Appartement

ALS DAS TAXI mich daheim absetzte, standen mir die
Tränen in den Augen. Glücklicherweise hatte der
Torwächter dem Taxifahrer erklärt, er solle den Betrag auf
Tylers Rechnung setzen. Das war ein Segen, denn ich hätte
beim besten Willen nicht gewusst, wie ich den Taxifahrer
sonst hätte bezahlen sollen, der die ganze Zeit nur durch
die Scheibe geradeaus starrte und kein Wort sagte, vielleicht auch das auf eine geheime Anweisung von Tyler hin,
wer konnte das schon sagen?

Vielleicht hätte ich dem Taxifahrer auch gleich eine
Nacht mit mir anbieten können – immerhin schien ich
gerade so richtig in dieses Geschäft einzusteigen. Hatte ich
Tylers Vorschlag wirklich ernsthaft in Betracht gezogen?

War ich eine Hure?

Nein, entschied ich. Immerhin hatte ich Tyler die Tür
sozusagen vor der Nase zugeschlagen, sobald ich kapiert
hatte, was er wirklich von mir wollte. Ich konnte einfach

nicht fassen, wie durchtrieben und hinterhältig dieser Kerl war!

Ich hätte wohl zufrieden mit mir sein sollen, wenigstens von einem moralischen Standpunkt aus. Der änderte allerdings nichts daran, dass ich immer noch pleite war – und Tyler allein heute Abend noch zwei Mal das gegeben hatte, was er wirklich von mir wollte.

Und auch noch gratis, sagte eine kleine, garstige Stimme in mir. Wie kann man nur so naiv und dumm sein, Kleines? Immerhin reden wir hier von Tyler MacGullin, dem gefürchtetsten Schürzenjäger in New York!

Während ich in Richtung meiner durchgelegenen Couch stolperte, streifte mein Blick die Armseligkeit meines winzigen Appartements. Es war nicht besonders schwer, denn meine komplette Wohnung ließ sich, abgesehen von einem besenschrankgroßen Badezimmer, mit einem Blick erfassen. Es war eben alles, das ich mir damals, zu Beginn meines Studiums, hatte leisten können. Und nun war ich sogar zu arm für diese winzige Bruchbude. Der Kontrast zu dem gigantischen Herrenhaus auf Tylers riesiger Ranch hätte gar nicht größer sein können.

Was sollte ich bloß tun?

Ich ließ mich auf die Couch fallen, die mein Gewicht mit einem protestierenden Quietschen aufnahm. Dann rutschte ich unwillkürlich auf die Mitte der Couch zu. Das passierte jedem, der sich darauf setzte, denn das Möbel hatte ich vom Sperrmüll und es war völlig durchgesessen. Konnte man eigentlich noch tiefer sinken? Die Couch schien mir diese Frage beantworten zu wollen, denn in diesem Moment gab knarzend eine weitere Sprungfeder auf, welche die Matratze gestützt hatte, und ich sackte noch ein bisschen tiefer ein.

»Ach, leck mich doch!«, rief ich in den leeren Raum hinein. »Von mir aus könnt ihr alle zur Hölle fahren!« –

wobei mit *alle* höchstwahrscheinlich nur eine einzige Person gemeint war, Tyler MacGullin.

Danach ging es mir ein kleines bisschen besser, aber nicht lange.

Mir kam es vor, als verhöhnten mich meine eigenen Möbel, so abgenutzt und schief, wie sie da standen. Jetzt gaukelte mir meine überreizte Fantasie vor, das abgeranzte Sofa und der schiefstehende Kleiderschrank, dessen linke Tür immer von allein aufging, wüssten bereits, dass ich bald schon aus dieser winzigen Wohnung fliegen würde und sie dann einem neuen Mieter auf den Geist gehen konnten mit ihrem ständigen Gequietsche und Geknarze. Die Möbel schienen mich schadenfroh anzugrinsen und zu sagen: »Wenn du erst mal auf der Straße sitzt, meine Liebe, wird dir dieses Appartement wie ein Königspalast vorkommen, verlass dich drauf!«

Aber natürlich redeten Möbel nicht, das war mir klar. Andererseits fehlte in meiner momentanen Situation vermutlich nicht mehr allzu viel, bevor ich komplett überschnappen würde.

Als mir das ganze Ausmaß meiner verzweifelten Lage bewusst wurde, überrollte mich ein Heulkrampf, ich war völlig machtlos dagegen. Ich schaffte es gerade noch, mir eine Box mit Tempo-Taschentüchern vom Tisch zu schnappen und mich auf dem durchgesessenen Polster der Couch in embryonaler Haltung zusammenzurollen.

Dann heulte ich hemmungslos, bis ich irgendwann einschlief.

TEIL

Sechs

KAPITEL 44

Tyler

Ein Traum

PLÖTZLICH WAR ich wieder ein zwölf Jahre alter Junge. Ich lag im Kinderzimmer, im ersten Stock unserer geräumigen Villa im West End. Vor etwa einem Jahr war die Welt noch in Ordnung gewesen, zumindest für mich. Ich wuchs wohlbehütet auf, besuchte die beste und teuerste Privatschule der Stadt, aber das alles interessierte mich kaum.

Vor allem hatte ich Freunde, die mir wichtig waren.

Und eine Familie.

Doch innerhalb des letzten Jahres hatte sich all das geändert, und zwar auf drastische Weise.

Eines Tages war ich nach Hause gekommen und hatte meine Mutter mit geröteten Augen in der Küche sitzen sehen. Vom Dienstpersonal keine Spur, später erfuhr ich, dass sie alle nach Hause geschickt hatte.

Vor ihr auf dem Tisch stand eine Flasche Scotch, aber das wusste ich damals natürlich noch nicht. Ich wusste nur, dass mein Dad immer anfing, seine alten Witze zu erzählen und seine Stimme dabei manchmal etwas träge wurde, wenn er von dem Zeug trank. Wohlgemerkt: Er *be*trank sich nie, und meine Mum hatte ich noch nie mit etwas anderem als einem Glas Rotwein in der Hand gesehen, und das auch nur an manchen seltenen Abendstunden.

Und nun saß sie hier und war offenbar betrunken, und das am Nachmittag. Die Flasche war nur noch zu einem Viertel voll und als meine Mutter mich traurig anlächelte, wurde mir aus irgendeinem Grund klar, dass sie schon eine ganze Weile hier so saß und trank.

Wortlos ging ich auf sie zu und ließ mich von ihr in den Arm nehmen. Dabei roch ich den Alkohol, doch das war mir nicht einmal unangenehm. Für mich roch es süßlich, mit einer leicht scharfen Note. Vor allem jedoch genoss ich den Duft meiner Mutter.

Die Wärme in ihren Armen.

Doch dann ließ sie mich los und blickte mir ernst in die Augen. Was sie sagte, ließ meine Welt zusammenstürzen.

Sie war bei einer Routineuntersuchung gewesen, weil sie in letzter Zeit häufiger Kopfschmerzen verspürt hatte. Die Ärzte hatten einen Hirntumor festgestellt, im Endstadium. Als sie mir das erzählte, riss ich mich von ihr los. Ich brüllte herum und trat gegen den Tisch und schließlich stürmte ich in mein Zimmer.

Voller Wut auf die Ungerechtigkeit von Gott und der Welt und was sie mir angetan hatten. Mir, mir, *mir*. Und meine Mutter ließ ich unten in der Küche sitzen und ihre Flasche Scotch zu Ende trinken. Ich kam erst am nächsten Morgen wieder aus meinem Zimmer. Inzwischen hatte Dad meine Mutter schon in die Klinik gefahren, die sie nicht mehr lebend verlassen würde.

Ich erwachte schweißgebadet und braucht ein paar Minuten, um zu kapieren, dass ich das alles nur geträumt hatte. Ich war im Traum zurückversetzt worden zu dem Moment, an dem mein Leben auseinandergebrochen war. Nicht nur meines, sondern das meiner gesamten Familie.

Das Jahr, nachdem mir meine Mutter eröffnet hatte, dass

sie schwer krank war, verbrachte ich hauptsächlich damit, ihr beim Sterben zuzusehen. Meine Noten sackten ab und meine Beziehung zu meinem Vater bekam einen Riss, der sich nicht mehr kitten ließ und aus dem später ein Abgrund werden sollte.

Wegen dem, was er getan hatte.

Zumindest glaubte ich das mein Leben lang.

Aber war wirklich alles allein *seine* Schuld?

Inzwischen glaube ich, dass das tiefe Zerwürfnis zwischen uns darauf zurückzuführen war, dass wir beide uns damals gleichermaßen hilflos vorkamen. Ich kapierte das damals natürlich noch nicht, aber er war bereits ein sehr einflussreicher Mann. Ein unsagbar mächtiger Mann.

Doch selbst er konnte dieser verdammten Krankheit nichts entgegensetzen. Sie verschlang die Frau, die er liebte, meine Mutter, und es gab nichts, das er dagegen tun konnte, trotz allen Geldes und der besten Ärzte der Welt.

Damit kam er einfach nicht klar, das verstand ich später. Was er später tat, war letztlich seine Art, gegen den Tisch zu treten, wie ich es getan hatte, als gerade zwölfjähriger Junge. Seiner Wut auf die Welt Luft zu machen, und auf Gott, das Schicksal – was auch immer. Dennoch konnte ich ihm nie verzeihen, was er danach tat.

Weil es unverzeihlich war, und weil dabei mehr zu Bruch ging als ein verdammter Küchentisch.

Mein Schädel brummte höllisch und als ich einen Blick auf den Couchtisch warf, war das auch nicht weiter verwunderlich. Ich hatte die komplette Flasche Scotch allein geleert und vermutlich in Rekordzeit – so genau konnte ich mich daran nicht mehr erinnern. Selbst dieses erstklassige Zeug rächte sich am nächsten Morgen, wenn man nur bescheuert genug war, es so dermaßen zu übertreiben, wie ich es getan hatte.

Kopfschüttelnd stand ich auf, schnappte mir eine Decke, warf sie mir um die Schultern und ging dann hinaus auf die

Veranda, wo ich ein paar Stunden zuvor noch mit Sarah gesessen hatte.

Alles an meinem Leben kann mir einfach abgefuckt vor. Sinnlos, ohne jede Bedeutung. Die Bemühungen meines Vaters um noch mehr Macht, Geld und Einfluss. Meine Bemühungen, mich ihm entgegenzustellen. Das alles war so ein kleinlicher Mist – und es würde uns meine Mutter nicht zurückbringen.

Und doch musste ich weitermachen.

Ich durfte jetzt nicht klein beigegeben, ich musste meinem Vater zeigen, wer von uns beiden der Stärkere war. Und wessen Schuld es wirklich gewesen war, dass unsere Familie zerbrochen war.

KAPITEL 45

Sarah

Ein Traum

ICH LAG auf einer endlosen grünen Wiese, die sich bis zum Horizont erstreckte. Weideland, Farmland – vielleicht die Farm von Tyler MacGullin, ich vermochte es nicht zu sagen. Der Wind strich sanft durch die Grashalme wie durch die Wogen eines gigantischen grünen Meeres, die leise an einen fernen Strand plätscherten.

Ich schaute mich um.

Ich lag am Fuße einer mächtigen Eiche, die den Rand eines Wäldchens begrenzte, das hinter mir begann und durch das sich ein schattiger Pfad schlängelte, der irgendwohin führen mochte, oder auch nicht. Vor mir war nichts als das endlose Grün, doch nun war das Geräusch von Hufen zu hören, die sich aus weiter Ferne zu nähern schienen. Sonst nichts, kein Vogelgezwitscher, kein Geraschel winziger Insekten oder das Rauschen des Windes in den Wipfeln der Bäume …

Vom Horizont näherte sich eine Gestalt.

Zunächst hielt ich sie für einen Fremden. Vielleicht den Besitzer dieses weiten Farmlands, der mich fragen würde, was ich hier verloren hatte. Doch dann erkannte ich, dass es sich um einen Reiter auf einem Pferd handelte, welcher nun rasch näher kam. Dennoch klangen die Hufe des Pferdes immer noch gedämpft an mein Ohr, als verschluckte das Gras alle Geräusche.

Dann erkannte ich das Pferd.

Es war der Rappe, den ich auf der Farm von Tyler gesehen hatte. Mein neuer Freund, zu dem ich sofort eine tiefe Seelenverbindung gefühlt hatte. Das Pferd kam langsam näher. Jetzt stand es vor mir und neigte seinen großen Kopf zu mir herunter, während es mich aus seinen schwarzen, intelligenten Augen musterte. Es schien mich ebenfalls zu erkennen und wenn ich es nicht besser gewusst hätte, dann hätte ich geglaubt, dass es mich anlächelte.

Aber natürlich lächeln Pferde nicht wirklich.

Erst jetzt wanderte mein Blick nach oben zu dem Reiter, der in diesem Moment vom Pferd sprang und neben mir im Gras landete. Noch konnte ich ihn nicht erkennen, weil er direkt vor der Sonne stand. Er war nur ein schwarzer Umriss, eine schattenhafte Gestalt, die über mir aufragte.

Plötzlich war sein Gesicht ganz nah bei meinem.

Es war Tyler.

Er lächelte mich an, nicht sarkastisch oder ironisch, sondern aus tiefstem Herzen, so als gäbe es auch zwischen uns eine uralte Seelenverbindung. Ich spürte, wie ich zurücklächelte und mein Herz mit einem wohligen, warmen Gefühl gefüllt wurde. Wir liebten uns, zumindest in meinem Traum, das stand völlig außer Frage.

Und wir hatten uns schon immer geliebt.

Dann waren sein Mund auf meinem. Zunächst umspielte seine Zunge sanft meine Lippen, dann drang er in mich ein. Er mit seiner Zunge in meinen Mund wie ein Schlüssel, der ein lange verschlossenes Tor endlich öffnete, und ich gab mich ihm hin. Ich spürte, wie die Erregung von mir Besitz ergriff, und wollte, dass mein Traum niemals endete.

»Nimm mich!«, hörte ich mich flüstern und spürte seinen Atem an meinem Ohr, als er antwortete: »Sehr wohl, Madame.« Meine Erregung stieg ins Unermessliche. Ich wollte von ihm verschlungen werden, mich in seinen Armen wiederfinden und ganz genommen werden. So, wie wir es erst ein paar Stunden zuvor im Herrenhaus seiner Ranch getan hatten.

Ich wollte ihm gehören, jetzt und für immer. Immer und immer wieder.

»Und das wirst du, Sarah«, sagte er, denn in meinem Traum konnte er offenbar mühelos meine Gedanken lesen. Doch plötzlich klang seine Stimme hart und schneidend, kalt wie Eis. »Du wirst *ganz* mir gehören. Warte nur ab!«

Ich öffnete die Augen und plötzlich war es nicht mehr Tylers Gesicht über meinem. Es war eine grinsende Fratze. Die grinsende Fratze eines Irren. Einen Augenblick später erkannte ich, wem sie gehörte.

Jetzt war es Michael, der auf mich herabstarrte.

Der schwarze Hengst war verschwunden und die Landschaft um uns herum hatte sich drastisch verändert. Das Gras war nun verbrannt, hier und da glomm noch etwas Glut zwischen den niedergebrannten Grasbüscheln und die Kronen der Bäume standen lichterloh in Flammen. Überall war schwarzer Rauch, der mir die Lungen zusammenpresste. Schwarze Gewitterwolken zogen über einen regengrauen Himmel und vom Horizont rollte ferner Donner heran, ein regelmäßiges, beängstigendes Wummern, das sich anhörte wie das Klopfen eines gigantischen schwarzen Herzens.

Ich war in der Hölle gelandet.

Panisch sah ich mich nach Hilfe um, doch es gab keine. Überall waren nur Flammen, Asche und Tod. Von irgendwo begann die Sirene eines Feueralarms zu kreischen, doch ich wusste, niemand würde rechtzeitig eintreffen, um mich jetzt noch zu retten.

Dann beugte sich Michaels Gesicht erneut zu mir herunter, sein breites Grinsen entblößte nun spitze Zähne, als er seinen Mund aufriss, um mich zu verschlingen und …

KAPITEL 46

Sarah

Lower East Side, Manhattan
Sarah Miltons Appartement

ALS ICH AUS dem Schlaf hochfuhr, wummerte mir das Herz bis in die Schläfen. Erst als sich den Mund zuklappte, begriff ich, dass das hohe Fiepen des Feueralarms in meinem Traum aus meinem eigenen Mund stammte.

Ich presste die flache Hand vor den Mund und das Kreischen endete abrupt. Dann saß ich kerzengerade aufgerichtet und schweißüberströmt auf meiner durchgesessenen Couch und wartete, dass sich mein Herzschlag beruhigen würde. Als das Wummern erneut ertönte, fuhr ich erschrocken zusammen. Ich schüttelte den Kopf, um den Eindruck des Traums loszuwerden, der mich immer noch gefangen hielt.

Es klopfte erneut.

Allmählich begriff ich, dass das Klopfen nicht aus meinem Traum, sondern von meiner Wohnungstür stammte.

Noch völlig benommen schlurfte ich durch mein winziges Zimmer und öffnete die Tür. Es war mein Vermie-

ter, Mister Franklin. *Shit.* In diesem Moment wünschte ich
mir fast, zurück in meinen Traum kriechen zu können.
Vorzugsweise in den Teil, in dem Tyler die Hauptrolle in
meiner ganz persönlichen Hollywood-Liebesschnulze
gespielt hatte, den Retter auf dem schwarzen Pferd. Vielleicht wäre aber sogar die Flammenhölle und Michaels
Grinsen dem vorzuziehen gewesen, was jetzt gleich
kommen musste.

Mein Vermieter war einer von diesen schmierigen
Typen mit fettigem Haar, dessen einzige Kleidung aus einer
schmutzigen Jogginghose und einem Feinripp-Unterhemd
zu bestehen schien, das nur mit allergrößter Mühe über
seinen Bauch und vorn nicht in die Hose passte. Unter dem
schweißfleckigen Stoff zeichneten sich fleischige Männer-
brüste ab, zwischen denen ein dichtes schwarzes Fell
spross, das ihm bis zum Halsansatz reichte. Sogar auf den
Schultern hatte er Haare.

Aber er war auch nicht hier, um einen Schönheitswett-
bewerb zu gewinnen.

Mister Franklin grinste mich schief an, offenbar war mir
wohl noch deutlich anzusehen, dass ich gerade geschlafen
hatte. Wie spät war es eigentlich? Der Typ kreuzte doch
sonst nirgends vor zehn Uhr morgens auf, fiel mir ein. Aber
schließlich hatte ich heute auch keine weiteren Termine, ich
war arbeitslos. Seinen fiesen, kleinen Schweinsäuglein war
anzusehen, dass auch ihm das bewusst war, wenn ich an
einem Wochentag so spät am Morgen noch zu Hause anzu-
treffen war.

»Guten Morgen«, sagte er und schenkte mir ein ganz
und gar schleimiges Grinsen. »Ich hoffe, ich habe Sie nicht
geweckt, junge Frau?«

Natürlich hast du das, schoss es mir durch den Kopf,
und das weißt du ganz genau! Und schmier die junge Frau
am besten gleich in deine fettigen Haare, du Ekel. Aber
natürlich sagte ich nichts.

»Wie auch immer«, fuhr er fort. »Ihnen ist bestimmt auch schon aufgefallen, Miss, dass wir bald Monatsende haben?« Das fragte er, während er mich scheinheilig angrinste.

Aber er hatte recht, auch wenn ich das in diesem Moment nur sehr ungern zugab. Was hätte ich dafür gegeben, ihm dieses schleimige Grinsen mit einem fetten Scheck aus dem Gesicht wischen zu können. Bloß hatte ich keinen. Ich hatte nicht mal Bargeld.

»Klar«, sagte ich, quälte mir ein Lächeln raus und gab mir alle Mühe, meine Stimme dabei ganz leicht klingen zu lassen, was natürlich gründlich misslang. »Ich muss das Geld nur noch von der Bank holen, Mister Franklin. Ich packe es Ihnen dann wieder in den Umschlag und schiebe es unter Ihrer Tür durch, ja?«

Mister Franklin blinzelte nicht mal, während ich meine fette Lüge vortrug. »Pünktlich am Letzten des Monats, Süße«, sagte er und plötzlich fiel sein Lächeln in sich zusammen. Er musterte mich aus seinen gierigen, kleinen Schweinsäuglein, mit hartem Blick. »Und keine Minute später. Sonst lasse ich die Wohnung räumen, klar?«

Mit diesen Worten drehte er sich um und ging.

Als die Tür hinter ihm ins Schloss gefallen war, wankte ich zurück zur Couch und ließ mich darauf fallen. Nun hatte ich ihn also endlich erreicht, den tiefsten Punkt in meinem Leben. Und es spielte inzwischen auch gar keine Rolle mehr, ob es wirklich so war oder ich mir das nur einbildete. Mir fiel beim besten Willen kein tieferer Punkt ein, den ich noch hätte erreichen können.

Kein Geld, kein Job in Aussicht und demnächst auch keine Wohnung mehr.

Ich musste es mir eingestehen, ich würde unweigerlich auf der Straße landen. Gerade eben war ich noch eine aufstrebende, junge Studentin gewesen. Auf dem besten Weg zu einer erfolgreichen Karriere. Beseelt von dem

Wunsch, anderen zu helfen und eine Non-Profit-Organisation zu gründen, die dem Umweltschutz und einer reichhaltigen Tierwelt dienen sollte.

Doch in diesem Moment fiel mir auf, dass das alles in Wahrheit Luxusprobleme waren. Luxusprobleme für Leute, die wussten, wo sie jeden Tag ihr Essen herbekamen und ein Dach über dem Kopf hatten.

Und ich gehörte nicht länger zu diesen Leuten.

Das alles machte mich unsagbar wütend. Doch es half nichts, mich jetzt meinen Gefühlen hinzugeben und die Wände in sinnloser Wut anzuschreien, das hatte ich schon gestern ziemlich erfolglos probiert. Mir blieben keine Optionen mehr, außer einer. Also nahm ich den einzigen Ausweg, der mir jetzt noch blieb.

Ich schnappte mir mein Handy und rief Tyler MacGullin an.

TEIL SIEBEN
Die Hochzeit

KAPITEL 47

Sarah

*Superior-Ranch, die Hamptons, am Rande
von New York
Zum Meer gelegener Teil des Geländes*

Eine Woche Später

EINE WOCHE später heiratete ich Tyler MacGullin.

Nicht, weil ich ihn liebte, sondern, weil mir keine andere Wahl geblieben war. Ich tröstete mich mit allen möglichen Gedanken, auch dem an die Non-Profit-Organisation und was ich bewirken würde, wenn ich diese Farce irgendwie überstanden und die Million Dollar eingestrichen hatte. Ich sagte mir, ich hatte keine andere Wahl gehabt. Ich war zum Spielball geworden, zu einer Schachfigur in einem komplexen Spiel, das von anderen gespielt wurde. Von mächtigen Männern, die in einen Kleinkrieg miteinander geraten waren. Und ich war lediglich das Fußvolk, Kanonenfutter.

Das alles stimmte, doch es konnte mich nicht über das Gefühl hinwegtrösten, dass ich mir wie eine Hure vorkam –

wenn auch eine exzellent bezahlte, die nur einen einzigen Kunden hatte. Noch schlimmer wog vielleicht, dass ich alle, die zur Hochzeit gekommen waren, belog. Meine Freunde, meine Eltern, jeden einzigen Gast, der hier war.

Ich erwartete jeden Moment, dass die versammelte Menge mit dem Finger auf mich deuten und »Betrügerin!« rufen würde. Bloß hatte ich keine andere Wahl. Auch das war Teil des Deals, das wurde mir in diesem Moment wieder schmerzhaft deutlich, als mich mein Vater zwischen den Sitzreihen nach vorn führte.

Abgesehen davon war es wirklich eine tolle Hochzeit. Sie war luxuriös, um das Mindeste zu sagen. Sie fand auf Tylers Ranch in den Hamptons statt, die bald unsere Ranch sein würde, aber in einem etwas zurückgesetzten Teil des Geländes.

Hier gab es eine kleine Anhöhe, von der man den Strand und das Meer überblicken konnte, welche diesen Teil der Ranch begrenzten. Tyler hatte alles organisieren lassen, drei Weddingplaner hatten sich gleichzeitig ausgetobt, jedes Detail war perfekt. Man hatte überall auf dem Gelände kleine Pavillons errichtet, wo es ausgesuchte Speisen und Getränke gab und sich die Gäste in den Schatten flüchten konnten. Mitten auf dem Rasen, mit Blick zum Ozean, war eine Art offenes Kirchenschiff errichtet worden, die Sitzbänke waren weiße Klappstühle, die perfekt ausgerichtet in Reih und Glied standen und auf denen die Gäste Platz genommen hatten.

An der Hand meines Vaters schritt ich vor zum Altar, wo Tyler und der Pfarrer mich schon erwarteten. Auch wenn das hier alles nur Fake war, schlug mir das Herz bis zum Hals. Es war exakt die Hochzeit, die ich mir insgeheim gewünscht hatte, seit ich ein kleines Mädchen gewesen war. Unter freiem Himmel, bei strahlendem Sonnenschein – und mit dem leisen Rauschen der Brandung, die unten vom Strand zu uns heraufdrang.

Es war wie der schlechteste Witz aller Zeiten, und ungefähr so kam ich mir auch selbst vor.

Ich war gerade dabei, das zu erleben, was im Herzen einer jeden Frau als der schönste Tag ihres Lebens gelten sollte. Und es war tatsächlich wunderschön, das Wetter, die Gäste, die leichte Brise, die vom Meer herüberwehte. All der weiße Stoff, und später würde es sogar ein Feuerwerk geben, das hatte Tyler mir versprochen. All das war wundervoll.

Und doch war nichts davon echt.

Ich hätte heulen können, als ich bemerkte, dass mein Vater fast vor Stolz platzte und seine Hand leicht zitterte, als er mich zwischen den Sitzreihen entlangführte. Meine Mutter, die ganz vorn saß, hatte sich zu mir umgedreht und presste ein weißes Taschentuch vor Mund und Nase, während sie hemmungslos heulte. Tyler hatte meinen Eltern natürlich auch die Flugtickets nach New York bezahlt und sie wohnten in einem zweiten Gebäude auf der Ranch, das sich ganz in der Nähe des weiß gestrichenen Herrenhauses befand und fast ebenso majestätisch wirkte, wenn es auch etwas kleiner war. Die alten Leutchen waren völlig aus dem Häuschen gewesen und wollten einfach nicht begreifen, dass sie ein ganzes Gästehaus für sich allein hatten und so lange bleiben konnten, wie sie wollten.

Und dass ihre kleine Sarah jetzt in die Kreise der oberen Zehntausend einheiratete wie Aschenputtel, das irgendeinem Prinzen den Kopf verdreht hatte.

Ich glaubte, in ihrem ganzen Leben hatten meine Eltern etwas auch nur annähernd Luxuriöses höchstens mal im Urlaub erlebt, und dann ganz sicher nicht auf diesem Niveau. Im Gästehaus standen ihnen sogar zwei Bedienstete zur Verfügung, die ihnen jeden Wunsch von den Lippen ablesen würden, hatte Tyler meinem sprachlos staunenden Vater erklärt. Vermutlich würde es damit enden, dass meine Mutter fragen würde, ob sie irgendwem zur Hand gehen konnte.

Ich hatte den Verdacht, dass Tyler all das bewusst arrangiert hatte, um meine Eltern von der Frage abzulenken, die unausgesprochen im Raum stand wie ein großer weißer Elefant, nämlich, wieso diese Hochzeit praktisch ohne jede Vorankündigung meinerseits stattfand. Nachdem ich den Deal mit Tyler eingegangen war, hatte ich meinen Eltern natürlich nach Kräften eine Geschichte von spontaner Verliebtheit aufgetischt, aber ich war nicht sicher, dass sie mir diese auch wirklich abkauften.

Ich hätte etwas darum gegeben, auch Betty und Francis hier gehabt zu haben, aber leider war alles viel zu kurzfristig geschehen, sodass sie noch immer in Afrika war. Francis, mit dem ich zuletzt über eine Stunde telefoniert hatte, hatte ebenfalls nicht zur Hochzeit kommen können, weil er sich mit einem der beiden Jungs, die er zu Bettys Abschlussparty mitgebracht hatte, gerade eine Auszeit im australischen Busch gönnte. Er war ganz hin- und hergerissen, doch ich sagte ihm, das sei kein Problem und er solle die Zeit mit seiner neuen Flamme genießen, ich käme schon klar. Ich versprach ihm, ihm jede Menge Fotos zu schicken, und die Party nachzuholen, sobald er und Betty wieder im Lande wären. IN Wahrheit vermisste ich ihn und seine aufgedrehte Art schrecklich.

Mit Betty hatte ich lediglich über ihr Satellitentelefon sprechen können und die Verbindung war schrecklich gewesen. Sie hatte mir versprochen, dass sie nächste Woche gleich bei ihrer Rückkehr ins Basiscamp erneut mit mir Verbindung aufnehmen würde, und ich hatte ihr versprochen, ihr dann die ganze Hochzeit in allen Einzelheiten zu schildern.

Doch auch diesen Termin würden wir verschieben müssen, wie ich inzwischen wusste, denn Tyler hatte angekündigt, dass wir schon wenige Tage nach der Hochzeit in die Flitterwochen fliegen würden, an irgendeinen karibischen Traumstrand.

Bis dahin würden Betty und ich uns auf alle Fälle per E-Mail ausführlich austauschen, doch aufgrund der schlechten Verbindung wartete ich manchmal drei oder vier Tage auf Bettys Antwort, und von Francis hörte ich für lange Zeit gar nichts, weil er und sein Lover sich entschlossen hatten, eine digitale Detox-Kur zu machen, und die nächsten Wochen auf irgendeiner Ranch in Australien als Hilfskräfte zu arbeiten, um sich in Einklang mit der Natur zu begeben.

Fast beneidete ich beide um ihr ungezwungenes Leben, und die Prioritäten, die sie sich setzten. In meinen Augen machten sie alles richtig, und manchmal überlegte ich, ob ich nicht auch einfach hätte abhauen sollen, um mich vor dieser Hochzeit zu drücken — vielleicht gemeinsam mit Francis nach Australien? Doch ich fürchtete, ich würde den beiden Turteltäubchen damit nur auf die Nerven fallen, und wäre mir sicher wie das dritte Rad am Wagen vorgekommen. Ein gutes hatte es allerdings, das meine besten Freunde nicht hier waren: Immerhin musste ich dadurch zwei Personen weniger belügen.

Ich fand es schlimm genug, was ich meinen Eltern hier antat.

Die Wahrheit war doch die, dass ich ab sofort, oder doch in wenigen Minuten, nichts weiter sein würde als Tyler MacGullins Gefangene und Sexsklavin, wenn auch für einen guten Zweck. Aber ich hatte mich nun einmal dafür entschieden, und ich würde das jetzt durchziehen.

Schließlich erreichte ich an der Hand meines Vaters den Altar und ich bemerkte, dass sogar dem Pfarrer die Tränen der Rührung in den Augen standen, was mein schlechtes Gewissen noch vervielfachte. Offenbar ging jedem hier die

Zeremonie nahe, wenn auch aus den unterschiedlichsten
Gründen.

Selbst Tyler spielte den überglücklichen Ehemann mit
Perfektion.

Das tat er allerdings, weil er wusste, dass unter den
Gästen mit Sicherheit auch Spione seines Vaters waren. Was
für eine absurde Situation! Sein Vater selbst hatte sich kurzfristig entschuldigen lassen, weil er wegen eines wichtigen
Geschäftstermins nach Asien fliegen musste. Weder Tyler
noch ich glaubten das auch nur für eine Sekunde. Aber
immerhin hatte er der Hochzeit seines Sohnes seinen Segen
gegeben, ein deutliches Signal, dass er zumindest bereit
war, seinem Sohn diesen Vertrauensvorschuss zu geben,
dass er tatsächlich ernsthaft sesshaft werden wollte.

Plötzlich spürte ich, wie meine Hand von der meines
Vaters an die von Tyler übergeben wurde. Ich kam mir
dabei wie eine Puppe vor, nur ein lebloser Gegenstand, der
gerade den Besitzer gewechselt hatte. Es war fürchterlich,
aber ich ließ mir nichts anmerken.

Und in gewisser Weise, auch wenn ich das nur ungern
zugab, war es tatsächlich schön, Tyler so nah zu sein. Seine
Nähe und sein Lächeln lösten noch immer etwas in mir aus,
egal, was zwischen uns vorgefallen war, und auch, wenn
wir beide nur hier waren, um allen anderen eine Komödie
vorzuspielen.

All das spielte keine Rolle mehr, als der Pfarrer seine
Zeremonie beendet hatte, wir uns das Jawort gaben und
Tyler sich herabbeugte, um mich zu küssen. Unwillkürlich
erwiderte ich den sanften Druck seiner Lippen und plötzlich mussten wir uns beide zügeln, als unser Kuss unver-
mittelt stürmisch wurde. Immerhin waren wir bei einer
öffentlichen Hochzeit und noch nicht in unserer Hochzeitsnacht.

Wieder schien Tyler meinen Gedanken erraten zu
haben, denn er beugte sich vor und flüsterte mir ins Ohr:

»Ich werde dir eine Hochzeitsnacht bescheren, die du nie wieder vergessen wirst, meine kleine Ehefrau!«

Die Gäste, die von ihren Stühlen aufgestanden waren, klatschten, johlten und stießen begeisterte Pfiffe aus. Aber mein mulmiges Gefühl verstärkte sich noch.

Worauf hatte ich mich hier bloß eingelassen?

KAPITEL 48

Tyler

*Superior-Ranch, die Hamptons, am Rande
von New York
Zum Meer gelegener Teil des Geländes*

UND DAMIT WAR ich ein verheirateter Mann. Tyler MacGullin, der begehrteste Junggeselle New Yorks – zumindest nach meiner letzten Hochrechnung – war unter der Haube. Es fühlte sich gar nicht mal so beschissen an, wie ich gedacht hatte. Als ich auf Sarah herunterblickte, in ihrem märchenhaft schönen Fünftausend-Dollar-Brautkleid, das ich von einem italienischen Schneider hatte anfertigen lassen, ihre professionell frisierten Haare und das Make-up – sie war eine atemberaubende Schönheit, daran gab es keinen Zweifel.

Ich hätte sie auf der Stelle *wirklich* geheiratet, aber das musste ich nun nicht mehr. Und ich wollte sie nehmen, am liebsten gleich hier und jetzt, notfalls auch unter den Augen des Pfarrers und aller Hochzeitsgäste, immerhin fand das alles in einem sehr intimen Kreis statt – gerade groß genug, um vor den Augen der Presse und vor allem meines Vaters als glaubwürdig durchzugehen.

Ich riss mich zusammen. Kein Grund zur Eile. Sie gehörte jetzt mir. Ich würde sie besitzen können, wann immer mir danach war. So oft ich das wollte.

Allerdings war die Situation durchaus etwas ungewohnt für mich. Ich würde nun offiziell mit einer Frau zusammenleben, ohne schriftlichen Deal und ohne Geheimhaltungserklärung, denn natürlich war durch die Bekanntgabe meiner Hochzeit mit Sarah auch mein Gesicht auf den Titelseiten sämtlicher New Yorker Zeitungen aufgetaucht, auch darauf hatte mein Vater bestanden.

Was bedeutete, dass ich mich bei künftigen Affären nicht mehr hinter der Maske der Anonymität verbergen konnte. Allerdings dachte ich im Moment nicht eine Sekunde an andere Frauen – nicht mit Sarah an meiner Seite, Fake oder nicht.

Alles, was wir vereinbart hatten, war auf rein mündlicher Basis geschehen. Das hatten wir so machen müssen, um keinen Verdacht zu erwecken. Ich war mir ziemlich sicher, dass mein Vater von jeder Art rechtskräftiger Vereinbarung erfahren hätte, die wir beide trafen. Er kannte so ziemlich jeden Anwalt und Notar in New York persönlich, und auch, wenn ich es nicht für sehr wahrscheinlich hielt, dass einer von denen seinen Job aufs Spiel setzte, um bei meinem Vater die Petze zu spielen – sicher sein konnte ich mir nicht. Irgendwer schuldete irgendwem immer einen Gefallen, ganz besonders bei den oberen Zehntausend in dieser Stadt.

Zu allem Überfluss gab es allerdings noch nicht mal einen Ehevertrag. Ich wusste nicht, ob Sarah das in vollem Umfang bewusst war, aber sie hätte das hier bis zum bitteren Ende durchziehen und mich anschließend finanziell ruinieren können. Wenn ich in etwa dreizehn Monaten die Ehe annullieren lassen wollte und sie sich dagegen sträuben würde, hatte sie mich komplett in der Hand. Im Falle einer Scheidung würde sie rund fünfzig Prozent meines Vermögens mitnehmen können, je nach den Umständen vielleicht auch mehr.

Auch deshalb hatte *sie* es sein müssen. Ich vertraute ihr.

Einerseits weil ich keine andere Wahl hatte und andererseits, weil ich mir beim besten Willen nicht vorstellen konnte, dass sie etwas hinter meinem Rücken gegen mich unternahm.

Ich hatte keine Ahnung, als was für ein schwerwiegender Fehler sich das herausstellen sollte.

Inzwischen hatte sie sich eine neue Spirale einsetzen lassen, in aller Heimlichkeit und bei einem Arzt, dem ich ebenfalls vollkommen vertraute, und der keinerlei Verbindung zu meinem Vater hatte. Vielmehr hatte er noch ein persönliches Hühnchen mit meinem Vater zu rupfen, und würde ihm daher bestimmt nichts von der heimlichen Verhütung erzählen. Es war enorm wichtig, dass wir diese Schwachstelle in unserem Plan von Anfang an komplett wasserdicht gestalteten.

Nun hing alles an Sarahs Spirale, sozusagen. Selbst Kondome würde ich nicht einfach so im Laden kaufen können, denn das könnte mein Vater mitbekommen und dann würde er den Erbfolgevertrag in der Luft zerreißen. Wenn mein Vorrat an Gummis aufgebraucht war, war ich völlig in seiner und Sarahs Hand, und dabei war er nicht einmal auf meiner Hochzeit aufgetaucht.

Dringende Geschäfte in China, hatte er gesagt. Natürlich.

Ich hatte mich lange mit dem Arzt unterhalten und er hatte zumindest die wenn auch geringe Möglichkeit einräumen müssen, dass auch die Spirale versagen konnte. In einem solchen Fall gab es offiziell nichts, das ich unternehmen konnte. Auch konnte ich Sarah nicht zwingen, die Schwangerschaft vorzeitig abzubrechen, allerdings würde sie dann völlig leer ausgehen, das wusste sie.

Und ich kannte auch für diesen Fall Mittel und Wege.

Vielleicht wäre ich dann nicht mehr der Erbe der MacGullin-Firmengruppe, aber dann würde auch sie völlig leer ausgehen, und ein Daddy würde ich ganz sicher nicht werden.

Nie im Leben.

Denn das Allerwichtigste für mich war und blieb nun mal meine persönliche Freiheit, und die würde ich mir von niemandem nehmen lassen.

Auch nicht von Sarah, die jetzt Sarah MacGullin hieß.

Der Name stand ihr, fand ich.

Sie war jetzt mein.

KAPITEL 49
Sarah

*Superior-Ranch, die Hamptons, am Rande
von New York
Master-Bedroom im ersten Stock*

AUF DER HOCHZEIT hatte es neben einem riesigen Büfett und allerlei Köstlichkeiten auch einen unglaublich leckeren Rosé-Wein gegeben. Ich hatte lange Gespräche mit meinen Eltern und einigen der anderen Gäste geführt, allerdings waren diese in der überwiegenden Mehrzahl Tylers Freunde. Alle waren unglaublich nett zu mir und beglückwünschten mich und Tyler immer wieder. Michael war auch da gewesen, immerhin war er einer von Tylers ältesten Studienfreunden, doch als er sich kurz nach der Trauung wegen angeblich wichtiger Arbeit entschuldigt hatte, war ich ihm nicht böse gewesen. Allerdings war mir durchaus der sorgenvolle Ausdruck auf Tylers Gesicht aufgefallen, als Michael von diesen Geschäften gesprochen hatte. Offenbar ging es um die Windkraftanlagen an der Grenze zu Arizona, aber das war nun wirklich nicht das richtige Gesprächsthema für unsere Hochzeitsfeier. Ich hatte mich entspannt, als Michaels Porsche, eine riesige

Staubwolke hinterlassend, von der Ranch gedüst war. Mit mir hatte er ohnehin kaum ein Wort gewechselt, und offengestanden war mir das auch am liebsten so. Ich vermutete, dass Tyler ihn sich wegen seiner schleimigen Annäherungsversuche zur Brust genommen hatte. Er konnte mich kaum ansehen, selbst Michaels Blick wich er immer wieder aus, dabei lag aber ein amüsierter Ausdruck in seinen Augen.

Beinahe, als ahnte Michael etwas von unserem Arrangement, aber natürlich konnte das nicht sein.

Der leckere Rosé hatte mir einigermaßen die Zunge gelockert und ich merkte, dass ich allmählich ein bisschen beschwipst wurde. Als es auf Mitternacht zugegangen war, hatte ich mein Glas nur noch mit Wasser aufgefüllt. Ich hatte nicht vergessen, dass Tyler mir eine Hochzeitsnacht versprochen hatte, an die ich mich noch lange zurückerinnern würde, und diese wollte ich möglichst bei vollem Bewusstsein genießen. Wie hieß doch der alte Spruch? Wenn das Leben dir Zitronen gibt, mach Limonade draus! Und wenn es dir eine arrangierte Fake-Ehe gibt … nun, dann ist *das* eben das Beste, was man draus machen konnte, schätzte ich.

Noch immer war es für mich eine völlig irreale Vorstellung, Miss Tyler MacGullin zu sein, aber hier war ich nun. Viele mochten das eine etwas altmodische Vorstellung finden, aber aus irgendeinem Grund bedeutete mir das etwas. Ich würde mit diesem Mann über ein Jahr lang zusammenleben, und das würde mir leichter fallen, wenn ich aufhörte, unsere Fake-Ehe als reines Schauspiel zu betrachten. Am besten schauspielerte man, wenn man gar nicht schauspielerte, sondern eins mit der Rolle wurde, das hatte ich mal in einem Promi-Interview mit einer berühmten Schauspielerin gelesen. Jetzt bekam ich allmählich eine Vorstellung davon, was sie damit gemeint hatte.

Ich war mit diesem Mann verheiratet und alles hing davon ab, dass die Ehe für jeden zufälligen Beobachter vollkommen echt aussah. Also würde ich mir ganz einfach einreden, dass sie auch real war.

Wie schwer konnte das schon sein?

Damit vollzogen wir also unsere Ehe, unser erstes Mal als Mann und Frau. Eingebildet oder nicht, ich war auf jeden Fall aufgeregt, als er mich auf seinen Armen über die Schwelle in das Master-Schlafzimmer im ersten Stock des Herrenhauses trug. Er stieß die Tür hinter sich mit der Ferse zu, trug mich hinüber zu dem gewaltigen Himmelbett – erst in diesem Moment fiel mir auf, dass wir zwar schon Sex in seinem Haus gehabt hatten, ich dieses Bett aber noch nie zu Gesicht bekommen hatte –, dann ließ er mich auf die weiche Matratze fallen.

»Hey, du Grobian!«, beschwerte ich mich lachend, doch er beugte sich nur wortlos lächelnd über mich. Ich musste wieder an meinen Traum denken, wo er – wie klischeehaft! – auf einem schwarzen, aber wenigstens keinem weißen, Pferd über die Wiese zu mir geritten war und wir uns geküsst hatten.

Kurz, bevor der Traum zu einem absoluten Horrorszenario geworden war.

Jetzt küsste er mich wieder, zärtlich anfangs, dann immer fordernder. Die Lust erwachte in mir, und sofort wollte ich ihn wieder spüren. Seine Hände, seine Lippen auf meinem Körper. Seine Zunge und seinen heißen Schwanz.

Zu dem Hochzeitskleid, einem luxuriösen Hauch aus Seide und Spitzenstoffen, gehörte ein passender Slip. Vermutlich hatte auch der etwas im mindestens dreistelligen Bereich gekostet, denn er fühlte sich auf wohltuende Weise so an, als sei ich die ganze Zeit unten herum nackt, was vermutlich Tylers Absicht war, als er ihn mir, in einer kleinen Holzbox verpackt, überreicht hatte. Auch bei der Auswahl meines Hochzeitskleids hatte er dabei viel Geschmack und Stil bewiesen, ich hatte an seiner Wahl absolut nichts auszusetzen. Ich hätte mir dennoch gewünscht, dass er mich ein bisschen mehr in seine Entscheidung einbezogen hätte, aber das war wohl der Nachteil daran, wenn man nur eine Fake-Ehe führte.

Außerdem hatte der Slip dafür gesorgt, dass ich schon den ganzen Abend über leicht feucht gewesen war, von der Vorstellung, unter meinem Brautkleid und umgeben von all diesen Menschen vollkommen nackt zu sein, denn so hatte es sich angefühlt. Als Tyler mir das Kleid nach oben schob, stöhnte ich lustvoll auf und warf den Kopf in den Nacken.

Als ich die Augen wieder öffnete, sah ich, dass er den Slip zwischen den Zähnen hielt und mich angrinste wie ein hungriger Wolf, während er mir das Kleidungsstück zenti-meterweise von den Schenkeln zog, ohne seine Hände zu benutzen. Er zog den zerknautschten Fetzen Stoff von meinen Füßen und schleuderte ihn achtlos in irgendeine Zimmerecke.

Dann begann er, meinen Körper mit Küssen zu bede-cken, während er mich weiter auszog. Lediglich die weißen High Heels, die erstaunlich bequem waren, obwohl sie fast zehn Zentimeter lange Stiletto-Absätze hatten, und meine halterlosen Strümpfe durfte ich anbehalten.

Dann lag ich vor ihm.

Wehrlos, ihm schutzlos ausgeliefert. Völlig nackt und mir meiner Nacktheit sehr wohl bewusst. Sanft nahm er meine Hände und führte sie von meinen Brüsten, die ich in einem schüchternen Reflex bedeckt gehalten hatte, nachdem er mir auch meinen BH mit einer geschickten Handbewegung geöffnet und ausgezogen hatte.

Ich musste lachen, weil ich mich aufführte wie eine Jungfrau beim ersten Mal. Und in gewisser Weise war es auch ein bisschen so. Es *war* mein erstes Mal. Unser erstes Mal als Mann und Frau. Ich war jetzt die Ehefrau eines wahnsinnig gut aussehenden, schwerreichen Mannes, der mir völlig neue Dimensionen der Lust eröffnet hatte.

Noch vor ein paar Wochen hätte ich mich dafür beneidet.

Also beschloss ich, all meine Bedenken zu vergessen. Ich hatte Riesenglück gehabt, und genauso würde ich die Sache ab sofort betrachten – als ein Geschenk des Schicksals. Ich würde einfach nicht mehr daran denken, dass dieses Glück zeitlich begrenzt war und auf einer mündlichen Geschäftsabmachung beruhte. Ich würde dieses Jahr genießen.

Zumindest dachte ich das noch in diesem Moment.

Seine Küsse erreichten meinen Hals und überall am Körper hatte ich Gänsehaut. Die Härchen in meinem Nacken richteten sich auf und meine Brustwarzen waren so erregt, dass ich einen leicht ziehenden Schmerz spürte, was aber nicht unangenehm war. Im Gegenteil, es machte mich nur noch feuchter.

Doch ich beschloss, ihm diesmal nicht entgegenzukommen, sondern ein bisschen mit ihm zu spielen. Ihm ein wenig mehr von dem aufmüpfigen Gör zu geben, das er so liebte. Sollte er sich doch holen, was er wollte – schenken würde ich ihm nichts! Stattdessen würde ich einfach nur hier liegen und mich von diesem Traummann verwöhnen lassen.

Um ihn zu ärgern, würde ich mich wie eine lebendige Puppe verhalten, ihm zu Willen sein – beinahe so, als ob ich keinen eigenen Willen besäße. Beinahe so wie eine gekaufte Ehefrau. Das war ein Spiel, das ich mir schon seit einiger Zeit in meinen abgründigeren Fantasien ausgemalt hatte, und ich hoffte, es würde ihn reizen. Es sollte ihn zur Weißglut treiben, zu versuchen, mir irgendeine Reaktion zu entlocken, doch diese Genugtuung würde ich ihm nicht bieten – solange ich selbst das aushielt. Schließlich wollte ich ihm in unserer Hochzeitsnacht etwas Besonderes bieten.

KAPITEL 50

Tyler

ICH NAHM ihren gesamten Körper in Besitz, wie ein Barbarenheer, das über ein feindliches Gebiet herfiel. Meine Lippen und meine Zunge erforschten jeden köstlichen Quadratzentimeter ihrer rosigen Haut. Ich küsste die Innenseiten ihrer Schenkel abwechselnd, während ich mich genüsslich langsam bis zum Zentrum ihrer Lust vorarbeitete.

Ich bedeckte ihre köstlichen Schamlippen mit Küssen und drang sanft mit meiner Zunge in ihre vor Feuchtigkeit überquellende Pussy ein. Meine Lippen schlossen sich um ihre Klitoris und ich begann, daran zu saugen. Erst leicht, dann immer stärker, während sich tiefes, kehliges Luststöhnen aus ihrer Brust brach.

Ich unterbrach das intensive Spiel mit ihrem Kätzchen und ihrem Kitzler und bedeckte ihre Schenkel mit Küssen, woraufhin sich die Muskeln unter ihrer Haut ein paar Mal krampfhaft zusammenzogen, dann entspannten sie sich wieder.

Offenbar war sie schon wieder fast so weit.

Ihr Atem ging stoßweise und ich glaubte, sie hätte bereits den ersten Vorboten ihres Höhepunkts erreicht. Ich liebte es, wie schnell sie durch meine Behandlung erregt wurde. Sie war wie ein Spielzeug in meinen Händen, mein neues Lieblingsspielzeug.

Dann küsste ich ihren Bauch und arbeitete mich langsam zu ihren Brüsten hoch. Ich liebte ihre kleinen, festen Brüste, und das ließ ich sie auch spüren. Da nun auch von mir die Lust in vollen Zügen Besitz ergriff, konnte ich mich nur noch schwer zurückhalten. Ich streichelte und knetete ihre Brüste wie wild, steckte mir ihre steif aufgerichteten Brustwarzen in den Mund und begann, daran zu saugen, als gäbe es kein Morgen. Ich begann, sanft darauf herumzubeißen, und einmal biss ich stärker zu. Doch statt zurückzuzucken oder mich wegzustoßen, krallte sie ihre Finger in mein Haar und drückte meinen Mund noch mal auf ihre Brust.

Ich wertete das als Zeichen, weiterzumachen, und biss noch einmal zu, diesmal etwas neben der Brustwarze. Sie bäumte sich auf und wieder glaubte ich, dass sie gerade einen kleinen Höhepunkt erlebte.

Dann ließ sie sich auf das Bett zurückfallen und bewegte sich gar nicht mehr.

Ich arbeitete mich weiter vor, küsste ihren Hals und ließ meine Zunge über ihren Nacken gleiten, wo sie, wie ich wusste, besonders empfindlich war. Ich griff fest in ihr Haar und drehte ihren Kopf zur Seite, um mir auch den hochempfindlichen Bereich hinter ihrem Ohr vornehmen zu können. Meine Erregung war grenzenlos, mein Prügel war hart wie eine Stahlstange.

Also fiel ich über sie her. Sie ließ es einfach geschehen.

Sie wehrte sich nicht, sie sagte nichts. Sie reagierte überhaupt nicht mehr.

Ein neues Spiel?

Okay, das konnte sie haben. Ich stützte mich auf und sah ihr direkt ins Gesicht. Sie hatte einen starren Blick aufgesetzt und gab vor, durch mich hindurchzusehen. Da kapierte ich es. Sie wollte eine Puppe sein. Ich sollte sie als das Sexspielzeug sehen, das ich mir durch unseren Deal gekauft hatte.

Okay, Lady, die Botschaft ist angekommen, dachte ich. Aber dummerweise machte mich diese Botschaft tierisch an. Sorry, not sorry.

Einerseits führte sie mir damit vor Augen, was ich ihr damit angetan hatte, und vielleicht auch mir selbst. Andererseits zeigte mir das, dass sie sich mit der Situation abgefunden hatte und sie sogar spielerisch in unser Sexleben einbezog.

In diesem Moment liebte ich sie dafür.

Für die originelle Idee, und wie sie mit der Situation umging. Körperlich war sie klein, beinahe schon zierlich, aber sie war auch eine starke Frau. Das hatte ich schon immer gespürt, und vielleicht hatte mich das so sehr an ihr angezogen. Sie war eine Frau, die wusste, was sie wollte – ein Gör. Und gerade deshalb fiel es ihr so leicht, auch in eine scheinbar unterwürfige Rolle zu schlüpfen. Sie tat das nicht, um mir zu gefallen. Sie tat es, weil sie es wollte.

Und jetzt wollte sie eben meine Sexpuppe sein.

Ich beugte mich über sie und flüsterte ihr ins Ohr: »Das kannst du haben, mein kleines Püppchen. Jetzt kriegst du das volle Programm. Mal sehen, ob dich das zum Leben erwecken kann!«

Wie sie so dalag und sich mir offen auslieferte, hielt ich es nicht länger aus. Mit einer unwirschen Bewegung drückte ich ihre Oberschenkel einfach auseinander, spreizte sie vor mir auf, so weit es ging – ziemlich weit, denn sie war sehr gelenkig, eben ein Naturtalent. Dies mochte an ihren Genen liegen, aber sie war auch eine passionierte Läuferin, machte Yoga und Dehnungsübungen.

Das stellte sich nun als äußerst reizvoller Vorteil heraus.

Ich packte sie in den Kniekehlen und beugte ihre Beine erbarmungslos nach oben, bis ihre Knie neben ihren Ohren die Bettdecke berührten. Ich hatte sie noch nie so völlig offen unter mir liegen gehabt. Noch immer lagen ihre Arme regungslos an ihren Seiten und sie starrte durch mich hindurch, doch ihre schönen Augen konnten mich nicht täuschen. Auch wenn sie sich alle Mühe gab, an mir vorbei statt zur Decke zu blicken, so zeigte es doch, wie die Lust darin flammte.

Das konnte nur eines heißen: »Tob dich aus, ich kann es ab.«

Also tat ich das.

Ich setzte die Spitze meines Schaftes vorsichtig an ihrer Öffnung an. Und dann stieß ich mit aller Macht zu. Ich musste ihre Selbstbeherrschung bewundern, denn sie ließ nicht mal ein Seufzen hören, als ich meinen Schaft in voller Länge in sie rammte – andere hätten vermutlich aufgeschrien. Ich hätte sie nie so unsanft behandelt, wenn ich nicht gespürt hätte, wie klatschnass sie bereits war. Ich stieß fast bis auf den Grund und es war ein himmlisches Gefühl, so tief in ihr zu sein. Ich zog mich zurück, dann glitt ich wieder in sie hinein, diesmal sogar noch ein kleines Stückchen tiefer – bis ans absolute Maximum, und das wollte etwas heißen bei der Größe, die mein Schwanz gerade hatte.

Ihre Zähne gruben sich in ihre Unterlippe, das war ihre einzige Reaktion. Immer noch kein Geräusch. Dass sie so scheinbar emotionslos unter mir lag, als ginge sie das alles gar nichts an, spornte mich an, sie nur umso kräftiger zu vögeln.

Ich wollte um jeden Preis eine Reaktion von ihr.

Immer wieder holte ich aus und ließ meine Hüfte auf sie niedersausen. Wie ein Pumpenschwengel pfählte ich sie mit meinem knallharten Schwanz. Mir war klar, dass der sie völlig ausfüllte, und ich spürte, wie sie sich in dieser Stellung eng um mich krampfte. Wenn das so weiterging, würden wir am Morgen beide wund sein, aber das war mir im Moment völlig egal.

Dann begann ich, sie richtig zu ficken.

Ich ließ ihre Beine los, die sofort ihren Weg zu meinen Schultern fanden, und rammelte sie gut ein Dutzend Mal. Ich musste mich stark zusammenreißen, nicht zu kommen, und mit jedem Stoß wurde es schwerer. Aber ich hatte versprochen, ihr eine unvergessliche Hochzeitsnacht zu bescheren, und die würde sie auch bekommen.

Ich fickte sie weiter und wurde dabei zunehmend zu einem Tier. Ich verlor jegliche Selbstbeherrschung, doch sie war wie ein Stück Fleisch, gab sich mir völlig hin und ertrug jede Behandlung mit wachsender Lust, doch ohne die geringste Regung, obwohl sie förmlich überlief. Das steigerte auch meine Lust ins Unermessliche, sodass ich es schließlich nicht mehr aushielt, mich über sie beugte und ihr ins Ohr flüsterte: »Okay, mein Püppchen, jetzt darfst du aufwachen!«

Dann schoss ich eine Riesenladung tief in sie hinein.

Und das Püppchen erwachte.

TEIL ACHT

Flitterwochen

KAPITEL 51

Sarah

Eagle Beach, Aruba

MEIN ERWACHEN KAM ETWA eine Woche später. Und leider war es da schon viel zu spät, um noch irgendetwas an meiner Situation zu ändern. Aber auch das begriff ich damals noch nicht gleich.

Tyler hatte für uns ein komplettes Stück Strand gemietet, das wir ganz für uns allein hatten. Es gab ein zweistöckiges Ferienhaus, umgeben von Palmen und direkt am Strand, nur ein paar Schritte vom sanften Plätschern der einrollenden Wellen entfernt. Ein schattiger Kiesweg führte zum Eingang des Palisadenzauns, der das riesige Grundstück begrenzte, und von dort kam man in die nächstgelegene Stadt. Der Zaun verhinderte allerdings auch, dass zufällig vorbeilaufende Passanten Einblicke in unser Grundstück erhielten. Unser Strand befand sich fernab jeglicher Hotels und war auf beiden Seiten mit Molen und jeder Menge Verbotsschildern begrenzt, sodass es nicht passieren konnte, dass sich ein Schwimmer zufällig an unseren Strand verirrte. Und selbst wenn, patrouillierten ständig uniformierte Wachleute außerhalb der Sichtweite des Geländes, deren einzige Aufgabe darin bestand, dafür zu sorgen, dass wir in unserem kleinen Paradies ungestört blieben.

Es waren wundervolle Tage, die wir hauptsächlich damit verbrachten, Cocktails zu trinken, in der Sonne zu liegen und zu brutzeln, bis wir beide knackebraun waren. Und natürlich mit jeder Menge Sex.

Immerhin waren wir in den Flitterwochen.

Ich genoss es, einmal fernab des Trubels der Großstadt und der Büffelei fürs Studium einfach nur faul in der Sonne herumzuliegen, und ich glaubte, Tyler ging es ganz genauso. Er beschäftigte sich lediglich jeden Abend für etwa eine Stunde mit ganz besonders dringenden Mails, die ihm Don Simmons, sein Geschäftsführer in der Firma, weiterleitete. Er hatte ihn instruiert, dies nur in besonders wichtigen und dringenden Fällen zu tun, und ich rechnete es Don heute hoch an, dass er sich tatsächlich an diese Vereinbarung hielt und Tyler den meisten Ärger vom Hals hielt. Allerdings sollte ich bald lernen, dass ihm und damit uns der richtige Ärger erst noch bevorstand.

Es waren vielleicht die beste Woche meines Lebens, mit Sicherheit aber die entspannteste. Das Relaxen half mir enorm dabei, in meiner Rolle als die Frau an der Seite von Tyler MacGullin hinein zu finden, auch wenn dies nur ein Schauspiel von begrenzter Dauer sein würde. Für diese zwei Wochen vergaßen wir das beide. Wir hatten Spaß, tollten an unserem Privatstrand im Meer herum wie kleine Kinder und die ganze Zeit trug er mich praktisch auf Händen.

Sogar beim Sex war er außergewöhnlich gefühlvoll, nachdem er in unserer Hochzeitsnacht schließlich wie ein Raubtier über mich hergefallen war – offenbar hatte ihn meine Idee mit der Sexpuppe mächtig angeturnt. Nachdem ich zum ersten Mal gekommen war, hörte ich auf, eine leblose Puppe zu sein, und revanchierte mich bei ihm. Wir waren in dieser Nacht beide mehrmals auf unsere Kosten gekommen. Tyler hatte nicht zu viel versprochen, es war tatsächlich eine unvergessliche Hochzeitsnacht gewesen.

Jetzt ließen wir es sanfter angehen. Wir küssten uns viel und zärtlich, hielten sogar Händchen und wenn wir Sex hatten und er in mich eindrang, tat er es mit sanfter Bestimmtheit und viel Gefühl. Oder er spielte es ziemlich gut. Manchmal vergaß ich beinahe, dass nichts davon wirklich echt war.

Doch daheim warteten schon ganz andere Sorgen auf uns. Noch ahnte ich nicht, welche düsteren Gewitterwolken bereits dabei waren, sich über unseren Köpfen zusammenzuziehen.

Zwei Tage vor unserer Abreise änderte sich alles.

Nachdem Tyler an diesem Abend die E-Mails gecheckt hatte, die ihm Don geschickt hatte, wirkte er seltsam abwesend. Plötzlich schien er gar nicht mehr hier am Strand in der Sonne sein zu wollen, sondern er schien sich dringend zurück nach New York zu wünschen, das spürte ich. Vermutlich sagte er nur deshalb nichts, um mir die gute Laune nicht zu verderben.

Er schafft es aber trotzdem.

Als er an diesem Abend über mich herfiel, war er es, der mir vorkam wie eine leblose Puppe, wie ein Roboter. Völlig gefühllos, mit kalten, abwesenden Augen, die in weiter Ferne zu schweifen schienen, hämmerte er seinen Schwanz in mich hinein. In seinen Gedanken war er sonst wo, das spürte ich, aber ganz sicher nicht bei mir.

Während er seinen Schwanz mechanisch in mich reinstieß, musste ich wieder daran denken, wie sehr er auf der Bedingung unseres Vertrages herumgeritten war, auch wenn dieser rein mündlicher Natur war. Keine Gefühle – na klar, das konnte ich verstehen und ich gab mir Mühe, diesen Teil auch meinerseits einzuhalten. Aber das andere, das er gefordert hatte, gab mir mittlerweile richtig zu denken.

Keine Kinder.

Warum war es ihm so wichtig, keine Kinder zu bekommen? Natürlich, ich konnte verstehen, dass er sich jetzt noch nicht binden wollte, dass er seine Freiheit brauchte und ihm die Übernahme des Konzerns im Moment wichtiger war, als eine Familie aufzubauen. Doch dafür war auch später noch Zeit, immerhin war er keine sechzig oder so.

Doch bei ihm hatte es endgültiger geklungen. *Wir werden keine Kinder haben, niemals!* Das hatte er mehr als einmal sehr deutlich zu mir gesagt, und obwohl mir bewusst war, dass wir beide nur zum Schein ein Ehepaar waren, hatte es meinem Herzen dennoch einen Stich versetzt. Ich wollte Kinder, obwohl auch ich klare Vorstellungen von meiner Karriere hatte. Mit dem richtigen Partner an meiner Seite würde sich das schon schaukeln lassen, dachte ich.

Aber ich hatte noch etwas anderes aus seiner Aussage herausgehört. Es ging ihm nicht lediglich darum, mit *mir* keine Kinder haben zu wollen, nein, er wollte überhaupt niemals Kinder, mit keiner Frau. Er weigerte sich einfach vehement, diese Art von Verantwortung zu übernehmen.

Warum?

Ein Mann, der sich für sein Unternehmen aufopferte, sogar noch in den Flitterwochen. Ein Mann, der ständig irgendwelche genialen Dinge erfand, um die Welt zu verbessern. Um sie lebenswert zu machen, für jeden Menschen, für die kommenden Generationen.

Und ausgerechnet dieser Mann wollte keine Kinder?

Mir wurde mit Bestürzung klar, dass Tyler MacGullin so

etwas wie ein gigantischer Eisberg war. Sein wahres Wesen lag zu mehr als achtzig Prozent unter der Wasseroberfläche.

Allmählich gelangte ich zu der Einsicht, dass ich noch nicht mal die Spitze gesehen hatte.

KAPITEL 52

Tyler

Eagle Beach, Aruba

DIE E-MAIL, die Don mir zwei Tage vor dem Ende unserer Flitterwochen weitergeleitet hatte, erwischte mich eiskalt. Ich hatte natürlich nicht erwartet, dass sich die Probleme mit der Windkraftanlage unten in Arizona in Luft auflösen würden, doch offenbar hatte ich das Ausmaß des zu erwartenden Ärgers offenbar völlig unterschätzt.

Mir war klar, dass Don diesen Ärger von mir ferngehalten hatte, so gut es ging. Er war selbst verheiratet und ich konnte ihm nur zugutehalten, dass er wirklich alles versuchte, damit ich mich nicht persönlich in die Sache einmischen musste.

Doch er war auch Geschäftsmann genug, um zu wissen, wann die Schonfrist vorbei war, und dieser Fall war jetzt eingetreten. Irgendwie sagte mir mein Instinkt, dass das Timing ebenfalls kein Zufall war und irgendjemand gerade alles daransetzte, mir mein Leben gründlich zu versauen. Auch wenn dieses Leben, oder zumindest der private Teil, im Moment größtenteils aus Lug und Trug bestand.

Aber war das wirklich noch so?

Manchmal, wenn ich mit Sarah zusammen war, ob nun im Bett, beim Schwimmen im Meer oder an unserer privaten, kleinen Minibar am Strand, fühlte ich wieder, dass da etwas war zwischen uns, das ich nicht genau benennen konnte.

Eine Art Verbindung.

Diese war natürlich zum Teil sexueller Natur, meine junge Ehefrau zog mich unwiderstehlich an. Sogar jetzt, während ich in Gedanken bei der Firma und diesen neuerlichen Problemen war, machte allein der Gedanke an ihren Körper, der sich zitternd unter mir wand, mich völlig verrückt. Es gab einfach keine Situation, in der sie mich nicht angemacht hätte. Ihr Stöhnen, ihre lustvoll geschlossenen Augen, und wie sie flatterten, wenn sie sich dem Höhepunkt näherte.

Ich konnte mich nie satt daran sehen, bekam einfach nicht genug von ihr.

Aber da war noch etwas anderes. Etwas, aus dem vielleicht irgendwann echte Gefühle werden würden, und das war ein Problem.

Ein Riesenproblem sogar.

Denn mein Prinzip stand unverrückbar: keine Gefühle, keine Kinder. Das war die gesamte Basis unseres Verhältnisses, und ich war gerade dabei, es selbst zu gefährden. Doch das durfte nicht sein, unter keinen Umständen würde ich für sie echte Gefühle entwickeln, das schwor ich mir.

Denn das war das Problem mit Menschen, die man in sein Herz ließ: Sie enttäuschten einen, rissen einem die Füße unter dem Körper weg und das Herz aus der Brust.

Später, als wir mit dem Sex fertig waren, bat ich sie, mir eine Auszeit zu geben, weil ich über etwas Geschäftliches nachdenken musste – was zumindest teilweise stimmte.

Ich wanderte zum Strand hinunter, lief mit nackten Füßen die Brandung entlang, ließ das Meerwasser um meine Knöchel spielen. Nichts davon konnte mich beruhigen. Ich musste wieder an meine Mutter denken, an das Jahr voller Sorgen und Leiden – wie sie langsam immer schwächer geworden war, während ihre Schönheit minütlich zu verfallen schien. Zum Schluss hatte sie ausgesehen wie ein Skelett, wie eine Horrorgestalt aus einem Albtraum.

Nein, da war sie nicht mehr schön gewesen. Ich hatte sie am Ende kaum noch als meine eigene Mutter wiedererkannt.

Aber das rechtfertigte nicht, was mein Vater getan hatte.

Ich war etwas früher von der Schule nach Hause gekommen und hatte angenommen, das Haus würde leer sein, meine Mutter lag im Krankenhaus und mein Vater arbeitete üblicherweise bis spät in die Nacht im Büro. Ich war schon auf dem Weg nach oben in mein Zimmer, als ich die Geräusche hörte.

Normalerweise wäre ich einfach weitergegangen und hätte so getan, als hätte ich nichts gehört, doch in diesem Moment fiel mir wieder ein, dass meine Mutter gar nicht zu Hause war. Natürlich wusste ich auch mit zwölf Jahren schon, was diese Art von Geräuschen zu bedeuten hatte – auch wenn sie bei mir zu dieser Zeit nichts weiter auslösten als den Impuls, mich schnellstmöglich auf mein Zimmer zurückzuziehen und mir die Kopfhörer über die Ohren zu stülpen und dann Heavy Metal auf Vollanschlag zu hören.

Doch nun stockte ich in der Bewegung und blieb mitten auf der Treppe stehen.

Wie konnte das sein? Wie konnten die Geräusche von Sex aus dem Schlafzimmer meiner Eltern kommen, wenn meine Mutter doch im Krankenhaus lag?

Ich hätte diesem Moment einfach weiter die Treppe rauf und in mein Zimmer gehen und die ganze Sache vergessen sollen. Aber natürlich konnte ich das nicht. Ich drehte um, ging zum Schlafzimmer meiner Eltern und riss die Tür auf.

Und dann sah ich es.

Mein Vater und irgendeine fremde Frau, eine Blondine.

Dabei hatte er meiner Mutter immer versichert, dass er gar nicht auf Blondinen stehen würde. Die beiden schauten mich entsetzt an, als hätte ich sie gerade bei einer Straftat erwischt. Und in gewisser Weise hatte ich das vielleicht sogar.

Aber das war nicht der Punkt.

Der Punkt war, dass ich meinen Vater dabei erwischte, wie er seine Frau und damit seine gesamte Familie betrog. Damit hatte er alles zerstört, was ich bis dahin in meinem Leben für gut und richtig gehalten hatte.

Für immer.

KAPITEL 53
Ein Mann

Ein luxuriöses Appartement, irgendwo in New York City

DER MANN DACHTE NACH. Er dachte lange und intensiv nach, denn es würde enorm wichtig sein, welche Schritte er als Nächstes unternahm und in welcher Reihenfolge er diese Schritte ablaufen ließ.

Dabei liefen die Dinge nicht schlecht für ihn.

Jetzt, wo Tyler unter der Haube war, konnte er seinen Vater natürlich nicht weiter auf dieselbe Weise wie bisher erpressen. Ein bisschen bedauerte er das. Und er bedauerte vor allem, dass er nicht früher auf den Einfall gekommen war, in Tylers Privatangelegenheiten herumzuschnüffeln. Denn dann hätte er jetzt alle möglichen Fotos von früheren Liebschaften aus dem Hut zaubern und MacGullin damit erpressen können. Aber diese Chance hatte er verstreichen lassen.

Macht nichts, sagte er sich.

Wo sich eine Tür schloss, öffnete sich eine andere. Wenn man es recht bedachte, hatte sich seine Situation durch Tylers Heirat vielleicht sogar gebessert. Als verheirateter

Mann hatte MacGullin nun einen ganz anderen Ruf zu verlieren als vorher, als er noch als Aufreißer und Frauenheld stadtbekannt gewesen war.

Würde er diese Rolle tatsächlich über Nacht ablegen können – und das alles für ein Flittchen, das als Praktikantin in seiner Firma angefangen hatte? Ein Mann wie Tyler MacGullin und eine unerfahrene, weltfremde Studentin aus irgendeinem Kaff im Süden?

Wie lange konnte das schon gut gehen, dachte der Mann und seine Lippen verzogen sich zu einem wölfischen Grinsen.

Was war nur aus dem guten alten Tyler geworden? Was war aus dem Tyler geworden, der seinen Schwanz nicht in der Hose hatten lassen können, sobald irgendetwas mit einem hübschen Gesicht, Titten und langen Beinen in der Nähe gewesen war.

Ein hochanständiger Mann war aus diesem Tyler geworden.

Wer's glaubte!

Er jedenfalls glaubte das nicht. Er konnte es nur vermuten, aber er war sich ziemlich sicher, dass auch hinter dieser Ehe – oder sollte man vielleicht lieber Schein-Ehe dazu sagen? – irgendeine verborgene Absicht steckte. Vielleicht ging es um Steuerhinterziehung im größeren Umfang, vielleicht irgendeine andere Art von halb illegalem Geschäft. Auf jedem Fall war klar, dass er die Frau nur als Ablenkungsmanöver benutzte, während er in Wirklichkeit etwas ganz anderes plante. Das war schon allein daran ersichtlich, dass die Hochzeit nur ein paar Wochen nach dem Kennenlernen der beiden stattgefunden hatte.

Liebe auf den ersten Blick bei Tyler MacGullin.

Man musste schon ein ausgemachter Idiot sein, um das zu glauben.

Das Schöne daran war nur, dass es im Grunde völlig egal war, was Tyler MacGullin in nächster Zeit unter-

nehmen würde. So wie es hieß, dass alle Wege nach Rom
führten, führten letztlich alle Wege von Tyler MacGullin ins
Verderben. Dafür hatte der Mann gesorgt.

Er schuldete den falschen Leuten noch immer eine
Menge Geld und er hatte ganz sicher nicht vor, mit dem
Spielen aufzuhören oder seinen Lebensstandard herunter-
zuschrauben, um diese Schulden bezahlen zu können.
Jemand anderer würde diese Schulden für ihn bezahlen,
und dieser jemand hieß nun einmal Tyler MacGullin. Tyler
wusste es noch nicht, aber der Mann hatte ihn bei den Eiern
– genau da, wo er ihn haben wollte.

Wieder musste der Mann kichern, er konnte einfach
nicht damit aufhören, bis daraus ein schallendes Lachen
geworden war, das von den Wänden des Zimmers, in dem
der Mann allein vor seinem Rechner hockte, gespenstisch
widerhallte.

TEIL NEUN

Zwei Monate Später

KAPITEL 54
Sarah

*Superior-Ranch, die Hamptons, am Rande
von New York
2 Monate Später*

SEIT UNSEREN FLITTERWOCHEN waren knapp
zwei Monate vergangen und ich konnte kaum glauben, wie
normal sich mein Leben mit Tyler MacGullin mittlerweile
anfühlte. Beinahe so, als hätte ich nie etwas anderes
gemacht, als an seiner Seite zu leben. Ich wusste, es klang
völlig übertrieben, aber er war tatsächlich ein toller und
verständnisvoller Ehemann, das hatte er mir diese vergan-
genen zwei Monate gezeigt. Abgesehen vom Sex, der nach
wie vor großartig war, funktionierten wir auch als Paar gut
miteinander, sprachen bis in die Nacht hinein über Gott
und die Welt – und natürlich die Firma und Tylers neue
Ideen. Es war richtig schön.

Es fühlte sich beinahe an wie eine richtige, kleine
Familie.

Inzwischen hatte ich auch Freundschaft mit dem
Rappen geschlossen. Sein Name war Shadow Moon und er
war Tylers Lieblingspferd. An einem Nachmittag waren wir

zu den Ställen gegangen und er hatte mir jedes der Tiere ausführlich vorgestellt. Alle hatten einen langen Stammbaum aufzuweisen und Tyler hatte eigentlich vorgehabt, sie wieder zu verkaufen oder eine Zucht mit ihnen zu beginnen, aber irgendwann festgestellt, dass er das nicht übers Herz brachte. Also ließ er die teuren, edlen Tiere einfach frei auf der Koppel herumlaufen und ritt gelegentlich auf einem zu seinem reinen Vergnügen aus.

Nachdem er sich ein bisschen mit dem Pferderennsport beschäftigt hatte, war er schnell zu der Einsicht gekommen, dass die Pferde dort oft nur solange gut behandelt wurden, wie sie auf der Höhe ihrer Leistung waren. War diese Zeit vorbei, wurden sie im besten Fall noch für die Zucht benutzt, im schlechtesten Fall wurden sie verkauft und nach Verletzungen landeten sie nicht selten beim Schlachter.

Tyler sagte, er würde zwar die Welt des Pferderennsports damit nicht grundlegend verändern, aber wenigstens bot er ein paar der schönsten Tiere hier ein Zuhause, obwohl er von Szenekennern ständig Kaufangebote erhielt, manche in Millionenhöhe.

»Wer einmal in diese Augen geblickt hat«, sagte er mir, als wir mal wieder vor Shadow Moons Stall standen, wo ich gedankenverloren das glänzende Fell des Tieres streichelte, »wer einmal in solche intelligenten Augen geblickt hat, der müsste schon ein Herz aus Stein haben, um in den Tieren einfach nur eine Investition zu sehen.«

Aus einem Impuls heraus fiel ich ihm daraufhin um den Hals und küsste ihn, denn das war genau das, was ich in diesem Moment fühlte. Er erwiderte meinen Kuss, und als wir uns wieder voneinander lösten, lächelte er mich einen Augenblick an. Ich glaubte, Verwunderung in seinem Blick zu sehen, und bildete mir ein, es könne vielleicht sogar eine Spur von Verliebtheit darin sein, aber natürlich war das Quatsch.

Tyler wandte sich schnell ab und sagte leise: »Da habe ich wohl einen Nerv getroffen, wie?«

Das bejahte ich ihm und fuhr fort, den kräftigen Hals von Shadow Moon zu streicheln. Noch an diesem Nachmittag brachte Tyler mir die Grundzüge des Reitens bei, und ein paar Tage später unternahm ich meinen ersten Soloritt auf Shadow Moon. Das Tier und ich verstanden uns sofort, und es war sehr geduldig mit mir und all den Anfängerfehlern, die ich machte. Ich lernte schnell und schon bald war ich fast jeden Tag auf Shadow Moon unterwegs, bald auch im schnellen Galopp. Das war für mich das Schönste – eng an den muskulösen Hals des Pferdes gekuschelt, das Wummern der Hufe auf dem Gras unter mir, und der Wind, der mir durch die Haare fuhr.

Es gab Leute, die sagten: »Nur Fliegen ist schöner.« Das mussten Leute sein, die noch nie auf einem Pferd geritten waren.

Seit ein paar Tagen kam Tyler oft erst spät aus dem Büro und früh ging er manchmal schon vor dem Morgengrauen – also Stunden, bevor ich es aus dem Bett schaffte, denn ich war ein absoluter Morgenmuffel. Doch wenn er auf der Farm war, hatte er immer Zeit für mich und meine endlosen Geschichten über meine neuesten Abenteuer mit Shadow Moon.

Inzwischen hatte ich es mir außerdem zur Aufgabe gemacht, mich um die Farm und das Herrenhaus zu kümmern. Natürlich konnte ich das keinesfalls allein bewältigen, dazu waren das Gebäude und das es umgebende Gelände einfach viel zu riesig, aber ich hatte auch jede Menge Hilfe, vor allem von Matilda und José. Die beiden älteren Leutchen lebten schon seit Ewigkeiten auf der Farm und waren so etwas wie die Hausmeister. Es gab natürlich noch andere Angestellte hier, aber mit den beiden freundete ich mich schnell auch privat an.

Wann immer ich konnte, half ich ihnen dabei, sich um

die Felder, Pferde und das Haus zu kümmern. Gemeinsam brachten wir die Farm auf Vordermann. Es war schweißtreibende Arbeit, die mich aber komplett erfüllte. Ich liebte es, zuzusehen, wie die Pflanzen, die wir anbauten, wuchsen und gediehen, und auch das Haus hatte jetzt einen weiblichen Touch, der ihm vorher komplett gefehlt hatte.

Zuvor war das Haus perfekt und stilvoll eingerichtet gewesen, aber man sah der Inneneinrichtung deutlich an, dass man sie komplett irgendeinem teuren Innendesigner überlassen hatte. Alles war perfekt aufeinander abgestimmt, aber es fehlte jede persönliche Note. In Tylers Leben schien kein Platz für Fotos, Sammlerstücke oder kleine Dinge, die ihm gehörten und ihn an frühere Ereignisse aus seinem Leben erinnerten. Manchmal hatte ich den Eindruck, dass er solche Dinge bewusst nicht in sein Leben ließ, weil er nicht an frühere Ereignisse erinnert werden wollte.

Aber wenn das so war, so sprach er nicht mit mir darüber, und ich wollte ihm nach einem stressigen Arbeitstag nicht mit solchen Sachen auf die Nerven fallen. Er würde sich mir von allein öffnen – oder eben auch nicht.

Es war nicht so, als müssten wir uns in jeder Beziehung verhalten wie die Eheleute, die wir allen vorspielten – übrigens auch Matilda und José, selbst die hatte Tyler nicht eingeweiht, obwohl er ihnen zu einhundert Prozent vertraute.

Mich um Haus und Farm zu kümmern, war ein Fulltime-Job und in dem ging ich wirklich voll auf. Plötzlich war ich Hausfrau geworden, etwas, von dem ich nie gedacht hatte, dass es mich erfüllen würde, doch es macht mir richtiggehend Spaß. Und ich wollte auch nicht abstreiten, dass die Tatsache, dass ich dabei über praktisch unbegrenztes Budget verfügte, die Sache noch ein kleines bisschen spaßiger machte. Dennoch versuchte ich, sparsam zu sein, und widmete mich in den Stunden, die ich nicht draußen auf der Farm zubrachte, noch einer anderen Sache.

Dem Aufbau meines Non-Profit-Projektes. Und das Beste? Tyler war sofort Feuer und Flamme dafür gewesen, als ich ihm von meiner Idee erzählt hatte.

Ich hätte nie geglaubt, dass Tyler sich außerdem noch an der Sache beteiligen würde, aber das hatte er getan – er hatte mich an die Leute verwiesen, die wussten, wie man eine solche Organisation aufbaute, welcher Papierkram zu beachten war und so weiter, und außerdem hatte er angekündigt, einen größeren Betrag zu spenden, sobald die Sache ins Rollen gekommen war. Vielleicht tat er das nur, weil diese gemeinsame Unternehmung den Eindruck verstärkte, dass wir tatsächlich ein Ehepaar waren und nicht nur eines vortäuschten? Vielleicht glaubte er auch, mich dafür entschädigen zu müssen, dass ich nun an seiner Seite lebte. Ich wusste es nicht, aber ich war meinem Traum dank ihm ein großes Stück näher gekommen.

Als ich Betty per Telefon davon erzählte, war sie ganz aus dem Häuschen. Inzwischen war sie ins Basiscamp zurückgekehrt und hatte mit mir Verbindung aufgenommen. Nachdem ich ihr die Hochzeit und die anschließenden Flitterwochen in allen Einzelheiten hatte schildern müssen – natürlich durfte ich dabei auch unsere sexuellen Eskapaden nicht unerwähnt lassen –, kamen wir schließlich darauf zu sprechen, dass ich nun die Frau eines ziemlich vermögenden Mannes war. Was ich denn mit meinem neuen Reichtum anzustellen gedachte, wollte Betty wissen, und da hatte ich ihr erzählt, dass meine Spendenorganisation schon sehr bald kein bloßer Traum sein würde.

Sofort begannen wir, Pläne zu schmieden und Szenarien zu erfinden und schließlich kamen wir überein, dass die sinnvollste Spendenaktion, zumindest für den Anfang, darin bestehen würde, die Menschen zu unterstützen, welche ihre Umwelt ausbeuteten, weil sie sonst selbst nichts zu essen hatten – die Ärmsten der Armen. Um Aufmerksamkeit für das Thema zu generieren, würde ich Betty zu mehreren Fachvorträgen mitschleppen und am Ende würde es natürlich eine große Spendengala geben. Ausgerüstet mit Tylers Kontakten würde ich das nötige Geld organisieren und Betty, welche vor Ort die richtigen Kontakte kannte, würde dafür sorgen, dass es auch bei den richtigen Leuten landete.

Anschließend würden wir Reservate und geschützte Landschaften für die bedrohten Tiere errichten lassen. Das alles waren enorm kostspielige Projekte, aber ich war sicher, dass ich Menschen finden konnte, die sich dafür begeistern würden, wenn die Non-Profit-Organisation erst bekannt genug war.

Tyler hatte vorgeschlagen, wir sollten die Stiftung in unser beider Namen eröffnen.

»Wie Bill und Melinda Gates!«, hatte Betty gerufen.

»Na klar«, hatte ich gelacht. »Allerdings fehlen dafür, glaube ich, sogar Tyler noch ein paar Milliarden auf dem Konto.«

»Bist du dir da sicher?«, fragte Betty lachend zurück.

Nein, dachte ich, und für einen Moment wurde ich wieder ernst. Ich hatte tatsächlich keine Ahnung, wie viel Geld mein Ehemann tatsächlich besaß, außer dem Offensichtlichen: genug. Was mich wieder bitter daran erinnerte, was für ihn auf dem Spiel stand, und damit auch für mich. Ich verbot mir allerdings, mir einzubilden, dass dies damit zusammenhing, dass ich mittlerweile wirklich etwas für ihn empfand. Er hatte sich klar ausgedrückt. Keine Gefühle, keine Kinder.

Und ich hatte Ja zu diesem Deal gesagt.

KAPITEL 55

Tyler

*Superior-Ranch, die Hamptons, am Rande
von New York*

ICH WAR WAHNSINNIG STOLZ auf Sarah.

Was meine junge, schöne Ehefrau da auf die Beine gestellt hatte, war eine Wucht! Nicht nur half sie Matilda und José nach Kräften, die Farm zu bewirtschaften, nein, sie hatte dem Herrenhaus auch einen gemütlichen beinah familiären Touch verliehen. So sehr ich mich auch dagegen sträubte, es gefiel mir, was sie aus dem Haus gemacht hatte. Sie hatte sogar ein paar der schweineteuren (aber ziemlich hässlichen) Statuen auf den Dachboden räumen lassen, die ich mir von dem Innenarchitekten für viel Geld hatte aufschwatzen lassen.

Innerhalb weniger Monate war unser gemeinsames Heim viel wohnlicher und gemütlicher geworden. Und ich freute mich jedes Mal, nach Hause zurückzukehren. Das war nicht immer so gewesen – zuvor hatte ich es eher als einen Platz zum Schlafen und Vögeln betrachtet, und gelegentlich als einen privaten Rückzugsort, mehr aber auch nicht.

Ich freute mich, wenn Sarah mir mit leuchtenden Augen erzählte, welche Gemüse sie am Nachmittag angepflanzt hatten, welche Strecke sie mit Shadow Moon geritten war und wie prächtig die Pflanzen gediehen.

Ich war verrückt nach ihrem Lächeln und ihren strahlenden Augen und musste mich öfter bremsen, damit mir nicht die falschen Worte über die Lippen kamen. Keine Emotionen, das war der Deal, und ich wollte die Situation nicht zusätzlich verkomplizieren. Ein Schlachtfeld voller Stress genügte mir vollauf – zu Hause wollte ich mich nur entspannen. Doch ihr quirliges Wesen und ihr Gesicht, das inzwischen sonnengebräunt war von unseren Flitterwochen am Strand und der Tatsache, dass sie den größten Teil des Tages an der frischen Luft verbrachte, war einfach ein Segen für mich.

Es war schön, sie um mich zu haben. Schön, zu wissen, dass sie daheim auf mich warten würde. Jedenfalls, bis unser Deal hinfällig war. Für andere Frauen, das stellte ich eines Abends mit einiger Verblüffung fest, hatte ich mich seit unserer Hochzeit überhaupt nicht mehr interessiert, das Thema tangierte mich überhaupt nicht mehr – was merkwürdig und absolut untypisch war für mich.

Stattdessen wurde ich ganz verrückt vor Vorfreude bei dem Gedanken daran, wie ich Sarah abends ausziehen und jeden Quadratzentimeter ihres sonnengebräunten, von der Sonne noch warmen Körpers mit Küssen bedecken würde. Ich hatte das Gefühl, dass sie von Tag zu Tag schöner wurde. Ich konnte einfach nicht genug von ihr bekommen, mein Verlangen steigerte sich noch, je öfter wir Sex hatten.

Dennoch versuchte ich auch, sie als Investitionen zu sehen. Was das betraf, hatte ich mein Geld gut angelegt. Sie hatte sogar die Idee zu einer Spendenorganisation gehabt, die wir in unserem gemeinsamen Namen ins Leben gerufen hatten. Eine wirklich gute Idee. Auf diese Weise konnte ich Kontakt zu meinen wichtigen Geschäftskunden halten und sie meiner äußerst charmanten und bezaubernden Frau vorstellen. Auf der anderen Seite bekam Sarah so die Chance, ein paar finanzstarke Geldgeber für ihr Projekt zu gewinnen, und angesichts eines solchen gemeinsamen Projektes würden auch die größten Zweifler nicht mehr behaupten können, unsere Ehe sei nur vorgetäuscht.

Wieder einmal bewunderte ich Sarahs Scharfsinn und ihre Ideen.

Was die Geschäfte betraf, so war die Stimmung in der Firma leider das genaue Gegenteil von der daheim. Es ging uns gar nicht gut, die Zahlen gerieten immer mehr aus dem Ruder, doch weder ich noch Don konnten den Grund dafür finden. In den zwei Monaten, die seit den Flitterwochen vergangen waren, war alles ziemlich steil den Bach runtergegangen, obwohl Don und ich unser Möglichstes taten, um das Schlimmste abzuwenden.

Inzwischen hatten wir aus Kostengründen sogar schon ein paar Leute entlassen müssen, und die Abfindung, die wir ihnen gezahlt hatten, hatte unser Budget noch weiter geschmälert. Irgendwie funktionierte seit ein paar Wochen überhaupt nichts mehr wie geplant. Es gab riesige Abweichungen zwischen den Modellversuchen meiner Erfindungen und den Zahlen, die sie in der Praxis lieferten. Etwas Derartiges war noch nie zuvor passiert.

Wieder und wieder war ich alle Daten durchgegangen, wir hatten sogar mehrfach die Lieferanten gewechselt. Sie jedes Mal aufs Neue mit den technischen Daten und unseren speziellen Anforderungen vertraut zu machen, hatte uns jede Menge Zeit und Geld gekostet.

Gebracht hat es allerdings rein gar nichts.

Hinzu kam, dass die Solarmodule und Windräder mittlerweile mit einer Häufigkeit ausfielen, die nicht mehr natürlich zu erklären war. Hätte ich es nicht besser gewusst, wäre ich von handfester Sabotage durch ein Konkurrenzunternehmen ausgegangen.

Doch Michael versicherte mir höchstpersönlich, dass er alle Projekte auf höchster Sicherheitsstufe überwachen ließ. Es ließ sich einfach keine Fremdeinwirkung feststellen, offenbar gaben die Geräte völlig grundlos den Geist auf.

Es war zum Verzweifeln.

KAPITEL 56
Sarah

Superior-Ranch, die Hamptons, am Rande von New York

AUCH, nachdem wir nun bereits über zwei Monate offiziell verheiratet waren, konnten wir die Finger einfach nicht voneinander lassen. Ich hatte mal gehört, dass der Sex geradezu schlagartig nachlassen sollte, wenn man sich erst mal das Ehegelübde gegeben hatte. Ich konnte das allerdings nicht bestätigen, vielleicht lag es daran, dass wir uns erst wenige Wochen kannten, als wir uns zu dem Schritt entschlossen.

Vielleicht lag es aber auch daran, dass alles nur Fake war.

Unsere Lust aufeinander war jedenfalls kein Fake. Wir dachten uns immer neue Spielarten aus und ich hatte offenbar endlich einen Mann gefunden, der auch meine bisher verborgenen Gelüste akzeptierte und jeden noch so tief verborgenen Wunsch erahnen und erfüllen konnte. Ich brauchte sonst nichts außer Tyler, das ging mir durch den Kopf. Ich wäre zufrieden damit gewesen, wenn er auch mein letzter Mann gewesen wäre, aber natürlich war das eine völlig illusorische Idee.

Keine Gefühle, keine Kinder, das war der Deal.

Doch es fiel mir jeden Tag schwerer, keine Gefühle zu zeigen. Wie sollte das auch gehen, wenn man mit einem solchen Mann zusammen lebte? Er war fürsorglich, ausgesprochen gut aussehend und – wenn ich das mal so sagen durfte – eine echte Granate im Bett. Er war der Mann, nach dem sich jede Frau die Finger lecken würde.

Aber genau das war mein Dilemma: Obwohl ich mit diesem Traummann verheiratet war, hätte ich nicht weiter entfernt von ihm sein können. Wir hatten eine gute Zeit zusammen, eine tolle Zeit sogar – aber sie war begrenzt, rann uns durch die Finger wie Sand.

Die Uhr tickte.

In letzter Zeit bekam ich manchmal den Eindruck, dass er mir das vor Augen führen wollte. Manchmal, besonders nach ein oder zwei Gläsern Rotwein, bildete ich mir sogar ein, er tue das nicht nur, um mich an die Vereinbarung zu erinnern. Manchmal bildete ich mir fast ein, er gehe absichtlich auf Abstand, damit er selbst den Deal nicht versehentlich brach – welcher mir übrigens von Tag zu Tag idiotischer vorkam.

Keine Gefühle, keine Kinder.

Was stimmte bloß nicht mit diesem Kerl?

Und dann kam die Zeit, in der sich alles ein bisschen veränderte. Und nicht gerade zum Besseren. Wir hatten immer noch so viel Sex wie früher, das war nicht das Problem. Ich hatte weiterhin das Gefühl, für Tyler eine ausgesprochen begehrenswerte Frau zu sein – eigentlich ein seltsamer Wunsch, wo es mir doch völlig egal hätte sein sollen, ob er mich attraktiv fand oder nicht, aber dennoch wollte ich schön für ihn sein.

Das Problem lag vielmehr darin, dass er beim Sex immer öfter abwesend wirkte. In einem Moment war er noch voll bei der Sache, verwöhnte mich oder vögelte mich hart um den Verstand, doch von einem Augenblick auf den nächsten bekam er plötzlich diesen fremden Ausdruck in den Augen und ich hatte das Gefühl, er wolle es nur noch schnell zu Ende bringen.

Ich machte mir Sorgen. Lag es an mir, hatte er etwa schon genug von mir?

Manchmal wurde er beim Sex auch richtiggehend ruppig. Damit meinte ich nicht, dass er auf harten Sex und leidenschaftlichen stand, denn das tat ich auch. Sehr sogar, spätestens, seit ich ihn kennengelernt hatte. Er nahm sich, was er wollte. Er nahm mich in Besitz, und das war völlig in Ordnung. Ich hätte es nicht anders haben wollen, denn er war auch immer rücksichtsvoll, befeuerte meine Fantasien und nahm auf meine Gefühle Rücksicht. Er fickte mich hart, aber er gab mir nie den Eindruck, für ihn nur ein x-beliebiges Instrument zur Befriedigung seiner Lust zu sein.

Doch in letzter Zeit hatte ich öfter diesen Eindruck.

Als ich ihn danach fragte, tat er so, als wisse er nicht, wovon ich redete. Typisch Mann. Ich spürte doch, dass ihn irgendetwas quälte! Und immerhin war ich ja, zumindest auf dem Papier, seine Ehefrau.

Warum konnte er sich mir nicht öffnen?

Lag es vielleicht doch an mir?

Das war so ungefähr der Zeitpunkt, an dem ich begann, mich etwas einsam in dem riesigen Haus zu fühlen. Trotz der Arbeit auf der Ranch und im Herrenhaus. Trotz der liebevollen Aufmerksamkeit, die er mir entgegenbrachte, wenn er denn mal daheim war. Ich spürte, dass etwas dabei war, gehörig in Schieflage zu geraten. Ich wollte um jeden Preis zu ihm durchdringen – ich versuchte alles, wenn er nach einem weiteren stressigen Arbeitstag im Büro abge-spannt und matt nach Hause kam. Ich ließ ein Bad ein, stellte Kerzen auf, verwöhnte ihn mit Duftölen und jeder Menge Sex.

So sehr ihm das auch zu gefallen schien und sooft er mich danach auch in den Arm nahm und liebevoll über mein Haar strich, während er mir kleine Küsse auf den Scheitel setzte, es brachte doch letztlich gar nichts.

Ich drang einfach nicht zu ihm durch, irgendetwas schien ihn davon abzuhalten, sich mir wirklich zu öffnen.

Was war bloß der Grund dafür?

KAPITEL 57

Tyler

Superior-Ranch, die Hamptons, am Rande von New York

ES WAR ZUM KOTZEN.

Diese ganze Misere nahm mich derart in Anspruch, dass ich mich an manchen Nächten noch nicht einmal richtig auf den Sex mit Sarah konzentrieren konnte. Ich fand sie nach wie vor attraktiv, ach was: Ich fand sie hinreißend, zum Anbeißen, absolut anbetungswürdig und sie zu ficken, wurde nie langweilig.

Es war sogar irgendwie heiß, mit ihr verheiratet zu sein. Auch wenn das alles nur gespielt war, aber das tat der Sache keinen Abbruch. Ich kam mir ein bisschen vor, als wären wir zwei Kinder, die Ehepaar spielten. Nur, dass wir auch all die Sachen machten, die nun wirklich nur für Erwachsene gedacht waren.

Und doch bemerkte ich, dass meine Gedanken häufiger abschweiften, auch, wenn wir zusammen waren. Das ärgerte mich enorm, denn Sex war für mich immer ein guter Ausgleich gewesen. Ein Ventil, das mich stets geerdet und auf den Boden der Tatsachen zurückgebracht hatte.

Doch nun funktionierte das nicht mehr.

Die Firma verlor inzwischen täglich Geld, sie kam mir vor wie ein angestochenes Tier, das schnell ausblutete. Tatsächlich war das ein ziemlich zutreffender Vergleich, denn wenn es in diesem Tempo weiterging, würde es bald keine Firma mehr geben. Wovon sollte ich dann Sarahs vereinbarten Lohn für den Deal bezahlen und welchen Eindruck würde das bei meinem Vater hinterlassen? Wie konnte er mir jemals die Leitung der Firmengruppe übertragen, wenn ich mein eigenes Unternehmen schon in den Sand gesetzt hatte?

Es sah wirklich finster aus.

Ich hatte mich inzwischen mit einem externen Buchprüfer in Verbindung gesetzt, der sich mit großem Eifer durch unsere Bücher wühlte. Nun war er schon eine ganze Woche da, allerdings hatte er keine einzige Unregelmäßigkeit gefunden. Alles schien in Ordnung zu sein, das hatte er mir mehrfach bestätigt.

Bestätigt hatte er mir allerdings auch etwas, das mir schon von allein klar gewesen war: Wenn wir die nächsten Quartalszahlen veröffentlichen würden, dürfte mit einem gewaltigen Einbruch des Aktienkurses zu rechnen sein. Aktionäre würden abspringen, und das würde die Preise für unsere Aktien noch weiter zum Fallen bringen.

Allerdings wirtschafteten wir so effektiv wie bisher, daran konnte es also nicht liegen. Außerdem spürte ich es in den Knochen, mein Instinkt sagte mir einfach, dass hier etwas überhaupt nicht mit rechten Dingen zuging. Den Gedanken an externe Sabotage hatte ich inzwischen fast schon verworfen, denn um die Zahlen derart geschickt manipulieren zu können, dass es auch einem geschulten Buchprüfer nicht auffiel, müsste man schon ein Mitarbeiter der Firma sein.

Und nicht nur irgendein Mitarbeiter, sondern ein ziemlich hochrangiger. Nur dann hatte man ausreichend Zugriff auf die Projekte und Zahlen, um auch nur ansatzweise die Möglichkeit zu haben, solche Mengen von Geld verschwinden zu lassen.

Das hatte mich auf einen neuen Plan gebracht: Ich hatte mich mit einem Spezialisten für Computertechnik zusammengesetzt, dessen Dienste ich früher schon hin und wieder in Anspruch genommen hatte. Das Problem dabei war, dass dieser Spezialist – sagen wir mal – im legalen Graubereich operierte. Er benutzte sein Wissen zwar nie für illegale Zwecke, aber die Art und Weise, wie er an Informationen gelangte, hätte jedem Staatsanwalt die Schweißtropfen auf die Stirn getrieben.

Mein Plan, so hatte ich dem Spezialisten mitgeteilt, bestand darin, die Konten jedes Abteilungsleiters meiner Firma überprüfen zu lassen. Und damit meinte ich die Privatkonten. Das verstieß natürlich gegen meine ethischen Grundlagen, und ich hätte es nicht getan, wenn es nicht um das Überleben der gesamten Firma gegangen wäre. Ich musste einfach wissen, ob irgendwer Bestechungsgelder erhielt oder Geld aus der Firma auf sein eigenes Konto veruntreute.

Welche Wahl hatte ich denn noch? Alle ethischen Mittel waren ausgeschöpft, und wenn ich meine Firma retten wollte, wenn ich die Jobs all der Leute retten wollte, musste ich eben in den Grenzbereich der Legalität gehen.

Hier ergab sich natürlich gleich ein neues Problem: Selbst wenn ich den Schuldigen ausgemacht hätte, würde es schwer sein, ihm sein Vergehen nachzuweisen. Dann konnte ich schlecht vor ein Gericht ziehen und dort erklären, dass ein von mir beauftragter Hacker sich illegal Zugriff zu den Konten meiner eigenen Abteilungsleiter verschafft hatte.

Doch wie sich herausstellte, kam es gar nicht so weit.

Auch der Hacker konnte nicht das kleinste Anzeichen von Veruntreuung finden.

Ich begriff es einfach nicht.

Was war da los, wieso ging meine Firma plötzlich ohne jeden erkennbaren Grund den Bach runter? Nicht nur würde ich, falls die Firma tatsächlich kaputt ging, nie wieder das Vertrauen meines Vaters gewinnen können, ich würde mir nicht einmal selbst ins Auge schauen können. Daran würde dann auch meine Scheinehe mit Sarah nichts ändern, dann wäre alles umsonst gewesen, und auch ihr könnte ich dann nicht mehr gegenübertreten und in die Augen sehen.

Ich würde sogar unseren mündlichen Ehevertrag brechen müssen, weil ich dann einfach nicht mehr über das nötige Kleingeld verfügen würde, um ihn einhalten zu können. Alles, was ich bisher aufgebaut hatte, beruhte darauf, dass ich mich selbst respektierte. Ich war clever und scheute mich nicht davor, schwierige Businessentscheidungen zu treffen. Aber ich war immer fair gewesen. Zu mir und allen anderen. Was würde aus mir werden, wenn ich das nicht mehr sein könnte?

Wenn ich jeden Respekt vor mir selbst verlöre?

Würde dann der wahre Tyler MacGullin zum Vorschein kommen, würde ich dann so werden wie mein Vater? War das vielleicht von Anfang an sein Plan gewesen?

Vielleicht hatte mein Vater recht gehabt. Ich sollte mich wohl besser auf das Entwickeln von Technologie konzentrieren, und die Finger von der Unternehmensführung lassen. Bloß schienen es gerade meine Erfindungen und Entwicklungen zu sein, welche die Firma in diese Zwangslage gebracht hatten. Wieso stimmten die Ergebnisse in der Praxis nicht mit denen im Labor überein?

Doch das Schlimmste von allem war vielleicht, dass ich mich Sarah nicht öffnen konnte. Ich hatte sie schätzen gelernt, als Ehefrau und als Mensch und inzwischen sogar als enge Vertraute.

Ich hatte sogar angefangen, mit ihr manchmal über das

Geschäft zu reden. Natürlich nicht über Chefentscheidungen oder irgendwelche Firmengeheimnisse, aber ich schätzte ihren messerscharfen, klaren Verstand und sie überraschte mich immer wieder damit, wie viel technisches Verständnis sie für meine Entwicklungen und Pläne hatte. Und sollte eine Ehefrau nicht die engste Vertraute ihres Mannes sein?

KAPITEL 58

Sarah

Superior-Ranch, die Hamptons, am Rande von New York

1 Woche Später

AN DIESEM ABEND kam Tyler gar nicht nach Hause. Dass es bei ihm später wurde, war inzwischen die Regel und nicht mehr die Ausnahme. Aber dennoch war er so lieb und rief mich jedes Mal vom Büro an, wenn er mal wieder länger bleiben musste.

Vielleicht tat er das aber auch, weil er glaubte, dass sein Vater unsere Telefone abhörte. Ich hielt das zwar für paranoiden Quatsch, aber nach Tylers gelegentlichen Erzählungen über seinen alten Herrn und die Tatsache, dass er sich bislang noch nicht ein einziges Mal auf der Ranch hatte blicken lassen, war ich mir nicht mehr so sicher, ob eine Sache nicht vielleicht doch etwas dran war. Wahrscheinlich war das die Kehrseite für all das Geld und den Luxus, wenn man in der Welt eines Tyler MacGullin lebte.

Man entwickelte einen leichten Verfolgungswahn.

So wurde ich auch sehr unruhig, als Tyler an diesem

Abend nicht nach Hause kam und sich auch nicht bei mir per WhatsApp meldete. Mehrmals überlegte ich, ob ich ihn anrufen sollte oder ob er das als Eindringen in seine persönliche Freiheit begreifen würde. Immerhin war ich seine Frau, nicht seine Aufpasserin.

Aber sollte ich die treu sorgende Ehefrau nicht wenigstens *spielen*?

Bloß musste ich sie gar nicht spielen, ich wurde fast verrückt vor Sorge um ihn. Die ganze Zeit wanderte ich rastlos durch unser Haus, das natürlich in Wirklichkeit nach wie vor sein Haus war und das auch bleiben würde, nachdem wir unsere Ehe annulliert hätten.

Irgendwann ließ ich mir ein Bad ein, konnte mich allerdings nicht dazu überwinden, dann in die Wanne zu steigen. Irgendwann wurde das Wasser kalt und ich ließ es wieder ab. Um mich abzulenken, kochte ich und zauberte aus dem, was ich in dem riesigen Kühlschrank finden konnte, ein leckeres Abendessen. Eher ein Nachtmahl, immerhin ging es gerade auf Mitternacht zu. Inzwischen war ich übrigens zu einer ganz passablen Köchin geworden und verbrachte meine Abende gern damit, für uns beide zu kochen. Nicht, weil ich das als meine eheliche Pflicht ansah, sondern weil es mir Spaß machte und mich entspannte.

Ich hatte außerdem einen neuen Sponsor für unsere Spendenaktion gefunden und hatte mich schon den ganzen Nachmittag darauf gefreut, Tyler stolz davon zu berichten. Als ich wieder auf die Uhr in der Küche sah, war es halb eins. Da hielt ich es nicht mehr aus und versuchte, Tyler zu erreichen.

Sein Handy war ausgeschaltet.

Danach wurde ich fast verrückt vor Sorge.

Ich redete mir ein, dass, wenn ihm wirklich ernsthaft etwas passiert wäre, irgendwer mich bestimmt schon benachrichtigt hätte. Tyler war praktisch ständig von irgendwelchen Menschen umgeben und das waren alles

Menschen, die ein Leben führten, wo es praktisch immer jemanden gab, der wusste, wo sie waren.

Menschen mit Termin, Menschen wie Tyler selbst.

Das Essen wurde kalt. Ich schenkte mir ein großes Glas Wein ein und schaltete den Fernseher ein, in der Hoffnung, dass mich das wenigstens ablenken würde. Immer wieder schweiften meine Gedanken ab und ich schenkte mir Wein nach, weil ich schon ganz hibbelig war.

Allerdings trank ich ihn wohl ein bisschen zu schnell, denn das nächste, an das ich mich erinnere, war, dass ich aus einem leichten Schlummer hochschreckte, weil ich glaubte, im Haus Geräusche gehört zu haben. Ich musste wohl ein wenig eingedöst sein.

Dann wurde mir meine Situation erst richtig klar. Es war stockfinster, mitten in der Nacht und ich war ganz allein. Und jetzt war irgendwer im Haus.

KAPITEL 59

Tyler

*Superior-Ranch, die Hamptons, am Rande
von New York*

ICH FUHR ZUSAMMEN, als mir Sarah plötzlich im Flur
gegenüberstand, als sei sie aus dem Nichts aufgetaucht,
und mich aus großen, überraschten Augen anstarrte. Dabei
hatte ich extra leise gemacht, um sie nicht zu wecken,
verdammt.

»Entschuldigung«, sagte ich und spürte, wie sich mein
Mund zu einem schiefen Lächeln verzog. Beinah wäre mir
ein »Entschuldigung, Schatz« herausgerutscht. Aber das
hätte der Farce wohl nur die Krone aufgesetzt.

»Ich wollte dich nicht erschrecken, Sarah, tut mir leid.
Aber du kannst jetzt wieder zu Bett gehen. Ich werde noch
ein bisschen arbeiten, in meinem Büro.«

Viel lieber hätte ich mich allerdings zu ihr ins Bett gekuschelt. Wir hätten nicht einmal Sex haben müssen, wobei
ich natürlich auch dagegen nichts einzuwenden gehabt
hätte. Aber es ging nicht, es wartete zu viel Arbeit auf mich
und die duldete keinen Aufschub.

Dann fiel mir auf, dass sie noch gar nicht ihre typischen

Schlafklamotten trug – ein T-Shirt, manchmal auch eins meiner Oberhemden und dazu einen einfachen Slip – manchmal auch gar keinen.

»Ich hab noch nicht geschlafen«, sagte sie, doch ihre süß verwuschelte Frisur und ihr leicht schläfriger Gesichtsausdruck sagten etwas anderes. »Ich hab nur ein bisschen ferngesehen, bis du … Also ich meine …«

Ich schaute sie an. Warum war sie nicht einfach zu Bett gegangen? Hatte sie sich etwa Sorgen um mich gemacht?

»Es war schon so spät«, sagte sie leise. »Und ich habe dich auf deinem Handy nicht erreichen können.«

Ich konnte nicht anders. Ich musste einfach zu ihr hinübergehen und sie in die Arme nehmen. Das war wirklich süß von ihr, sich um mich Sorgen zu machen, auch wenn es unbegründet gewesen war. Auch heute hatte ich wieder Akten gewälzt und war von einer Besprechung zur nächsten gehastet, und darüber musste ich wohl vergessen haben, auf mein Handy zu schauen. Irgendwann am Abend war das Display nicht mehr angesprungen.

»Der Akku war alle, ich hab's zu spät bemerkt«, sagte ich. »Also noch mal, tut mir leid. Und du brauchst dir wirklich keine Sorgen um mich zu machen, immerhin …« Immerhin betreiben wir dieses ganze Ehe-Theater nur als eine Schauspielvorstellung für meinen Vater, vollendete ich den Satz in Gedanken. Doch sie legte mir ihren Finger auf die Lippen und sagte: »Pscht. Sag jetzt gar nichts.«

Also hielt ich die Klappe.

Sie drängte sich an mich und plötzlich waren ihre Lippen auf meinen. Sie schmeckte leicht nach Wein und ich spürte, dass sie vielleicht eine Winzigkeit zu viel davon getrunken hatte. Aber sagte man nicht auch, dass im Wein die Wahrheit liege?

Wir hatten uns schon vorher oft geküsst. Ich liebte es, sie hart zu nehmen und dabei tief und innig zu küssen. Meine

Zunge in ihren Mund einzuführen, sie zu schmecken und zu liebkosen.

Aber dieser Kuss war etwas anderes.

Wenn ich es nicht besser gewusst hätte, hätte ich fast glauben können, dass dieser Kuss etwas mit Liebe zu tun gehabt haben könnte. Wir küssten uns lang und innig und ich genoss jede Sekunde davon.

Schließlich löste sie sich von mir und sah zu mir herauf. Es war zum Niederknien, wie sie da so stand, ganz klein und verletzlich, während wir uns immer noch in den Armen hielten.

Dann sagte sie: »Also, Liebster. Was ist in der Firma los?« Sie grinste dabei ein bisschen, weil das wirklich klang wie eine Zeile aus einer schlechten Sitcom. Aber sie hatte mich Liebster genannt. Vielleicht war auch das scherzhaft gemeint oder ihr nur aus Versehen rausgerutscht – vielleicht aber auch nicht?

Hastig schob ich den Gedanken beiseite.

Aber ich musste mich irgendwem anvertrauen, irgendeiner Person, die nichts mit der Firma zu tun hatte. Denn inzwischen hatte ich einen Punkt erreicht, an dem ich jeden verdächtigte. So konnte das nicht weitergehen und ich konnte schließlich auch nicht alle meiner Mitarbeiter grundlos feuern, bloß weil ich hoffte, damit dann auch irgendwann denjenigen loszuwerden, der mir und der Firma gerade das Messer in den Rücken bohrte.

»Irgendwie verschwindet Geld«, begann ich. »Und keiner weiß, wieso. Das macht mich fertig. Die Windräder und Solaranlagen und das ganze andere Zeug. Im Labor bringen sie Höchstwerte, und ich habe sie nochmals optimiert, da läuft alles bestens. Doch sobald sie irgendwo aufgestellt werden, bringen sie schlechte Ergebnisse. Heute haben wir einen weiteren Großkunden verloren und wenn das so weitergeht …«

Ich ließ den Rest des Satzes unausgesprochen. Sie war

ein kluges Mädchen und ihr musste auch so klar sein, was das bedeutete. Für die Firma, für mich – und damit auch für uns.

»Wow«, sagte sie leise. »Es ist schlimm, nicht?«

Ich nickte. »Und es geht schon seit einer ganzen Weile so. Das Problem ist, dass ich einfach nicht herausfinden kann, woran es liegt. Ich glaube, dass irgendwer die Firma sabotiert, aber auch dafür habe ich keinen einzigen handfesten Beweis finden können. Und glaub mir, ich habe gründlich danach gesucht.«

»Kann ich irgendetwas für dich tun?«, fragte sie und schaute aus großen Augen zu mir herauf.

Ich schüttelte den Kopf. Das war wirklich lieb von ihr, aber diese Sache musste ich alleine klären. Nach Möglichkeit, bevor sie mich komplett auffraß. Sie schien das zu spüren: Dass diese Sache für mich nicht einfach ein weiteres Problem war, das ich aufgrund meiner technischen oder geschäftsmäßigen Kompetenz würde klären können. Dass dies ein Problem war, das mir den Schlaf raubte und dabei war, zu einem ganz persönlichen Angriff auf mich zu werden. Auf mein Leben, auf meine Gesundheit, auf alles, was mir lieb und teuer war.

»Dann lass mich dir wenigstens helfen, dass du deine Sorgen für einen Augenblick vergisst. Danach kannst du dich wieder der Arbeit widmen und wenn du möchtest, mach ich dir einen schönen, starken Kaffee. Von mir aus auch eine neue Kanne jede Stunde.«

Darüber musste ich grinsen. Ich liebte guten Kaffee und besonders dann, wenn sie ihn zubereitete, das wusste sie. Für einen Moment ging mir durch den Kopf, wie schön das eigentlich war. So ein gemeinsames Leben, die Kleinigkeiten, die es wertvoll machten – und nicht die großen Liebesschwüre. All die kleinen Dinge, die man im Laufe der Zeit voneinander wusste und die zusammen so viel mehr waren als die Summe ihrer Teile.

Es wäre vielleicht doch ganz schön gewesen, so etwas einmal in echt zu haben. Ohne das ganze Schmierentheater, das wir gerade betrieben. Doch in diesem Moment war mir das alles egal. In diesem Moment wollte ich vergessen, dass es nur Schmierentheater war. In diesem Moment wollte ich, dass es echt war.

Und sie machte es dazu.

Sanft strichen ihre Finger über meinen Hals, dann zog sie meinem Kopf zu sich herab. Wir küssten uns erneut, doch dann löste sie ihre Lippen von meinen und bewegte sie zu meinem Ohr. Dann flüsterte sie: »Du bezahlst mich dafür, dass ich deine Ehefrau spiele, nicht wahr?«

»Sarah, ich…«, begann ich, doch sie legte mir erneut den Finger auf die Lippen, dann flüsterte sie: »Spiel einfach mit, okay?«

Was kam jetzt?

Ihre Lippen waren immer noch ganz dicht an meinem Ohr und sie hauchte nun hinein: »Das heißt, du bezahlst mich auch für Sex, nicht wahr?« Ich musste schlucken und konnte nichts erwidern. »Das macht mich zu deiner Hure, nicht wahr?«, fuhr sie in beinah spielerischem Ton fort. »Es gibt dir das Recht, über mich zu verfügen. Als wäre ich ein Gegenstand. Eine Sexpuppe, erinnerst du dich?«

Natürlich erinnerte ich mich an unserer Hochzeitsnacht und an die heiße Vorstellung, die sie mir als menschliche, willenlose Puppe geliefert hatte. Wobei sie natürlich nicht allzu lange willenlos geblieben war, aber heiß war es trotzdem gewesen. Ihren festen, kleinen Körper in jede Richtung zu drehen, wie ich es gerade wollte. Das hatte mich angemacht, so sehr, dass ich noch heute im Büro manchmal daran dachte und sofort von einer Erregung erfasst wurde, welche nur dadurch gestillt werden konnte, dass ich meine Fake-Ehefrau am Abend nach Strich und Faden vernaschte.

»Heute Abend möchte ich für dich deine ganz persönliche Hure sein«, flüsterte sie und beinahe augenblicklich sprang mein Schwanz in Habachtstellung. »Du hast für mich bezahlt, also steht dir nun das Recht zu, mit mir zu machen, was immer du willst. Ich habe keinen eigenen Willen, und ich möchte, dass du auf mich keine Rücksicht nimmst. Es geht einzig und allein darum, deine Lust zu befriedigen. Auf jede Art und Weise, die dir geeignet scheint.«

»Bist du sicher?«, fragte ich leise zurück. Ich war ein dominanter Typ, der sich nahm, was er wollte, aber solch ein Angebot hatte mir noch niemand gemacht – und jetzt bekam ich es von der eigenen Frau? Mein Schwanz hatte sich steil aufgerichtet und presste sich nun gegen ihren Bauch, während sie sich enger an mich herandrängte.

»Benutz mich«, hauchte sie. Ich konnte die zitternde Erregung in ihrer Stimme deutlich hören. »Wie eine Puppe oder einen Gegenstand. Mach mich zum Werkzeug deiner Lust und lass all deinen Frust an mir aus, nimm keine Rücksicht, fick mich einfach.«

Erschrocken trat ich einen kleinen Schritt zurück. Was schlug sie mir vor? Glaubte sie etwa, ich würde sie als Boxsack benutzen? Sorry, aber das war absolut nicht mein Stil. Wenn es etwas gab, für das ich kein Verständnis hatte, dann war das häusliche Gewalt. Nie und nimmer würde ich …

Dann griff sie nach meiner Hand und bevor ich wusste, wie mir geschah, verpasste sie sich selbst damit eine leichte Ohrfeige. Ihr Haar flog zur Seite und sie stieß ein lustvolles Stöhnen aus.

»Ich meine, was ich sage, Liebster«, sagte sie. »Ich will, dass du mich benutzt, um deinen Frust abzubauen, ohne Rücksicht auf Verluste.«

»Okay«, sagte ich. Plötzlich war ich wieder hellwach, jeder Anflug von Müdigkeit war verflogen. So wach hätte mich kein Kaffee der Welt machen können. »Wenn du es so

willst, Sarah. Dann wirst du heute Nacht mir gehören, mit
Haut und Haaren.«

Sie nickte und lächelte mich an.

Ungeduldig riss ich den Verschluss meines Gürtels auf
und öffnete meinen Hosenstall. Meine pralle Erregung
sprang ihr entgegen. Sofort ging sie vor mir auf die Knie,
dann zog sie meinen Gürtel aus den Schlaufen meiner
Hose.

Als ich meine Hose nach unten schieben wollte, kam sie
mir zuvor. Sie legte den Gürtel in meine Hände und sagte:
»Du musst mir zeigen, wenn ich etwas falsch mache. Du
sollst es mir nicht sagen, sondern mich einfach damit züch-
tigen, verstanden?«

Was schlug sie mir denn da vor? Ich sollte sie schlagen?
War sie denn verrückt geworden? Andererseits bewirkte
ihre plötzlich so unterwürfige Haltung, dass ich es vor Erregung nicht mehr aushielt.

Sie gab sich mir ganz hin und das trieb mich in den
Wahnsinn. Im letzten Augenblick verkniff ich mir eine
weitere Entschuldigung. Denn ich wusste, die würde sie
jetzt nicht hören wollen.

Sie begann, eifrig an meinem Schwanz zu lecken. Sie
massierte meine Eier mit ihren Händen, es war köstlich.
»Stop!«, sagte ich. Augenblicklich hörte sie auf mit dem,
was sie tat.

»Du weißt, wie sehr ich deine Brüste liebe«, stellte ich in
sachlichem Ton fest. Sie nickte, während sie kniend zu mir
aufsah – ein Anblick, der Stahl zum Schmelzen hätte
bringen können, oder meinen Schwanz dazu, so hart wie
Stahl zu werden. »Und doch enthältst du sie mir in diesem
Moment vor. Was für eine ungezogene, kleine Göre du
doch bist.«

Sie nickte nur und senkte den Blick. Ich fasste den
Gürtel fest mit der Hand, dann ließ ich ihn auf ihren

Hintern klatschen. Sie stieß einen spitzen, kleinen Schrei aus. Dann sah sie wieder zu mir auf.

»Danke!«, sagte sie, dann zog sie sich das T-Shirt über den Kopf. Als ihr Gesicht wieder auftauchte, lag ein kleines, zufriedenes Lächeln auf ihren Lippen. Gleichzeitig blühte ein schmaler, hellrosa Streifen auf ihrem wundervollen, kleinen Hintern auf. Als sie sich wieder meinem Schwanz widmete, verschränkte sie diesmal die Hände hinter dem Rücken, während sie ihre Lippen über meine Erregung stülpte. Ich konnte nur einfach völlig fasziniert auf sie herunterstarren, wie sie da vor mir auf den Knien lag, die Hände wie gefesselt auf dem Rücken, mir völlig ausgeliefert.

Einem Impuls folgend, packte ich ihren Hinterkopf und drückte ihn tiefer auf meinen Schwanz, bis ich spürte, dass meine Schwanzspitze sich fast in ihren Hals zu bohren begann. Sie gab ein kleines, lustvolles Röcheln von sich und schlug die Augen auf. Während ich sie langsam tiefer auf meinen Schwanz drückte, schauten wir uns tief in die Augen.

Es war das Erregendste, das ich je erlebt hatte. Diese wunderschöne, intelligente Frau, die sich freiwillig vor mich hinkniete und mich gebeten hatte, sie auf jede erdenkliche Art und Weise zu benutzen wie ein billiges Plastikspielzeug. Und das vielleicht Erregendste dabei war, dass ich mit dieser Frau, mit diesem wunderschönen Wesen verheiratet war – wenn auch nur auf dem Papier.

Meine Ehefrau flehte mich an, sie wie eine Hure zu benutzen.

Also tat ich das.

KAPITEL 60

Sarah

Superior-Ranch, die Hamptons, am Rande von New York

NACHDEM ICH SEINEN herrlich großen Schwanz ausgiebig mit meinen Lippen und meiner Zunge verwöhnt hatte, nahm ich ihn tief in meinem Mund auf, bis die Spitze Einlass in meine Kehle verlangte. Auch ich hatte schon den ein oder anderen Pornofilm gesehen und mich stets gefragt, wie manche Mädels es hinbekamen, den Schwanz ihres Partners so tief in den Mund zu stopfen, bis wirklich nichts mehr davon zu sehen war.

Das wollte ich auch einmal ausprobieren.

Ich machte mich vorsichtig daran, dasselbe mit seinem Schwanz zu tun. Vermutlich war es keine allzu schlaue Idee, mit diesem Prügel in die Materie einzusteigen, denn er verfügte über ein wahres Prachtexemplar und vielleicht hätte ich vorher mit einem kleineren Gegenstand üben sollen, zum Beispiel mit einer Coladose.

Doch ich war selbst überrascht, wie gut es mir gelang, und er ließ es mich sanft machen, auch wenn ich spürte, wie er von der Erregung förmlich übermannt wurde, während sein Schwanz meinen gesamten Mund ausfüllte und schließlich gegen den Eingang meiner Kehle stieß. Ich atmete langsam und gleichmäßig durch die Nase, denn ich hatte gehört, dass man es so machen musste. Dann packte ich mein eigenes Handgelenk, meine Hände hatte ich auf dem Rücken verschränkt und lehnte mich mit dem Gewicht meines Oberkörpers gegen seinen Schwanz. Nachdem er den Eingang in meinen Hals gefunden hatte, glitt er mühelos hinab. Ich musste ein wenig würgen, überwand das aber rasch, und danach gab ich mich dem reinen Lustgefühl hin, so von ihm besessen zu werden und ihn an dieser ungewöhnlichen Stelle ganz in mir zu spüren.

Vor allem aber lieferte ich mich ihm auf diese Weise vollkommen aus, und das erregte mich ohne Ende.

Ich hatte seine Puppe sein wollen, sein Sexobjekt und ich konnte mir nichts vorstellen, das mich mehr dazu machte, als vor ihm auf den Knien zu liegen und mich selbst an seinem Schwanz aufzuspießen. Vielleicht hatte ich eine masochistische Ader, von der ich bislang nichts geahnt hatte, vielleicht wollte ich ihm aber auch nur einfach etwas ganz Besonderes bieten in dieser Nacht. Vielleicht war es auch der Alkohol.

Ich wusste es nicht, aber mich erregte diese Stellung mindestens genauso sehr wie ihn. Nach einer Weile tauchte ich wieder auf, das heißt, ich ließ seinen Schwanz aus meinem Rachen gleiten und genoss jeden Zentimeter der prächtigen, feuchten Länge. Ich küsste und leckte ihn, dann wiederholten wir das ganze Spiel noch ein paar Mal. Ich liebte das Gefühl seiner pulsierenden Männlichkeit tief in mir, das Ausgeliefertsein. Und ich spürte, wie sehr er sich zusammenreißen musste, um nicht sofort zu kommen.

Irgendwann ließ er von meinem armen Mund ab, das bisschen Lippenstift, das ich aufgetragen hatte, musste inzwischen total verschmiert sein. Sein Schwanz glänzte von meinem Speichel, und es war ein Anblick, der mich auf das Äußerste erregte. Schweigend kniete ich vor ihm, die Hände immer noch auf meinem Rücken und wartete, was als Nächstes kommen würde.

»Aufstehen!«, flüsterte er und ich beeilte mich, seinem Befehl nachzukommen. Ich sah den Gürtel in seiner Hand und das wölfische Glitzern in seinen Augen. Dann legte er mir den Gürtel um den Hals wie ein Hundehalsband. Oh mein Gott, was hatte er jetzt vor? Das Gefühl des Leders um meinen Hals erregte mich fast genauso sehr wie das Gefühl, mit dem er vorhin meinen Mund benutzt hatte. Das war das richtige Wort, benutzen. Ich wollte das, was er mit meinem Mund und meinem Hals getan hatte, endlich auch in meiner Pussy spüren! Ich wollte mich ihm ausliefern, zum Werkzeug seiner Lust werden, sonst nichts.

Und plötzlich hatte er mich an der Leine.

Er wandte sich um und ging in schnellen Schritten aus dem Raum, während ich wie ein störrischer Esel hinterherstolperte. Auf diese Weise gelangten wir ins Schlafzimmer.

Dort legte er sich aufs Bett, mich ließ er daneben stehen. Dann bedeutete er mir, mich auf ihn zu setzen. Ich war schon die ganze Zeit feucht, aber der Anblick seines steif aufgerichteten Schwanzes in der Mitte seines Körpers brachte mich zum Überfließen. Eilig setzte ich mich auf seinen Schwanz und begann, ihn sanft zu reiten. Klatsch, ein Schlag auf meinen Hintern und ich hörte sofort auf, mich zu bewegen.

»Nur, wenn ich es dir sage«, sagte er mit rauer Stimme, der seine Erregung deutlich anzuhören war.

Ich nickte und wandte den Blick starr geradeaus, schaute auf die Wand hinter dem Kopfende des Bettes. Er zog sanft an dem Gürtel, der jetzt mein Halsband war, und ich setzte mich gehorsam in Bewegung.

»Schau mich an!«, forderte er.

Ich senkte den Kopf und sah ihm dabei zu, wie er meinen Körper mit den Augen verschlang, während ich auf ihm ritt. Meinen Slip hatte ich die ganze Zeit nicht ausziehen dürfen, er hatte ihn einfach beiseitegeschoben, als er in mich eingedrungen war. Nun füllte mich sein riesiger Schwanz komplett aus, während ich mich an ihm auf und ab bewegte.

Er zog ein wenig stärker an dem Gürtel und ich intensivierte meine Bewegungen. Nach einer Weile begann auch er, seine Hüften zu bewegen. Mit jedem Stoß fürchtete ich, dass ich einfach von ihm runterfallen würde, so kräftig waren seine Bewegungen nach einer Weile, und mir war es nicht erlaubt, mich mit meinen Händen irgendwo festzuhalten.

Abwechselnd und mit steigender Lust massierte und knetete er meine Pobacken und meine Brüste. Schließlich packte er mich an den Hüften, wo er mich mit eisernem Griff festhielt. Dann stieß und rammelte er von unten in mich herein, so intensiv wie nie zuvor. Ich konnte nicht an mich halten und schrie meine Lust lauthals heraus.

Ich verlor jedes Gefühl für Raum und Zeit.

Ich wusste nicht, wie lange ich schrie und stöhnte, brüllte und murmelte. Ich hatte keine Ahnung, was ich da eigentlich schrie, aber irgendwelche Wortfetzen mussten wohl dabei gewesen sein. Tyler hatte den Gürtel losgelassen und der war von meinem Hals gerutscht, lag jetzt auf seiner mächtigen, muskulösen Brust, doch das bemerkte er gar nicht. Noch immer hielt er mich fest, dann holte er zu einem gewaltigen Stoß aus und rammte mich bis tief auf den Grund. Ich spürte einen kurzen, reißenden Schmerz und dann schwanden mir beinahe die Sinne.

Mit einem letzten, mächtigen Aufbäumen entlud sich Tyler in mich und ich spürte die Hitze seines Verlangens, die mich komplett auszufüllen schien. Im selben Moment ließ auch ich mich gehen und gab mich endlich dem Orgasmus hin, den ich schon viel zu lange unterdrückt hatte. Zitternde Wellen durchfuhren meinen Körper, als ich wieder und wieder heftig kam. Die Augen flogen mir auf und ich blickte auf meinen zappelnden Körper hinab, über den ich in diesem Moment jede Kontrolle verloren hatte.

»Tyler!«, brüllte ich immer wieder seinen Namen. »Tyler, Tyler.«

Als ich schließlich auf ihm zusammenbrach, presste er mich an sich und ich spürte, wie sein Schwanz, der immer noch in mir steckte, allmählich erschlaffte, während unsere Körper vor Erregung bebten.

Er strich mir sanft durchs Haar, bedeckte mein Gesicht mit Küssen und küsste mir die Tränen fort, die gekommen waren, weil mein Höhepunkt so heftig gewesen war. Dann hörte ich ihn leise etwas flüstern, das vielleicht die Worte »Ich liebe dich« hätten sein können.

Aber natürlich war das Unsinn.

KAPITEL 61

Tyler

Superior-Ranch, die Hamptons, am Rande von New York

ICH SCHAFFTE es an diesem Abend dann doch nicht mehr, zu arbeiten oder mich mit dem Rätsel des plötzlichen Wertverlustes meiner Firma zu befassen. Ich war einfach zu müde. Es war ein langer Tag gewesen und was Sarah gerade mit mir angestellt hatte, hatte mich die letzte Kraft gekostet.

Trotzdem bereute ich nichts – okay, vielleicht mit einer kleinen Ausnahme. Als ich heftig in ihr gekommen war, waren mir drei gefährliche Worte herausgerutscht. Ich konnte nur hoffen, dass sie es nicht mitbekommen hatte. Was das betraf, bestand eigentlich wenig Grund zur Sorge. Ich hatte den Eindruck, dass sie mit ihrem eigenen Höhepunkt mehr als beschäftigt gewesen war, als mir die Worte entglitten waren.

Trotzdem – das war ein dummer Fehler gewesen, aber nun war es zu spät, sich darüber Gedanken zu machen. Ich durfte keine Gefühle empfinden, und das würde ich auch nicht. Ganz besonders nicht für Sarah. Wenn mir auch nur das Geringste an ihr lag, musste ich dafür sorgen, dass sie ihr Geld bekam und dann so viel Abstand wie möglich zu mir hielt.

Die Nähe zu mir war gefährlich.

In dieser Nacht träumte ich wieder von meinen Eltern. Es war immer derselbe Traum, doch in dieser Nacht ging er etwas weiter als sonst. Während meine Mutter im Sterben lag, hatte mein Vater sie mit einer anderen betrogen. Ich glaubte, die Blondine war eine seiner Sekretärinnen. Oder vielleicht eine Geschäftspartnerin? Ich wusste es nicht mehr. Es spielte auch keine Rolle.

Wichtig war nur, dass mein Vater meine Mutter betrogen hatte, auf die schlimmste und hinterhältigste Weise, die man sich überhaupt vorstellen konnte. In meinem Traum stand ich meinem Vater als kleiner Junge gegenüber. Ein schmaler, hilfloser Zwölfjähriger, der seinen eigenen Vater zur Rede stellen wollte! Zumindest versuchte ich das, aber ich bekam kein einziges Wort heraus. Das war ein regelrechter Albtraum. Mein Vater stand mir einfach schweigend gegenüber, und während ich stammelnd versuchte, irgendwelche Worte herauszubringen, grinste er nur auf mich herab.

Offenbar war er sich keiner Schuld bewusst.

Ich erwachte gegen fünf Uhr und wusste, dass ich nicht wieder einschlafen würde. Mein Blick wanderte zu Sarah hinüber und für einen Moment überlegte ich tatsächlich, ob ich sie wecken und ihr alles erzählen sollte. Das, was mein Vater getan hatte, als ich noch ein Kind gewesen war. Das, was mit meiner Mutter passiert war. Das, was wirklich mit der Firma los war und wen ich als den Drahtzieher vermutete, wenn ich nur ehrlich genug war, mir das endlich einzugestehen.

Denn es gab genau einen Menschen, der mich auf

perfide Weise hintergangen und manipuliert hatte, solange ich zurückdenken konnte. Nein, das stimmte nicht. Damit hat er erst angefangen, nachdem meine Mutter gestorben war.

Einen Menschen, der alles daran gesetzt hatte, mir zu beweisen, dass ich nicht der Richtige war, um sein Firmenimperium zu übernehmen. Einen Menschen, der mir deutlich gezeigt hatte, was er von meiner arrangierten Ehe hielt, indem er weder zur Hochzeit aufgetaucht war, noch seitdem auch nur auf der Ranch vorbeigeschaut hatte. Einen Menschen, welcher nie an diese Öko-Firma geglaubt hatte, bis ich sie übernommen und ihn eines Besseren belehrt hatte. Einen Menschen, der niemals akzeptieren würde, dass sein eigener Sohn ihn in den Schatten stellen würde.

Dieser Mensch war mein Vater.

So unglaublich das schien, so brachte es mich doch zumindest auf neue Ideen, was meine Überprüfung der Firmenkonten betraf. Auch, wenn dies eine absolut ungeheuerliche Vorstellung war, so hatte ich doch nun immerhin einen neuen Ansatz, den ich verfolgen konnte.

Was, wenn mein eigener Vater der Drahtzieher hinter all der Sabotage war?

Andere wären aufgrund dieser Vorstellung vielleicht verzweifelt, doch ich sah in scheinbaren Niederlagen immer eine Chance. Zumindest in Geschäftsdingen.

Also beugte ich mich zu Sarah hinüber, hauchte ihr einen sanften Kuss auf die Stirn, woraufhin sie sich mit einem leisen, zufriedenen Stöhnen bewegte, und bedankte mich damit wortlos für die letzte Nacht. Obwohl sie noch schlief, verzogen sich ihre Lippen zu einem sanften Lächeln. Wenn ich sie so neben mir im Bett liegen sah, bekam ich gleich wieder Lust auf sie, aber diesmal würde das warten müssen.

So leise wie möglich stand ich auf und schlich in die Küche hinunter. Dort setzte ich eine große Kanne Kaffee auf, dann ging ich damit in mein Büro.

Ich würde der Sache auf den Grund gehen, ein für alle Mal.

KAPITEL 62

Ein Mann

Ein luxuriöses Appartement, irgendwo in New York City

DER MANN GRINSTE ZUFRIEDEN das Display seines Laptops an. Tyler hatte offenbar damit begonnen, die Firmenkonten der Teilhaber und Abteilungsleiter einer eingehenden Prüfung zu unterziehen. Der Mann schüttelte grinsend den Kopf. Sollte er mal ruhig, auf diese Weise würde er gar nichts finden. Hatte Tyler etwa geglaubt, das würde er nicht mitbekommen? Hatte er etwa geglaubt, dass der Mann nicht genau damit gerechnet hätte? Hielt er ihn wirklich für derart inkompetent?

Offenbar schon. Denn offenbar war die Überprüfung der Konten im Stillen erfolgt, ausgeführt von einem Computerspezialisten, einem Hacker. Dies war natürlich illegal, und wenn der Mann es darauf angelegt hätte, hätte er Tyler allein deshalb schon ein Verfahren an den Hals hängen können. Dieses hätte ihn mit ziemlicher Sicherheit den Firmenvorsitz gekostet und ihm vielleicht sogar eine Freiheitsstrafe eingebracht.

Eine lustige Vorstellung, fand der Mann, Tyler im Gefängnis. Der schwerreiche Schnösel und Angeber, umringt von den richtig harten Burschen. Das würde eine lustige Zeit werden – wenn auch nicht für Tyler.

Das Problem war jedoch, dass ein solches Verfahren viel zu lange dauern würde, falls Tyler sich sträubte, den Firmenvorsitz sofort freiwillig zu räumen. Da musste der Mann schon noch etwas nachhelfen.

Alles, was in letzter Zeit geschehen war und das Tyler nun verständlicherweise einiges Kopfzerbrechen bereitete, war Teil des geheimen Plan B des Mannes. Nicht einmal sein Auftraggeber ahnte, was er wirklich vorhatte, und wenn dieser Plan erst aufgegangen war, würden ihm beide ausgeliefert sein, Vater und Sohn.

Der Mann sah sein eigenes Spiegelbild im Display und stellte fest, dass sein Grinsen beinahe irre aussah. Die Wangen taten ihm schon weh vor lauter Fröhlichkeit, war das nicht urkomisch? Er zwang sich zu einem etwas normaleren Gesichtsausdruck. Wunderbar, diese Maske würde er auch an diesem Tag tragen und keiner würde ahnen, was dahinter vor sich ging.

Dass er sich jedes Mal ins Fäustchen lachte, wenn ihm Tyler mit gerunzelter Stirn auf dem Gang entgegenkam. Dass er genau wusste, was dem Chef Sorgen bereitete. Weil er nämlich derjenige war, der für diese Sorgen verantwortlich war.

Und wie geschickt er sich dabei angestellt hatte! Die Manipulation der Zahlen saß so tief im System, dass man Jahre brauchen würde, um den wahren Grund herauszufinden, und den Verursacher würde man vermutlich niemals finden. Da konnte Tyler noch so viele Hacker einstellen und noch so viele illegale Überprüfungen vornehmen. Die Zeit stand einfach nicht auf seiner Seite.

»Zeit, endlich deinen Hut zu nehmen, Arschloch!«,

murmelte der Mann vor sich hin, dann sah er sich im Zimmer um, als befürchtete er, dass ihn jemand belauscht haben könnte.

Sein Plan B war regelrecht genial: Während er vorspielte, Tyler im Auftrag von dessen Vater im Auge zu behalten, verschaffte er sich damit Zugriff auf dessen Forschungsprojekte und idealerweise war auch noch er derjenige, der für deren praktische Umsetzung zuständig war. Er war derjenige, sogar der Einzige, der in der Lage war, die Ergebnisse zu fälschen und die Geräte zur Energiegewinnung zu sabotieren. Und das Clevere daran war, dass Tyler, wenn er versuchte, der Sache auf den Grund zu gehen, natürlich nach Anzeichen dafür suchen würde, dass jemand innerhalb der Firma versuchte, sich zu bereichern.

Er würde also nach Geld suchen, das von den Firmenkonten abgeflossen war. Bloß würde er da ewig suchen, denn dies war überhaupt nicht der Plan des Mannes. Er hatte gar nicht vor, sich aus dem Firmenvermögen zu bedienen, er hatte keinen einzigen Cent davon angefasst. Gegen den Lohn, den er erwartete, waren das höchstens Peanuts.

Stattdessen ließ er sich einerseits von Tylers Vater dafür bezahlen, auf dessen eigensinnigen Sohn aufzupassen, und andererseits hatte er viel wichtigere Verträge mit den Konkurrenzfirmen geschlossen, welche nur ein Interesse hatten: Dass Tylers Firma und sein ewiges Geschwafel von Umweltschutz endlich von der Bildfläche verschwanden und sie die Gewinne im Stromsektor wieder wie früher unter sich aufteilen konnten.

Da er inzwischen wusste, wie man auch große Geldmengen ungesehen auf Nummernkonten ins Ausland schaffen konnte, zum Beispiel auf den Cayman-Inseln, ließ er sich von der Konkurrenz großzügig dafür bezahlen, dass er es so aussehen ließ, als versagten die Erfindungen von

Tyler eine nach der anderen. Die Kunden konnten gar nicht schnell genug abspringen und landeten natürlich postwendend wieder bei der Konkurrenz, die inzwischen die Preise erhöht hatte. Ein genialer Plan und einer, hinter den Tyler niemals kommen würde. Er war schon immer ein Zahlenfan gewesen, und das hieß, er würde die Ursache für das Versagen der Geräte bei sich selbst suchen. Er würde Zeit damit verschwenden, sie auseinanderzunehmen und erneut zusammenzubauen und die Laborergebnisse mit denen in der Praxis zu vergleichen.

Bloß würde das alles nichts bringen.

Denn in Wahrheit liefen die Geräte ausgezeichnet, sogar noch besser als von Tyler prognostiziert. Bloß half das alles nichts, wenn jemand diese Zahlen manipulierte, nicht wahr?

Der Mann klickte auf ein Symbol auf dem Desktop seines Laptops, mit dem er eine anonyme Browser-Software aktivierte. Diese verband ihn auf nicht nachvollziehbare Weise mit seinem geheimen Nummernkonto. Grinsend öffnete der Mann den Account.

Gestern war offenbar eine neue Zahlung eingetroffen und inzwischen war ein hübsches Sümmchen zusammengekommen.

Wenn die wüssten, dachte der Mann. Wenn sie ihn nur höflich darum gebeten hätten, hätte er die Vernichtung von MacGullin Green Industries vielleicht auch ganz umsonst eingeleitet, solch einen Spaß machte es ihm, diesen Angeber Tyler MacGullin endlich mal in seine Schranken zu verweisen.

Doch Tyler war nicht der einzige Grund für das, was er hier tat. Ihn zu demütigen, war nur ein Teil dieses köstlichen Spaßes. Der andere Teil würde darin bestehen, es dieser Schlampe zu zeigen, die er zu seiner angeblichen Ehefrau genommen hatte.

Wenn er mit Tyler fertig war, würde sie ihre Hochnäsigkeit bitter bereuen. Sie würde ihn auf den Knien anflehen, würde alles dafür tun, nicht auf der Straße zu landen. Das würde er ausnutzen, er würde seinen Spaß mit ihr haben.

Und dann trotzdem Nein sagen.

TEIL

Zehn

KAPITEL 63

Tyler

Superior-Ranch, die Hamptons, am Rande von New York

Küche

AN DIESEM SAMSTAGMORGEN hatte ich eigentlich so schnell wie möglich in die Firma gewollt. Aber mittlerweile war ich zu der Einsicht gekommen, dass das vermutlich nur wenig bringen würde, wenn mir nichts einfiel, das ich noch probieren konnte.

Ich hatte in den frühen Morgenstunden schon eine Idee gehabt und würde sie bald testen und Sarah hatte mir geholfen, meinen Kopf klar zu bekommen, um das Problem von einer neuen Perspektive aus betrachten zu können.

Indem ich meinen eigenen Vater verdächtigte, etwas damit zu tun zu haben, begab ich mich auf verdammt dünnes Eis. Einerseits schien es mir immer noch unglaublich, dass er wirklich der heimliche Drahtzieher hinter dem geplanten Untergang einer Firma sein könnte, die zu seiner eigenen Firmengruppe gehörte und zu allem Überfluss auch noch von seinem leiblichen Sohn geleitet wurde.

Andererseits, wenn er tatsächlich dahintersteckte, würde er dabei so geschickt vorgehen, dass es nicht leicht sein würde, ihm oder seinen Handlangern überhaupt irgendetwas nachzuweisen.

Aber das Entscheidende war, dass ich nun eine neue Spur hatte, der ich folgen konnte. Und das alles verdankte ich Sarah.

Abgesehen davon hatte es mir Spaß gemacht, gemeinsam mit ihr neue sexuelle Horizonte auszuloten. Und ich betonte, dass es uns beiden großen Spaß gemacht hatte. Wir waren erschöpft und eng umschlungen eingeschlafen, und als ich sie am Morgen verlassen hatte, um in meinem Home Office zu arbeiten, hatte ich das nur äußerst widerwillig getan.

Was war nur los?

Wenn ich es nicht besser gewusst hätte, hätte ich beinahe glauben können, dass ich auf dem besten Weg dazu war, mich in meine eigene Ehefrau zu verlieben. Was für eine absurde Vorstellung!

Doch zumindest wollte ich ihr etwas Gutes tun und ihr zeigen, wie dankbar ich für ihre Hilfe und Unterstützung war. Also hatte ich an diesem Morgen das Frühstück selbst bereitet, höchst persönlich. Na gut, vielleicht mit ein wenig Unterstützung durch Matilda, welche mir bei den Pancakes unter die Arme gegriffen hatte. Natürlich wusste ich, wie man Pancakes zubereitete, aber niemand tat das so unvergleichlich gut wie Matilda. Ihre erinnerten mich immer ein wenig an die meiner Mutter, und ich fühlte mich in meine Kindheit zurückversetzt.

In die glückliche Zeit, bevor alles aus dem Ruder gelaufen war. Und nun wollte ich Sarah daran teilhaben lassen. Ich hatte bereits Kaffee aufgesetzt, Brötchen aufgebacken und ein reichhaltiges Büfett aufgebaut. Wir würden das alles niemals essen können, aber ich wollte ihr eben eine kleine Freude machen.

Matilda hatte mir augenzwinkernd eine Rose überreicht, die sie in unserem eigenen Garten geschnitten hatte. Ich steckte die wunderschöne Blume in eine schmale Vase und stellte auch diese auf den Frühstückstisch, während ich lächelnd darauf wartete, dass Sarah vom Duft des Kaffees geweckt werden würde.

Ein paar Minuten später hörte ich ihre nackten Füße auf dem Parkett und ein Schmunzeln schlich sich auf meine Lippen. Es war schön, sie bei mir zu wissen.

Viel schöner, als es hätte sein dürfen.

Als sie in meinem viel zu großen Hemd in die Küche tappte, war ich völlig hingerissen von ihr, auch wenn sie von der Nacht noch etwas zerstört und durcheinander aussah. Es war ein Look, der ihr ausgezeichnet stand, wie ich fand.

Ich fand sowieso, dass eine schöne Frau am besten dann aussah, wenn sie gerade heißen und innigen Sex gehabt hatte. Es verlieh ihr diesen besonderen Glanz, den ich einfach unwiderstehlich fand.

Sie musste lächeln, als sie den reichlich gedeckten Frühstückstisch sah. Sie ging noch einen Schritt auf mich zu und sagte leise lächelnd: »Wow!«

Ich machte eine wegwerfende Handbewegung, als sei dies gar nichts, doch in diesem Moment ging eine Veränderung in ihr vor. Es war, als sei ihr plötzlich schlecht geworden. Sie presste eine Hand vor den Mund, dann drehte sie sich um und stürzte ohne ein weiteres Wort aus dem Zimmer.

KAPITEL 64

Sarah

*Superior-Ranch, die Hamptons, am Rande
von New York
Master-Badezimmer*

ICH SCHAFFTE ES GERADE SO, die Tür des Badezimmers hinter mir zu schließen. Dann fiel ich vor der Kloschüssel auf die Knie und alles brach aus mir heraus.

Was war nur los?

Tyler hatte sich solche Mühe gegeben. Für uns beide Frühstück zu machen, war unglaublich süß von ihm gewesen, zumal ich wusste, dass ihn im Moment jede Menge anderer Probleme plagten. Umso mehr musste ich ihm zugutehalten, dass er trotzdem die Zeit fand, sich so liebevoll um mich zu kümmern. In gewisser Weise war das natürlich auch ein Ausgleich, denn immerhin war ich es gewesen, die sich in der letzten Nacht ausgiebig um seine Bedürfnisse gekümmert hatte. Allerdings war auch ich dabei mehr als auf meine Kosten gekommen.

So heftig war ich noch nie zuvor gefickt worden, und ich hatte jede Sekunde davon genossen. Ich bekam von diesem Kerl einfach nicht genug und von der Vorstellung, ihm zu gehören. Auch wenn das natürlich alles nur eine Illusion war, irgendein Teil von mir genoss es einfach, in dieser Fantasiewelt zu leben, in der wir Mann und Frau waren. All das würde in ein paar Monaten vorbei sein, doch was kümmerte mich das jetzt?

Hatte ich denn nicht auch ein kleines bisschen Anspruch auf Glück?

Betty hatte immer gesagt, ich solle mir ein Stück vom Glückskuchen abschneiden und es ganz alleine essen, richtig? Was machte es da schon, wenn der Glückskuchen nur Teil einer Fata Morgana war, die sich in Luft auflösen würde, sobald man näher hinsah?

Nachdem ich mich übergeben hatte, war mir etwas besser zumute. Nach ein paar Minuten stand ich auf, spülte das Erbrochene weg und wusch mir gründlich den Mund aus.

Danach ging es etwas besser.

Ich sah mich im Spiegel an und steckte meinem Spiegelbild die Zunge heraus. Dabei spürte ich plötzlich einen ziehenden Schmerz im Unterleib. Ein bösartiger Schmerz, auch wenn er nach einer halben Sekunde schon wieder vorbei war.

In mir stieg eine üble Befürchtung auf.

KAPITEL 65

Tyler

Superior-Ranch, die Hamptons, am Rande von New York

Küche

ALS SIE WIEDER AUS dem Badezimmer zurückkam, sah sie völlig fertig aus. Richtig käsig und krank, was ich hier auch sagte – das hieß, ich deutete es so sanft wie möglich an. Ich wollte ihr nicht zu nahe treten, und sie sah sogar in diesem Zustand wunderschön aus, doch ich begann, mir nun ernsthaft Sorgen um sie zu machen.

Ebenfalls machte mir Sorgen, dass sie plötzlich keine Lust mehr hatte, mit mir zu frühstücken. »Es tut mir furchtbar leid«, sagte sie mit schwacher Stimme. »Es ist wirklich supersüß von dir, dass du dir solche Mühe gemacht hast. Aber frühstücke doch bitte ohne mich, ja? Ich muss dringend in die Stadt fahren, was erledigen.«

»Um diese Uhrzeit?«, fragte ich alarmiert.

»Bitte, Tyler«, sagte sie.

Offenbar wollte sie mir nicht erklären, was sie in der Stadt vorhatte. Also akzeptierte ich das. Unsere Fake-Ehe war auch so schon kompliziert genug. Da war ich gewillt, ihr wenigstens diesen Freiraum zu lassen, auch wenn ich nicht gerade begeistert war, dass sie mein Dankeschön-Frühstück einfach so ausschlug. Ich konnte es mir nur so erklären, dass sie gewichtige Gründe dafür haben musste.

»Soll ich dich nicht fahren?«, versuchte ich es ein letztes Mal.

Sie schüttelte den Kopf, und ich hatte den Eindruck, dass sie mit den Tränen kämpfte. Zu gern hätte ich sie weiter befragt, hätte gern gewusst, was ihr Problem war und warum sie so eilig im Badezimmer verschwunden war und jetzt nicht einmal mehr mit mir frühstücken wollte. »Versprich mir wenigstens, dass du dir unterwegs was zu essen holst und einen Kaffee. Versteh mich nicht falsch, aber du siehst wirklich furchtbar aus.«

»Na danke schön«, sagte sie und versuchte ein freches Grinsen, aber in diesem Moment sah es eher gequält aus.

»Nimm wenigstens den Bentley!«, rief ich ihr hinterher, als sie aus der Küche lief, hoch in ihr Zimmer, um sich anzuziehen. Manchmal fuhr sie immer noch in ihrer eigenen alten Klapperkiste in die Stadt, vermutlich aus Nostalgiegründen. Normalerweise akzeptierte ich das als persönliche Marotte, aber ich wollte nicht, dass sie in der Situation, in der sie sich offenbar befand, auch noch mit dem Wagen irgendwo liegen blieb.

Sie hatte ausgesehen, als hätte sie einen Geist gesehen.

KAPITEL 66

Sarah

Upper Eastside Manhattan

TYLER HATTE RECHT, etwas stimmte nicht mit mir. Auch, wenn ich ihm vorgespielt hatte, dass alles in Ordnung sei, hatte ich deutlich an seinem Blick gesehen, dass er mir das nicht abnahm. Er drang allerdings auch nicht tiefer in mich, vermutlich aus Höflichkeit, oder vielleicht, weil er glaubte, er habe kein Recht dazu – immerhin waren wir nicht wirklich Mann und Frau, unser Schwur, uns zu vertrauen, bis dass der Tod uns scheidet, war eine Lüge gewesen.

Auf der Fahrt in die Stadt hatten sich die Schmerzen immer wieder gemeldet. Nicht so schlimm wie nach dem Aufstehen, aber immer noch deutlich genug, damit ich alarmiert war. Ich musste dringend einen Gynäkologen sehen und wissen, was mit mir los war.

Wissen, ob sich die größte meiner Befürchtungen bewahrheiten würde. An eine Magenverstimmung glaubte ich inzwischen längst nicht mehr. Trotzdem würde ich keinen Bissen runterbekommen, bis ich das hier hinter mich gebracht hatte.

Ich stand bereits vor der Tür zur Arztpraxis, bereit einfach hineinzustürmen, auch wenn ich keinen Termin hatte, doch dann überlegte ich es mir noch einmal anders. Das hier war die Praxis von Doktor Malone, einem der besten Frauenärzte New Yorks und ein enger persönlicher Freund von Tyler MacGullin.

Er war es auch gewesen, der mir die Spirale eingesetzt hatte, nachdem ich zugestimmt hatte, Tyler zu heiraten. Es war ein brenzliger Moment gewesen, weil er dabei natürlich auch mitbekommen hatte, dass ich noch gar keine eingesetzt hatte, obwohl ich das Tyler in dessen Büro gesagt hatte, als das Kondom gerissen war. Ich war ihm unendlich dankbar, dass er Tyler nichts davon erzählt hatte, allerdings hatte es auch keine Rolle mehr gespielt, nachdem er mir nun so ein Ding eingesetzt hatte.

Seitdem war ich zwei oder drei Mal zur Routineuntersuchung bei ihm gewesen, er hatte dabei auch meine Spirale begutachtet. Alles war völlig ohne Komplikationen verlaufen. Einen besseren Arzt hätte ich mir gar nicht wünschen können.

Doch dann wurde mir bewusst, dass Tyler es war, der ihn für seine Dienste bezahlte. Und das bedeutete, dass er vielleicht in einem Gewissenskonflikt geraten könnte, wenn er mich heute untersuchte. Natürlich war er mir als seiner Patientin gegenüber zu absolutem Schweigen verpflichtet. Allerdings hatte Tyler ihn ausgewählt, weil er auch kein Problem damit hatte, heimlich eine Spirale in mich einzusetzen, ohne dass das in seinen Büchern auftauchte oder irgendwer davon erfuhr. Tyler, der seinem Vater gegenüber inzwischen völlig paranoid war, vertraute Doktor Malone mit einem Geheimnis, das alles hätte aufs Spiel setzen können. Das bedeutete, dass die beiden ein sehr enges Verhältnis haben mussten.

Eines, das in diesem Fall vielleicht sogar über die ärztliche Schweigepflicht hinausging? Mir wurde vage bewusst, dass Tylers Paranoia offenbar bereits von mir Besitz ergriffen hatte, aber ich konnte diese Frage nicht hundertprozentig beantworten.

Vielleicht tat ich Doktor Malone damit unrecht, aber ich wollte es nicht riskieren. Schon gar nicht, wenn sich alles nachher als falscher Alarm herausstellte. Was ich in diesem Moment noch innig hoffte.

Also zog ich mein Handy aus der Tasche und suchte nach einem anderen Frauenarzt in der Nähe, den ich auch schnell fand – die Website einer Gynäkologin namens Doktor Susan Miller fand ich ansprechend, und als ich anrief, versprach man mir, mich gleich am Vormittag noch reinzuquetschen.

Eine Dreiviertelstunde später saß ich in einem Behandlungsraum und spreizte auf dem Stuhl meine Beine. Der Frauenarzt war glücklicherweise eine Ärztin, was mir im Normalfall das Liebste war. Allerdings hatte ich bei Doktor Malone keine Wahl gehabt, weil Tyler ihn für mich ausgewählt hatte.

Doktor Miller war freundlich, einfühlsam und machte einen sehr kompetenten Eindruck. Nachdem sie sich etwa fünf Minuten eingehend mit mir beschäftigt hatte, sagte sie: »Hoppla, da hat sich wohl etwas gelöst. Warten Sie, ich nehme sie raus, dann können wir uns unterhalten, okay?«

Sie konnte nur die Spirale meinen. Sie hatte sich gelöst. Und es musste während des Sex in der letzten Nacht passiert sein.

Verdammt!

Genauso gut war es aber möglich, dass sie schon eine ganze Weile schief gelegen und ich es nur nicht mitbekommen hatte. Die Schmerzen hatte ich heute Morgen zwar zum ersten Mal gespürt und auch die Frauenärztin sagte, dass diese von der Spirale höchstwahrscheinlich stammten, die sich gelöst hatte, doch eine Garantie dafür, dass das erst heute Morgen passiert war, konnte sie mir natürlich auch nicht geben.

Nachdem sie die Spirale entfernt hatte, konnte ich mich wieder anziehen und setzte mich ihr gegenüber auf einen Besucherstuhl, während sie hinter ihrem Schreibtisch Platz nahm.

»Wie zuverlässig ist so eine Spirale überhaupt?«, fragte ich mit leiser, bebender Stimme. Ich war völlig kraftlos in mir zusammengesunken, mein Herz klopfte wie wild in meiner Brust. Ich hatte kaum die nötige Kraft, um die Worte auszusprechen.

Sie lächelte wieder, diesmal verständnisvoll. »Normalerweise sind solche Spiralen sehr zuverlässig«, sagte sie. »Wenn sie sich aber lösen und es danach zu Geschlechtsverkehr kommt, sollte eigentlich auch nichts passieren, aber mit absoluter Sicherheit kann das natürlich niemand sagen. Wäre das denn ein Problem?«

Gegenfrage: Wäre es ein *Problem*, wenn die Welt morgen unterginge?

Statt einer Antwort schlug ich die Augen nieder, denn sie füllten sich bereits mit Tränen. Ob es ein Problem für mich war, dass ich möglicherweise von Tyler MacGullin schwanger geworden war?

Sie hatte keine Ahnung, *was* für ein Problem das war.

Immerhin hatten wir gestern Nacht mehrmals Sex miteinander gehabt. Wenn ich mich richtig erinnerte – was sich allerdings durchaus bezweifelte, wahrscheinlich untertrieb ich maßlos –, war Tyler noch mindestens dreimal in mir gekommen, und ich hatte unzählige Höhepunkte erlebt, nach dem ersten, als wir zusammen gekommen waren, nachdem ich mich ihm völlig hingegeben hatte.

Allerdings war das nur eine von vielen Möglichkeiten, falls die Spirale schon vorher versagt haben sollte. Und dann war da noch der Umstand meiner heutigen Morgenübelkeit, und das ließ eine furchtbare Vermutung in mir aufsteigen.

Deshalb sagte ich zu Doktor Miller: »Ich hatte in letzter Zeit eine unregelmäßige Periode. Könnten Sie bitte feststellen, ob ich nicht doch schwanger bin?«

Stirnrunzelnd sagte sie: »Die Chancen dafür halte ich für ausgesprochen gering, Sarah, aber warum warten Sie nicht auf Ihre nächste Periode, und dann schauen wir mal, okay?«

Ich nickte. Sie sagte das, als wäre überhaupt nichts dabei. Natürlich, sie konnte auch nicht ahnen, welche Konsequenzen es für mich haben würde, wenn ich schwanger würde. Für mich und für Tyler, für den ich mittlerweile fast so viel empfand, als sei er wirklich mein Ehemann.

Mit Tränen in den Augen stürzte ich aus der Praxis.

Im Auto begann ich, still zu beten.

KAPITEL 67

Michael Wexler

MacGullin-Anwesen
Westflügel – Bibliothek

ICH HATTE GLEICH ein mulmiges Gefühl gehabt, als
der alte MacGullin mich zu sich bestellt hatte. Selbstverständlich nicht in seine Geschäftsräume, das wäre dann
wohl doch zu offensichtlich gewesen. Stattdessen schickte
er mir eine Limousine mit getönten Scheiben, die mich zu
seinem Privatanwesen, einer protzigen Villa auf einem
gigantischen Grundstück, brachte.

Selbst dabei hatte er auf alle Vorsichtsmaßnahmen
geachtet. Die Limousine gehörte nicht zu seinem privaten
oder geschäftlichen Fuhrpark, sondern war von einer
exklusiven Verleihfirma gemietet worden, welche Promis
aus Wirtschaft, Film und Fernsehen transportierte und für
ihre absolute Verschwiegenheit bekannt war. Ich hatte den
Service auch schon ein paar Mal benutzt, hauptsächlich,
wenn ich mir eine Edelnutte auf mein Hotelzimmer bestellt
hatte. Ich wusste daher, dass der Service kostspielig war,
dafür aber absolut verschwiegen.

Während der Fahrt beschlich mich ein mulmiges Gefühl. Irgendwas war aus dem Ruder gelaufen, das spürte ich – aber nicht auf die Weise, wie ich es geplant hatte.

Als ich schließlich vor dem alten MacGullin stand, wusste ich, dass mich mein Gefühl nicht getäuscht hatte. Seiner gerunzelten Stirn konnte ich entnehmen, dass er mir irgendetwas Wichtiges mitzuteilen hatte und dass mich diese Mitteilung nicht erfreuen würde.

Und so war es auch.

Er begann das Gespräch damit, dass er mir für meine geleisteten Dienste dankte. Dabei kam er so überheblich rüber, dass ich am liebsten über seinen Schreibtisch gesprungen und ihm sein selbstgefälliges Grinsen aus dem Gesicht geschlagen hätte. Stattdessen stopfte ich mir nur die Hände in die Hosentaschen und ballte sie zu Fäusten, bis meine Knöchel weiß hervortraten. Ich hörte meine Finger leise knacken, während ich den Ergüssen des halbsenilen, alten Sacks lauschte.

»Michael«, sagte er auf eine ekelhaft väterliche Weise. »Ich bin Ihnen dankbar für die Arbeit, die sie bisher geleistet haben. Sie haben meinen Auftrag ganz ausgezeichnet erfüllt, ein Auge auf Tyler zu haben. Ich möchte Ihnen für Ihre Diskretion und das prompte Erfüllen meines Auftrags danken, der allerdings hiermit für Sie endet.«

»Was?«, schnappte ich. Das konnte nicht sein Ernst sein! Tyler war doch gerade erst dabei, so richtig Mist zu bauen und die Firma in Grund und Boden zu wirtschaften. Oder zumindest würde es anschließend so aussehen, als sei alles seine Schuld gewesen.

»Ich hatte Sie um Ihre Einschätzung gebeten, was diese Ehe betrifft, die mein Sohn in aller Eile geschlossen hat. Was das betrifft, so haben Sie mir keinerlei Hinweise darauf liefern können, dass es sich nur um eine vorgetäuschte Beziehung handelt. Offenbar ist mein Sohn mit seiner neuen Frau sehr glücklich und sie auch mit ihm. Was mich wiederum zu einem sehr glücklichen Mann macht«, sagte er und sein selbstgefälliges Lächeln wurde noch eine Spur breiter.

Am liebsten hätte ich ihm eine verpasst.

Wie schön, dachte ich. Dann sind wir also alle glücklich. Warum fassen wir uns dann nicht bei den Händen und hüpfen im Hopserlauf in Richtung Sonnenuntergang, du verdammter alter Zausel? Siehst du denn nicht, dass diese ganze Ehe vollkommener Bullshit und außerdem schädlich für die Firma ist, ganz egal, ob Tyler die ganze Sache nur vorspielt – wovon ich übrigens nach wie vor fest überzeugt war. Ich kannte Tyler viel zu gut, um ihm abzunehmen, dass er sich auf eine einzige Frau beschränken konnte. Aber darum ging es jetzt nicht.

»Ich habe daher beschlossen«, fuhr der alte MacGullin fort. »Sie von der Sache abzuziehen und aus meinen Diensten zu entlassen.«

Wie bitte? Was glaubte dieser alte Sack, wen er hier vor sich hatte? Glaubte der, ich sei ein Dienstbote oder was? Man entließ mich nicht einfach mit einer Handbewegung.

Nicht mich, Michael Wexler!

»Ich werde Ihren Bonus großzügig aufrunden, das versteht sich von selbst«, sagte er. »Und danach möchte ich Sie bitten, all Ihre Energie darauf zu verwenden, die drohende Pleite von der Firma meines Sohnes abzuwenden. Ich habe mich bereits nach den genauen Zahlen erkundigt, und was Don Simmons mir berichtete, ist alarmierend. Aber das wissen Sie vermutlich bereits.«

Natürlich sind die Zahlen alarmierend, du alter Esel, dachte ich voller Schadenfreude. Sie sind so alarmierend, weil ich dafür gesorgt habe, dass sie es sind, du seniler, alter Idiot!

Und das war er wirklich, das wurde mir in diesem

Moment bewusst. Nichts als ein seniler alter Knacker. Er hatte sich nicht einmal gefragt, wie es dem Erpresser überhaupt gelungen sein konnte, auf das Firmengelände zu gelangen, um Fotos von seinem Sohn mit dessen neuester Nutte zu schießen, während die beiden im Büro im obersten Stockwerk zugange waren. Auch hatte er keinerlei Anstrengungen unternommen, herauszufinden, wem das Konto eigentlich gehörte, auf das er die zwanzigtausend Dollar überwiesen hatte – nicht, dass das etwas genutzt hätte. Es war ganz klar: Der Alte wurde nachlässig.

Es war wirklich Zeit, dass er sich aus den Geschäften zurückzog.

Ich beglückwünschte mich dazu, dies schon so frühzeitig erkannt und einen Plan B ausgeheckt zu haben. Normalerweise hätte ich es mir nie bieten lassen, dass er mich jetzt einfach so aus seinen Diensten entließ wie der König, der er zu sein glaubte, doch dank meines genialen Alternativplans spielte dies nun auch keine Rolle mehr.

Genauso wenig, wie es eine Rolle spielte, dass ich diesen russischen Glücksspiel-Gangstern immer noch eine Menge Geld schuldete. Bald würde ich im Geld schwimmen, das hatte ich ihnen schon gesagt. Selbstverständlich hatte das dafür gesorgt, dass die Zinsen auf meine Schulden noch ein klein wenig angestiegen waren, aber wie gesagt: Bald würde das alles keine Rolle mehr spielen.

Die Vereinbarung, die ich mit den Bossen der konkurrierenden Firmen getroffen hatte, würde mich zu einem schwerreichen Mann machen. Mindestens so reich wie der alte Geldsack, der mir jetzt gegenübersaß. Vielleicht sogar reicher.

Mir war natürlich klar, was meine Auftraggeber vorhatten, sobald das MacGullin-Imperium zerschlagen war. Keinesfalls würden sie die Entwicklung der ökologischen Energieerzeugung, wie sie einem hoffnungslos romantischen Idealisten wie Tyler MacGullin vorschwebte, weiterführen. Stattdessen würden sie seine Patente einfach für immer in irgendeiner Schublade verschwinden lassen und weiter schmutzigen Strom produzieren, weil das für sie natürlich das viel lukrativere Geschäft war. Und wenn sie erst über die Patente von Tyler verfügten, würde ihnen niemand mehr den Platz an der Spitze streitig machen. Es ging um Milliarden für sie.

Und ich ließ mir meine Dienste gut bezahlen.

Der Clou war jedoch, dass ich den Untergang der Firma zum Schluss Tyler in die Schuhe schieben würde. Das würde ihn endgültig von seinem Vater entzweien und dafür sorgen, dass das ganze Konsortium in die Brüche ging. Vielleicht würde ich selbst noch ein paar weitere Aktienanteile erwerben, nur so zum Spaß. Diese konnte ich dann ebenfalls meistbietend an die Konkurrenz verscherbeln. Ich sah das Geld förmlich in Strömen auf mich zufließen und musste mir nun wirklich ein fettes Grinsen unterdrücken, sonst hätte der Alte noch was gemerkt.

Und was diese angebliche Ehe mit Sarah Milton betraf, so war ich mir ziemlich sicher, dass Tyler die kleine Nutte irgendwie für ihre Dienste bezahlte. Sie dafür bezahlte, dass sie seinem Vater die Ehefrau und demnächst vielleicht sogar die Mutter vorspielte. Die Kleine war schließlich nur eine Studentin, die man leicht mit der Aussicht auf ein bisschen Geld beeindrucken konnte. Ich hatte sofort gewusst, dass sie in ihrem Herzen eine Hure war wie die meisten Frauen. Umso mehr machte es mich wütend, dass sie sich ausgerechnet vor mir verschlossen hatte.

Sie bildete sich offenbar ein, sie sei zu gut für mich.

Aber die würde ihr blaues Wunder erleben, wenn sie erst mal wieder mittellos auf der Straße saß und sich alle Versprechen von Tyler MacGullin in Luft aufgelöst hatten. Dann würde ich ihr als der Ritter in strahlender Rüstung erscheinen. Ich würde ihr den kleinen Finger reichen und mich für ein Almosen mit ihr austoben, bis ich genug von ihr hatte. Dann würde ich sie wieder auf die Straße werfen, wo sie hingehörte.

Sarah Milton würde bald reif sein, von mir gepflückt zu werden.

Ich konnte den Triumph schon schmecken …

TEIL ELF

Zwei Wochen Später

KAPITEL 68

Sarah

Superior-Ranch, die Hamptons, am Rande
von New York
Master-Badezimmer im ersten Stock

2 Wochen später

ZWEI WOCHEN nach meinem Besuch bei Doktor Miller hatte ich mich wieder im Badezimmer eingeschlossen. Die letzten Tage waren die Hölle gewesen, denn vor einer knappen Woche war meine Regel ausgeblieben. Ein, zwei Tage hatte ich in banger Erwartung verbracht und danach so gut wie keine Nacht mehr durchgeschlafen, bis ich es schließlich nicht mehr ausgehalten hatte und mir in einem Drugstore zwei Schnelltests für Schwangerschaft besorgt hatte.

Ich war mir dabei vorgekommen wie eine Verbrecherin, als ich die Tests hastig aus dem Regal gegriffen und dem Verkäufer vorgelegt hatte. Der Typ hatte mich keines Blickes gewürdigt, aber auch darin sah ich beinah so etwas wie einen Schuldvorwurf. Ich wurde noch richtiggehend paranoid!

Ich hatte mir zwei Tests gekauft, weil ich gehört hatte, dass dies die Zuverlässigkeit des Ergebnisses erhöhte. Man sollte zwischen beiden etwa eine Stunde vergehen lassen.

Den ersten hatte ich gerade hinter mir.

Nachdem ich auf den Streifen gepinkelt hatte, hatte ich ihn mit zitternden Händen gehalten und darauf gestarrt, während sich erst einer, dann zwei Streifen auf dem kleinen Sichtfenster gebildet hatten. Ich machte meiner Verzweiflung mit einem leisen Fluch Luft.

Ich war also schon mal zu 50 % schwanger.

Alle Kraft war aus mir gewichen und ich hatte Minuten gebraucht, bis ich wieder vom Sitz aufstehen und schließlich das Badezimmer verlassen konnte.

Die nächste Stunde hatte ich wie im Wachkoma verbracht.

Die Welt schien wie träger Sirup an mir vorbeizufließen, jede Sekunde fühlte sich wie eine Stunde an. Danach war ich wieder ins Badezimmer gegangen und jetzt saß ich hier. Auch diesmal ließ das Ergebnis nicht lange auf sich warten.

Als ich auf den Plastikstreifen schaute, kamen mir die Tränen so heftig, dass ich schluchzend zusammenbrach und vom Klo auf die harten Fliesen rutschte. Im allerletzten Moment konnte ich mich an der Kloschüssel abfangen, sonst hätte ich mir wahrscheinlich den Kopf aufgeschlagen.

Nun stand es fest.

Der schlimmste anzunehmende Fall war eingetreten, ich hatte eine der beiden Regeln unseres Vertrages verletzt und mir war klar, dass ich damit alles gefährdete. Alles, von dem ich geglaubt hatte, dass es zwischen mir und Tyler entstanden war, war damit für alle Zeiten unwiederbringlich dahin. Und das war erst der Anfang des gewaltigen Shitstorms, der da auf mich zurollte.

Es gab keinen Zweifel mehr: Ich war schwanger.

KAPITEL 69

Tyler

*Superior-Ranch, die Hamptons, am Rande
von New York
Master-Badezimmer, Erdgeschoss*

ICH HATTE SCHON seit einer Weile das Gefühl, dass sich Sarah zunehmend von mir zurückzog. Allerdings hatte ich keine Ahnung, woran das liegen konnte. Nach dieser intensiven Nacht, in der wir beide mehrmals hintereinander gekommen waren, hatten wir natürlich noch ein paar weitere Male Sex gehabt.

Allerdings bat sie mich, es ein bisschen vorsichtiger anzugehen. Kein Problem, hatte ich gesagt und sie eher sanft genommen. Zumindest so sanft, wie mir das möglich war. Denn noch immer brachte mich der Anblick ihres nackten, sich windenden Körpers um den Verstand, und es fiel mir schwer, mich zu zügeln.

Ich brauchte ziemlich viel Selbstbeherrschung, um ihrem Wunsch zu entsprechen. Früher hätte ich das bei keiner der anderen Frauen gemacht. Sie wussten, worauf sie sich mit mir einließen, immerhin hatte ich einen Ruf als jemand, der im Bett gern dominant war, und keine der Frauen hatte sich je darüber beschwert.

Aber bei Sarah war das etwas anderes.

Plötzlich ging es mir nicht mehr nur um mich, ich wollte auch ihre Wünsche respektieren. Ich wollte, dass sie mindestens genauso viel Spaß dabei hatte wie ich, auch wenn ich nicht sagen konnte, aus welchem Grund mir das plötzlich wichtig war.

Vielleicht, weil sie anfing, mir wirklich wichtig zu sein?

Wir hatten einen langen Spaziergang über die Farm unternommen, wobei ich Sarahs jüngste Verschönerungen bestaunt und mir ihre Pläne für weitere Gartenbaumaßnahmen interessiert angehört hatte. Es war schön gewesen, mal über etwas anderes zu reden als rote Zahlen.

Danach hatten wir noch Shadow Moon besucht, der herangetrabt war, kaum dass wir den Rand der Weide erreicht hatten, als spüre er, dass Sarah in der Nähe war. Ich sah eine lange Weile zu, wie Sarah mit geschlossenen Augen am gesenkten Kopf des Pferdes lehnte und flüsternd mit ihm sprach. Und ich hätte schwören können, dass Shadow Moon jedes Wort verstand.

Jetzt standen wir unter der Dusche und seiften uns gegenseitig ein.

Früher hatten wir das oft und mit viel Spaß gemacht. Manchmal hatten wir dabei herumgeplanscht wie kleine Kinder und uns mit Wasser bespritzt. Ich liebte es, sie ausgiebig zu lecken, während das warme Wasser über unsere Körper lief. Ein paar Mal hatte ich sie unter der Dusche im Stehen genommen, aufgrund der Größe meines Schwanzes bereitete mir das keine Probleme.

Besonders schien es ihr zu gefallen, wenn ich sie dabei von hinten nahm, sie fest an der Hüfte packte und eine Hand auf ihren Rücken drückte, um sie nach vorn zu beugen. Mich machte diese Stellung wahnsinnig, weil ich dabei ihren perfekten, festen kleinen Hintern vor mir sehen konnte, während ich sie nach Herzenslust rammelte.

Doch nun reagierte sie sehr zurückhaltend auf meine diesbezüglichen Versuche.

Zwar ließ sie sich von mir einseifen, doch als ich sie zu küssen begann und sie meine Finger, die hinab zu ihrer Pussy glitten, sanft beiseiteschob, merkte ich, dass etwas nicht stimmte.

Also schaltete ich einen Gang zurück, zog sie an mich und küsste sanft ihren Hals.

Die erwünschte Wirkung blieb nicht aus und sie legte den Kopf in den Nacken und seufzte leise. Ich hatte den Eindruck, dass sie das, was nun unweigerlich folgen würde, einerseits genießen würde, doch andererseits schien sie irgendetwas zu bedrücken.

Doch eins nach dem anderen.

Ich brauchte jetzt Sex, und zwar mit ihr und *dringend*. Was immer ihr Sorgen bereitete, wir würden uns später darum kümmern. Sanft strich ich über ihre kleinen, festen Brüste, liebkoste die Brustwarzen und ging vor ihr auf die Knie.

Ihre Hände fanden meinem Hinterkopf und glitten hinab zu meinen Schultern, wo sie liegen blieben. Ich liebte den sanften Druck ihrer Finger auf meinen Schulterblättern. Und ich wusste, dass sie meiner Zunge nicht widerstehen konnte.

Ich behielt recht, nach einer Weile taute sie auf, lehnte sich an die geflieste Wand der Duschkabine und gab sich mir mit tiefem Luststöhnen hin. Ich ergriff die Gelegenheit beim Schopf, hörte auf, sie zu lecken, und stand wieder auf. Dann nahm ich ihr Gesicht in beide Hände und küsste sie tief, während die Spitze meines Schwanzes wie von ganz allein den Eingang zu ihrer köstlichen Pussy fand.

Sie legte den Kopf in den Nacken und flüsterte etwas, das ich nicht verstand. Irgendetwas von wegen, dann sei es jetzt auch egal. Ich nahm das als Signal, dass sie so weit war. Ohne meine oder ihre Hände zu Hilfe zu nehmen, drang ich in sie ein. Zunächst nur mit der Spitze, dann ließ ich sie da. Ich wusste, dass sie diesen Augenblick immer ganz besonders genoss. Den Moment, bevor ich die gesamte Länge meines Schaftes in ihr versenken würde.

»Mach bitte vorsichtig«, flüsterte sie und ich versprach es. Ich griff ihren süßen Po mit beiden Händen und hob sie an, während sie ihre Arme um meinen Nacken schlang. Dann schob ich meinen Schwanz so langsam und vorsichtig wie möglich in sie hinein. Es war eine köstliche, neue Erfahrung, weil ich dabei jeden Millimeter intensiv spürte.

Sie schlang die Beine um meinen Hintern und war plötzlich ganz eng. Ich stöhnte auf, weil ich mich sehr zusammenreißen musste, nicht auf der Stelle in ihr zu kommen. Stattdessen glitt ich langsam tiefer in sie hinein, bis ich mich ganz in ihr versenkt hatte. Dann zog ich mich so langsam, wie ich in sie eingedrungen war, wieder aus ihr zurück.

Wir wiederholten dieses Spiel ein paar Mal und normalerweise wäre ich dabei immer schneller und leidenschaftlicher geworden, doch diesmal verbot ich es mir und zwang mich, die Beherrschung nicht zu verlieren.

Auch wenn es mir schwerfiel, bereitete es uns doch eine nie gekannte Lust. Sex in Zeitlupe, jede Sekunde schien plötzlich mehrere Minuten zu dauern.

Aber es war nicht nur das.

Es war die Nähe zu ihrem Körper, zu ihrem Wesen, zu ihr. Es war die Nähe zu dieser Wahnsinnsfrau, die sich auch nicht scheute, mich herauszufordern, in sexueller wie in jeder anderen Hinsicht.

Kurz bevor ich heftig in ihr kam, hatte ich eine Art Erleuchtung: Dies war die erste Frau in meinem Leben, die mir vielleicht tatsächlich gewachsen war. Mit diesem Gedanken glitt ich ein letztes Mal ganz tief in sie hinein und presste sie an mich, während sich alles, das sich in mir angestaut hatte, in sie entlud.

Ich wusste nicht, was in diesem Moment über mich kam, doch ich konnte einfach nicht anders. »Ich liebe dich, Sarah«, flüsterte ich ihr ins Ohr. Einmal, dann noch einmal, während ihr Körper vor Lust bebte und zitterte. »Verdammt!«, sagte ich lauter, während sich die letzten Reste meiner Lust in ihr ergossen. »Mir ist egal, ob das unseren Vertrag verletzt, aber ich liebe dich, Sarah Milton, verdammt noch mal!«

Kaum hatte ich das ausgesprochen, bereute ich es schon wieder. Das war wirklich ganz schön unbeherrscht von mir und auf jeden Fall nicht das, das sie hatte hören wollen. Es war mir vollkommen klar, für sie war das lediglich eine Art Geschäft und auch noch eines, das aus einer Notlage heraus entstanden war, an der letztlich auch ich mitverantwortlich war.

Sie konnte mich nicht lieben und würde das niemals tun. Aber auch das war mir in diesem Moment egal, meine Gefühle hatten einfach aus mir rausgemusst, sonst wäre ich explodiert, da war ich sicher.

Ich hatte mit vielem gerechnet, aber nicht damit, dass sie daraufhin in Tränen ausbrechen würde, doch genau das tat sie. Ich wusste, dies waren keine Tränen der Lust oder der Freude. Ich konnte deutlich an ihrem Gesicht ablesen, dass ich richtig Mist gebaut hatte – sie sah aus, als sei ihre Welt in diesem Moment auseinandergebrochen.

Ich hatte nicht die leiseste Ahnung, wieso.

KAPITEL 70

Sarah

Superior-Ranch, die Hamptons, am Rande
von New York
Master-Badezimmer, Erdgeschoss

NUN KONNTE ich mir nicht mehr einreden, es falsch verstanden zu haben. Tyler hatte sich ganz klar und unmissverständlich ausgedrückt, und zu allem Überfluss hatte er dabei auch noch laut geflucht. »Ich liebe dich, verdammt noch mal!«, hatte er gesagt, nein, gerufen. »Es ist mir egal, ob das unseren Vertrag verletzt, ich liebe dich, Sarah Milton.«

Einfach so war der Deal hinfällig, die Konsequenzen schienen ihm völlig egal zu sein. Schön, dachte ich, und was ist mit mir?

Warum hatte der Arsch das nur sagen müssen?

Hatte er mich denn noch nicht genug gedemütigt oder war dies ein weiteres seiner perversen Sexspielchen? Eine neue psychologische Manipulation, die er sich extra für mich ausgedacht hatte?

Plötzlich wollte ich nur noch von ihm weg von diesem egoistischen Scheißtyp mit all seinem Geld und all seiner

Macht, der sich einfach Frauen kaufen konnte. Der sich mich gekauft hatte, für Peanuts – in seinen Augen. Für all das hatte ich inzwischen Verständnis, ich konnte damit umgehen.

Aber ein spontaner Liebesschwur?

Nein, das ging nicht.

Ich war völlig durcheinander, meine Hormone spielten verrückt, und jetzt musste er auch noch mit so etwas daherkommen. Nahm dieser ganze Bockmist, der mir gerade um die Ohren flog, denn nie ein Ende?

Dabei war es bis eben noch so schön gewesen.

Er hatte mich liebevoll mit der Zunge verwöhnt, weil er wusste, wie sehr mich das verrückt machte. Dann war er in mich eingedrungen und es war himmlisch gewesen. Für ein paar Augenblicke hatte ich sogar vergessen können, welche Last jetzt auf den Schultern lag.

Ich hatte vergessen können, dass ich schwanger geworden war, und zwar von ihm.

Ich hatte keine neue Spirale einsetzen lassen, sondern den Sex auf meinen Zyklus angepasst, nachdem die alte entnommen worden war. Es war zwar nicht leicht gewesen, ihn an meinen fruchtbaren Tagen von mir fernzuhalten, doch es ging, weil ich ihm dann einfach bereitwillig mit Mund und Zunge zur Verfügung stand.

Ein paar Mal hatte ich auch meine Hände und etwas Massageöl benutzt, um ihm Erleichterung zu verschaffen. Er hatte auch das genossen, und ich auch. Wir waren uns vorgekommen wie Teenager, die die Finger nicht voneinander lassen konnten, sich aber geschworen hatten, keinen Sex vor der Ehe zu haben.

Aber natürlich war das nicht unser wirkliches Problem, denn verheiratet waren wir, zumindest auf dem Papier. Nicht, dass das irgendetwas einfacher gemacht hätte.

Als er mir seine Liebe gestanden hatte, oder was auch immer er gerade getan hatte, waren mir die Tränen in die

Augen geschossen. Ich hatte gar nichts dagegen tun können, es war einfach so passiert.

Und dann hielt ich es nicht mehr aus.

Ich fühlte mich so miserabel und elend. Einerseits wollte ich Sex mit ihm, verdammt, ich wäre sogar wirklich seine Frau geworden, so, wie wir uns in letzter Zeit zusammengerauft hatten. Es funktionierte gut mit uns, in jeglicher Hinsicht. Ich fühlte mich wohl auf seinem Besitz, auch wenn ich wusste, dass ich hier nur auf geborgter Zeit lebte.

Das alles war nun zerstört, weil diese verdammte Spirale in mir sich gelöst hatte. Ich hätte gern ihm die Schuld dafür gegeben, weil er mich so hart genommen hatte. Oder Doktor Malone, weil er die Spirale nicht richtig eingesetzt hatte.

Aber ich wusste, dass alles davon Unsinn war.

Er hatte es klipp und klar bei unserer Vereinbarung gesagt. Es war meine Aufgabe, mich um diese Art der Verhütung zu kümmern.

Und darin hatte ich versagt.

Ungewohnt sanft nahm er mich in die Arme, als er bemerkte, dass ich weinte. Sanft wischte er mir mit den Fingerspitzen die Tränen von den Wangen und sah nun wirklich besorgt aus, als er zu mir herunterblickte. Sein schönes Gesicht so nah bei meinem zu sehen, und so voller Sorge, ließ mir gleich neue Tränen in die Augen steigen.

»Was hast du, Sarah?«, fragte er sanft. »Hab ich was falsch gemacht?«

Ich schüttelte den Kopf.

»Was ist es dann? Du kannst mir alles sagen, das weißt du, oder?«

Ja, das wusste ich. Bloß würde er das, was ich als Nächstes zu sagen hatte, nicht hören wollen.

»Ich bin schwanger Tyler.«

»Wie bitte?«

»Die Spirale hat sich gelöst«, erklärte ich schluchzend.

»Vor etwas über zwei Wochen. Wir hatten heftigen Sex und …«

Er schaute schweigend auf mich herab und ich sah, dass sich etwas in seinem Blick veränderte. Plötzlich wurden seine Augen hart und eiskalt.

»Seit wann weißt du davon?«, fragte er mit tonloser Stimme.

»Ich war mir nicht sicher«, stammelte ich. »Daher habe ich einen Frühtest besorgt und heute Morgen … Seit heute Morgen weiß ich es mit Bestimmtheit. Es tut mir leid, Tyler, ich wollte nicht …«

Aber wofür entschuldigte ich mich eigentlich gerade? Dass mein Körper sich normal verhielt? War es denn wirklich so überraschend, dass ich schwanger wurde, nachdem er mich jeden Tag, manchmal auch mehrmals am Tag nach Strich und Faden vögelte?

Was hatte er denn erwartet?

Bei diesem heftigen Ansturm auf meinen Körper und der überdurchschnittlichen Größe seines Schwanzes war es doch schließlich kein Wunder, dass die Spirale irgendwann versagt hatte. Wann hatte er eigentlich aufgehört, Kondome zu benutzen – und wieso?

Doch das alles schien ihn nicht zu kümmern.

Ich sah ihm deutlich an, dass er genau dasselbe dachte wie ich: Damit war der Deal geplatzt und alle Absprachen waren hinfällig. Alles, wofür wir in den letzten Monaten gemeinsam so hart gearbeitet hatten. Die Umgestaltung des Hauses und der Ranch, der Aufbau meiner Spendenorganisation, und das, was wir inzwischen füreinander empfanden. Wir hatten uns zusammengerauft, und nun das.

Ich wusste, was er über Kinder dachte, und er hatte nie ein Geheimnis daraus gemacht. Ich wusste auch, dass er in der Geheimhaltungserklärung, welche die anderen Frauen hatten unterzeichnen müssen, eine Klausel eingebaut hatte, in der stand, dass sie die Kinder nicht bekommen durften, sondern sie abtreiben mussten, sollte es zu einem Zwischenfall kommen.

Ein neues Leben, das in mir heranwuchs, einfach auslöschen? Das konnte ich nicht – auf keinen Fall, ich würde mir das mein Leben lang nicht verzeihen können.

»Ich muss hier raus!«, murmelte er, dann ließ er mich allein unter der Dusche stehen. Während ich an der gefliesten Wand zu Boden rutschte und mir die Hände vors Gesicht gepresst, die Seele aus dem Leib heulte, hörte ich, wie er sich hastig anzog und das Haus verließ.

Das, was er zurückließ, war nur noch eine zerbrochene Puppe. Ein weggeworfenes Spielzeug, mehr nicht. Ich war am Ende.

KAPITEL 71

Tyler

*Superior-Ranch, die Hamptons, am Rande
von New York
Master-Badezimmer, Erdgeschoss*

ICH MUSSTE SOFORT HIER RAUS. Ich konnte keine Sekunde länger mit ihr unter dieser Dusche stehen. Mir war klar, was ich ihr damit antat, aber ich konnte einfach nicht anders. Nach dem, was passiert war, brauchte ich dringend Zeit für mich, um über alles nachzudenken.

Blödsinn.

Worüber ich nachdenken musste, war vor allem die ungeheuerliche Tatsache, dass sie schwanger war. Und die Tatsache, dass sie mir das bis zum letzten Moment verschwiegen hatte. Ich konnte es natürlich nicht wissen, zumindest nicht mit Bestimmtheit, vermutete aber, dass sie schon früher etwas geahnt hatte. Auf jeden Fall musste sie doch gespürt haben, dass etwas mit der Spirale nicht stimmte – oder?

Verdammt, ich wusste es nicht.

Trotzdem hätte sie sofort zu mir kommen müssen, wir

wären zu Doktor Malone gefahren und dem wäre sicher eine Lösung des Problems eingefallen.

Stattdessen hatte sie mir eine Komödie vorgespielt.

War denn vielleicht alles nur ein Schmierentheater für sie – für uns? Spielten wir uns gegenseitig vor, was wir auch der Welt um uns herum vorspielten? Das glückliche, frisch verliebte Ehepaar?

Ich wusste es nicht mehr. Und ich wusste auch gar nicht, ob es mich überhaupt noch interessierte.

Als James mir einen fragenden Blick zuwarf, verlangte ich von ihm die Schlüssel des Bentleys, die er mir sofort aushändigte. Ohne ein weiteres Wort stürmte ich aus dem Haus und spürte förmlich seine fragenden Blicke im Rücken. Allerdings war er ein bestens ausgebildeter Butler, von ihm würde ich also keinen Kommentar zu hören bekommen. Wenigstens das. Denn einen Kommentar, egal von wem, hätte ich im Moment nun wirklich nicht gebrauchen können.

Ich setzte mich in den Bentley, ein ungewohnter Vorgang, denn normalerweise chauffierte mich James im Maybach oder im Lexus durch die Gegend. Doch nun fühlte es sich überraschend gut an, wieder einmal hinter einem Lenkrad zu sitzen, das Steuer selbst in der Hand zu haben. Wenn mir das Ruder auch in jeder anderen Hinsicht gerade zu entgleiten schien, das hier hatte immerhin etwas Tröstliches.

Ich fuhr los, vom Gelände der Ranch, hämmerte den Feldweg entlang und kurze Zeit später erreichte ich den Highway.

Ich fuhr in Richtung Stadt, doch hatte ich kein Ziel.

Wo sollte ich auch hin? Zu meinem Vater? Lächerlich, das war der letzte Ort, an dem ich jetzt sein wollte. In die Firma? Das ging auch nicht, denn alles dort würde mich nur an mein Versagen erinnern, beruflich wie privat. Alles lag in Trümmern und nichts würde sich jemals wieder kitten lassen.

Was ich wirklich suchte, das wurde mir irgendwann klar, war das Vergessen. Und ich kannte eine gute Methode, wie man dieses Vergessen zuverlässig herbeiführen konnte.

Schließlich landete ich in einer billigen Bar.

Der Besitzer des Schuppens machte sich nicht mal die Mühe, den heruntergekommenen Eindruck des Ladens auch nur ein bisschen zu kaschieren. Es roch nach Zigarettenrauch, billigem Fusel und ein paar Dingen, deren Ursprung ich lieber nicht genauer in Erfahrung bringen wollte. Von den Toiletten wehte außerdem noch ein sehr spezieller Duft herein, doch das ignorierte ich einfach – in meinem jetzigen Zustand störte mich nicht einmal das.

Der Besitzer, ein schmieriger Biker mit Lederweste und langen fettigen Haaren, schien regelrecht stolz auf das abgerissene Ambiente seines Ladens zu sein, und irgendwie ergab das sogar Sinn. Dies war eine Kneipe, in der man einfach in Ruhe trinken konnte und in der respektiert wurde, wenn man für sich sein wollte – und am Ende des Abends stinkbesoffen. Ich zweifelte keine Sekunde daran, dass der schmierige Wirt schon jede Menge Verlierer und Versager hatte kommen und gehen sehen.

In diesem Moment war ich nur ein weiterer von ihnen. Und warum auch nicht? Ich hatte auf kompletter Linie versagt. Wenn schon alles dabei war, zum Teufel zu gehen, konnte ich mich auch einfach anschließen.

Selbstverständlich gab es hier keinen auch nur einigermaßen passablen Scotch im Angebot, wie mir ein schneller Blick auf die Flaschen verriet, welche in einem Regal mit verspiegelter Rückwand hinter dem breiten Rücken des Barkeepers aufgereiht waren.

Auch gut, dachte ich, dann eben den billigen Fusel, der erfüllt den Zweck genauso – vielleicht war es besser, wenn ich mich schon mal daran gewöhnte. Die Zeiten von gutem

Rotwein und erlesenem Scotch würden für mich sowieso bald vorbei sein.

Als ich gerade dazu ansetzen wollte, den billigsten Whisky zu bestellen, den der Kerl dahatte, am besten gleich die ganze Flasche davon, schwang sich ein Mann auf den Barhocker neben meinem. Mit einem Kopfnicken in Richtung Wirt bestellte er ein neues Bier und begann dann, mich von oben bis unten zu mustern.

KAPITEL 72

Sarah

*Superior-Ranch, die Hamptons, am Rande
von New York*

ZWEI STUNDEN später war ich immer noch am Boden
zerstört, aber immerhin hatte ich mein Äußeres mittlerweile
etwas in Ordnung gebracht. Ich hatte mir die Tränen aus
dem Gesicht gewischt. Das hatte ich mehrfach tun müssen,
aber nun waren schon seit etwa einer Viertelstunde keine
neuen gekommen, auch wenn meine Augen immer noch
gerötet waren und brannten.

Ich hatte kein neues Make-up aufgelegt, denn ich rechnete nicht damit, dass Tyler allzu bald zurückkehren
würde. Er hatte ausgesehen, als ob er vielleicht überhaupt
nie wieder zurückkehren würde.

Wobei das natürlich Unsinn war, immerhin war das hier
sein Haus und seine Ranch. Was ihn jedoch nicht davon
abhalten würde, mich einfach rauszuschmeißen, so viel war
klar. Unser Deal, der einzige Grund für unser bisheriges
Zusammenleben, war geplatzt.

Ich hatte die einzige Regel gebrochen, die es zwischen
uns gegeben hatte. Nein, das stimmte nicht ganz. Die

andere Regel war gewesen, keine Gefühle! Aber da hatte ich mindestens genauso sehr versagt.

Als es an der Tür klingelte, machte mein Herz einen Hüpfer. Vielleicht war es Tyler, und er war tatsächlich schon zurück? Vielleicht würden wir uns jetzt aussprechen können? Vielleicht würde sich doch noch alles klären, vielleicht...

Erwartungsvoll riss ich die Haustür auf und blickte in das Gesicht von ...

»Michael?«, ächzte ich überrascht, beinahe erschrocken. »Was machst du denn hier?«

Und wie bist du überhaupt bis zur Haustür gekommen, fragte ich mich unbewusst. Aber natürlich war das lächerlich. Michael war ein langjähriger Geschäftspartner und Freund von Tyler, die Wachen am Tor kannten sein Gesicht und natürlich würden sie ihn vorlassen. Vermutlich hatten sich sogar die Hunde schon an seinen Geruch gewöhnt.

»Guten Abend, Sarah«, sagte Michael in ruhigem Ton. Sein Gesicht war ausdruckslos, wirkte fast ein bisschen abwesend, dann begann ein kleines Lächeln, seine Lippen zu umspielen. »Du siehst gut aus, wenn ich das sagen darf.«

Langsam, wie demonstrativ, ließ er den Blick über das Haus streifen, bevor er mich wieder ansah. »Und wie ich sehe, lässt du es dir hier gut gehen. Nicht schlecht, nicht schlecht. Früher sah es hier wesentlich öder aus.«

Es war eine durch und durch blöde Situation. Genau genommen wusste ich nicht mal, ob ich ihn jetzt siezen oder duzen sollte. Einerseits hatten wir uns nie das Du angeboten, andererseits war er nicht länger mein Chef. Und immerhin stand er nun vor der Tür dessen, was – zumindest auf dem Papier – auch mein Zuhause war.

»Willst du mich nicht hereinbitten?«, fragte er. Ich musste an Vampirfilme denken, die ich früher manchmal gesehen hatte. Wobei, gesehen hatte ich eigentlich nur wenig, meistens hatte ich mir beide Hände vor die Augen gepresst. Aber da war es auch so, dass der Vampir immer erst hereingebeten werden musste, bevor er das schöne Mädchen in den Hals beißen konnte. Aber ich konnte schlecht einem der ältesten Freunde Tylers den Eintritt ins Haus verwehren.

Also trat ich wortlos zur Seite und Michael betrat den Flur.

»Es sieht wirklich viel wohnlicher hier aus«, bemerkte er, und ich konnte nicht erkennen, ob sein Ton anerkennend oder spöttisch sein sollte, »seit ich das letzte Mal hier gewesen bin. Ich sehe, du hast einen guten Einfluss auf Tyler.«

Dann gab er ein leises Kichern von sich, das mir einen kalten Schauer über den Rücken jagte.

»Wo ist Tyler überhaupt?«, fragte er in beiläufigem Ton.

»Nicht da«, rutschte es mir heraus, bevor ich mir eine bessere Antwort überlegen konnte. Verdammt! Jetzt wusste er, dass ich allein im Haus war. Und irgendwie gefiel mir das gar nicht.

»Und wann erwartest du ihn zurück, Sarah?«, fragte er und schaute mich jetzt mit einem angedeuteten Lächeln an. Allerdings erreichte das Lächeln seine Augen nicht, die waren kalt und blank wie zwei Stahlmurmeln. Jetzt bekam ich es wirklich ein bisschen mit der Angst. Ich würde ihn auf keinen Fall weiter ins Haus lassen und sah nur meine Chance, dieses zu verhindern, darin, dass ich sagte: »Er wird jeden Moment zurück sein. Aber ich glaube nicht, dass er heute Abend noch Lust haben wird, über die Firma zu sprechen.«

»Oh«, sagte Michael. »Ich denke, dass er das, was ich ihm zu sagen habe, ganz *bestimmt* hören will. Willst du mir nicht ein wenig Gesellschaft leisten, während ich auf ihn warte?« Mit diesen Worten setzte er sich in Richtung Wohnzimmer in Bewegung, wo ich ihn allerdings ganz bestimmt nicht haben wollte. Auf der Couch lag noch ein Riesenberg zerknüllter Tempo-Taschentücher von den diversen Weinkrämpfen, die ich innerhalb der letzten paar Stunden durchlitten hatte.

»Gehen wir doch auf die Terrasse«, schlug ich deshalb vor. Da wollte ich ihn zwar auch nicht haben, aber es war mir immerhin lieber als im Haus. Da draußen bestand zumindest die vage Möglichkeit, dass uns irgendwer sah.

Nur für den Fall …

Aber für welchen Fall eigentlich? Worüber machte ich mir eigentlich Gedanken? Michael mochte ein widerlicher Vorgesetzter sein, der ständig versuchte, seinen in rascher Folge wechselten Sekretärinnen unter den Rock zu schauen. Aber im Haus seines eigenen Bosses würde er diese Art von Übergriffen wohl nicht wagen. Und ganz bestimmt nicht auf dessen Ehefrau.

Oder?

»Bekomme ich denn nicht mal einen Drink?«, beschwerte er sich grinsend und zwinkerte mir zu. »Die Rolle der Gastgeberin hast du wohl noch nicht so richtig drauf, was?«

Ich zeig dir gleich, was ich drauf habe, dachte ich wütend, doch ich ließ mir nichts anmerken. Stattdessen ging ich hinüber zu der kleinen Bar, die in einer Ecke der Veranda stand, suchte den billigsten Scotch heraus, den ich finden konnte – der aber natürlich eigentlich immer noch viel zu gut für dieses Ekel Michael war –, und kippte ihn achtlos in ein Glas.

Das stellte ich schwungvoll vor ihm auf den Tisch, an dem er inzwischen Platz genommen hatte. Er sollte ruhig wissen, dass er hier nicht willkommen war. Als er nach dem Drink griff, berührte er wie zufällig meine Hand, die ich hastig zurückzog, als hätte ich ein ekliges Insekt berührt. Dabei kam mir allerdings das Glas in die Quere, das ich gerade vor ihm auf den Tisch gestellt hatte.

Mit einem lauten Klirren zersprang es auf den Fliesen der Veranda und ich unterdrückte einen leisen Fluch. Warum hatte dieser Kerl hier auftauchen müssen, und noch dazu ausgerechnet an diesem Abend?

»Ups!«, kicherte Michael. »Wie ungeschickt. Sind wir heute etwas schwach auf den Beinen? Und mal ehrlich, Sarah, vorhin habe ich gelogen. Du hast wirklich schon besser ausgesehen, irgendwie wirkst du ein bisschen angespannt. Ihr beiden Turteltäubchen habt doch nicht etwa Ehesorgen?«

Seine Stimme triefte vor Hohn.

Jetzt machte er mir wirklich Angst. So, wie er unsere Ehe aufs Korn nahm, hatte ich beinahe den Eindruck, er wisse über alles Bescheid. Durchschaute er unseren Bluff? Und wenn ja, wem würde er davon erzählen? War er etwa hier, um Tyler zu erpressen? Oder mich?

Ich kümmerte mich nicht weiter um das zersprungene Glas oder die bernsteinfarben glänzende Lache auf dem Boden. Ich würde es später wegräumen. Stattdessen wandte ich mich an Michael und setzte ein unschuldiges Gesicht auf. »Ich weiß nicht, was du meinst. Unsere Ehe läuft hervorragend – nicht, dass dich das irgendetwas anginge. Aber ich nehme an, dass jemand wie du so etwas ohnehin nie begreifen wird.«

»Ohoho, duzen wir uns neuerdings, Miss Milton?«, fragte er mit gespielter Entrüstung. »Aus dir scheint mir ein ganz schön freches Früchtchen geworden zu sein, meine Liebe. Ein steiler Aufstieg von der Praktikantin, würde ich sagen.«

»Ich bin nicht deine Liebe«, entgegnete ich. »Und deine Angestellte bin ich übrigens auch nicht mehr, falls du es noch nicht mitbekommen hast. Und jetzt wäre ich dir dankbar, wenn du wieder gehen würdest. Ich kann Tyler sagen, dass du hier warst. Er wird sich bei dir melden, wenn er es für angebracht hält.«

In die letzten Worte legte ich alle Verachtung, die ich für Michael übrig hatte – und das war eine ganze Menge. Vor allem aber versuchte ich, meine erneuten Tränen zu unterdrücken. Wenn Michael unser Spiel tatsächlich durchschaut hatte und nun zu Tylers Vater rennen würde, um ihm alles zu berichten? Was würde passieren? Was würde mit mir passieren und mit dem ungeborenen Kind in meinem Bauch? Ich hatte Verantwortung, nicht nur für mich, sondern auch für dieses kleine, schutzlose Wesen in mir.

Michael machte indessen gar keine Anstalten, zu gehen. Stattdessen stand er auf, schob seine Hände in die Hosentaschen und musterte mich mit einem langen, nachdenklichen Blick. Dann sagte er: »Ich finde, du verschwendest dich an deinen sogenannten Ehemann, Sarah. Und ich wette, du hast keine Ahnung, was für ein Typ Tyler MacGullin in Wirklichkeit ist.«

»Was?«, schnappte ich. Was meinte er damit?

»Du weißt, dass seine Mutter an Krebs gestorben ist?«, fragte Michael mit einem hinterlistigen Grinsen. Das hatte mir Tyler bereits erzählt, also überraschte mich das nicht. Ich nickte. »Inzwischen dürftest du ebenfalls erfahren haben, dass er ein unverbesserlicher Aufreißer ist. Wir sind schon seit langen Jahren beste Freunde und Studienkumpel, du kannst mir also glauben, wenn ich dir sage, dass die Gerüchte alle noch deutlich untertrieben sind. Tyler ist kein Typ für nur *eine* Frau. Er mag Verbindlichkeiten einfach nicht, verstehst du? Das war schon immer so.«

Ich zuckte mit den Schultern. Ja, das mochte alles stimmen. Allerdings hatte ich nicht den Eindruck, dass Tyler fremdgegangen war, seit wir verheiratet waren. Selbst ihm wäre das zu riskant gewesen, immerhin hätte sein Vater bestimmt Wind davon bekommen. Und abgesehen davon …

»Er mag es«, fuhr Michael unbeirrt fort, »immer als der solide Geschäftsmann und verlässliche Partner aufzutreten.

Aber ich frage dich, kann ein Typ wie er überhaupt ein verlässlicher Geschäftsmann sein?«

»Ich habe keine Ahnung, wovon du da redest, Michael.«

Michael gab wieder ein leises Kichern von sich, welches supercreepy klang. »Wusstest du auch, dass er seinen Vater beim Herumbumsen überrascht hat, während seine Mutter im Krankenhaus im Sterben lag?«

»Was?«, schnappte ich atemlos. Das, falls es überhaupt stimmte, hatte ich noch nicht gewusst. Aber mir war sofort klar, dass das einiges erklärte. Wenn es stimmte, musste Tyler seit seiner Kindheit ein furchtbares Trauma mit sich herumschleppen. Aber ich konnte Michael in diesem Moment keine Schwäche zeigen, also tat ich so, als hätte ich auch darüber längst Bescheid gewusst.

»Es scheint also in der Familie zu liegen«, grinste Michael mich an. »Du siehst also, er ist ein eher unzuverlässiger Typ, auch wenn er in der Öffentlichkeit gern anders auftritt. Aber allein seiner Marotte, ständig irgendwelche Mädels abzuschleppen und ihnen nicht zu verraten, wer er wirklich ist … Kaum das Verhalten eines geistig gesunden Mannes, oder? Hast du darüber schon mal nachgedacht?«

Du musst gerade reden, dachte ich im Stillen, verkniff mir aber einen Kommentar.

»Und nun habe ich leider herausgefunden«, fuhr Michael fort, »dass sich seine Unzuverlässigkeit auch auf das Geschäftliche ausgedehnt hat. Und das ist eine ganz andere Dimension, als sich durch die halbe Stadt zu vögeln. Hier geht es um die Firma, das verstehst du, oder?«

»Ich verstehe gar nichts«, sagte ich und spürte, dass meine Knie kurz davor waren, wegzuknicken. Konnten diese ungeheuerlichen Vorwürfe von Michael tatsächlich wahr sein? Immerhin war mir aufgefallen, dass Tyler seit Beginn unserer Ehe sich immer mehr in sich zurückgezogen hatte, öfter schlechte Laune hatte und gelegentlich von schweren Sorgen geplagt zu sein schien. Das war nicht von der Hand zu weisen.

Er hatte mehr als einmal deutlich gemacht, dass es Probleme in der Firma gab, über die er jedoch lieber nicht im Detail mit mir reden wollte. Lag das daran, dass er fürchtete, jemand könnte ihm auf die Schliche kommen? Versuchte Tyler gerade, seinen eigenen Vater um Geld zu betrügen?

Nein, das konnte ich mir einfach nicht vorstellen.

Tyler war ohne Zweifel ein gerissener Geschäftsmann, vor allem aber war er ein Nerd. Jemand, dem seine Arbeit über alles ging. Er hätte seine Vision von einer besseren Zukunft niemals gefährdet, für kein Geld der Welt. Das passte einfach nicht zu Tylers Typ. Zu wem es allerdings passte, war …

Mein Gesicht ruckte hoch und nun sah ich, dass sich Michaels Mund zu einem breiten, widerlichen Grinsen verzogen hatte. Er wirkte nun kaum noch wie ein Mensch, sondern wie ein Raubtier auf dem Sprung, dem ich gegen-überstand, während er mich aus gierigen Augen betrach-tete, in denen der Wahnsinn zu glitzern schien.

Und dann sprang das Raubtier los.

KAPITEL 73

Tyler

Eine heruntergekommene Kneipe in der Lower East Side

ES STELLTE SICH HERAUS, dass der Typ, der sich neben mich gesetzt hatte, ein Trucker war. Er hieß Ralph und machte seinen Job seit über 30 Jahren. Er verriet mir, dass er in seinem Leben jede Menge Kneipen gesehen hatte, und mir war sofort klar, dass diese alle auf ungefähr demselben Niveau gewesen waren wie diese hier. Billiges Bier, billige Drinks, abgestandener Zigarettenrauch in der Luft, zerplatzte Hoffnungen und Träume.

Menschen, die ihre Sorgen im Alkohol ertränkten.

Aber das Erstaunliche war, dass der Typ trotzdem irgendwie zufrieden wirkte. Er wirkt wie einer, der sich hier wohlfühlte, unter Menschen wie seinesgleichen. Menschen, die nie im Leben eines der Restaurants betreten würden, die ich üblicherweise mehrmals pro Woche aufsuchte. Die in drei Monaten weniger Geld verdienten, als ich für eine gute Flasche Scotch ausgab. Mir wurde klar, wie hart diese Menschen arbeiteten, und das alles zu einem

Hungerlohn, für ein paar Dollar, für die ich mich noch nicht mal im Bett umdrehen würde, geschweige denn aufstehen.

Und mir wurde in diesem Moment schlagartig klar, dass sie das nicht zu schlechteren Menschen machte als mich. Sondern zu Menschen, die einfach etwas weniger Glück gehabt hatten als ich und deshalb meinen Respekt umso mehr verdienten.

Und jetzt saß dieser Typ neben mir und bestellte grinsend ein Bier für mich.

Wir stießen an und ich nahm einen Schluck. Das Bier schmeckte nach gar nichts, und es war auch ziemlich schal. Aber auf gewisse Weise war es besser als jeder Drink, den ich bisher gehabt hatte. Dieses Bier war ehrlich, und Ehrlichkeit war etwas, das ich bisher weitestgehend aus meinem Leben verbannt hatte.

»Dir muss es echt mies gehen, Kumpel«, sagte Ralph und wischte sich den Bierschaum mit dem Handrücken von der Oberlippe. Er trug einen breiten Schnurrbart, der seinem Gesicht einen gemütlichen, leutseligen Ausdruck verlieh.

Ich sagte ihm, ich hieße Tyler MacGullin und er nahm es mit einem Nicken zur Kenntnis. Der Name schien ihm rein gar nichts zu sagen. Was ich in diesem Moment als unglaublich wohltuend empfand.

»Wie kommst du darauf, dass es mir mies gehen muss?«, fragte ich, obwohl mir klar war, dass mir das deutlich anzusehen war.

»Deine Klamotten«, sagte er. »Und die Uhr und die Schuhe. Herrgott, selbst deine Frisur sieht aus, als hätte sie mehr gekostet, als irgendeiner hier im Monat verdient. Vielleicht sogar mehr, als alle hier zusammen im Monat verdienen, wenn du verstehst?«

Ich verstand. Nur zu gut. Dann fuhr er fort: »Wenn also ein Typ wie du in einem Laden wie diesem hier auftaucht, muss er dafür wohl wirklich gute Gründe haben. Und wenn er dann noch eine Flasche von dem ganz billigen Fusel bestellt, wie du es gerade getan hast … Na ja, das spricht schon eine deutliche Sprache, findest du nicht?«

Ich stimmte ihm nickend zu.

»Stress zu Hause?«, fragte er und nahm einen weiteren Schluck von seinem Bier.

»Könnte man sagen«, sagte ich. Irgendwie war mir der Typ sympathisch. Kein geleckter Affe im Anzug, der mit mir über Aktienanteile und Wertsteigerungen reden wollte. Einfach nur ein Kerl mit Schnauzbart und schweißfleckigem Basecap, der einem anderen Typen an der Bar ein Bier ausgab, weil er sah, dass es ihm dreckig ging.

Ralph drehte sich auf seinem Barhocker zum Tresen um, und eine Weile saßen wir schweigend nebeneinander und starrten in unsere Gläser, während wir unseren Gedanken nachhingen. Ich bemerkte, dass meines einen kleinen Sprung am Rand hatte. In den Bars, die ich sonst besuchte, wäre das vermutlich ein Grund gewesen, den Barkeeper zu feuern. Hier juckte so was keinen.

»Was dagegen, wenn ich dir eine kleine Geschichte erzähle, Kumpel?«, fragte Ralph und wandte mir wieder sein Gesicht zu. Jetzt lag ein verständnisvolles Lächeln darin, das mir sagte, dass er schon mit einigen Typen gesprochen hatte, denen es ähnlich gegangen war wie mir.

Als ich ihn so ansah, wurde mir mal wieder klar, dass sich die Sorgen, die ich hatte, auch mit noch so viel Geld nicht fernhalten lassen würden. Der Ärger war wie ein Vampir, den wir schon zu Beginn unseres Lebens ins Haus gebeten hatten. Und er würde sicher nicht freiwillig wieder gehen.

Die einzige Frage war, was wir mit diesem Ärger anfingen, sobald er uns gefunden hatte.

KAPITEL 74
Shadow Moon

Superior-Ranch, die Hamptons, am Rande
von New York
Stallgehege der Pferde

SHADOW MOON HOB den Kopf und blähte die Nüstern. Das edle Tier wusste nicht, warum es aus dem Schlaf hochgeschreckt war. Es wusste nicht was genau, aber es spürte deutlich, dass etwas nicht in Ordnung war auf der Ranch.

Manche mochten behaupten, dass Tiere keine Seele besaßen. Aber das behaupteten nur Menschen, die noch nicht in die Augen eines Pferdes geblickt hatten. Shadow Moon erinnerte sich an Sarah, wenn auch nicht an ihren Namen.

Für ihn war sie nur die Frau.

Die Frau, die ihn oft in seinem Stall besuchte, mit ihm ausritt, ihn danach stundenlang striegelte und ihm immer einen Leckerbissen mitbrachte. Die Frau, die den schnellen

Galopp und den Wind in den Haaren genauso liebte wie der Hengst.

Shadow Moon spürte, dass sie eins waren, wenn sie auf ihm ritt. Spürte aus den winzigsten Bewegungen ihrer Schenkel, wann sie schneller und wann sie langsamer werden wollte, um die Landschaft zu genießen. Wenn sie auf ihm ritt, fühlte es sich für Shadow Moon an, als seien sie beide eine Einheit, zwei Wesen verschmolzen zu einem einzigen.

Und jetzt spürte er, dass seine Seelenverwandte in Gefahr war.

Der Rappe schüttelte seine mächtige Mähne und reckte den Kopf in die Luft. Sie war drüben beim Haus und sie war nicht allein.

Aber es war nicht der Mann, der sonst bei ihr war.

Nicht der Mann, der auch schon auf ihm geritten war und ihn manchmal gestriegelt hatte, bevor sie in sein Leben getreten war. Es war auch keiner von den anderen, die sich manchmal um ihn und die anderen Pferde kümmerten, sie fütterten und pflegten.

Es war ein anderer Mann und dieser war es, der die Bedrohung darstellte.

Shadow Moon wurde unruhig.

Er begann, auf der Stelle zu treten, dann trat er mit den Hinterbeinen gegen die Tür seines Gatters, zunächst nur leicht, wie um zu prüfen, welchen Widerstand ihm das Holz entgegensetzen würde.

Doch die Unruhe im Herzen des Tieres wuchs und so etwas wie Furcht ergriff von ihm Besitz. Nicht Furcht um sich selbst, diese hatte er noch nie verspürt. Er war ein freies Tier, das es liebte, unter dem offenen Himmel zu laufen, so weit es seine muskulösen Beine trugen. Wenn es das tun konnte, war es glücklich.

Doch nun bedrohte etwas dieses Glück, das spürte das Pferd deutlich.

Es schlug aus. Mit einem wuchtigen Tritt krachten seine Hinterhufe gegen das Holz des Verschlags, das nach wenigen Tritten zerbarst.

Dann war Shadow Moon frei.

KAPITEL 75

Tyler

Eine heruntergekommene Kneipe in der Lower East Side

»IST NOCH GAR NICHT allzu lange her, vielleicht ein oder zwei Jahre, weißt du?«, begann Ralph etwas umständlich mit seiner Erzählung. Ich nahm einen weiteren Schluck von dem scheußlichen Bier und hörte ihm zu.

»Mein Chef hatte mich zur Seite genommen, weißt du? Ich bin Fernfahrer, falls du das noch nicht von alleine erraten hast«, sagte der große Mann lachend und deutete auf seine Baseballkappe, welche das Logo eines bekannten Herstellers von Trucks und Landmaschinen zierte, neben jeder Menge Öl- und Schweißflecken. »Mein Chef nimmt mich also zur Seite und sagt: ›Ralph‹, sagte er, ›du machst einen verdammt guten Job und so allmählich ist es an der Zeit für die nächste Stufe auf der Leiter für dich.‹«

Ralph nahm einen langen Zug von seinem Bier und im Gegensatz zu mir schien er das Gebräu tatsächlich zu genießen.

»Ich frage ihn also: ›Was soll das heißen, von wegen nächste Stufe der Leiter und so? Sind wir jetzt etwa bei einer Bank?‹ Aber er lacht nur und sagt: ›Nein, Ralph. Aber du bist ein schlaues Kerlchen, und schlaue Kerlchen sollten mehr Geld verdienen als andere, findest du nicht?‹

›Klar‹, sag ich da. Schließlich hatte ich eine Frau zu Hause und zwei Kinder und das dritte war damals gerade unterwegs. Wir haben uns durch meinen Job natürlich hauptsächlich an den Wochenenden gesehen, aber uns hat das genügt. Schließlich musste einer sehen, wo das Geld herkommt, und meine Süße hatte alle Hände voll mit den Kids zu tun. Wir haben uns aber nie beschwert, schließlich kamen wir über die Runden, und wir hatten immerhin die Wochenenden.«

Ich verspürte einen kleinen Stich in der Herzgegend. Ja, das konnte ich gut nachvollziehen. Allerdings nicht in meinem Leben. In meinem Leben gab es niemanden, und so jemanden, wie Ralph es beschrieb, würde es auch nie geben. Einem anderen Menschen zu vertrauen, führte unweigerlich ins Verderben, diese Lektion hatte meine Mutter lernen müssen und mein Vater war derjenige, der sie ihr beigebracht hatte. Und nun, mit Sarah, hatte ich denselben Fehler gemacht.

Obwohl ich es hätte besser wissen müssen.

Doch ich schwieg und ließ Ralph fortfahren: »Also sagt mein Chef: ›Pass auf, ab sofort gehst du in die Logistik. Das bedeutet natürlich ein paar Arbeitsstunden mehr als früher, aber dafür bekommst du auch ein Drittel mehr Gehalt. Was sagst du dazu?‹ Da musste ich nicht lange überlegen und hab sofort Ja gesagt. Hab mir schon ausgemalt, dass ich mit meiner Süßen und den Kids richtig schick essen gehe und wir ein paar dringend notwendige Sachen fürs Haus kaufen und für die Kinder. Der übliche Kram eben, du weißt schon.«

Ich nickte. Klar, Geld konnte man immer gebrauchen. Aber worauf wollte der Typ mit seiner Geschichte hinaus?

»Wir waren dann auch essen, richtig schick. Wobei ich

natürlich nicht weiß, ob einer wie du den Laden, in dem *wir* fein essen waren, ebenfalls als schick bezeichnen würde, aber geschmeckt hat's da jedenfalls. Jedenfalls ging alles richtig gut für eine Weile, paar Monate, fast ein halbes Jahr. Allerdings war ich auch immer seltener zu Hause. Der Logistik-Job sorgte dafür, dass ich ständig unterwegs sein musste, ich düste nur noch von einer Außenstelle zur anderen, kreuz und quer durchs ganze Land. Das hatte ich früher zwar auch gemacht, allerdings als einfacher Trucker. Und die meisten Wochenenden war ich zu Hause gewesen, aber nun fiel das komplett flach. Ich saß nicht mehr in einem Truck, wovon ich schon als kleiner Junge geträumt hatte, sondern in irgendwelchen Mietautos oder im Flugzeug. Klar, ich verdient mehr Geld, aber ...«

»Es ging nicht gut, oder?«, fragte ich Ralph mit einem traurigen Lächeln und nahm einen weiteren Schluck von meinem Bier. Vielleicht lag es am Alkohol, den ich inzwischen schon intus hatte, aber irgendwie schmeckte es jetzt gar nicht mehr so übel – und mit jedem Schluck besser.

»Genau«, sagte Ralph. »Oder aber doch, wie man's nimmt. Eines Tages, als ich tatsächlich mal wieder zu Hause aufschlug, fand ich da meine Süße und die Kids auf gepackten Koffern sitzen, und unser Kleines hatte sie im Arm. Zur Geburt hatte ich es übrigens auch nicht geschafft, sondern erst zwei Tage später, kannst du dir das vorstellen? Zuvor hatte ich noch nie die Geburt eins meiner Kinder verpasst. Und wie ich sie so da sitzen sehe, wird mir schlagartig klar, was für eine beschissene Entscheidung ich getroffen hatte.«

»Und jetzt bist du allein und quatschst in irgendwelchen Bars fremde Männer an, oder wie?«, fragte ich mit schiefem Grinsen. Allerdings nur, weil ich schon ahnte, wie die Geschichte weitergehen würde.

Ralph brach in schallendes Gelächter aus. Als er sich nach einer Weile wieder beruhigt hatte, sagte er: »Nein, normalerweise nicht. Aber ich bin damals zu meinem Chef gestiefelt und hab ihm gesagt, dass ich meinen normalen Job wieder zurückhaben will. Auch das normale Gehalt und alles, versteht sich. Und weißt du was?«

Ich schüttelte den Kopf.

»Wieder kürzerzutreten, war die beste Entscheidung, die ich je in meinem Leben getroffen hab. Klar, ich könnte mir vielleicht jetzt ein dickeres Auto leisten und vielleicht auch eine bessere Kneipe, aber dann wär ich allein. Und damit wäre ich der ärmste Mensch, den ich mir vorstellen kann.«

Ich starrte den kräftig gebauten Trucker für einen langen Augenblick an. Der schenkte mir ein letztes schiefes Grinsen, dann setzte er sein Bierglas an und leerte es in einem einzigen Zug.

»War nett, sich mit dir zu unterhalten, Kumpel«, sagte Ralph. »Aber jetzt gehe ich mal lieber in meinem Truck und hau mich eine Runde aufs Ohr. Schließlich fahre ich morgen heim zu meiner Süßen, und da will ich fit sein. Wenn du verstehst.« Er zwinkerte mir zu, dann drehte er sich um und stiefelte aus der Kneipe.

Und ich verstand.

KAPITEL 76

Sarah

Superior-Ranch, die Hamptons, am Rande von New York

MICHAEL MACHTE einen weiteren Schritt auf mich zu, und ich stolperte rückwärts. Beinahe wäre ich über meine eigenen Füße gefallen, doch dann prallte ich mit dem Rücken gegen die Hauswand. In diesem Moment begriff ich endlich, dass Michael mich in die Enge gedrängt hatte. Aber es war schon zu spät.

»Was hast du vor?«, keuchte ich mit entsetzt aufgerissenen Augen. Jetzt wirkte er wirklich wie ein komplett Wahnsinniger, während er mich breit angrinste, die gierig funkelnden Augen zu Schlitzen verengt.

»Keine Angst, meine Liebe«, sagte er mit rauer Stimme. »Ich habe nichts mit dir vor, das du nicht gewohnt wärst. Und das hier ist auch nur ein kleiner Vorgeschmack auf das, was später kommen wird. Denn ich habe so ein Gefühl, dass du auch in Zukunft darauf angewiesen sein wirst, dein Geld auf diese Weise zu verdienen. Einen seriösen Job wirst du jedenfalls nicht mehr bekommen, wenn ich erst mit dir fertig bin, also gewöhn dich besser schon mal dran.«

»Wovon zur Hölle redest du da?«, rief ich atemlos. Ich kapierte nicht, worauf er hinauswollte. Ich kapierte aber durchaus, dass er vollkommen den Verstand verloren haben musste.

»Glaubst du etwa, ich weiß es nicht?«, schrie er plötzlich los. »Glaubst du etwa, ich weiß nicht, dass Tyler dich dafür bezahlt, dass du seine Ehefrau spielst? Oder sollte ich lieber *Ehehure* dazu sagen?«

Wie vor den Kopf gestoßen taumelte ich zurück, während meine Knie unter mir nachzugeben drohten. Einerseits schien Michael offenbar Bescheid zu wissen und ich konnte mir einfach nicht erklären, wieso. Andererseits, weil er sich jetzt wirklich gebärdete wie ein wildes Raubtier – und zwar eines mit Tollwut.

»Ich habe von Anfang an durchschaut, dass ihr beiden einen Deal gemacht habt«, rief er. »Oder willst du das jetzt etwa leugnen? Wirklich witzig, wie du mich abgelehnt hast, damals im Büro. Wie du dich geziert hast, wie eine richtig feine Dame. Und dann machst du für diesen Drecksack die Beine breit!«

Ich sackte kraftlos an der Wand zusammen und hielt mir mit knapper Mühe die Arme vors Gesicht. Ich kapierte überhaupt nichts mehr. Die beiden waren doch Studienfreunde! Wieso zog er mit einem Mal so über Tyler her? Da war eine Wut in seiner Stimme, die ich so noch nie gehört hatte. »Nein«, wimmerte ich. »Bitte nicht, Michael!«

»Aber warum denn nicht?«, fragte er höhnisch. »Höchste Zeit, dass du mal einen richtigen Schwanz zu spüren bekommst, meine Liebe. Und wenn du mich schon nicht ins Haus bitten willst, dann ficke ich dir eben gleich hier draußen den Verstand aus dem Kopf!« Mit diesen Worten trat er einen weiteren Schritt auf mich zu und packte mich an den Armen, die er völlig mühelos herunterzog, sodass ich nun keine Deckung mehr hatte. Ich fühlte mich ihm völlig hilflos ausgeliefert.

In diesem Moment hörte ich ein Geräusch, das ich zunächst für ein aus der Ferne heranrollendes Donnergrollen hielt. Einen Sekundenbruchteil später identifizierte ich es als den Galopp eines Pferdes. Ich starrte an Michael vorbei in die Dunkelheit jenseits der beleuchteten Terrasse. Als ich von dort ein wütendes Schnauben hörte, wusste ich, wer zu meiner Rettung herbeigeeilt war.

»Shadow Moon!«, rief ich. »O, mein lieber Shadow Moon!«

Dann war das mächtige Pferd heran. Mit einem mühelosen Sprung setzte der Hengst über die Begrenzung der Veranda und landete rutschend auf den Fliesen, bevor er einen Sekundenbruchteil später wieder in den Galopp fand. Ohne abzubremsen, raste er auf Michael zu, der herumfuhr und einen wütenden Fluch brüllte: »Du verdammtes Scheißvieh, was willst du von mir?«

Shadow Moon ließ ihn darüber nicht lange im Ungewissen. Wäre Michael nicht im letzten Moment zur Seite gesprungen, wäre er unter den Hufen des heranstürmenden Hengstes begraben worden. Mit einer blitzartigen Bewegung warf Michael sich zur Seite und rannte los. Sekunden später erreichte er die offene Tür ins Haus, die er hinter sich zuschlug. Ich hörte, wie er durch das Haus rannte, dann stieß Shadow Moon ein wütendes Schnauben in Richtung der Tür aus, weil er den Mann nicht weiter verfolgen konnte.

Schluchzend klammerte ich mich an den Hals des Pferdes, lauschte seinem mächtigen Pulsschlag und dem schnaubenden Atem, während er sich beruhigte und ich das Tier liebkoste und streichelte.

»Danke, Shadow Moon«, flüsterte ich immer wieder und presste mich an das starke Tier. »Danke – du hast mir das Leben gerettet.«

KAPITEL 77

Tyler

*Superior-Ranch, die Hamptons, am Rande
von New York*

ALS ICH DEN Bentley den Feldweg zur Ranch
entlangjagte, war ich mir sicher, was ich als Nächstes tun
würde. Ich würde Sarah vor eine simple Wahl stellen. Ich
würde sie fragen, ob sie wirklich meine Frau werden würde
– ohne heimliche Verträge – und mit mir eine Familie
gründen würde. Ohne Rücksicht auf das, was mein Vater
oder sonst wer davon halten würde.

Oder ob sie das ablehnen wollte.

Das, was Ralph mir an der Bar erzählt hatte, hatte mir
zu denken gegeben. Eine simple Geschichte, aber sie hatte
etwas in mir ausgelöst, und erst jetzt begriff ich, dass dieses
Gefühl schon immer in mir geschlummert hatte.

Jede Menge Gefühle – für Sarah.

Es hatte nicht lange gedauert, bis ich zu der Einsicht
gelangt war, dass Ralph mir diese Geschichte nicht zufällig
erzählt hatte. Ich war auf dem besten Weg gewesen, zu
einem Menschen zu werden, der vom Geschäft getrieben
auf alle Zeit einsam durch die Gegend lief.

Und ich hatte es endgültig satt.

Ich wusste zwar noch nicht, wie es danach weitergehen würde, und ich würde Sarah in jedem Fall das versprochene Geld für ihre Non-Profit-Organisation zukommen lassen, selbst wenn sie sich dagegen entschied, meine Frau zu werden. Nach allem, was passiert war, konnte ich ihr das kaum verübeln, doch ich spürte, dass sie auch etwas für mich empfand – egal, wie wenig das auch sein mochte, es war immerhin eine Chance. Und das war alles, was ich brauchte.

Kurz bevor ich das Tor zur Ranch erreichte, kam mir ein Wagen scheinbar aus dem Nichts entgegengeschossen. Erst im allerletzten Moment sah ich ihn und nur meiner schnellen Reaktionsfähigkeit war es zu verdanken, dass wir beide nicht frontal zusammenknallten.

Der Idiot hatte vergessen, seine Scheinwerfer einzuschalten, und ich konnte im Rückspiegel sehen, dass er das jetzt nachholte, weil es ihm offenbar durch unseren Beinahe-Zusammenstoß bewusst geworden war. Was ihn allerdings nicht davon abhielt, weiter in Höchstgeschwindigkeit in Richtung Highway davonzujagen.

Was für ein Arschloch!, dachte ich noch, erst dann fiel mir ein, dass der Typ von der Ranch gekommen sein musste. Hier draußen gab es sonst keine weiteren Gebäude und die Straße endete nur vor dem Tor, eine weitere Abzweigung gab es bis zur Anbindung an den Highway nicht.

Während ich noch über das nachgrübelte, was gerade passiert war, erreichte ich das Tor, das sich bei meinem Näherkommen öffnete. Aus dem Wachhäuschen kam mir Jack entgegen, einer meiner Wachleute.

»Was war das gerade für ein Idiot?«, rief ich. »Wir wären beinah frontal zusammengerauscht, weil der Kerl kein Licht anhatte – so ein Vollidiot!«

»Das war Mister Wexler«, sagte Jack.

»Michael?«, fragte ich völlig verdattert. Was hatte der denn um diese Uhrzeit hier gesucht? Oder vielmehr, *wen* konnte er hier gesucht haben, wenn nicht mich? Und wieso war er dann auf so eine derart halsbrecherische Art und Weise die Straße entlanggeschossen? Es hatte ausgesehen, als sei er auf der Flucht, und der Teufel selbst sei ihm auf den Fersen!

Außerdem hätte ihm klar sein müssen, dass ein Wagen, der ihm um diese Uhrzeit auf diesem Feldweg entgegenkam, nur mein eigener sein konnte, und trotzdem war er einfach davongerast. Ich verstand überhaupt nichts mehr, aber im Moment hatte ich auch wirklich erst mal Wichtigeres zu tun, um Michaels seltsamen Auftritt hier würde ich mich später kümmern.

Ich jagte den Bentley bis zum Herrenhaus, wo ich aus dem Wagen sprang und die breite Eingangstreppe zum Eingangsportal emporrannte. Ich riss die Haustür auf und rief: »Sarah! Sarah, bist du hier?«

Da beschlich mich eine ganz üble Vorahnung.

KAPITEL 78

Sarah

*Superior-Ranch, die Hamptons, am Rande
von New York*

NOCH HALB BENOMMEN KLAMMERTE ich mich
an den kräftigen Hals des Hengstes. »Shadow Moon« flüsterte ich immer wieder, »du bist mein Retter.«

Als die Tür zur Veranda aufflog, zuckte ich zusammen
und der mächtige Hengst fuhr erneut angriffslustig herum.

Doch es war nicht Michael, der zurückgekehrt war und
nun in der Tür stand, um zu beenden, was er angefangen
hatte, sondern Tyler. Mit weit aufgerissenen Augen starrte
er auf die Szene, die sich ihm hier bot. Bei seiner Rettungs-
aktion hatte Shadow Moon den Tisch und beide Stühle
umgerissen, sodass alles ziemlich verwüstet aussah.
Außerdem hatte es Tyler wahrscheinlich auch noch nicht
allzu oft erlebt, dass sein bestes Rennpferd nachts auf der
Veranda stand anstatt im Stall.

»Was zur Hölle ist hier passiert?«, sagte er, während er
schnell auf uns zuging. Er klang nicht böse – die Verwüs-
tung schien ihn gar nicht zu interessieren –, nur besorgt.
Dann legte er Shadow Moon beruhigend die Hand auf die

Flanke. Der ließ das gern mit sich geschehen und stieß mit seinem großen Kopf leicht gegen Tylers Schulter.

»Geht es dir gut, Sarah?«, fragte Tyler und nahm mich sanft in seine Arme. Während ich mich an seine Schulter drückte, kamen mir erneut die Tränen.

»Was ist passiert?«, fragte Tyler leise, während er mir beruhigend übers Haar strich, wie man das bei einem Kind machte, das sich beim Spielen die Knie aufgeschlagen hatte.

»Michael«, flüsterte ich kaum hörbar. »Er … er hat versucht … ich glaube, er wollte mich …«

»Ssscht«, machte Tyler nur. »Sag jetzt nichts mehr.« Dann zog er mich in seine Arme. Die Tränen brachen hemmungslos aus mir hervor, und er hielt mich einfach fest. Ich drückte meinen Kopf gegen seine muskulöse Brust und er hielt mich in den Armen. Das war alles, was ich jetzt brauchte.

Dann sagte er: »Ich lass dich nie mehr los, Sarah. Ich liebe dich.«

Trotz meiner Tränen schlich sich der Ansatz eines Lächelns auf meine Lippen.

KAPITEL 79

Tyler

Superior-Ranch, die Hamptons, am Rande
von New York

NACHDEM WIR SHADOW Moon zurück in den Stall gebracht hatten und die Rückwand, die er mit seinen mächtigen Hufen zertreten hatte, um Sarah zu Hilfe zu kommen, notdürftig repariert hatten, gingen wir zurück ins Haus. Ich würde Matilda und José morgen damit beauftragen, für Shadow Moon eine Extraportion Leckerbissen zu besorgen und den Stall von einem Fachmann reparieren lassen.

Aber all das hatte Zeit.

Zunächst mussten wir uns um Wichtigeres kümmern, und zwar dringend.

Nachdem mir meine Frau mit stockenden Worten berichtet hatte, was auf der Veranda vorgefallen war und was Michael versucht hatte, zu tun, war ich außer mir vor Wut. Wäre er in diesem Moment in der Nähe gewesen, ich hätte ihn windelweich geprügelt – wenn nicht Schlimmeres.

Wir mochten einmal Studienkollegen und vielleicht sogar beste Freunde gewesen sein, aber mit dieser irren

Aktion hatte er jede Grenze überschritten. So etwas konnte ich unter keinen Umständen tolerieren.

Ich hatte mich komplett in Michael getäuscht, das wurde mir nun klar. Und nicht erst seit diesem Abend. Die Idee, ihn überhaupt in meine Firma zu holen, stellte sich jetzt als ein äußerst schlechter Einfall heraus. Ich hätte mir den Kerl vom Hals halten sollen, aber für Reue war es nun zu spät.

Damit war mir auch klar, dass es Michael gewesen sein musste, der dafür gesorgt hatte, dass die Firma im Eiltempo Geld verlor. Ich wusste zwar noch nicht genau, warum er das getan hatte und wie er es im Detail angestellt hatte, doch das würde ich schon noch herausfinden.

Jetzt fiel es mir wie Schuppen von den Augen, das ganze Mosaik ergab plötzlich ein schreckliches Bild.

Michael war das Nadelöhr gewesen, bei dem alles zusammenlief. Er hatte Zugriff auf die buchhalterischen Daten, genauso wie auch die Forschungsergebnisse. Und er war es auch, der die Testdaten der Geräte im praktischen Einsatz hatte manipulieren können. Wenn meine Vermutungen stimmten, liefen meine Geräte genau vorschriftsmäßig und er hat es lediglich so aussehen lassen, als würden sie immer wieder versagen. Auch die Geräte, die ausgefallen waren und uns Millionen gekostet hatten, mussten auf sein Konto gegangen sein.

Und etwas anderes wurde mir klar.

Das Foto von Sarah und mir war von den Solaranlagen auf dem Firmengelände geschossen worden. Michael hatte natürlich uneingeschränkten Zugriff auf diesen Bereich, und bevor ich mich mit Sarah in mein Büro zurückgezogen hatte, waren wir beide ihm auf dem Flur begegnet.

Ich wusste auch, dass Michael versuchte, sich an seine Untergebenen heranzumachen, besonders an die Praktikantinnen. Er musste schon vor langer Zeit ein Auge auf Sarah geworfen haben. Die Tatsache, dass ich sie zu meiner Frau

genommen hatte, hatte ihn offenbar vor Eifersucht im wört-
lichen Sinne um den Verstand gebracht. Anders konnte ich
mir nicht erklären, was auf der Veranda vorgefallen war.

Das bedeutet aber auch, dass ich wusste, wo ich ihn jetzt
finden würde.

KAPITEL 80

Sarah

MacGullin-Anwesen

»BIST DU SICHER, dass das eine gute Idee ist?«, fragte ich Tyler.

Er hatte darauf bestanden, dass ich ihn zu seinem Vater begleitete. Einerseits wollte ich jetzt wirklich nicht allein im Haus sein, auch wenn Tyler natürlich das Wachpersonal sofort in Alarmbereitschaft versetzt hatte und diese jetzt zusammen mit den Hunden um das Haus patrouillierten – für den unwahrscheinlichen Fall, dass Michael zurückkehren würde. Immerhin war der Kerl offenbar vollkommen durchgedreht, daran konnte nun kein Zweifel mehr bestehen.

Und wahrscheinlich war er es schon sehr lange gewesen.

»Ich bin mir absolut sicher, dass ich dich an meiner Seite haben will, Sarah«, sagte Tyler, als wir das gigantische Anwesen seines Vaters erreichten. Dann stieg er aus, umrundete den Wagen und öffnete mir galant die Tür. Trotz der angespannten Situation musste ich lächeln, Tyler war eben ein echter Gentleman.

»Er ist also schon da«, knurrte Tyler, denn in diesem Moment hatte er den dreckbespritzten Mercedes von Michael entdeckt. »Der Verräter flüchtet sich zu seinem Brötchengeber, wie passend«, stieß Tyler hervor.

Ich hatte keine Ahnung, was uns da drin erwarten würde. Ich verstand noch nicht einmal, was Tylers Vater mit der ganzen Sache zu tun haben sollte. Natürlich, er hatte darauf bestanden, dass sein Sohn eine Familie gründete, um ihm zu beweisen, dass er erwachsen geworden war und Verantwortung ernst nehmen konnte. Aber welche Rolle spielte Michael in diesem Plan?

Als Tyler die Türklingel betätigte, erklang ein tiefer Gong, der durch das ganze Haus zu läuten schien. Es war gruselig, beinahe wie ein Spukschloss wirkte das riesige, alte Anwesen der MacGullins auf mich. Wenn man davor stand, erschlug es einen förmlich. Ich malte mir aus, dass genau dies die Absicht beim Erwerb dieses beeindruckenden Gebäudes im Stil eines Lustschlosses aus der Zeit der Renaissance gewesen war.

Ein Butler, der aussah, als ginge er schon auf die achtzig zu, öffnete uns und musterte mich mit einem Blick, der so neutral war, dass er nur abwertend gemeint sein konnte.

Tyler schob ihn einfach beiseite und wir betraten gemeinsam eine riesige Vorhalle, die mit ihrem mit Marmor ausgelegten Fußboden und hohen Säulen an einen altgriechischen Tempel erinnerte.

»Wo ist er?«, knurrte Tyler den Butler an, der keine Miene verzog und in neutralem Ton antwortete: »Mister MacGullin befindet sich in der Bibliothek. Und er ist gerade unpässlich, fürchte ich. Er hat Besuch.«

»Natürlich hat er das!«, rief Tyler, dann griff er nach meiner Hand. Es war ein schönes Gefühl, trotz der Umstände, dass wir uns nun so hielten. Egal, wie diese Sache ausgehen würde, wir waren Verbündete.

Und das bedeutete mir in diesem Moment die Welt.

KAPITEL 81

Tyler

MacGullin-Anwesen
Westflügel – Bibliothek

MEIN VATER SASS in seinem Lesesessel beim Kamin. Vor sich auf dem Tischchen stand seine Karaffe mit seinem Lieblings-Scotch, irgendein teures Gesöff, das fünfzig Jahre lang in einem Fass gereift war und von dem es nur noch zehn Flaschen oder so auf der ganzen Welt gab. Ich warf nur einen flüchtigen Blick darauf, denn im Moment konnte ich diesem Zeug wirklich nichts abgewinnen. Ganz besonders nicht in Anbetracht der Tatsache, dass zwei gefüllte Gläser neben der Flasche standen und es sich Michael in dem anderen Ledersessel gegenüber meinem Vater gemütlich machte. Als wir uns näherten, begrüßte uns Michael mit einem fetten Grinsen, der Gesichtsausdruck meines Vaters war wie immer vollkommen neutral.

»Sieh an«, kicherte Michael. »Der verlorene Sohn kehrt zurück. Und im Gepäck hatte er seine zweitklassige Schauspielerin, die …«

Mit einer kaum merklichen Handbewegung brachte

mein Vater ihn zum Schweigen. Michael verstummte sofort, aber er grinste mich weiter herausfordernd an.

»Mein Sohn«, begrüßte mich mein Vater, ohne Sarah nur eines einzigen Blickes zu würdigen. »Was hast du zu deiner Verteidigung zu sagen? Stimmt das, was Michael mir gerade erzählt hat?«

»Das kommt wohl darauf an«, sagte ich, »was er dir erzählt hat. Aber inzwischen bin ich der Meinung, dass man auf diese Art von Geschwätz lieber nicht allzu viel geben sollte.« Das war nun wirklich fast zum Schießen. Der Typ, der gerade versucht hatte, meine Frau zu vergewaltigen, und der seit Monaten meine Firma und damit die Firmengruppe meines Vaters nach Kräften sabotierte, saß ihm jetzt gemütlich in einem Ledersessel gegenüber und trank seinen teuren Whisky, und mein Vater fragte *mich*, was ich zu meiner Verteidigung vorzubringen hatte?

»Michael hat also recht«, sagte mein Vater und schüttelte enttäuscht den Kopf. »Diese Frau tut tatsächlich nur so, als wäre sie deine Ehefrau. Ich habe so etwas schon lange vermutet und Michael hat es mir heute unwiderlegbar bestätigt. Selbst, wenn sie offiziell deine Ehefrau ist, so betrachte ich die Ehe doch als null und nichtig. Und sie als eine Schauspielerin zu bezeichnen, ist noch äußerst nett ausgedrückt, muss ich sagen.«

Ich stand kurz davor, meinem leiblichen Vater ins Gesicht zu schlagen. Nur mit Mühe hielt ich mich zurück, und das gelang mir auch nur, weil Sarah in diesem Moment nach meiner Hand griff und sie fest drückte.

»Aber das ist nun ohnehin nicht mehr wichtig«, fuhr mein Vater fort. »Von mir aus kannst du mit deiner gekauften Braut glücklich werden oder sie weiterhin bei jeder sich bietenden Gelegenheit betrügen, wie das so deine Art ist. Mir ist das inzwischen vollkommen egal. Wisse aber, dass du hiermit für immer aus der Unternehmenserbfolge des MacGullin-Imperiums ausgeschlossen bist, Tyler.«

Damit hatte er sie also ausgesprochen, die Worte, die ich all die Zeit gefürchtet hatte. Doch nun bedeutete mir auch das überhaupt nichts mehr. Alles, was nun noch zählte, war die Wahrheit.

Die Wahrheit und meine Zukunft mit Sarah.

Mein Vater deutete auf einen dicken Ordner, der vor ihm auf dem Tisch lag. »Michael hat alle Unterlagen mitgebracht, die beweisen, dass du seit Monaten Geld veruntreut hast, Tyler. Hast du wirklich gedacht, ich würde nichts davon erfahren? Ich finde es übrigens ausgesprochen unethisch, dass du mir unter dem Deckmantel von umweltverträglicher Energiegewinnung eingeredet hast, weiter in deine absurden Projekte zu investieren. Doch wie ich nun weiß, waren das allesamt Hirngespinste. Deine Erfindungen funktionieren längst nicht so gut, wie es deine gefälschten Laborergebnisse suggerieren. Wenn davon die Aktionäre Wind bekommen – und das werden sie, mein Sohn – ist deine Firma erledigt.«

Ich konnte ihn nur sprachlos anstarren.

KAPITEL 82

Sarah

WAS REDETE der alte MacGullin da? Tyler sollte bei
seinen Laborergebnissen geschummelt und dabei auch
noch Firmengelder veruntreut haben? Das war doch
kompletter Unsinn! Wie konnte er auch nur eine einzige
Sekunde glauben, sein eigener Sohn sei zu etwas Derar-
tigem fähig?

»Doch all das verblasst gegenüber der Ungeheuerlichkeit, die du außerdem geplant hast, Tyler. Dies ist der tiefste
Verrat, der überhaupt vorstellbar ist, und du solltest wissen,
dass ich dich nicht nur privat zur Rechenschaft ziehen
werde. Ich habe die Strafbehörden bereits verständigt und
man hat bereits Haftbefehl gegen dich erlassen. Dann kann
dich deine schöne, sogenannte Ehefrau im Gefängnis besuchen, wo du von mir aus verrotten kannst.«

Tyler starrte ihn genauso verständnislos an wie ich.

Die Anschuldigungen, die sein Vater erhob, waren so
schwerwiegend, dass wir beide kein einziges Wort heraus-

brachten. Und vor allem gab es keine Möglichkeit, dass diese Anschuldigungen tatsächlich wahr sein konnten. Das konnte ich mir einfach nicht vorstellen, oder hatte ich mich wirklich so gründlich in dem Mann getäuscht, den ich zu lieben glaubte?

Nein, nicht *glaubte*.

Den ich liebte, und vom ganzen Herzen. Wenigstens dessen war ich mir hundertprozentig sicher.

»Aus diesen Akten, die Michael mir gebracht hat«, fuhr der alte MacGullin fort, »geht ganz eindeutig hervor, was du vorhast. Ich muss sagen, es ist ein Plan, der so abgrundtief perfide ist, dass er mir beinahe schon Respekt abnötigt. Ich hätte nicht gedacht, dass du, mein Sohn, zu so etwas fähig bist.«

»Dir ist schon klar, dass ich keine Ahnung habe, wovon du da redest?«, fragte Tyler. Ich bewunderte ihn dafür, dass er so ruhig blieb, auch wenn ich spürte, wie sich seine Hand etwas fester um meine Finger schloss. Wenn es so weiterging, würde er sie noch zerquetschen.

»Dann will ich es dir gerne erklären. Oder willst du, Michael?«, wandte sich MacGullin an den widerlich grinsenden Michael.

»Aber gern, Mister MacGullin«, sprach Michael beflissen. »Meinen neuesten Erkenntnissen zufolge hat Tyler seit Monaten versucht, seine eigene Firma absichtlich zu sabotieren. Nicht nur, dass er Geld veruntreut und Laborberichte gefälscht hat, um die Erwartungen der Aktionäre künstlich in die Höhe zu treiben, sondern er hat gezielt versucht, den Ruf der Firma zu ruinieren, doch das war nur der erste Schritt.«

»*Was* soll ich gemacht haben?«, knurrte Tyler. Ich spürte, dass er kurz davor war, die Beherrschung zu verlieren. Falls das passierte, würde es übel für Michael enden – und kurz darauf für Tyler.

»Die Idee dahinter war natürlich, dem Ansehen der gesamten MacGullin-Gruppe nachhaltig zu schaden«, sagte Michael und nickte, wie um sich seine eigenen Worte zu bestätigen, wobei er so zufrieden wirkte wie eine satte Katze. »Sobald dir das gelungen wäre, hätten sich die Aktionäre sofort zurückgezogen. Die Aktienkurse wären in den Keller gegangen, unaufhaltsam und im Eiltempo. Ein regelrechter Sturzflug für jedes Produkt, das mit MacGullin zu tun hat.«

»Das ist kompletter Schwachsinn, Dad!«, wandte sich Tyler an seinen Vater. »Das musst du doch einsehen! Was hätte mir das denn gebracht?«

»Ganz einfach«, fuhr Michael fort. »In dem Moment, in dem die MacGullin-Aktien im Keller gewesen wären, hättest du die gesamte Gruppe an die Konkurrenz verkauft. Inklusive aller Patente und Erfindungen. Dir ist wohl klar, was dies im Energiesektor bedeutet?«

»Das hätte ich nie gemacht«, rief Tyler, der nun die Stimme erhoben hatte. »Diese geldgierigen Schweine hätten meine Erfindungen zur umweltschonenden Energieerzeugung doch für alle Zeiten in der Schublade vergammeln lassen! Warum zur Hölle hätte ich so etwas zulassen sollen?«

»Ganz einfach. Weil es dir Milliarden eingebracht hätte! Weil du deine Ideale schon vor langer Zeit verraten hast, Tyler. Ich habe hier unwiderlegbare Beweise, dass du bereits seit langer Zeit mit der Konkurrenz unter einer Decke steckst. Dein Hass auf deinen eigenen Vater hat dich blind gemacht, und jetzt hast du dich auf einen Deal mit dem Teufel eingelassen.«

Da wurde mir klar, was hier gespielt wurde.

Michael musste derjenige sein, der all das im Hintergrund vorbereitet hatte. Sein Plan war perfide und bis ins letzte Detail ausgetüftelt gewesen. Und mir wurde klar, dass er im letzten Moment alles so gedreht haben musste, dass er nun mühelos Tyler die Schuld für all seine eigenen Vergehen in die Schuhe schieben konnte. Und es gab keine Möglichkeit für uns, das Gegenteil zu beweisen.

»Nicht schlecht«, sagte Tyler, der plötzlich ganz ruhig geworden war. »Wirklich nicht schlecht, Michael. Ich hätte nicht gedacht, dass du überhaupt zu solch einem komplexen Plan fähig bist. Wenn ich mich recht erinnere, hast du das Studium auch nur geschafft, weil ich dich bei den meisten meiner Hausarbeiten habe abschreiben lassen. Also, Chapeau, da hast du wirklich mal einen vernünftigen Plan auf die Beine gestellt.«

Michaels Grinsen wurde noch breiter, während er eine höhnische Verbeugung in Tylers Richtung andeutete.

»Und du glaubst ihm diese Lügengeschichte, Dad?«, wandte sich Tyler an seinen Vater.

»Ich möchte sie ihm nicht glauben, mein Sohn«, sagte der alte MacGullin und plötzlich zeigte sich doch eine Regung in seinem bis dahin unbeweglichen Gesicht. Es war der Ausdruck unendlicher Trauer, denn er begriff, dass sein Sohn in diesem Moment für ihn gestorben war. »Aber die Zahlen und Fakten in diesem Ordner sind nun einmal unwiderlegbar.«

»Wenn das so ist«, sagte Tyler, »dann verzichte ich hiermit freiwillig auf alles. Ab sofort lege ich den Namen MacGullin ab. Wenn du glaubst, mich den Behörden übergeben zu müssen, dann tue dies bitte. Rechne aber damit, dass ich nicht aufhören werde, nach dem Fehler in Michaels Plan zu suchen. Und ich werde ihn finden. Er mag clever sein, aber ich bin noch cleverer.«

»Einmal angenommen, das stimmt«, sagte MacGullin, »oder du findest tatsächlich einen Beweis für deine abenteuerlichen Behauptungen. Und nehmen wir weiter an, ich würde dir tatsächlich glauben. Was dann?«

»Nichts dann«, sagte Tyler. Dann griff er nach meiner

Hand. »Ich verzichte in jedem Fall auf mein Erbe und auf die Firma, egal, wie diese Sache ausgeht. Meine nächste Handlung würde darin bestehen, dass ich dir auch meine Firma zu 100 % überschreibe, ich werde mich aus der Geschäftsführung komplett herausziehen. Als kleine Dreingabe überlasse ich dir auch noch die Patente, die ich für die Energieanlagen habe, mach damit, was du willst, ich brauche sie nicht mehr. Und was das Geld betrifft, das ich angeblich veruntreut haben soll: Ich bin sicher, dass Michael dir in seiner Aufzeichnung auch detailliert die Konten genannt hat, auf die es geflossen ist. Ich habe natürlich auf diese Konten keinen Zugriff, aber das werde ich schlecht beweisen können. Ich denke allerdings, dass die so entstandenen Verluste mehr als kompensiert sind, wenn ich dir auch noch die Ranch überschreibe. Von mir aus kannst du sie verkaufen – mit allem, was sich darauf befindet.«

Mein Herz zog sich schmerzhaft zusammen, als ich an Shadow Moon dachte. Aber Tyler hatte recht, uns blieb nun nichts mehr, schon gar nicht würden wir uns die Unterbringung und Pflege eines solch luxuriösen Tieres leisten können. Mir stiegen die Tränen in die Augen.

»Dann würdest du völlig ohne Geld dastehen, Tyler«, sagte der alte MacGullin nachdenklich.

»Kann sein. Aber immerhin nicht als Betrüger«, sagte Tyler. »Aber glaubst du ernsthaft, das interessiert mich jetzt noch? Alles, was ich möchte, ist für meine Frau und meine kleine Familie da sein. Der Rest wird sich schon finden. Vergiss nicht, ich bin ein cleveres Bürschchen.«

»Was?«, kreischte Michael mit absurd hoher Stimme, dann brach er in ein hässliches Lachen aus. »Du? Ausgerechnet *du* willst auf alles Geld verzichten, Tyler? Als Nächstes erzählst du mir wahrscheinlich noch, dass du nur einer einzigen Frau treu sein willst und …«

Erneut schnellte die Hand des alten MacGullin hoch und brachte Michael damit augenblicklich zum Verstummen. »Du sagtest, dass du dich um deine Familie kümmern willst, Tyler. Welche Familie?«

»Sarah ist schwanger, Vater«, sagte Tyler, dann griff er nach meiner Hand und drückte sie. »Und wir werden das Kind auf jeden Fall bekommen.«

KAPITEL 83

Tyler

MacGullin-Anwesen
Westflügel – Bibliothek

ICH WANDTE mich zu Sarah um. »Natürlich nur, wenn du das möchtest, Sarah. Ich liebe dich, und ich möchte dich für immer an meiner Seite haben. Ich weiß, ich habe mich immer gegen ein Kind ausgesprochen, doch nun habe ich begriffen, was wirklich zählt auf dieser Welt. All der Luxus und Überfluss konnten das Loch in meinem Inneren nicht stopfen, und ich weiß, dass sie das niemals werden können.«

Ich blickte meinem Vater fest ins Gesicht. »Nun ist mir klar, dass das schlimmste Schicksal die Einsamkeit ist, egal, mit welchen Reichtümern man sich umgibt. Das hast du mir gezeigt, Sarah, ich liebe dich.«

Mit diesen Worten drehte ich mich wieder zu ihr um. Ich sah, wie Tränen in ihren Augen zu schimmern begannen, und dann machte sie mich zum glücklichsten Mann der Welt, als sie leise sagte: »Ich liebe dich auch, Tyler MacGullin. Und ich möchte, dass wir eine Familie sind. Du, ich und das Kleine.«

Langsam wandte ich den Blick wieder meinem Vater zu.

»Abgesehen davon, Dad«, sagte ich, »mach dir keine Sorgen um mich, ich komm schon wieder auf die Füße. Immerhin bin ich derjenige hier, der einen Abschluss als Ingenieur hat. Ich werde einfach ein paar Energiespeicher erfinden, die noch besser funktionieren als die, welche ich deiner Firma überschreibe, nachdem ich als CEO von MacGullin Green Industries zurückgetreten bin. Ich kann dir das natürlich nicht vorschreiben, aber ich würde mich freuen, wenn du auch weiterhin an umweltschonende Energieerzeugung glaubst. Immerhin geht es jetzt nicht nur um deine oder meine Zukunft, sondern um die Zukunft meiner Kinder und deren Kinder.«

Ich legte die Hand sanft auf Sarahs Bauch, der zwar noch straff war, aber sich schon bald wölben würde. Ich würde sie umsorgen wie eine Königin und vor allem für sie da sein, genau wie Ralph der Trucker sich entschieden hatte, für seine Familie da zu sein. Seinen Fehler, die Geburt meines eigenen Kindes zu verpassen, würde ich sicher nicht wiederholen. Das Kind, das in Sarahs Innerem heranwuchs, war alles, das mir jetzt noch etwas bedeutete.

Und es bedeutete mir die Welt.

Während meiner letzten Worte war das Gesicht meines Vaters immer nachdenklicher geworden. Er mochte alt sein, aber er war schon immer ein cleverer Fuchs gewesen, das bewies er jetzt wieder.

Nun wandte er sich zum ersten Mal direkt an Sarah. Er lächelte sie freundlich an und fragte leise: »Stimmt das, Miss Milton? Sind Sie tatsächlich schwanger?«

Sarah nickte. Sie brachte kein einziges Wort heraus.

»Nun, ich denke, ich habe genug gehört«, sagte mein Vater. Dann betätigte er einen Knopf, der in die Tischplatte vor ihm eingelassen war, und sprach: »Angus, schicken Sie bitte zwei Leute vom Wachpersonal hier rauf und verständigen Sie auch gleich die Polizei, ja?«

KAPITEL 84

Sarah

MacGullin-Anwesen
Westflügel – Bibliothek

MIR RUTSCHTE das Herz in die Kniekehlen. Offenbar hatte der alte MacGullin Tyler die ganze Zeit kein einziges Wort geglaubt. Jetzt würde uns sein Wachpersonal festhalten, bis die Polizei eintraf, und die würde dann Tyler wegen Veruntreuung und all der anderen Verbrechen festnehmen, mit denen ihn Michael konfrontiert hatte.

Das Spiel war aus und Michael hatte es gewonnen.

Sobald das geschehen war, würde ich die Frau eines verurteilten Verbrechers sein, die ein Kind von ihm erwartete. Außerdem die Frau eines völlig mittellosen Verbrechers, denn er hatte gerade im Beisein von Zeugen all sein Vermögen und alle Sachwerte seinem Vater überschrieben. Ich war mir zwar nicht sicher, ob diese Vereinbarung vor Gericht Bestand haben würde, aber einerseits würde man Tyler sowieso alles wegnehmen, sobald man ihn verurteilt hatte, und andererseits schätzte ich ihn so ein, dass er auch eine mündliche Vereinbarung wie diese niemals brechen würde.

Außer natürlich die mündliche Vereinbarung mit mir …

Hier stand ich nun, ärmer als jemals zuvor, und bald würde ich ein Kind bekommen. Wie sollte ich das ernähren? Wovon sollte ich die Rechnungen bezahlen, die bald größer wurden und auf mich allein zurollen würden? Als ich mir den enttäuschten Gesichtsausdruck meiner Eltern vorstellte, wenn ich plötzlich wieder vor ihrer Tür stehen würde – das Studium abgebrochen und dazu mit einem Säugling auf dem Arm, dessen Vater im Kittchen saß, da wurde mir ganz übel.

Ich klammerte mich einfach nur noch an Tyler fest, als irgendwann die Tür der Bibliothek geöffnet wurde und zwei muskelbepackte Anzugträger mit Sonnenbrillen in den Raum traten. »Mister MacGullin?«, wandte sich einer an Tylers Vater.

Der nickte mit traurigem Blick und wandte sich dann Michael zu und sagte: »Ich denke, es wird Zeit, auszutrinken, Michael.«

TEIL ZWÖLF

Ein Monat später

KAPITEL 85

Sarah

*Superior-Ranch, die Hamptons, am Rande
von New York*

Ein Monat später

»SIE HÄTTEN mir trotzdem nicht so einen Schreck einjagen müssen«, sagte ich zu Mister MacGullin. »Für einen Moment dachte ich wirklich, diese beiden Sicherheitsleute würden Tyler abführen und der Polizei ausliefern. Ich dachte wirklich, dass Sie Michael auf den Leim gegangen sind, Mister MacGullin.«

Der alte Mann stieß ein zufriedenes Lachen aus. »Das lag wirklich nicht in meiner Absicht, Sarah, und natürlich habe ich Michaels doppeltes Spiel von Anfang an durchschaut. Dennoch wollte ich sehen, ob Tyler seine Lektion auch wirklich gelernt hatte, deshalb habe ich Michaels Schmierentheater ein Weilchen mitgespielt. Aber wie oft muss ich dich eigentlich noch bitten, mich Roger zu nennen? Oder besser noch Schwiegerpapa!«

Ich lachte und versprach es, dann strich ich sanft über meinen Bauch. Inzwischen war die kleine Rundung schon sichtbar und ich spürte das neue Leben in mir heranwachsen. Während Roger MacGullin gelegentlich an seinem Drink nippte, begnügte ich mich mit Mineralwasser und einer Zitronenscheibe darin. Für die nächsten Monate würde es keinen Alkohol für mich geben, aber das machte mir nun wirklich nichts aus.

»Ich bedaure nur, dass ich ihn überhaupt erst auf Tyler angesetzt habe«, sagte der alte MacGullin nachdenklich. »Ich hätte meinem Sohn von Anfang an vertrauen sollen und nicht erst warten, bis er mich eines Besseren belehrt.«

Einige Tage nach dem Zusammentreffen in der Bibliothek und Michaels Verhaftung hatten sich Tyler und sein Vater gründlich ausgesprochen.

Das Ganze hatte in einer herzlichen Umarmung geendet, die beiden hatten sich gegenseitig alles verziehen. Tyler hatte von seinem Vater erfahren, dass seine Mutter von dessen Affären gewusst und diese sogar gebilligt hatte. Sie hatte ihm gesagt, dass er sein Leben genießen solle, weil sie sich seiner Liebe sicher war. Roger MacGullin hatte nur sehr zögernd zugestimmt, und außer dieser einen verzweifelten Affäre hatte es keine weiteren gegeben – nach dem Tod seiner Frau war er bis heute Single geblieben, so sehr hatte er sie geliebt.

Doch Tyler hatte ihm bislang nie Gelegenheit gegeben, Buße zu tun. Er hatte nie nach den Hintergründen gefragt, denn seit dieser Zeit war sein Vater für ihn gestorben gewesen. Doch inzwischen hatte auch Tyler MacGullin so manches über die Liebe dazugelernt.

Seine Versprechungen hatte Tyler übrigens wahr gemacht. Er war aus dem Vorstand seiner Firma zurückgetreten und dort nun auch nicht länger als Geschäftsführer tätig, diese Funktionen hat der stets zuverlässige Don

Simmons übernommen, zur großen Erleichterung Tylers, der die Firma bei ihm in guten Händen wusste. »Don hat schon immer mehr von geschäftlichen Abläufen verstanden«, hatte Tyler zugegeben. »Was das betrifft, ist er ein echtes Genie. Ich jedoch bin und bleibe im Grunde meines Herzens eben Ingenieur. Ein Techniknerd mit einer großen Liebe für die Umwelt. Und dich natürlich, mein Schatz.«

Seitdem arbeitete Tyler auf der Farm praktisch ununterbrochen an neuen Erfindungen. Und ich war sicher, dass diese unser aller Zukunft zum Besseren gestalten würden. Außerdem engagierte er sich jetzt aktiv in meiner Spendenorganisation, und wir waren auch schon ein paar Mal gemeinsam in Afrika gewesen, um dort erste Schritte für die Rettung der Tiere und deren natürlichen Lebensräumen einzuleiten und bei den örtlichen Behörden vorstellig zu werden.

Diese waren ganz aus dem Häuschen gewesen, als sie von den großzügigen Angeboten erfuhren, welche die Sarah-und-Tyler-MacGullin-Stiftung zu bieten hatte. Betty hatte uns vor Ort die Gebiete gezeigt, welche am dringendsten unsere Hilfe benötigten. Inzwischen genoss unsere Spendenorganisation international einen guten Ruf, auch wenn sie erst relativ neu war. Dafür hatte unter anderem ein äußerst großzügiger Betrag gesorgt, welchen ein gewisser Roger MacGullin uns vor zwei Wochen gespendet hatte.

Bald würde ich Matilda und José nicht mehr ganz so aktiv bei der täglichen Arbeit im Haus und auf den Feldern unterstützen können, aber auch da war schon für Ersatz gesorgt. Tyler hatte zwei neue Hilfskräfte eingestellt, welche den beiden alten Leutchen unter die Arme greifen würden.

»Du sollst dich nur darauf konzentrieren, Mama zu sein. Schließlich wird es keine leichte Aufgabe, das schönste, klügste und überhaupt wunderbarste Kind der ganzen Welt großzuziehen«, hatte Tyler lachend verkündet und mich in seine Arme gezogen.

ENDE ?

Danksagung

Wie immer möchte ich auch dieses Mal ein paar ganz besonderen Menschen danken.

Zu allererst Dir, liebe Leserin und lieber Leser, dafür, dass Du dieses Buch gelesen hast. Ich hoffe, Du hattest eine ebenso tolle Zeit wie ich mit Sarah und Tyler, Francis, Betty und den anderen. Dieses Buch ist zwar in sich abgeschlossen, aber ich habe es gerade selbst noch einmal komplett gelesen (letzte Fehlerkontrolle und ich kreuze meine Finger, dass wir nun wirklich alle erwischt haben!), und ich könnte mir vorstellen, dass die Geschichte der beiden vielleicht fortgesetzt werden könnte. Lass mich gern Deine Meinung dazu wissen - Du erreichst mich auf meiner Website

www.Jean-Dark.de

Ich freue mich immer, von meinen Leserinnen und Lesern zu hören, gern auch via persönlicher Mail an jean@ jean-dark.de

Außerdem bedanke ich mich bei Anne Bräuer (Lektorat) und Claudia Heinen (Korrektorat) für ihre tolle Arbeit.

Mein ganz besonderer Dank geht an meine lieben ErstleserInnen und ihre unglaublichen Adleraugen: **Monika, Anke, Manu K., Mandy** (Francis dankt euch ganz lieb für den Hinweis auf sein plötzliches Verschwinden ;-)), **Rosi, Benjamin, Nikita S., Bert »Justice« aus H., Anne, Mandy L., Tanja, Francine, Ursula, Nicole W., Renée, Melinda K., Lene, Tina K. und Tina M., Anja N., Lesebiene, Hannah, Kerstin, Doris, Das Ninchen, Sophie und Anna L.**

Und zum Schluss noch eine kleine Bitte: Da ich meine

Bücher für Euch selbst veröffentliche, verfüge ich leider nicht über das Werbebudget großer Verlage. Du kannst mich aber sehr unterstützen, wenn Du für dieses Buch eine kurze Rezension im eBook-Shop Deiner Wahl hinterlässt. Ein paar Worte genügen vollkommen. Außerdem kannst du mich auf diese Weise wissen lassen, was Dir an dem Buch besonders (oder nicht so sehr) gefallen hat, und hilfst auch anderen Lesern, zu entscheiden, ob dieses Buch etwas für sie ist.

Als kleines Dankeschön erhältst du eines meiner Bücher kostenlos, den Link dazu findest du auf der nächsten Seite.

Danke - und hoffentlich bis zum nächsten Mal,
    fühle Dich ganz lieb umarmt,

Deine
    Jean Dark

Liebe Leserin, lieber Leser,

vielen Dank für dein Interesse an meinem Buch! Als kleines Dankeschön möchte ich dir gern einen meiner neuesten Romane schenken, den auf meiner Website **kostenlos** erhältst.

TOUCH ME - BERÜHRE MICH

Die Lehrerin Sandy führt ein beschauliches Leben in der Kleinstadt Havenbrook, bis Jake, ihre Sandkastenliebe aus Kindertagen, plötzlich wieder auftaucht - aus dem Lausbuben von früher ist ein superheißer Bad Boy geworden, der in Sandy wilde Leidenschaften weckt. **Doch Jake zu lieben ist ein Spiel mit dem Feuer, bei dem sich Sandy mehr als nur die Finger verbrennen könnte ...**

Um das Buch zu erhalten, folge einfach diesem Link: **www.Jean-Dark.de**

Ich freue mich auf dich!
Deine
Jean Dark

Prickelnde Dark Romance Thriller von Jean Dark:

- THE DARKNESS OF LOVE
- KISS ME, KILLER
- TOUCH ME - BERÜHRE MICH!
- HIS DARKEST FLOWER - VAMPIRE ROMANCE
- FAKE DEAL: IM BETT MIT DEM BOSS

Weitere Informationen finden Sie auf der Website der Autorin

www.Jean-Dark.de

THE DARKNESS OF LOVE
Gefährliche Begierden
von
Jean Dark

BILD-Bestseller 2017 - einer der heißesten Romane des
Jahres!

Über das Buch
Jeder hat eine dunkle Seite ...
»Jeder hat eine dunkle Seite«, sagt er und schenkt mir einen Blick
aus Augen, die auf den Grund meiner Seele zu blicken scheinen.
»Mich interessiert, was Ihre dunkle Seite ist, Miss Jones.«

Liebe, Leidenschaft und mörderische Intrigen. Skandale
und Affären in der Welt der Reichen und Mächtigen. Ein
dunkles Geheimnis, das bis in die höchsten Ränge der
Londoner Gesellschaft reicht.

Macht, Unterwerfung und ein Verrat, bei dem es um viel mehr als nur Millionen geht. Und mittendrin die Studentin Cassidy Jones, die sich von allen Männern ausgerechnet in den Falschen verlieben muss …

»Mir geht es nicht um Liebe, Miss Jones«, sagt er, als ein spöttisches Lächeln seine Lippen umspielt. »Mit geht es einzig darum, zu besitzen.«

Liam McConaughey ist schwer reich, sieht verdammt gut aus und ist noch mit nicht mal 30 Jahren ein prominenter Staranwalt und Chef einer der bedeutendsten Consultingfirmen Londons. Doch er ist auch ein Mann mit Geheimnissen, der gern mit dem Feuer spielt. Er ist Mitglied des legendären *Hell Fire Club*, eines geheimen Ordens, dessen Mitglieder es sich zur Aufgabe gemacht haben, jede noch so geheime Leidenschaft auszuleben, getreu dem Motto: "Tu was du willst!«

Als sich ihre Wege kreuzen, ahnt Cassidy nicht, welche folgenschweren Entscheidungen das nach sich ziehen wird. In ihrer Verzweiflung schließt sie einen teuflischen Pakt mit den Gläubigern ihres Vaters, um den Ruf ihrer Familie zu retten. Ein Pakt, der sie an die Grenzen ihrer Belastbarkeit bringt - und ein ungeahntes, dunkles Verlangen in ihr weckt.

Dieses Buch enthält explizite Liebesszenen.
Es wird daher empfohlen für Leserinnen und Leser ab 18 Jahren.
Der Roman ist in sich abgeschlossen.

—

Gleich umblättern & weiterlesen …

KAPITEL 1

Cassidy

»Der Ruf eines Mannes ist alles, das er je zu besitzen hoffen kann.«

– Sir Geoffrey Jones

London, heute

ICH BIN VIERUNDZWANZIG und eigentlich ein ganz normales Mädchen. Dachte ich zumindest. Ich dachte sogar, ich hätte so etwas wie eine Zukunft vor mir. Und dass mir irgendwann der Richtige einfach so vor die Nase laufen würde. So irgendwie zwischen dem Abschluss mit Auszeichnung und meinem Aufstieg zum Vorstandsmitglied.

All das dachte ich mal.

Ich bin noch nicht mal besonders ehrgeizig. Finde zumindest ich. Es ist nur so: Wenn ich eine Sache anfange, ziehe ich sie auch durch. Ganz oder gar nicht. Das habe ich vermutlich von Dad. Der war auch schon immer so ein stadtbekannter Sturkopf. Na ja, zumindest, bis das mit Mom passierte. Ich glaube, das hat ihn ganz schön aus der

Bahn geworfen und wer wollte ihm da einen Vorwurf machen? Danach war er nie wieder derselbe wie vorher.

Auch mir ist etwas passiert, das mich zu einem anderen Menschen hat werden lassen. Ja, ich glaube, das drückt es am besten aus. Seltsam, wenn man dachte, sich selbst einigermaßen zu kennen – nur, um einen Augenblick später in den Spiegel zu schauen und sich nicht mehr wieder zu erkennen, gewissermaßen.

Lisa, meine Mitbewohnerin, findet, ich würde mich um nichts anderes außer dem Studium kümmern. Aber ich bin keine Streberin, das liegt einfach in der Natur der Sache, wenn man Wirtschaftsrecht studiert. Haben Sie eine Ahnung, wie schwer es ist, ein Praktikum in einer der führenden britischen Beraterfirmen für Wirtschaftsunternehmen zu bekommen oder in Amerika (mein heimlicher Traum)? Ich habe das Gefühl, dass ich seit Monaten nichts anderes mache, als an meinen Bewerbungen zu feilen und … na ja, vielleicht hat Lisa doch ein bisschen recht, wenn sie meint, ich vernachlässige mein Studentenleben. Aber was kann ich denn dafür, wenn mir eben gerade nicht so wirklich nach Party und Jungs zumute ist?

Ganz oder gar nicht, wie gesagt.

Apropos Jungs: Lisa meint auch, ich solle mich dringend mal flachlegen lassen. Jedenfalls öfter beziehungsweise ständig. So wie sie und Felix das beispielsweise praktizieren, und dank der ausgesprochen dünnen Wände in dem kleinen Häuschen, das wir uns teilen, bekomme ich das auch jedes Mal mit. Manchmal frage ich mich, wann Lisa denn überhaupt noch Zeit findet, zu schlafen oder – Gott bewahre! – was fürs Studium zu tun. Ich liebe sie wie eine kleine Schwester, aber in mancher Hinsicht sind wir das komplette Gegenteil voneinander.

Einmal hat sie mich sogar gefragt, ob ich nicht Lust hätte auf einen Dreier. In einem beiläufigen Ton, als erkundige sie sich, ob ich ihr vielleicht beim Abwaschen helfen mag. Wir waren beide ein bisschen beschwipst, ich sogar ein ganzes Stück mehr als sie, und später hat sie darauf bestanden, es sei nur ein Scherz gewesen. Aber ich glaube, für den Moment war das ihr voller Ernst. Felix ist ein netter Junge und ziemlich attraktiv, keine Frage. Aber es gibt Dinge, die muss ich nicht erst ausprobieren, um zu wissen, dass sie nur in einem Desaster enden können.

Lisa dagegen ist ausgesprochen experimentierfreudig. Was das betrifft, hat sie in Felix wohl echt ihren Seelenverwandten gefunden. Den stört es genauso wenig wie sie, dass ich durch die dünnen Wände alles mitbekomme. Und ich meine wirklich *alles*.

Aber letzte Nacht hat der Sache die Krone aufgesetzt.

KAPITEL 2
Lisa und Felix

EIN GROSSER HUND hat sich in meinen Traum geschlichen und knurrt mich wütend an. Zumindest glaube ich das noch im ersten Moment nach dem Aufwachen, dann erwache ich irgendwann vollends.

Es ist stockfinster und ich merke, dass ich wohl auf der Couch im Wohnzimmer eingeschlafen sein muss. Mal wieder. Wir teilen uns das große Wohnzimmer und das Bad im Erdgeschoss, oben sind unsere Schlafzimmer und ein Gästezimmer, das wir zu einem kleinen Fitnessstudio umgemodelt haben.

Und ich liebe die Couch. So sehr, dass ich manchmal darauf einschlafe.

Besonders in den letzten Monaten habe ich eine sehr intensive Beziehung zu ihr entwickelt, während ich mich auf die Prüfungen vorbereitet habe und versuchte, heraus-zufinden, wie man die perfekte Bewerbung auf ein Prak-tikum bei einer der bekanntesten Beratungsunternehmen der Welt verfasst. Schon möglich, dass ich dabei auch begonnen habe, meine Leidenschaft für blumige Rotweine zu entdecken. Die in meinem Fall übrigens vom Super-markt an der Ecke stammen und nicht aus einem Weinkeller, wofür mich Dad vermutlich enterben würde, wenn er es wüsste. Aber ich mag nun mal keinen Wein, der schmeckt, als bisse man in ein Stück Torf.

Da liege ich also, den Laptop auf dem Bauch, und erwache aus unruhigen Träumen von knurrenden Hunden. Bloß dass aus dem kehligen Knurren eher so etwas wie ein Hecheln wird, als ich aufwache. Erst dann bemerke ich, dass das Ganze von rhythmischen Quietschlauten begleitet wird. Also definitiv kein Hund, es sei denn, er hat seinen Spielknochen dabei.

Aber dann sagt der Quietschknochen etwas, das ich zwar nicht verstehe, aber in dem Moment wache ich vollends auf. Weil das Geräusch nämlich nicht von oben aus Lisas Schlafzimmer kommt.

Die Geräuschquelle ist näher. Viel näher.

Inzwischen habe ich die Theorie des spielenden Hundes komplett über Bord geworfen und ich bin mir auch ziemlich sicher, dass niemand eingebrochen ist. Demnach müssen das Lisa und Felix sein, die sich vergnügen. Und zwar direkt hinter dem Rücken der Couch, auf der ich liege.

Mist. Ich halte den Atem an.

Vermutlich hat mein Gesicht gerade eine verblüffende Ähnlichkeit zu einer reifen Tomate, aber zum Glück ist der Raum ja stockfinster. Bis jetzt.

Dann verstummen urplötzlich das Quietschen und Knurren und auch die rhythmischen Stöße gegen den Wohnzimmerteppich hören auf.

Shit, denke ich, *sie haben mich entdeckt.*

Aber das haben sie nicht.

»Du hast den Kerl angestarrt«, sagt eine raue Stimme, »und er hat zurückgestarrt.« Felix, unverkennbar. Dann irgendetwas, das verdächtig nach *Flittchen* klingt.

»Und wenn es so ist?«, gibt Lisa zurück.

Ein heftiger Stoß, der die Vasen auf dem TV-Schränkchen zum Erzittern bringt, ist die Antwort, woraufhin Lisa ein wohliges Seufzen ausstößt.

»Wolltest du den Kerl ficken?«, fragt Felix, gefolgt von einem weiteren Stoß, gefolgt von einem Laut himmlischen Entzückens seitens Lisa. Gefolgt von einem Fragezeichen in meinem fraglos knallroten Gesicht.

Was treiben die beiden da bloß? Haben die Sex oder streiten die sich? Oder beides zugleich?

»Nein«, stöhnt sie.

»Was dann?« Rasche Stöße, denen das Hundeknochen-Quietschen antwortet. Lisa kann offenbar eine Menge verschiedenster Geräusche machen. Interessant.

»Ich wollte, dass du mich nimmst, dort mitten auf der Tanzfläche.«

Also waren sie im Club, denke ich zerstreut und höre weiter zu. Ich kann gar nicht anders.

»Ich wollte, dass du mir den Rock hochschiebst und mich im Stehen vögelst. Gleich dort, an der Wand neben der Bar. Und dass sie uns alle dabei zuschauen. Und dass ... oh ... oh, Gott!«

Lisas Stimme zittert, und als ihre langjährige Mitbewohnerin weiß ich, was das zu bedeuten hat. Nur zu gut. Die Wände sind ziemlich dünn, wie gesagt. Was ich bisher noch nicht wusste, war, mit welchen abartigen Fantasien die beiden ihr Liebesleben aufpeppen. Im Club, vor allen Leuten, geht's noch?

Doch dann kommt mir ein schockierender Gedanke: *Was, wenn es sich nun gar nicht um Fantasien handelt?*

Ich bemerke, dass sich auch in meinem Kopf Bilder formen. Nicht von Felix, natürlich. Er ist süß, klar, und ich hab ihn schon ab und zu mit nichts als einem Handtuch bekleidet aus unserer Dusche kommen sehen und ja, ich kann absolut verstehen, was Lisa an ihm findet – mal davon abgesehen, dass sie offenbar beide die gleiche schmutzige Fantasie teilen. Aber mit ihm? *So etwas* könnte ich nie und nimmer. Schließlich ist Lisa meine beste Freundin.

Ich bemerke mit einigem Entsetzen, dass auch mich die Fantasie der beiden durchaus nicht kalt lässt. Gott, allein die Vorstellung, es in irgendeinem Club vor den Augen all der Fremden zu treiben, die dort versammelt sind, sendet mir mehr als nur wohlige Schauer über den Rücken. Vermutlich halten Sie mich jetzt für prüde, aber diese Art von Fantasien hatte ich bisher noch nie, okay?

Unter uns, offengestanden genügt mir häufig schon die Erinnerung an eine romantische Sexszene aus einem Film, oder es mir vorzustellen, wie mich die muskulösen Arme eines Mannes umgeben, um ... na ja, und den Rest tut meist der Duschkopf in der Badewanne.

Aber es geht ja jetzt nicht um mich. Unten auf dem Teppich vor der Sofalehne, hinter der ich mich verstecke, geht das muntere Treiben derweil weiter und erreicht zielsicher seinen Höhepunkt.

»Ich will, dass du mich auf einen Tisch wirfst ...«, bettelt Lisa und gibt sich nun nicht mal mehr Mühe, zu flüstern. Vielleicht kann sie sich auch nicht mehr konzentrieren. Gott, sie klingt, als würde sie jeden Moment kommen – und das nicht mal eine Armlänge von mir entfernt.

»Ja«, stöhnt Felix, »ich zerre das Tischtuch runter und das ganze Zeug fliegt durch die Gegend, dann knalle ich dich auf das nackte Holz.«

Wow, Felix kann ja richtig poetisch sein, denke ich und bekomme einen kleinen Schock, als ich bemerke, dass meine Hand gerade dabei ist, unter dem Bund meiner bequemen Jogginghose zu verschwinden. Hastig ziehe ich sie zurück.

»Oh ja«, seufzt Lisa, »und was machst du dann mit mir?«

»Ich reiße dir dein Kleidchen vorne auf, damit sie alle deine prächtigen Brüste sehen können.«

Und da lügt er kein bisschen, Lisa hat wirklich schöne Kurven und neben ihren wohlgeformten Brüsten übrigens auch echte Endlosbeine. Wobei ich sagen möchte, dass meine eigenen Kurven auch nicht schlecht sind, wenn auch ein ganzes bisschen, na ja ... kurviger, eben.

Zurück zu den beiden hinter der Couch.

Da liegt sie nun also mit aufgerissenem Kleidchen und ich höre, wie Felix umsetzt, was er ihr gerade versprochen hat. Ich höre es nur all zu deutlich, während meine Hände jetzt wieder auf Wanderschaft gehen, und diesmal schaffe ich es nicht, sie zurückzuziehen. Irgendwie ist das jetzt alles auf einmal: erregend, faszinierend und superpeinlich. Und eine kleine akrobatische Leistung, weil ich mich unter meinem Shirt und zwischen meinen Beinen berühre, während ich gleichzeitig meinen Laptop auf dem Bauch balanciere. Dunkel wird mir bewusst, dass mich jetzt keine Ausrede der Welt vor einer gigantischen Peinlichkeit bewahren kann, sollte plötzlich das Licht angehen und die beiden mich entdecken. Oh Gott, was, wenn die beiden die ganze Zeit nur so tun als ob, um mich reinzulegen? Was, wenn sie wissen, dass ich hier auf der Couch liege und sie hören kann.

Der nächste lang gezogene Stöhner von Lisa straft meinen Verdacht Lügen. Das hier ist nicht gespielt, es ist verdammt echt.

»Und dann ...«, sagt Felix, und jetzt ist auch er gehörig außer Atem, »dann kommen sie alle näher. Sie ... fassen dich an. Frauen, Männer, alle. Überall an deinem ... an deinem Körper, da sind überall ihre Hände und ich ... und du ... oh, oh FuckfuckFUCK!«

Die letzten Worte hat er regelrecht herausgebrüllt, davon wäre ich vielleicht sogar aufgewacht, wenn ich oben in meinem Zimmer gelegen hätte, wie ich es hätte tun sollen.

Ich beiße mir auf die Lippen, denn in diesem Moment

bekomme ich ernsthafte Schwierigkeiten mit meinem kleinen Balanceakt mit dem Laptop auf meinem Bauch und der Hand in meiner Hose. Ein letzter sanfter Druck meines Zeigefingers auf diese ganz besondere Stelle, dann gibt es kein Zurück mehr.

Ein Stöhnen bricht aus mir hervor, und ...

Ein heißes Kribbeln schießt durch meine Körpermitte, und mein letzter bewusster Gedanke ist: *Oh, mein Gott, das können die unmöglich nicht mitbekommen!*

Aber dann ist auch das egal.

Mein Körper scheint nur noch aus Flammen zu bestehen, während ich versuche, geräuschlos zu kommen. Und der einzige Grund, warum die beiden das nicht hören, ist vermutlich, dass es ihnen in diesem Moment genauso geht, nur brüllen sie dabei wie Tiere, wofür ich ihnen ausgesprochen dankbar bin.

Oh, Shit, denke ich, während mein kleiner Höhepunkt in sanften Wellen nachklingt. *Was zur Hölle war denn das gerade?*

Irgendwann später beginnen die beiden, hinter der Couch ihre Klamotten zusammenzusuchen, schleichen davon und geben sich dabei sogar richtig Mühe, leise zu sein. Das ist aus zwei Gründen der reine Hohn: Erstens wäre wohl jeder in diesem Haus (und den Nachbarhäusern vermutlich ebenso) von dem Geschrei aufgewacht, das sie zum Schluss veranstaltet haben, und zweitens quietscht die Treppe jämmerlich, als sie nach oben gehen.

Als ich höre, wie die Tür von Lisas Schlafzimmer oben leise ins Schloss gezogen wird, ist mir klar, dass ich ein Riesenproblem habe. Wenn ich jetzt da hochgehe, werden sie das mitbekommen.

Shit.

Und dann werden sie wissen, dass sie eine heimliche Zuhörerin hatten, und das ... das ginge einfach nicht. Ich könnte ihnen nie wieder in die Augen schauen. Komisch, philosophiere ich, wenn eine Wand zwischen uns ist, können wir am nächsten Morgen ganz einfach so tun, als wäre in der Nacht überhaupt nichts passiert, und es funktioniert. Seltsam, wie sechs Zoll Gipskarton über das Ausmaß einer solchen Peinlichkeit entscheiden können.

Also entscheide ich mich dafür, noch ein bisschen auf der Couch liegen zu bleiben, in der Hoffnung, dass die da oben zu müde oder zu betrunken für eine zweite Runde sind. Sobald sie eingeschlafen sind, werde ich nach oben in mein Zimmer gehen. Dieser Plan kommt mir auch entgegen, weil meine Knie sich immer noch wie Wackelpudding anfühlen.

Gott!

Ich schaue auf meine Uhr, es ist drei. Ich denke, so gegen vier dürfte die Luft rein sein, dann kann ich nach oben schlüpfen, und wenn ich nur die äußersten Bereiche der Stufen benutze, dann werden sie hoffentlich nicht all zu sehr quietschen und ...

Ich schaffe es nicht mal, diesen Gedanken zu Ende zu denken, bevor ich wieder eingeschlafen bin.

KAPITEL 3
Frühstück

ICH ERWACHE VON KAFFEEDUFT, der mir in die Nase steigt.

Es dauert ungefähr zwei Sekunden, dann fällt mir wieder ein, wieso ich auf der Couch liege – anstatt in meinem Bett, wo ich eigentlich sein sollte. Schlagartig werde ich ganz wach. Zunächst mal lege ich meinen Laptop, der den Rest der Nacht auf meinem Bauch verbracht hat, auf den Tisch. Dann richte ich mich vorsichtig auf und spähe durch die Durchreiche in Richtung Küche. Dort klappert Lisa mit dem Geschirr und ich sehe Neonfarben aufblitzen. Sie war joggen, natürlich, und wie üblich in aller Herrgottsfrühe. Wie viel Schlaf mag sie wohl bekommen haben in dieser Nacht? Zwei Stunden? Drei?

Aber dann überlege ich, dass mir das vielleicht die Möglichkeit bietet, halbwegs glimpflich aus der Sache rauszukommen. Ich stehe leise auf und husche in den Flur, wobei ich die Anrichte angstvoll im Auge behalte. Lisa rührt irgendetwas um, das auf dem Herd köchelt, und bewegt dabei rhythmisch ihren – zugegeben wohlgeformten, schließlich geht sie *sehr oft* joggen – Hintern hin und her. Ich sehe die weißen Kabelenden, die aus ihren Ohren kommen, sie hört irgendeine Musik mit Kopfhörern, um mich nicht zu wecken.

Wie lieb, denke ich voller Zuneigung und schlüpfe ins Bad – unbemerkt! Yes! Ich mache drei Kreuze, sobald ich die Tür hinter mir geschlossen habe. Ein Blick in den Spiegel enthüllt mir, dass ich so aussehe, wie sich Lisa fühlen sollte, wenn dies eine gerechte Welt wäre. Ist es aber nicht.

Ich spritze mir ein bisschen Wasser ins Gesicht und werfe mir ein aufmunterndes Lächeln zu, das allerdings zur einer Grimasse verkommt, als ich denke: *Du kleine Spannerin, du. Hattest du Spaß gestern Nacht?*

Und ich denke es mit Lisas Stimme. *Oh je.*

Zumindest sehe ich nun wieder einigermaßen passabel aus. Ich streiche mir eine rotbraune Strähne aus dem Gesicht, drehe mich um und mache mich geräuschvoll am Verschluss der Badtür zu schaffen, damit Lisa auch wirklich mitbekommt, dass ich *nicht* aus dem Wohnzimmer komme. Dann gehe ich raus und schließe die Tür, so laut ich kann, ohne dass es vollkommen lächerlich wirkt. Hoffe ich zumindest.

»Morgen, Schatz!«, brüllt Lisa und ich zucke zusammen, woraufhin sie sich mit einem entschuldigenden Lächeln die Stöpsel aus den Ohren pult.

»Hab dich gar nicht runterkommen hören, Liebes«, sagt sie. »Schön geschlafen?«

Ich nicke. Ja, oder so ähnlich. Und hat sie da nicht gerade den Kopf ein wenig schief gelegt, während sie mich angrinst? Ich überwinde meinen kleinen Panikanfall in der Hoffnung, dass sie ihn nicht bemerkt und ich mich damit vollends verrate.

»Wie ein Stein«, lüge ich.

»Dann ist ja gut«, kichert sie. Und ich weiß auch, warum sie kichert. Ich bin mir nur nicht sicher, ob sie weiß, dass ich weiß, dass sie es weiß. Oh je, geht's noch ein bisschen komplizierter?

»Kaffee?«, fragt sie und macht eine sexy kleine Bewegung zur Kaffeemaschine hin wie eine dieser Frauen, die beim Glücksrad immer die Buchstaben umdrehen. Was das betrifft, wäre Lisa ein echter Hingucker, sie macht das wirklich gut.

»Du bist ein Schatz«, sage ich und schlurfe zum Kühlschrank. »Die Milch ist alle«, seufze ich. Also kein Müsli heute. Mal wieder.

»Oh, tut mir leid, Schatz«, sagt Lisa. »Hab vergessen, einzukaufen. Ich, äh ...«

»Ich geh dann«, sage ich. Vermutlich ist sie gerade wieder ein bisschen knapp bei Kasse und vermutlich haben ihre ständigen Clubbesuche etwas damit zu tun. London ist eine ausgesprochen teure Stadt. Es ist mir ein Rätsel, wie sie das *und* ihr Studium auf die Reihe bekommt. Und Felix, natürlich. Ich komme mir für einen Moment unheimlich alt und mütterlich vor. Und mit Recht. Immerhin trennen uns ganze zwei Jahre.

»Ach und wegen der Miete ...«, sagt sie und setzt einen Blick auf, den sie vielleicht mal bei unserem Vermieter probieren sollte. Höchstwahrscheinlich würden wir ein Jahr mietfrei hier wohnen. Das Blöde daran: Bei mir funktioniert er auch.

»Kein Problem«, sage ich, denn das ist es ja nun wirklich nicht. Nicht, wenn man einen Dad wie ich hat, der mein Studentenleben so überaus großzügig unterstützt. Wenn man an einer Elite-Uni studiert, ist die Miete für ein kleines Häuschen an den Londoner Outskirts nämlich das kleinste Problem. Oder, wie Dad es stets auszudrücken pflegt: *Wahrer Reichtum zeigt sich durch Großzügigkeit.*

Na klar, Dad, denke ich. Und außerdem wird Lisa ihren Anteil natürlich irgendwann zurückzahlen. Nur halt ein bisschen später, ein zinsloses Darlehen, sozusagen. Oder ich könnte versuchen, es als Eintrittskarte zu der kleinen Vorführung zu begreifen, die mir die beiden gestern Nacht geboten haben.

Schnell versuche ich, an etwas anderes zu denken, und verschütte dabei ein wenig von dem Kaffee, den Lisa mir hingestellt hat. Ärgerlich wische ich es weg und führe die Tasse wieder zum Mund. Köstlich. Stark. Kochend heiß. Noch etwas, das Lisa wirklich gut kann.

Ich seufze. Genau, was ich jetzt brauche.

Glücklich strahle ich Lisa an, und die strahlt zurück. Die reine, studentische Unschuld. Und das soll dasselbe Mädchen gewesen sein, das sich gestern auf dem Teppich hinter der Couch gewunden und sich vorgestellt hat, von Fremden begrapscht zu werden, während ihr Freund sie hart rangenommen ...

Genug!

Jeder von uns hat nun mal ein dunkles Geheimnis und das ist eben das Geheimnis der beiden. Oder das dachten sie zumindest. Und was ich denke? Sollen sie. Was immer eine glückliche Partnerschaft ausmacht. Nicht mein Problem. Ich freue mich für sie.

»Wir wollten heut Abend mal in die Stadt, diesen neuen Club auschecken«, sagt sie und wirft mir einen fragenden Blick zu. »Lust, mitzukommen?«

Ein Clubbesuch, schon wieder? Die Party-Energie dieses Mädchens scheint grenzenlos zu sein. Vermutlich hätte sie locker ein Stipendium in der Tasche, wenn sie nur halb so viel Zeit in ihre Abendgestaltung investieren würde. Ich meine, ich habe ein Stipendium, aber ich muss wirklich hart arbeiten, es zu behalten.

»Keine Zeit«, sage ich also und zucke bedauernd mit

den Schultern. »Muss noch was für die Uni machen. Und Bewerbungen.«

»Cassidy Jones«, sagt sie und droht mir spielerisch mit dem Zeigefinger, »du solltest dringend mal ein bisschen entspannen.«

»Das kann ich noch, wenn ich ...«, schnappe ich, vielleicht ein wenig zu aggressiv. Aber sie lässt mich gar nicht ausreden.

»Und vor allen Dingen solltest du dich dringend mal wieder flachlegen lassen.«

Na bitte, da ist es wieder. Dreht sich denn in Lisas Leben eigentlich alles nur um Sex?

»Lisa!«, rufe ich und verschütte wieder etwas Kaffee. *Mal wieder* flachlegen lassen? Wenn die wüsste. Aber vermutlich weiß sie. Man wohnt nicht über zwei Jahre im selben Haus, ohne so was *zu wissen.*

»Das ist mein voller Ernst«, sagt sie und macht ein grimmiges Gesicht, was natürlich nur noch komischer aussieht. »Du bist eine echte Schönheit, und das solltest du nutzen, solange du noch jung und knackig bist. Die Männer würden dir zu Füßen liegen heute Abend ...«

»Ich bin keine Schönheit«, erwidere ich. Ich meine, ich bin auch nicht gerade hässlich, aber ...

Sie schüttelt nur langsam den Kopf. Offenbar sieht sie diesen Punkt als nicht verhandelbar an.

»Und ich verspüre kein Bedürfnis, mich von irgendeinem dahergelaufenen Aufreißertypen flachlegen zu lassen.«

Nun hör sich einer an, wie ich spreche. Aufreißertyp? Die Neunziger haben angerufen und wollen ihr Wort zurück.

Findet vermutlich auch Lisa, weil sie ein bisschen kichern muss. Dann sagt sie aber nur: »Wie du meinst. Aber es ist eine echte Verschwendung, mit dir entgeht der Männerwelt wirklich was. Und umgedreht.«

Ich beiße mir auf die Unterlippe. *Ja, schon klar,* denke ich. Und ich kenne ein Mädchen, das es offenbar heiß findet, wenn ihr die gesamte Männerwelt dabei zuschaut, wie sie ... aber so bin ich nun mal nicht. Überhaupt nicht.

»Ich will eben erst mal Karriere machen«, kontere ich mit meinem ewig gleichen Argument. Das mir noch nie so schwach vorgekommen ist wie jetzt.

»Siehst du, das ist ja gerade der Punkt«, sagt Lisa. »Du wirst es nicht für möglich halten, aber auch in der Geschäftswelt gibt es Männer. Männer mit Geld, Einfluss, Macht.«

»Ja, und?«, frage ich, weil ich nicht kapiere, worauf sie damit hinauswill.

»Diese Männer spielen gern. Und sie stehen auf Frauen, die diese Spiele mitspielen.«

»Spiele?«, frage ich, »was für Spiele meinst du denn?«

Plötzlich schaut sie kurz zur Seite, dann strahlt sie mich wieder an.

»Macht, Einfluss«, sagt sie, »und Geld. Solche Spiele. Und natürlich jede Menge Sex.«

»Das, meine Liebe«, sage ich, »nenne ich mal eine ziemlich verquere Vorstellung von der Geschäftswelt und der Welt im Allgemeinen. Besonders für jemanden, der Wirtschaftsrecht studiert.«

Meine Liebe? Oh Gott. Habe ich das gerade gesagt oder Jessica Fletcher aus Mord ist ihr Hobby?

»Das findest du dann verquer, Teuerste?«, sagt sie und stößt ein Lachen aus, »was meinst du denn, wieso der Premierminister ...«

Aber sie kommt nicht weiter, denn in diesem Moment klingelt mein Handy. Ich haste zurück ins Wohnzimmer, wo es verräterischerweise immer noch auf dem Couchtisch neben meinem Laptop liegt. Beinahe so, als hätte ich die Nacht auf der Couch verbracht – welch ein lächerlicher Gedanke, Teuerste!

Als ich auf das Display meines Telefons schaue, sehe ich, dass es Dad ist.

Das ist ja merkwürdig, denke ich, *um diese Uhrzeit ruft er sonst nie an.*

KAPITEL 4

Mortimer

DAS, was als strahlender Morgen begann, hat sich in den letzten dreißig Minuten in ein typisches Londoner Schmuddelwetter verwandelt. Glücklicherweise hat Lisa sich bereit erklärt, mich in ihrem Mini mitzunehmen und einen kleinen Umweg zu fahren, was mir die Kosten für ein Taxi erspart. Nachdem ich mich in aller Eile in mein weißes Businesskleidchen gezwängt habe, werfe ich noch meinen kurzen Regenmantel über. Das Outfit ist hübsch und auch einigermaßen passend für den Anlass, aber vermutlich werde ich meine Entscheidung bereuen, falls es später kühler und noch stärker regnen wird.

Aber bis dahin ist es wenigstens ein hübscher Anblick.

An all das denke ich nur flüchtig, denn da war etwas in Dads Stimme, das mir gar nicht gefallen hat. Seit Moms Tod ist er einfach nicht mehr derselbe Mann. Er verlässt kaum noch die unmittelbare Umgebung seines Cottages und verbringt die meiste Zeit im weitläufigen Garten hinter dem Haus. Ich kenne den Garten und das Haus sehr gut, immerhin bin ich dort aufgewachsen und habe den Großteil meiner Kindheit da verbracht.

Von Mom habe ich allerdings deutlich weniger mitbekommen, als ich mir das als kleines Mädchen gewünscht habe. Sie war oft geschäftlich auf Reisen, und das, was ich am deutlichsten von ihr in Erinnerung habe, ist ihre Liebe für die Rosen, welche Dad hinter dem Haus für sie gezüchtet hat.

Unzählige Male hat er mir die Geschichte erzählt, dass sie damals, als sie ein neues Zuhause suchten, bei der Besichtigung einen Strauß wilder Rosen hinter dem Haus entdeckt haben. Damit war die Kaufentscheidung sofort gefallen. Ist das nicht unglaublich romantisch?

In den folgenden Jahren hat Dad diese Rosen veredelt, und so wurde das Gärtnern zu seinem liebsten Hobby neben dem Golfen und dem Sammeln edler Weine, die für mich leider nur als ungenießbar einzustufen sind.

Mom war eine ausgesprochen schöne Frau, das bezeugen die wenigen Fotos, die ich von ihr habe. Sie hatte wunderbares kohlrabenschwarzes Haar, das sie meistens offen trug. In meiner Erinnerung war sie außerdem eine perfekte Frau, was vielleicht daran lag, dass ich sie so selten zu Gesicht bekommen habe. Die Mystik des Unerreichbaren oder so was. Ich weiß, dass Dad sie abgöttisch liebte – und das wohl auch heute noch ungebrochen tut. Ich weiß von keinem einzigen Date, seit Mom vor zwei Jahren nach einem kurzen Kampf plötzlich an Krebs verstarb. Ich glaube, das hat ein Loch in sein Herz gerissen, das nie wieder verheilt ist.

Und vielleicht hat er auch keine rechte Lust, es heilen zu lassen. *Noch* nicht, hoffe ich.

Davon abgesehen, dass ich gern mehr über meine Mom erfahren hätte, die mir immer so etwas wie eine nette Fremde blieb, hat mich als Kind das Alleinsein nie gestört. Auch Dad, der eine der erfolgreichsten Baufirmen Londons leitet, war selten daheim. Ich wurde hauptsächlich von verschiedenen Kindermädchen großgezogen.

Das mag Ihnen vielleicht seltsam vorkommen, aber mir

hat das wirklich nichts ausgemacht. Es gab einfach zu viel zu lernen und zu entdecken in dem riesigen Cottage, oder zumindest kam es mir als kleines Mädchen so vor. Ich bildete mir alle möglichen Abenteuer ein, während ich durch die vielen Zimmer streifte und mich vor Unholden verstecken musste oder unbekannte Kontinente entdeckte. Und wenn mir die Fantasie ausging, schnappte ich mir ein Buch aus Dads gigantischer Bibliothek und machte es mir in seinem Lesesessel gemütlich.

Ich hatte tausend Fragen, ständig und zu allen möglichen Themen. In dieser Hinsicht muss ich ein ungeheurer Quälgeist gewesen sein. So kam rasch ein Privatlehrer zu dem Kindermädchen, um meinen Wissensdurst zu stillen. Außerdem wusste ich ja, dass mein Dad jeden Abend in mein Zimmer kommen würde. Das tat er immer, egal, wie spät er nach Hause kam, um mir einen Gutenachtkuss zu geben. Ohne konnte ich nämlich nicht einschlafen, ausgeschlossen!

Doch ich schätze, es ist etwas anderes, wenn man weiß, dass man für immer allein sein wird. Dass der letzte Gutenachtkuss geküsst und das letzte »Ich hab dich lieb« gesagt worden ist. Manchmal, wenn Dad glaubt, ich sehe nicht hin, fällt sein Gesicht richtig in sich zusammen, dann wirkt er ganz schwach und krank. Einsam und zurückgelassen. Dann gehe ich hin und drück ihn ganz fest, bis er mir übers Haar streicht und mich beruhigt. Es sei alles in Ordnung, sagt er, und er komme bestimmt bald wieder ins Lot.

Ich hoffe wirklich, dass das stimmt.

Ich vermute, das ist der Grund, warum er sich weitestgehend aus dem Baugeschäft zurückgezogen hat, das er damals mit Graham Marsden, seinem Partner, gegründet hat. Anfangs nannte er das Auszeit, dann Sabbatjahr. Das ist jetzt über zwei Jahre her.

Okay, Themenwechsel.

Lisa schafft es irgendwie, durch den morgendlichen

Londoner Verkehr zu kurven, ohne uns beide dabei umzubringen, was ich ihr hoch anrechne. Sie rast wirklich wie eine Furie, wie jeder andere auch im Londoner Berufsverkehr, aber ich bange jedes Mal um mein Leben, wenn ich in ihren aufgemotzten Mini steige. Das kleine Ding ist höllisch schnell. Allerdings hat ihr Fahrstil diesmal einen Vorteil, nämlich den, dass ich noch beinahe pünktlich zu meinem Termin mit Charles Mortimer erscheine. Mr Mortimer gehört zu meinen Kindheitserinnerungen beinahe ebenso wie die unzähligen Kindermädchen, die Rosen und meine Lesestunden in Dads Bibliothek. Er ist geradezu das Klischee eines englischen Lords, mit seinem mächtigen schlohweißen Backenbart und seiner Halbglatze, die er schon hatte, seit ich denken kann. Er trägt stets und ständig einen maßgeschneiderten Anzug von *Kilgour, French & Stanbury,* und ich habe ihn noch nie in einem anderen Zustand als *absolut perfekt geschniegelt* erlebt.

In seiner Gegenwart fühle ich mich immer auf eine seltsame Art geborgen, so als wäre der alte Anwalt eine schützende Mauer zwischen mir und der bösen Welt da draußen, die voller Spinner ist, die einen ständig verklagen wollen. Das hat zumindest Dad immer gesagt, und dann haben die beiden gelacht, während sie in der Bibliothek vorm Kamin saßen und an dem Scotch in ihren Gläsern nippten.

Mittlerweile bin ich alt genug, um zu begreifen, dass das nicht wirklich witzig war, sondern eher eine Art Galgenhumor. Erfolg bringt nun mal jede Menge Neid und Missgunst mit sich, und mein Dad war in seinem Geschäftsleben immer ein *überaus* erfolgreicher Mann.

Ich hopse aus dem Auto auf den Fußweg und Lisa braust davon.

Mir ist, als schütte jemand Wasser aus Eimern über meinem Kopf aus, also stöckele ich hastig in meinen High Heels über den Fußweg und werfe mich unter den schützenden Vorsprung über der Eingangstür wie ein Flügelstürmer beim Rugby. Bloß ist der Schlussmann, gegen den ich pralle, mir in jeder Hinsicht überlegen.

Unser kurzes Tackling endet nach einer knappen Sekunde. Und zwar damit, dass ich in einer Pfütze auf dem Fußweg liege.

KAPITEL 5
Der Grobian

DER KERL, der die Tür zu Charles Mortimers Kanzlei genau in dem Moment geöffnet hat, als ich das Haus betreten wollte, ist ein wahrer Riese von einem Mann. Vielleicht kommt mir das aber auch nur momentan so vor, weil ich zu seinen Füßen in einer Pfütze liege. Seine Silhouette ragt über mir auf wie der Turm in einer mittelalterlichen Burg, während der Regen unbarmherzig auf uns einprasselt.

Ich schaue auf, in dem festen Vorsatz, diesem Grobian einen wütenden Blick zuzuwerfen, aber ...

Oh. Selbst von hier unten fällt mir auf, wie unglaublich attraktiv besagter Grobian ist. Während der nächsten Sekunden registriere ich die eleganten Lederschuhe an seinen Füßen, fraglos eine italienische Maßanfertigung, während mein Blick an den Hosenbeinen seines anthrazitfarbenen Maßanzugs nach oben gleitet. Sein Jackett trägt er offen, ihm scheint der strömende Regen irgendwie weniger auszumachen als mir. Von hier unten ist nicht der Ansatz eines Bauches über seinem Hosenbund zu sehen. Was ich aber sehr wohl erkenne, ist das tadellose, anthrazitfarbene Hemd, das von einer silberfarbenen Krawatte mit passender Krawattennadel veredelt wird. Keine Ahnung, wieso ich dieses beinahe nutzlose kleine Stück Metall an einer Krawatte so unsagbar sexy finde.

Mein Rugbyverteidiger ist jedenfalls eine ausgesprochen elegante Erscheinung. Seine Kleidung drückt so viel Understatement aus, dass es fast schon protzig wirkt. Aber der Kerl kann es wirklich tragen. Meine Güte …

Und dann erreichen meine Augen sein Gesicht, und in dem Moment beginnt die Zeit urplötzlich, im Schneckentempo zu vergehen. Außerdem bin ich mir ziemlich sicher, dass mein Unterkiefer herunter klappt, als ich Zeuge dieses beeindruckenden Naturschauspiels werde. Den Anzug und den ganzen Rest habe ich sofort vergessen. Die Welt um uns versinkt zu reinem Hintergrundrauschen, und alle Leute bewegen sich plötzlich in Zeitlupe, so als würden sie durch unsichtbares Gelee waten.

Oh. Mein. Gott. Diese Augen. Dieses Gesicht!

Dunkler Teint. Männliche Züge und volle Lippen, an denen ich auf der Stelle herumknabbern möchte. Und …

Aber natürlich möchte ich das nicht. Ich kann das nicht wollen. Ich liege schließlich immer noch in einer Pfütze, und der Kerl, der mich hineingestoßen hat, macht noch nicht mal Anstalten, mir aufzuhelfen.

Aber für einen Moment vergesse ich auch das. Sein schwarzes Haar ist zu einer leicht verstrubbelten Scheitelfrisur gelegt. Ich schwöre, es ist wirklich kohlrabenschwarz, ich habe noch nie so dunkles Haar gesehen, und es ist ganz sicher nicht gefärbt oder so was. Seine Haut schimmert in einem seidigen, dunklen Ton, vermutlich von einem kürzlich verbrachten Urlaub an der Riviera, der so gar nicht in das nasskalte, spätsommerliche London passt. Hat der es gut.

Ich blinzle, weil mir dieser Anblick fast zu viel wird. Ungefähr da bemerke ich die breiten Schultern, die sich unter seinem perfekt sitzenden Jackett abzeichnen, weil er sich nun doch zu mir herunterbeugt. Ich liege derweil immer noch in der Pfütze und sauge mich mit Schmutzwasser voll wie ein Schwamm. Londoner Schmutzwasser, zu allem Überfluss. Meine Klamotten werde ich anschließend wegschmeißen können.

Dann ist es vorbei, und ich greife nach seiner Hand. Sie ist groß und kräftig, und als sie sich um meine schließt, verspüre ich beinahe einen Anflug von Geborgenheit. Ich bemerke seine gepflegten Nägel, während ich draufstarre. Ich bemerke auch, dass er eine schwere Breitling am Handgelenk trägt. Wie schön für ihn. Er zieht mich mühelos hoch wie ein Kind, das seinen Stoffteddy aufhebt, der in eine Pfütze gefallen ist. Und ich bin der Teddy.

Er sagt nichts, er lächelt nicht. Er entschuldigt sich nicht.

Er nickt mir nur flüchtig zu. In diesem Moment treffen sich unsere Augen, und mir ist, als würden meine Beine unter mir versagen und mich gleich wieder zurück in die Pfütze befördern, in der ich soeben wenig elegant mein morgendliches Bad genommen habe.

Sie sind nicht wirklich schwarz, diese Augen, das sah nur von unten so aus. In Wahrheit sind sie von einem eigentümlich dunklen Blau. Wie ein Ozean bei Gewitter. Kurz bevor der Sturm losbricht.

Für einen Moment glaube ich fast, dass sein Blick ebenfalls ein wenig länger an mir Hängen bleibt, als normal wäre. Was allerdings ist schon normal an dieser Begegnung? Eine Haarsträhne fällt ihm in die Stirn und ich beiße mir auf die Lippen, was ich erst merke, als es beginnt, wehzutun.

Oh, mein Gott, diese Augen.

Als er einigermaßen sicher zu sein scheint, dass ich von allein stehen kann (ich selbst bin da allerdings überhaupt nicht sicher), nickt er mir nochmals zu, und ich glaube fast, er lächelt ein bisschen, aber das ist vielleicht nur Wunschdenken. Dann dreht er sich um und geht in Richtung

Straße. Erst jetzt sehe ich, dass da eine ziemlich beeindruckende schwarze Limousine steht und daneben ein Chauffeur, der ihm die Tür aufhält. Er steigt ein, und kurz bevor der Chauffeur die Tür sanft ins Schloss drückt, treffen sich unsere Blicke noch ein letztes Mal. Dann ist er für immer hinter blickdicht getöntem Glas verschwunden.

Sein Chauffeur gleitet um den Wagen herum, der kurz darauf aus der Lücke schießt, um sich in den vorbeidrängelnden Verkehr zu quetschen, der das mit wildem Hupen quittiert, dem großen Wagen aber dennoch sofort Platz macht. Der berühmte Londoner Fahrstil eben. Ich glaube, es ist ein Bentley oder so was.

Dann ist er verschwunden, und ich komme langsam wieder zu mir. Beinahe glaube ich, gerade aus einem Tagtraum erwacht zu sein, doch dann blicke ich an mir hinab und bemerke mein ruiniertes Kleid und meinen schmutzigen Mantel. Mein Outfit ist vollkommen ruiniert, und dieser arrogante Schnösel hat sich nicht einmal dafür entschuldigt.

Na ja, vielleicht war es auch ein bisschen meine Schuld.

Kopfschüttelnd mache ich einen zweiten, etwas vorsichtigeren Versuch, die Tür zu der Kanzlei zu öffnen. Diesmal gelingt es, und ich trete in den Empfangsbereich. Charles' Sekretärin wirft mir eine typisch Londoner Andeutung einer hochgezogenen Augenbraue zu, dann schnappt ihr Gesicht zurück in den Ausdruck gleichgültiger Gelassenheit, mit dem sie den Zustand meiner Kleidung ignoriert, oder vielmehr so tut, als ob. Ich kann ihr das nicht übel nehmen. Ich an ihrer Stelle hätte wohl die Security gerufen.

Sie flüstert etwas in das Mikrofon ihrer Gegensprechanlage und deutet auf die Tür zu Charles Mortimers Büro. Ich folge dem Wink. Witzigerweise glaube ich bis zu diesem Moment, mein kleiner Ausrutscher draußen auf der Straße wäre schon der absolute Tiefpunkt dieses Tages gewesen.

Aber natürlich liege ich damit komplett daneben.

KAPITEL 6

Pleite!

»GUTEN MORGEN, MISS JONES«, sagt Charles Mortimer, als er von seinem gigantischen Queen- Victoria-Schreibtisch aufsteht und mir mit offenen Armen entgegenkommt.

Ich glaube, es gibt auf der Welt höchstens ein halbes Dutzend Menschen, die je in den Genuss einer Umarmung mit Charles Mortimer gekommen sind, und es erfüllt mich mit beinahe kindlichem Stolz, eine von dieser Handvoll Personen zu sein. Aber damit endet unsere Vertrautheit auch schon. So lange ich denken kann, hat er Miss Jones zu mir gesagt: Vermutlich auch schon, als ich ein Baby war. So lange kennen wir uns nämlich schon. Und ich würde im Leben nicht auf die Idee kommen, ihn Charles zu nennen. Nicht mal, wenn ich hundert Jahre alt wäre.

Er lässt einen raschen Blick über mein ruiniertes Kleid streifen, dann umarmt er mich aber trotzdem, auch wenn er seinen unvermeidlichen Tweedanzug vermutlich direkt im Anschluss an unser Treffen in die Reinigung geben wird, um einen frischen und ansonsten völlig identischen Maßanzug anzuziehen. Im Gegensatz zu seiner Sekretärin ignoriert er den Zustand meiner Klamotten allerdings nicht.

»Es ist ein furchtbares Wetter heute Morgen«, sagt er mit einem wehmütigen Blick zum Fenster, »soll ich Eliza bitten, Ihnen einen Mantel oder so was zu besorgen?«

»Nein«, sage ich, »es geht schon. Nur ein bisschen Spritzwasser.«

Jep. Nur stammt das aus einer Pfütze mitten in der vermutlich schmutzigsten Stadt der Welt.

»Wie Sie wünschen«, sagt er diplomatisch, »dann vielleicht etwas zum Aufwärmen? Einen Brandy?«

Schockiert ziehe ich die Augenbrauen in die Höhe. Einen Brandy, um zehn Uhr morgens? Keine Ahnung, ob er das ernst gemeint hat. Bei Charles Mortimer weiß man nie.

»Ein Kaffee wäre toll«, sage ich und er nickt mir lächelnd zu, bestellt das Getränk über die Gegensprechanlage. Was mir vermutlich einen weiteren von Elizas berühmten Augenbrauenblicken einbringen wird. Aber was soll's? Ich brauche wirklich dringend etwas Warmes.

»Wird Geoffrey sich verspäten, Miss Jones?«, fragt er und bringt es dabei zustande, diese förmliche Frage trotzdem ein bisschen herzlich klingen zu lassen. Natürlich weiß er, wie es um Dad steht. Dann deutet er auf einen der bequemen Sessel, die dem Schreibtisch gegenüberstehen. Ich setze mich.

»Mein Vater wird nicht kommen«, sage ich, »er fühlt sich nicht so gut, fürchte ich.«

Was eine glatte Untertreibung ist, weil es irgendwie unbestimmt nach einer Erkältung klingt. Nichts könnte weiter von der Wahrheit entfernt sein, wem versuche ich etwas vorzumachen? Am Telefon klang Dad vollkommen fertig. Er war seit fast zwei Jahren nicht mehr in der Stadt. Oder sonst irgendwo außerhalb der Grenzen des Grundstücks. Und ich habe wirklich alles versucht, bis ich kapierte, dass ich ihn nicht umstimmen kann. Das kann nur er selbst. Manche Dinge brauchen einfach ihre Zeit, glaube ich.

»Ich verstehe«, sagt Charles, »aber ich fürchte, damit wird unser Treffen hier ziemlich hinfällig. Ich habe ihn gebeten, unbedingt persönlich zu erscheinen.«

»Ja, ich weiß«, sage ich, »er hat's mir erzählt, am Telefon. Aber er ...« Ich stocke. Keine Ahnung, wie ich Charles das erklären soll. »Es geht einfach noch nicht.«

»Ich verstehe«, sagt er wieder und setzt sich neben mich in den Besuchersessel, anstatt an seinen gewohnten Platz gegenüber dem Schreibtisch. Etwas in meinem Bauch krampft sich zusammen. Das hat er noch nie gemacht. Das kann einfach nichts Gutes bedeuten.

Für eine Weile starrt er auf das Bild, das hinter seinem Bürosessel an der Wand hängt. Ein Landschaftsgemälde von Richard Wilson, selbstverständlich ein Original.

Die Tür öffnet sich, und Eliza stellt ein Tablett mit Kaffee und dem üblichen Zubehör auf das Tischchen neben meinem Sessel. Ich sehe dankbar zu ihr auf, und diesmal bleibt mir ihre Augenbraue erspart. Sie lächelt kurz zurück, und ich glaube, einen Anflug von Mitleid in ihrem Blick zu sehen, aber da kann ich mich auch irren. Geräuschlos verschwindet sie aus dem Zimmer.

Charles seufzt, dreht sich auf seinem Sessel zu mir um, zupft am Knie seines rechten Hosenbeins und schlägt es über sein linkes Knie. Dann greift er nach meiner Hand und sieht mir in die Augen. Das Mitleid scheint von Elizas Gesicht auf seines übergesprungen zu sein, während er mich anlächelt. Der Krampf in meinem Magen wird schmerzhaft.

»Ich fürchte, ich habe schlechte Neuigkeiten, Cassidy.«

Nein, denke ich, *Sie haben keine schlechten Neuigkeiten, Mister Mortimer, Sie haben erschütternde Neuigkeiten!* Dabei bekomme ich gar nicht mit, dass er mich soeben bei meinem Vornamen genannt hat, vermutlich zum ersten Mal in seinem ganzen Leben.

»Und eigentlich bin ich nicht berechtigt, diese jemand

anderem als Ihrem Vater mitzuteilen.« Er seufzt. »Aber da ich nun schon so lange sein ... vielmehr, Ihr Anwalt bin, glaube ich, es ist in Ordnung.«

»Mein Vater«, sage ich, »er hat mir gesagt, dass Sie mir alles sagen können, egal, was es ist. Sie können Ihn gern anrufen und es sich bestätigen lassen.«

»Das wird nicht nötig sein«, sagt er schließlich, dann nickt er. »Na gut. Es betrifft *Jones & Marsden Construction*. Es gibt offene Forderungen. Erhebliche Forderungen.«

»Oh«, sage ich, aber dann fällt mir etwas ein. »Aber Dad war seit zwei Jahren nicht mehr in der Firma, um das alles hat sich Graham gekümmert.«

»Mr Marsden, ja«, sagt Charles und schüttelt den Kopf. »Der ist leider seit einigen Tagen unauffindbar und es ist zu vermuten, dass dieser Umstand in Zusammenhang steht mit ... nun ja, den nicht beglichenen Außenständen. Es fehlt eine ziemliche Menge Geld.«

Ich begreife noch gar nicht recht, was Charles mir da zu sagen versucht.

»Wie viel Geld? Ich ... meine«, stottere ich, »Graham hätte nie ... er würde meinem Dad so etwas nie antun, sie sind Freunde. Partner. Schon seit Ewigkeiten.«

Charles nickt und schaut mich traurig an. »Leider besagen die Bücher da etwas gänzlich anderes. Ich habe natürlich bereits Einsicht genommen, und auf den ersten Blick sehen die Zahlen ... nun ja, schockierend aus.«

»Aber«, sage ich, »dann ist Graham dafür verantwortlich. Ich verstehe nicht, was das mit Dad zu tun hat. Er war seit fast zwei Jahren nicht mehr in der Firma.«

»Zunächst ist es nach wie vor zur Hälfte Geoffreys Firma, und das schließt alle Verbindlichkeiten ein. In diesem Fall leider bis hin zu seinem Privatvermögen.«

»Wie bitte? Seinem Privatvermögen?«

»Er haftet in vollem Umfang, und es gibt nichts, was ich dagegen tun kann, Miss Jones. In dieser Hinsicht sind mir leider vollkommen die Hände gebunden. Es war der ausdrückliche Wunsch Ihres Vaters, das so zu regeln.«

Oh Dad, denke ich. *Ich weiß, wieso du das gemacht hast.* Der gute Name einer Firma war für ihn schon immer das Wichtigste, einhergehend mit dem Namen einer Firma. *Der Ruf eines Mannes ist alles, das er je zu besitzen hoffen kann.* Das hat er immer gesagt. Erst jetzt begreife ich, welch gigantisches unternehmerisches und privates Risiko er damit einging. Und das von einem der versiertesten Geschäftsleute, die ich kenne. Ich begreife einfach nicht, wie mein Vater so etwas machen konnte.

»Wie konnten Sie das zulassen?«, fahre ich Charles an, und als ich seinen verletzten Blick sehe, tut mir mein scharfer Ton sofort leid.

»Ich bin sein Anwalt und sein Freund«, sagt er, »aber wenn Ihr Vater sich etwas in seinen Kopf setzt ...«

Ich schaue zu Boden. Ich weiß nur zu gut, was er meint. Ich habe nämlich denselben Sturkopf wie mein Vater.

»Es tut mir leid«, sage ich, und das tut es wirklich. Schließlich kann Charles nichts für diese Misere. »Was können wir also tun?«

»Im Moment nicht all zu viel, fürchte ich. Solange Mr Marsden unauffindbar bleibt, wird sich die Gegenseite mit ihren Forderungen direkt an Ihren Vater wenden. Und er wird diese Forderungen erfüllen müssen, zumindest in dem Rahmen, in dem er es kann.«

»In dem Rahmen?«, schnappe ich. »Von wie viel Geld reden wir hier überhaupt?«

»Mehrere Millionen, meiner vorsichtigen Schätzung nach.«

»Aber ... so viel Geld hat Dad doch gar nicht. Schon gar nicht in Privatvermögen.« Der Firma ging es gut, und wir hatten nie wirkliche finanzielle Sorgen, aber mehrere Millionen? Dann begreife ich allmählich.

»Das Cottage«, kann ich nur noch hauchen.

Charles nickt mitfühlend.

»Er würde alles verlieren, und zwar in einem öffentlichen Prozess.«

Also auch seinen Namen. Und das wäre das Allerschlimmste für Dad. Ich bezweifle, dass er den Verlust des Cottages ohne Probleme verkraften würde. Die Rosen, die ihn an Mom erinnern. Es wäre furchtbar. Aber dass er öffentlich als Betrüger und unlauterer Geschäftsmann dargestellt würde, das würde er keinesfalls verkraften. Er würde ... er würde vielleicht etwas ganz und gar Dummes anstellen. Das kann ich keinesfalls zulassen.

»Das geht nicht«, sage ich, »es würde ihn ruinieren. Und ich meine damit nicht nur das Geld.«

»Ich verstehe«, sagt Charles.

Und ich verstehe durch einen roten Nebel aus Trauer und Wut, dass es wirklich nicht mehr gibt, das er dazu sagen oder tun könnte. Meine hervorragende Ausbildung war schließlich nicht umsonst. Auch wenn ich die natürlich jetzt auch ebenfalls in den Wind schreiben kann. Bald werden wir kein Geld mehr für etwas zu essen haben, ganz zu schweigen von den laufenden Kosten für unser kleines Häuschen, und mein Stipendium werde ich dann vermutlich auch verlieren.

Mir kommen die Tränen. Und dennoch gibt es einen kleinen Teil meines Gehirns, der davon völlig unbeeindruckt zu rattern beginnt. Nach einer Lösung sucht wie eine gefangene Maus, die sich in ihrer Falle immer wieder um den eigenen Schwanz dreht.

»Wer ist die Gegenseite?«, schluchze ich, und der stets vorbereitete Charles Mortimer streckt mir eine Box mit Papiertaschentüchern hin. Ich nehme dankbar eins.

»Das kann ich nicht sagen«, sagt Charles.

»Wie bitte?«

»Ich weiß es nicht. Sie haben einen Anwalt geschickt,

den sie mit der Sache betraut haben. Alles, was dieser mir unter die Nase gehalten hat, waren Dokumente, in denen die Stellen geschwärzt waren, welche den Gläubiger betreffen. Aber wir dürfen davon ausgehen, dass sie diese Dokumente tatsächlich auch besitzen und die Sache vor Gericht beweisen können. Die Schulden und den Betrug.«

»Den Betrug?«

»Ja. Die Zahlen machen ziemlich deutlich, dass die *Jones & Marsden Construction* bei mehreren Projekten deutlich mehr Material und Arbeitskräfte verkauft hat, als sie letztlich zur Verfügung gestellt haben. Darunter sind auch staatliche Bauvorhaben. Wenn das an die Öffentlichkeit gerät ...«

»Er könnte ins Gefängnis gehen?«, flüstere ich entsetzt. Diese Möglichkeit ist mir bisher noch gar nicht eingefallen. Aber natürlich besteht sie. »Oh, mein Gott.«

»Ich sehe nur eine Chance, Cassidy«, sagt Charles und legt seine Hand sanft auf meinen Arm. Am liebsten würde ich mich jetzt einfach in seine Arme flüchten und heulen wie ein kleines Kind. Bloß, dass ich jetzt nicht mehr in einer Welt lebe, in der die Sorgen einfach dadurch verschwinden, dass man ein bisschen heult und eine Nacht drüber schläft. Ich bin kein kleines Mädchen mehr, diese Erkenntnis trifft mich jetzt mit aller Macht.

»Es gibt eine Chance, auch wenn es eine sehr kleine ist«, sagt Charles und ich horche sofort auf.

»Was?«

»Als Ihr Vater sich zur vorläufigen Ruhe setzte, also etwa vor zwei Jahren, könnte er mit Marsden eine Art Erklärung verfasst haben.«

»So etwas wie eine Abtrittserklärung?«

»In der Art. Irgendein offizielles Dokument, das beweist, dass er in der fraglichen Zeit nichts mit den geschäftlichen Entscheidungen der Firma zu tun hatte. Das könnte helfen, zumindest vorläufig.«

»Das würde die Sache aussetzen, bis Graham Marsden wieder auftaucht, und es würde Dads Namen reinwaschen. Schließlich konnte er nicht wissen, welchen Mist sein Partner baut, sobald er ihm nicht über die Schulter schaut.«

»Ja«, sagt Charles. »Falls ein solches Dokument existiert, könnte es helfen.«

»Ich muss auf der Stelle zu Dad«, sage ich und stehe auf.

»Das würde ich auch vorschlagen, Miss Jones«, sagt Charles und erhebt sich ebenfalls, um mir zur Tür voranzugehen. »Ich lasse Eliza ein Taxi rufen. Finden Sie heraus, ob solch ein Dokument existiert, und veranlassen Sie Ihren Vater in jedem Fall, sich bei mir zu melden.«

Ich verspreche es.

»Er muss mich auf jeden Fall anrufen, hören Sie? Wenn wir diesen Schlamassel noch irgendwie abwenden wollen, müssen wir rasch und entschlossen vorgehen.«

Ich stimme ihm zu, und in einer spontanen Anwandlung gehe ich doch einen Schritt auf den alten Anwalt zu und umarme ihn, was er ein bisschen hölzern erwidert.

Dann stürme ich aus dem Büro.

* Ende der LESEPROBE *

THE DARKNESS OF LOVE
Gefährliche Begierden
von
Jean Dark

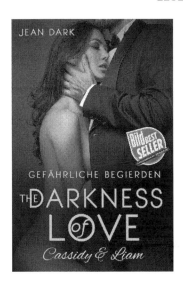

BILD-Bestseller 2017 - einer der heißesten Romane des Jahres!

Pscht! Umblättern und kostenlos weiterlesen …

Liebe Leserin, lieber Leser,

vielen Dank für dein Interesse an meinem Buch! Als kleines Dankeschön möchte ich dir gern einen meiner neuesten Romane schenken, den auf meiner Website **kostenlos** erhältst.

TOUCH ME - BERÜHRE MICH

Die Lehrerin Sandy führt ein beschauliches Leben in der Kleinstadt Havenbrook, bis Jake, ihre Sandkastenliebe aus Kindertagen, plötzlich wieder auftaucht - aus dem Lausbuben von früher ist ein superheißer Bad Boy geworden, der in Sandy wilde Leidenschaften weckt. **Doch Jake zu lieben ist ein Spiel mit dem Feuer, bei dem sich Sandy mehr als nur die Finger verbrennen könnte ...**

Um das Buch zu erhalten, folge einfach diesem Link: **www.Jean-Dark.de**

Ich freue mich auf dich!
Deine
Jean Dark

Printed in Great Britain
by Amazon

72134657R00274